ベスト本格ミステリ2018

本格ミステリ作家クラブ　選・編

KODANSHA NOVELS
講談社ノベルス

カバーデザイン＝坂野公一（welle design）
ブックデザイン＝熊谷博人・釜津典之
表紙デザイン＝ welle design

ベスト本格ミステリ2018◉目次

序

人はなぜ本格ミステリを読むのか。「意外な結末に驚きたいから」「奇想天外なトリックに酔いしれたいから」「優れた論理性を美しいと感じるから」「不可能犯罪、特に密室の謎に惹かれるから」などなど、挙げられる理由はいくつもあるでしょうが、私の独断によるならば、その最大の理由はズバリ「探偵になりたいから」――これです、これ。間違いありません！

もちろん知性と教養とマトモな常識を併せ持つ大人に対して、「あなたは、なぜ本格を？」と尋ねたところで、「探偵になりたいから」と答える人は皆無のはず（稀にいたなら、その人は確実に勇者でしょう）。しかしです――仮に、あなたが会社員ならば満員電車の中で、専業主婦ならば夕食の片付けの後で、お年寄りならば公園のベンチで、あるいは学生ならば部活の帰り道などで、ふとした瞬間に虚空を見上げて、こう呟く場面がきっとあるはず。

「……ああ、探偵になりたい……できれば名探偵に……」

なるほど、そうですか。それであなたは、この『ベスト本格ミステリ２０１８』を手に取ったのですね。いえ、否定したって無駄です。ええ、あるんですよ、あなたの中にも秘められた探偵願望が。そのことは、いまこの瞬間あなたが、この序文に目を通しているという事実によって立派に証明されています。――そうじゃなきゃ、こんな序文、誰も読みませんって！

あなたは探偵になりたくて、この本を手にした。ならば、その選択は完璧に正しい。この本こそは、あなたを探偵にする一冊。そう自信をもって断言できます。そもそも探偵を探偵たらしめるものとは何か。突き詰めるなら、それは「謎」に他なりません。謎を前にしたとき、人は束の間、探偵となる。性別も年齢も職業も関係ありません。大事なのは謎。それも、とびっきり魅力的な謎でなくては、あなたの抑圧された探偵心は満足しないことでしょう。

でも大丈夫。このアンソロジーに採録された傑作短編の数々は、いままでにない斬新な謎でもって、貪欲なあなたを十二分に満たすこと請け合い。そして、その優れた論理性と驚きの結末は、きっと想像の遥か上を軽々と飛び越えて、あなたを歓喜させる（あるいは口惜しがらせる）に違いありません。嘘だと思うなら、まあ、とにかく読んでみてくださいよ――

二〇一八年四月

本格ミステリ作家クラブ会長　東川篤哉

夜半《よわ》のちぎり

岡崎琢磨

Message From Author

「どんでん返し」をテーマとしたご依頼を受けて、書き上げた作品です。どんでん返しがあることが先に読者に知られている状況で、それでも楽しんでいただくにはどうすればよいかという点に腐心しました。たとえばラストの地の文を踏まえて再読すると、作中に答えが繰り返し暗示されていることにお気づきになれるかと思います。

プロの作家になって初めて、殺人事件を扱った作品でもあります。どのように受け止められるか内心ビクビクしていたのですが、このたび本アンソロジーに収録していただけることになり、殺人ミステリを書くための許可証をいただいたような気持ちです。機会があればまた挑戦したいです。

岡崎琢磨（おかざき・たくま）
1986年福岡県生まれ。京都大学卒。2012年、第10回『このミステリーがすごい！』大賞の最終選考に残った『珈琲店タレーランの事件簿 また会えたなら、あなたの淹れた珈琲を』でデビュー。第1回京都本大賞を受賞した同作から始まるシリーズが累計220万部以上のベストセラーとなったほか、多くの作品を発表。近著に『春待ち雑貨店 ぷらんたん』。

ついさっき、ビーチに日本人女性と思われる死体が上がったようだ——と、ホテルのスタッフは言う。

案内してくれ。たったそれだけを英語で伝えるのにも、数瞬を要した。はやる気持ちと最悪の想像とを引きずるようにして、小柄な男性スタッフの先導でホテルに面したビーチへ向かう。

ここが日本ならば、ちょうど丑三つ時と呼べるほどの深夜。にもかかわらず、ビーチには人だかりができていた。赤い帽子を被っているのが警官だろう。スタッフが近づいて二言三言交わすと、人をかき分けて道を空けてくれた。

横たわる、女の死体。スタッフが俺の耳元で問う。

「どうです?」

「……間違いありません」

震える声で、俺は告げた。

「長沼《ながぬま》茜《あかね》——俺の、妻です」

新婚旅行はシンガポールにしよう。そう主張したのは、俺のほうだった。

「いいけど、どうしてシンガポール?」

確か、同棲を始めたばかりの自宅で赤ワインを飲んでいたときだった。茜が訊ねたのを聞いて、真っ当な反応だ、と思った。彼女は何事にも、真っ当な反応をする。

「南部に、セントーサ島というリゾート地がある。前から行ってみたかったんだ」

あまり答えになっていない答えを返すと、それでもリゾートという言葉に惹かれたのか、茜は悪くないね、と言った。俺は彼女を抱き寄せ、ワインで染まった唇にキスをした。シンガポールに行くことは、その瞬間に決まったようなものだった。

　俺と茜は、会社の先輩と後輩という間柄だった。俺に二年遅れて入社した彼女と知り合ってからの五年間、俺たちは親しいけれどただの同僚であり続けた。それがなぜ、恋人となり、結婚するに至ったのか。

　きっかけは俺の失恋だった。ありがちすぎて反吐《へど》が出そうだ。心底愛した女に突如、捨てられたのだ。

「好きだけどこれ以上はもう付き合えない、なんて——そんなこと言われたって、受け入れられるわけがない」

　茜に愚痴り、空にしたワイングラスのプレートでテーブルを叩いたときの感触が思い出される。

　どういう流れで茜と飲みにいくことになったのか、よく憶えていない。たぶん、落ち込んでいるように見えたのだろう。仕事終わりに、二人でカウンター式のワインバルに来たのだ。振り返れば、俺たちはいつも赤ワインばかり飲んでいた。

「壊されるかも、と思ったんじゃないですか」

　茜はぽつりと言った。黒目がちの目が、こちらを見ていた。

「どういうことだよ。壊されるって」

「わたしも最近、同じような理由で彼氏と別れたから」

　茜に恋人がいることは、普段の会話の中で察していた。でも、別れたことは知らなかった。

「同じような理由？」

　訊ねると、彼女は赤く濡れた唇を舐めた。

「殺される——そう、感じたんです」

　寒い日ではなかった。なのに、鳥肌が立った。

「わたしたち、愛し合ってました。だけど、彼の愛情はしだいにおかしな方向にふくらみ始めました」

「嫉妬とか、独占欲とか？」

「それもあります。二人きりでいると、この瞬間が永遠に続けばいいのに、って――セックスの最中に、このまま二人で死のう、なんて言うんです」

　俺はワインを口に含んで気を落ち着かせた。心当たりがあったから。

「だんだん怖くなってきて、わたしは彼から逃げることにしました。好きだったけど、応えられる気がしなかったから。だから、もしかしたら長沼さんも、彼女さんのこと愛しすぎたのかなって思ったんです」

　違ったらごめんなさい。そう言って、茜は冷めた料理に手をつけた。咀嚼《そしゃく》する口元や、カトラリーを持つ指先や、血管の浮いた首筋を俺は見ていた。

　その夜、茜を初めて抱いた。結婚が決まり、新婚旅行に出かけるまでは、それから二年とかからなかった。

　シンガポールは、東京二十三区とだいたい同じ面積という、小さな国だ。けれどもその中に、見どころはたくさんあった。計画的に建設された近代国家という側面があるせいか、まるで街全体がテーマパークのようだった。シンガポール川沿いにカラフルな飲食店が立ち並ぶナイトスポット、クラーク・キーで何軒もはしごし、ラッフルズホテルのロングバーでは、床に捨てられた落花生の殻を踏みながら元祖シンガポール・スリングを飲み、マリーナベイ・サンズのウォーターショー、ワンダー・フルの幻想的な光景には大いに感動させられた。セントーサ島に取ったホテルは全室オーシャンビューで、エントランスを出ればすぐビーチに下りられた。何もかもが、人生で最高の体験だったと言っていい。

　四泊の日程はあっという間に過ぎ、最後の晩、俺と茜は泊まっているホテルの薄暗いバーでゆったり飲んでいた。夢のような旅行の思い出を振り返るだけで、俺たちは何度でも笑い、興奮し、涙すら流すことができた。

「本当のこと言うとね、初めてシンガポールに行こうって言われたときはわたし、新婚旅行で行くようなところなのかなって不安だったの。シンガポールって聞いても、マーライオンくらいしか思い浮かばなかったし」

俺は笑った。それも真っ当かな、と思った。

「俺の言うとおりにしてよかったろ」

「うん。こんなにいいところだなんて、知らなかったよ」

そして、彼女はグラスを傾けながら訊いたのだ。

「どうしてシンガポールだったの。あのときのあなた、有無を言わさぬ口調だったけど。何となく行ってみたかった、という感じじゃなかったよね」

酔いの中にも冷静さをとどめたつもりだったが、彼女からはそう見えなかったかもしれない。シンガポールに行きたがったのには明確な理由があったが、正直に話せることではなかった。

言いよどんだ俺を、茜の黒々とした瞳から放たれる光が射抜く。見切り発車というのか、何を話すのかも決まらないまま、俺は口を開いた。

「それは――」

そのときだ。

「長沼?」

異国で名前を呼ばれようなど、誰が想像するだろう。俺は、ほとんど身の危険を感じたかのような素早さで振り返った。

「川島《かわしま》じゃないか……どうしてここに。それに――」

先の茜の質問が、招き寄せたとしか思えなかった。

背後に立っていたのは、会社の同期の川島怜二《れいじ》。そしてその陰に、真紅のワンピースを着て寄り添う女性がひとり。

村瀬紗季《むらせさき》――俺を捨てた、かつての恋人だった。

「長沼。こりゃいったい、何の騒ぎだ?」

茜の遺体のかたわらで立ち尽くしていると、川島がやってきた。隣には紗季の姿もある。ホテルのスタッフに頼んで、彼らを呼んできてもらったのだ。

「茜が死んだ」

「波多江《はたえ》さんが？」

くちゃくちゃとガムでも嚙《か》んでいたらしい、川島の口の動きが止まった。波多江は茜の旧姓だ。紗季は目を見開き、硬直している。

「俺、十二時ごろに、眠れなくて部屋を抜け出したんだ」

言いながら、紗季をちらりと盗み見た。その視線の動きは、夜の闇が隠してくれたことだろう。

「一時間半くらい経って部屋に戻ったら、そのときにはもう茜がいなかった。海外でも使える携帯電話を持っているはずなのに、連絡が取れなかった」

胸騒ぎがした俺は、二時にはホテルのフロントへ行き、茜の姿を見てないか、と訊いた。そこで、教えられたのだ。ビーチに日本人女性の死体が上がった、と。

「寝ぼけて海へ行って、溺れちゃったんですか」

紗季の質問には、かぶりを振った。

「いや、違う。扼死だ」

全身ずぶ濡れの茜の首元を指差す。くっきりと、指の痕が残っていた。

「殺されたんだ。そのあとで、海に投げ込まれた」

見覚えのある彼女の持ち物が、ビーチにいくつか落ちていた。死体と一緒に投げ込まれ、打ち上げられたのかもしれない。

「でも……それなら犯人はどうやって波多江さんを運び、どこから海へ投げ入れたのでしょうか」

「さあな。リゾートだから、スーツケースを運んでいて怪しまれることもない。近くにうってつけの橋か、岩場でもあったんじゃないか」

限界を感じ、俺はホテルへ向かおうとした。川島が、俺の腕をつかむ。

「どこ行くんだよ」

説明しなきゃ、わからないのか。「トイレだよ」

ふらふらとした足取りで歩くと、後ろから紗季が追いかけてきた。川島の姿はない。

「大丈夫？」

「戻れよ。川島に怪しまれるぞ」

紗季は、いくらか怒気をはらんだ声で言った。

「そんなこと言ってる場合じゃないでしょう」

「じゃあ、どういう場合だ？」

立ち止まり、彼女と向き合う。

「おまえらの新婚生活をめちゃくちゃにしたところで、茜が生き返るわけじゃない。いいから戻れ。俺なら大丈夫だから」

彼女は少し悲しそうにしたけれど、結局はビーチへ引き返した。

本音を言うと、紗季と川島の夫婦関係なんていまさらどうでもよかった。ただ、相手をする余裕がなかっただけだ。

俺はホテルの一階にあるトイレの個室へ入る。そして、激しく嘔吐した。

——茜が死んだのは、俺のせいかもしれない。


「もっと、もっと——」

ゆうべ、といってもほんの四時間前のことだが、バーを出て部屋に戻ったとたん、茜が体を求めてきた。

海外旅行は体力を使うし、普段もどうせ二人暮らしだ。旅行中は、ほとんど関係を持っていなかった。いきなり求められたことは意外だったが、茜も最後の晩だからと考えたのかもしれない。それならばいいが、と思った——盗み聞きされたせいでなければいいが、と。

これまでにも数えきれないくらい抱いた相手だから、最中にも頭は冷静になる。俺は体を動かしながら、バーでの出来事を思い返していた。

「——びっくりしたよ。まさか、こんなところで出くわすなんて」

低いテーブルを囲んで相席することとなった川島に言うと、彼はたいそう上機嫌な様子で応じた。

「本当だよな。最近じゃ、職場でもほとんど顔合わせることなかったのに。ひょっとしておれたち、運命の赤い糸でつながってるんじゃないか」

「よせよ、気持ち悪い」

紗季は笑っていた。心からか、それとも愛想笑いかはわからなかった。対して茜は、むっつり黙り込んでいる。

「川島たちも、新婚旅行で？」

この質問には、紗季が答えた。

「ええ。私のたっての希望で、行き先をシンガポールに決めたんです」

紗季は俺や川島と同じ会社の二年下の後輩で、つまり茜と同期だ。その茜が、同期にふさわしい距離感なのかよくわからない口調で言った。

「わたしたちがこの時期に新婚旅行に行くのは、村瀬さんも知ってたはずだよね」

「そうね。波多江さん、うれしそうにいろんな人にしゃべってたから」

「どうして同じ時期にしたの。しかも、行き先どころかホテルまで同じなんて。わたしたちの旅行は、だいぶ前から決まってたんだよ。なのに、よけいなことして」

なぜか、茜は必死だった。一方で紗季は、わざとらしいくらいの余裕を醸して受け答える。

「どうして長沼さんと波多江さんの予定を、私たちが考慮しなくちゃならないの？　日程も行き先もたまたま重なった。それでいいじゃない」

「そうだよ、茜。なかなかおもしろい偶然じゃないか」

俺は紗季の肩を持ったが、いささか白々しかったかもしれない。口をつぐむ茜を見て、彼女は何を知っているのだろう、と不安になった。

うちの会社では、社内恋愛は隠すという暗黙の了解がある。言うまでもないが、何かと仕事に差し障るからだ。ただ、これも人の世の常として、社内で交際し、結婚まで発展するカップルはめずらしくなかった。

俺は紗季と付き合っていたことを、別れたのちまで徹底的に隠しとおした。俺たちは、秘密を愛でることを好んだ間柄だったのだ。社内の人間に知られたはずはないし、まして茜が知るわけもない。彼女が紗季に突っかかった理由が、俺にはよくわからなかった。

「それにしても、二人が結婚するって聞いたときは驚いたよ」

俺は空気を和ませるべくにこやかに言ったが、本当に驚いたのだ。あの紗季が、俺を捨てて川島みたいな頭空っぽの能なしと付き合うとは。

こちらの真意など知る由もない川島は、やはり明るく応じる。

「おれだって驚いたさ。長沼が、波多江さんと結婚するなんて」

「それ、どういう意味だよ」

「波多江さんは、長沼にはもったいないって意味だよ」

俺たちは笑い合う。このくらいの冗談は、入社当初からたびたびやり合ったものだ。

「おまえこそ、村瀬さんとじゃ釣り合わないいんじゃないのか」

「お、言ったな、こいつ」

はたから見れば、和やかに見えたかもしれない。けれども俺には、どこか空々しい夜だった。

そのうちに俺は尿意をもよおし、トイレに行った。奥まった男女共用のトイレから出ると、そこに紗季がいた。壁にもたれかかって足を伸ばし、通路を半ばふさいでいる。

ここで言葉を交わすと、要らぬことを口走ってしまいそうだった。俺は彼女を無視して、せまい通路を無理やりすれ違おうとする。しかしそのとき、彼女が特に声をひそめるでもなく、平然と俺に向かって告げた。

「――十二時を回ったら、隣のホテルのロビーまで来て」

　そのままトイレに入ろうとする紗季を、俺は呼び止めた。

「どういうつもりだよ。俺たち、お互い新婚旅行中だぞ」

　彼女は踊るようにターンして、妖艶に微笑む。

「来るわよ。あなたは来る。だって、シンガポールまで来たんだから」

　痛いところを突かれ呆然としているうちに、彼女はドアの向こうに消えてしまった。

　そうなのだ。新婚旅行の行き先をシンガポールにしたのは、かつて紗季が行きたがったから。ハワイやイタリアみたいなありきたりな場所よりは、ちょっと変わった国のほうがいい――新婚旅行の行き先として、シンガポールがそれほど変わり種とは思えなかったが、とにかく紗季にはそういうひねくれたところがあった。

　俺は結局、紗季と行くつもりだった新婚旅行の代役に、茜を立てたようなものだった。だからシンガポールにした本当の理由を、茜には話せなかったのだ。

　ぼんやりしながらトイレの前を離れる。と、通路を出たところに茜が立っていたので、仰天した。

「何してんだよ」

　紗季とのやりとりを聞かれただろうか。心臓が、爆発しそうなほど高鳴る。

「何って……わたしもトイレだけど」

　茜は怪訝《けげん》そうな顔をしていた。話を聞かれた様子ではない――と、そのときは思った。

「そうか、そうだよな。ごめん」

　胸を撫で下ろしつつ、茜と別れて席に戻る。入れ違いに川島が、おれもションベン、と言わなくてもいいことを言って席を離れた。

　全員がトイレを済ませたところで、そろそろお開きということになった。そして川島たちと別れて部屋に戻るやいなや、俺は茜に体を求められたのだ。

——本当は、やはり聞いていたのか。俺と紗季が交わした言葉を。つなぎ止めておくために、抱かせているのか。

「もっと、強く噛んで——」

キングサイズのベッドの上で、茜は息を震わせて言う。彼女はマゾヒストだった。指や、耳や、乳首を噛むと悦ぶのだ。それほど嗜虐《しぎゃく》趣味がなく、いつもは手加減して彼女を噛んでいた俺も、このときばかりは彼女の高まりを自分に伝染させるように強く噛み、行為に没頭しようとし、激しく体を動かした。しかし——。

「……だめだ」

突然、静かになった俺に、茜が下から弱々しい視線を向けた。

「どうしたの」

「終わりまで、できそうにない。きっと、疲れてるんだ。旅行ももう最後の晩だしな」

どうしても、快感が体のどこかにある峠を越えてくれず、そうなると気持ちは冷めていく一方だった。茜から離れ、ベッドに仰向けになると、彼女はいたわるように微笑んだ。

「そっか。仕方ないね」

そのままひとりでシャワーに向かう。もしここで感情をあらわにされたら、俺だってこの部屋にとどまったかもしれない。そうなることを、望んですらいたかもしれない。けれども聞き分けのいいことを言う彼女は、どこまでも真っ当だった。

互いに寝る支度をして明かりを消すと、茜も疲れていたのだろう、すぐに寝息が聞こえ始めた。俺はどうすべきか迷っていたけれど、日付が変わるころになっても寝返りすら打たず熟睡している様子の茜を見て、決心がついた。

リゾート地なので、寝間着も外出着も大差なかった。そっとベッドから抜け出し、そのままの格好で、鍵と財布だけ持って部屋をあとにする。隣のホテルのロビーに着くと、待ち合いの椅子に座る紗季の姿があった。

俺を見つけ、にこやかに手を振る彼女。あのころと変わらない——いや、あのころ以上に妖艶な笑み。それがまた自分に向けられていることを知って、快感が背筋を突き抜けた。

「ほらね。やっぱり来た」

彼女は言い、立ち上がる。赤いワンピースのままだった。

「部屋、取ってあるから。行きましょう」

きびすを返す彼女の背後、俺の頭の中で警鐘が鳴る——だけどもう、逆らえそうになかった。

胃の中を空にしてビーチへ戻った。川島がくちゃくちゃ口を動かすのを見て、自分もガムが欲しいと思った。

「大丈夫か。ひどい顔色だぞ」

川島が言い、紗季もただの後輩のふりをして気遣う。

「部屋に戻ったほうがいいんじゃないですか」

ここにいる、と俺は強がった。

大丈夫なわけがない。新婚旅行中の妻が死んだのだ。しかも、それは自分のせいかもしれない。

追って現地の警察官に事情聴取などされるのだろうが、いまのところそれらしき動きはなかった。英語は最低限話せるけれど、取り調べなんて日本語ですら受けたことがない。きちんと受け答えできるだろうか。犯人と決めつけられてしまったりしないだろうか。シンガポールは法律の厳しい国だと聞いたことがある。先行きが不安だった。

「でも、誰がこんなことを……」

うわ言のような紗季の言葉に、俺は淡々と反応する。

「俺のいない隙に、茜が部屋を抜け出したのは間違いない。散歩でもしていて、何者かに襲われたんじゃないか……あるいは声をかけられて、ふらふらついていってしまったか」

取り締まりが厳しいぶん、シンガポールは治安のいい国とされている。ましてここはセントーサ島、リゾート地だ。俺の裏切りを知って自暴自棄になった茜が、警戒心を失っていたとしても不思議ではなかった。

茜の亡骸《なきがら》は、いまだ砂の上に横たわっている。シートなどは特にかけられていない。濡れて張りついたセミロングの黒髪、現地で買った花柄のサンドレス、蠟《ろう》のように白い太ももや肩や頬。目を逸らしたくなるのをこらえながら観察していたら、あることを発見した。

「耳のところ、千切れてるように見えるな」

右の耳たぶが欠け、切り口に赤い肉がのぞいていたのだ。

「そういや近くの海で、サメが目撃されたって聞いたな」

川島が夜の海に目を馳せる。

現時点でもまだ、生きている茜の姿を最後に見てからほんの二、三時間しか経っていない。海に投げ込まれたのは、おそらく死んだ直後だったはずだ。

サメは血のにおいにおびき寄せられると聞いたことがある。であれば茜の耳のあたりから、海に投げ込まれる以前に出血があったのかもしれない。今晩茜を抱いたとき、俺は彼女の耳を嚙んだ。あのとき血の味がしただろうか。もう、憶えていなかった。

——俺は、本気で妻を抱いたのだ。

茜が悦ぶように、その姿を見て自分も興奮するように、耳を嚙んだのだ。それで紗季のことを忘れられれば、彼女には会いにいかないつもりだった。

けれども結局、俺は茜の中で達することができなかった。そして紗季に言われたとおり、真夜中に部屋を抜け出してしまった。

その行動が、茜の死の原因を作ったのではないか。

ビーチには、先ほどよりも多くの野次馬が集まっていた。警察官が、彼岸花のように群れて立つ人々に向かって何やら怒号を発している。ところどころに掲げられた赤と白のシンガポール国旗は、まるで眠ったみたいに動かない。

俺は再び、茜の右の耳に目を落とした。空のはずの胃が、まだ何かを外に出したいと訴えていた。

「――来てくれるって信じてた」

ホテルの一室で、俺は久々に紗季と契りを結んだ。茜のときはだめだったのに、紗季が相手だとすんなり果てた。

そのあとで、糊《のり》の利いたシーツの上で寄り添っていると、紗季がささやいたのだ。信じてた、と。

「俺は、おまえに捨てられたんだ。おまえのことを、ずっと愛してた」

いまでも、という言葉は呑み込んだ。それが茜のためか、紗季のためか、それとも自分のためだったのかはわからない。

「どうして今夜、俺を誘ったりした」

答えるまでに、微妙な間があった。

「……嫌いになったわけじゃなく別れたあなたを、このまま人にやると思ったら、急に惜しくなっただけ。しかも、よりによって相手はあの波多江茜だなんて」

真っ当で凡庸だった茜を、紗季は日ごろから「つまらない女」と切り捨て、見下していた。いつもどこかひねくれていて、刺激を求める傾向のある彼女の目に、茜はそのように映ったのだろう。

だから茜といい仲になったとき、俺はまだ紗季のことを愛していたにもかかわらず、すんなり茜と付き合うことにした。紗季に対して、当てつける意識があったのだ。社内恋愛についての暗黙の了解なんて、無視することにした。茜も俺との交際を、積極的には隠そうとしなかった。

茜は茜で、人を食ったようなところのある紗季を嫌っていた。そして俺はうわべで親しくしながらも川島のことを軽蔑していたし、川島も表立っては言わないが、俺のことを気取ったやつだと思っていた節がある。俺と紗季が別れて間もなく、相手の反目し合う者とそれぞれ付き合い始めたことは皮肉以外の何ものでもなかった。

「付き合ってみれば案外、あれで茜もいい女だよ」

俺の張った虚勢を、紗季は鼻で笑った。

「嘘よ。だとしたら、あなたがここにいるわけがない」

「彼女はおまえと正反対だ。善良で嫌みがないが、たまにもの足りないときもある。薄味の料理ばかり食べていれば健康にはいいが、体に障るほど濃い味が無性に恋しくなることもあるのさ」

すると、めずらしく紗季が傷ついたような横顔を見せた。

「……波多江茜は、あなたが思ってるようなタマじゃない」

「どういう意味だよ」

「さあね」

冷たくかわされた。こうなるともう、どれだけ問いつめても彼女は口を割らない。俺は気を揉むだけ無駄だ、と思うことにした。単なるブラフの可能性もあったし、何より茜の別の顔を知るのが怖かった。

「おまえのほうこそ、どうして川島と付き合った」

紗季は声色に、事後のだるさをにじませた。

「誰でもよかったのよ。あなたから逃げることができさえすれば」

「そんな……俺たち、うまくいってたじゃないか」

「気づいてた？　あなた、付き合いが長くなるほどに、私のことをいまにも殺しかねないという目で見るようになったのよ」

――壊されるかも、と思ったんじゃないですか。

いつかの茜の言葉が、耳元でよみがえった。

心当たりはあった。あのころの俺は、確かにおかしかった。紗季のことを愛しすぎるあまり、狂おしいほどだったのだ。この瞬間が永遠に続けばいいのに。このまま二人で死のう。そんな、茜から聞いたのとほぼ同じ台詞を、俺も紗季に向かって放ったことが何度もあった。

「さっき、私を抱いたときにも思ったんじゃない？　人に渡してしまうくらいならいっそ、この手で殺してしまおうか、って」

答えられない。図星だったからだ。紗季はそれを正しく理解した。

「あなたの考えていることくらい、目を見ればわかる。初めのうちは、あなたのそんな、ちょっと狂気じみたところにもゾクゾクしてた。だけど、じきに怖くなったのよ。それで、身近にいた怜二に乗り換えたってだけ」

俺と紗季は社内恋愛を隠していた。川島は、紗季が俺の元恋人であることを知らずに付き合ったのだ。いまでも紗季は、川島にそのことを話していないらしい。

「……だけど、私もあなたのことが忘れられなかったみたい」

そう言って、紗季は体を少し丸めた。

「波多江茜があなたとの婚約を公表したとき、私はほかの何ものでも埋められないような喪失感に襲われた。それで、怜二にプロポーズを急かす形で、自分も結婚を決めてしまったの」

うれしい、と思ってしまう俺は、恐ろしく愚かな人間なのだろう。

「じゃあ、新婚旅行の日程や行き先を俺たちと同じにしたのも」

「彼女、周囲にぺらぺらしゃべってたからね。シンガポールだって聞いて、それは私が行くはずだった新婚旅行だ、と思って。だから、わざと重ねるようにしたの」

バーで茜が紗季に突っかかったとき、俺が紗季の肩を持ったのは、二組の新婚旅行が重なった点に紗季の思惑がはたらいていたことを嗅ぎ取ったからだ。俺がシンガポールを選んだ理由を茜に悟らせないために、少々強引でも偶然ということで押しきるしかなかった。

「だけど、川島は不審に思わなかったのか？　俺たちが新婚旅行でシンガポールへ行くことを、社内にいて知らなかったわけじゃないだろう」

「あの人、結婚に関しては全般的に私の言いなり。たぶん、どうでもいいいんでしょうね」

そういう夫婦は少なくないかもしれない。普段の川島の軽薄な振る舞いを思い返すにつけ、彼が結婚のことで相手に細かい注文をつける様子は想像できなかった。

紗季がおもむろに半身を起こす。時計を確認し、告げた。

「そろそろ部屋に戻らないと。あの人、いつも眠りが深いから大丈夫だとは思うけど、気づかれると厄介なことになる」

俺は、彼女の冷えた指先をにぎった。

「なあ、俺たちやり直さないか。お互いに、まだ気持ちが残ってることが確認できたじゃないか」

けれども紗季は、悲しげに首を横に振った。

「だめよ。私たち、もう決まった相手がいるんだもの」

それから彼女は身支度をして、部屋を出ていった。取り残されたベッドの中で一瞬、やっぱり殺しておけばよかった、という思いが頭をよぎり、そんな自分にぞっとした。

「……それで、部屋に戻ったらもぬけの殻だったんだ」

川島が自分もトイレに行くと言って姿を消し、ビーチには俺と紗季が残された。茜の前で何を話そうが、いまとなっては気にする意味もない。死人に耳なし、と言えばこの場合、あまりに悪趣味が過ぎるだろうが。

「あなたが部屋を抜け出したことに、彼女は気づいていたのね」

「狸寝入りだったんだろうな。茜、やっぱりトイレの前での俺たちのやりとりを聞いていたんだよ」

「そんな……」

紗季は両手で口元を覆う。赤く塗った爪が、小さく震えている。普段は人一倍、気が強く見える彼女でも、ひとりの人間の死に関わったとなれば、精神にダメージを受けるらしい。

「茜はあのとき、初めて俺と紗季の関係を知った。今晩の俺の行動が気にかかった彼女は、部屋に戻ると体を求めたものの、自分の中で俺が達することはなかった。その後、寝たふりをしながら様子をうかがっていると、俺が紗季に言われたとおり、部屋を出ていったのがわかった。悲しかっただろう。ヤケにもなるだろう。それで、自分もどこかへ行くことにしたんだ」

客室のドアはオートロックだった。一本しかない鍵は俺が持っていたから、彼女がどのようにして部屋に戻るつもりだったのかはわからない。それとも、もう戻らないつもりだったのだろうか。

「それで、彼女が部屋にいないと知って、あなたはどうしたの」

「まず茜の携帯電話に連絡したことは話したよな。けれども反応がなかったから、次はおまえに電話をした」

川島のもとに戻っているはずの紗季に連絡を取るのはまずいと思ったが、それどころではなかったのだ。

「どうして私が、彼女の行方を知っていると？」

「おまえの部屋まで、抗議に行ったのかもしれないと思ったんだ。茜が俺たちのやりとりを聞いていたとしたら、ありえない話じゃない」

なるほど、と紗季はうなずいた。

「そのとき電話でも話したけれど、私が部屋に戻ったとき、怜二はベッドでぐっすり眠ってた。もちろん、波多江さんはいなかった」

「川島は、おまえが部屋を抜け出したことに気づいてなかったのか」

「知らないわよ。波多江さんと同じように、狸寝入りしてなかったとも言いきれないし」

だが少なくとも、川島はベッドの中にいた。茜の訪問があったなら、たとえ寝たふりでも呑気にベッドにもぐっていたりするものだろうか。茜は真っ当な女だ。もし川島に会ったとしたら、俺たちの密会を暴露しなかったとは思えない。やはり、茜は川島たちの部屋へは行かなかったのだろう。

警戒心を欠いたまま外へ行き、何者かに殺害され、海に投げ込まれた。そんな行きずりの犯行なら、動機も何もあったもんじゃないし、犯人だってしぼれそうもない。かくなるうえは、シンガポール警察が有能であることを願うしか――。

いや、待てよ。ひとりだけ、茜を殺す動機を持つ人間がいることに俺は気づいた。

「ひょっとして、紗季が茜を殺したんじゃないのか」

「何ですって？」

紗季は目をむいた。勢いよく向き直ったせいで蹴り飛ばした砂が、俺のすねに当たって痛いほどだった。

「どうして私が、波多江さんを殺さなくちゃならないのよ」

「俺がやり直そうって言ったとき、本当はおまえも、それを望んでいたんじゃないのか。決まった相手がいるからって、まるで自分に言い聞かせるようだったじゃないか」

「それなら、あなたが殺したと考えるほうがよほど自然じゃない。むしろ私は、初めからあなたを疑ってたけど」

これは売り言葉に買い言葉だろう。紗季はすぐ感情的になるきらいがあったから。それに、いくらでも茜を殺す機会のあった俺を疑うのは、当然の発想とも言える。

「俺が紗季とやり直したいと思ったら、茜とは離婚すればそれで済む。わざわざ殺す必要はない。だけど、自分が離婚したからといって、相手も同じようにしてくれるとは限らない。むしろやり直したいと望んでいても、いざとなると怖気づくのが普通じゃないか」

「つまり、自分が離婚するだけでは不完全で、相手の別れも確実にしなければならない。だから、私には茜を殺す動機がある、と」

「そういうことだ」

「バカバカしい」

足元に死者がいるにもかかわらず、そこらに唾を吐きかねない剣幕で、紗季は切って捨てた。

「思い上がらないで。私はあなたなんかとやり直すためだけに、そんなことをしない」

「どうだか。おまえならやりかねない。真っ当な茜ならともかく、な」

少しのあいだ、にらみ合いが続いた。それから彼女は、あざ笑うようにふっと息を洩らした。

「いいわ。そこまで言うなら教えてあげる。さっき、言わないでおいてあげたことの続きを」

――波多江茜は、あなたが思ってるようなタマじゃない。

「彼女、きっと虫も殺さないような顔で、あなたに言い寄ったんでしょう。でもね、彼女、あなたと付き合うときに男をひとり捨てているのよ」

俺は、あのワインバルで茜と飲んだ夜、彼女から聞かされた話を思い出していた。わたしも最近、同じような理由で彼氏と別れたから。だんだん怖くなってきて、わたしは彼から逃げることにしました。

「彼女は俺に、前の男とはもう別れたと説明していた」

「それは正確じゃない。彼女、前の男と別れるために、あなたに近づいたのよ。同期の女子はみんな知ってる」

一瞬、デジャヴのような感覚に陥った。そうでないことは、続く紗季の言葉ですぐにわかった。

「よく似てるでしょう？　私があなたと別れて怜二と付き合ったときの状況と。私、ちょっと見直したくらい。退屈そうに見える波多江茜でも、男を狂わせることがあるのねって」

あのとき茜が別れていたかどうかなど、いまとなってはささやかな違いだ。だが――。

喉がカラカラに渇いていた。かすれた声で、俺は問う。

「その、茜が捨てた男というのが誰か、知っているのか」

「さあ、そこまでは。私の知らない男なんじゃないの」

本当に、そうだろうか。

これは、すべてただの偶然なんだろうか。

嘘のように凪《な》いだ夜の海に、明かりに照らされた俺と紗季の姿がぼんやり映る。水鏡――という言葉が浮かんだ。

俺と紗季は社内恋愛をしていた。昨晩まで、茜に知られることはなかった。では、茜が過去に社内恋愛をしていたとしたらどうだろう。だから茜の前の男の正体を、俺も紗季も知らないのではないか。

社内恋愛にもかかわらず、茜は俺との交際を積極的に隠そうとしなかった。それも、真っ当な反応だろうか。その事実を前の男に知らしめることで、自分の身を守ろうとしたのではなかったか。

茜と紗季は反目していた。それで俺は紗季に捨てられたとき、当てつけのつもりで茜と付き合うことにした。同じように、茜に捨てられた男が、彼女に対する当てつけとして紗季と付き合い始めたということはないのか。

ホテルのバーで出くわした紗季を非難した際、茜は「よけいなことして」と言った。俺と紗季の関係を知っていたのなら、その台詞はきわめて真っ当だ。だが、茜は知らなかった。ならば、新婚旅行中に誰と誰が出くわすことを、「よけいなこと」と表現したのだろう。

バーのトイレの前で俺と紗季が交わしたやりとりを、茜は聞いていた可能性が高い。ショックを受けながらも彼女は、その隙に自分たちも同じことをしよう、と考えたのではないか。あのとき茜に続いてトイレに向かったのは誰だったろう。その入れ違いざまに、俺たちと同様の約束をしたとしたらどうか。

それでも茜は、部屋に戻ると体を求めた。あれはお互いにとって、最後のブレーキだったのではないか。このまま密会を果たすと、二人の関係が破綻してしまうことは見え透いていたから。けれどもブレーキが機能することはなく、俺は部屋を抜け出してしまった。その後、茜の身に何が起きたかは、推察するまでもない。

茜は自暴自棄になり、部屋を出ていったわけではない。紗季がそうしたように、かつて愛した、いやいまでも愛している男にもう一度、抱かれるために部屋を出ていったのだ――俺たちは、鏡に映った二組の男女だった。

「……どうしたの。あなた、変よ」

紗季に手首をつかまれ、俺はわれに返った。

妙に現実感のある、だがあくまでも想像だ。根拠があるわけじゃない。追い出すように頭を振って、何でもない、と言った。

そのとき砂を踏む音がして、川島が戻ってきた。

「遅かったじゃない、怜二」

「急に腹が痛くなっちまってさ。何か、悪いもんでも食ったかな」

お腹をさする彼は相変わらず、口をくちゃくちゃ言わせている。

どうしてこんなことに気づかなかったのか――。

「川島。ひとつ、答えてくれ」

「おう、何だ」

俺があらたまった態度を見せても、川島は顔色を変えなかった。頭が空っぽの能なしと見下してきた男のことを、俺はこのとき初めて、怖いと思った。

「シンガポールは法律の厳しい国だ。おまえも旅行するにあたって、ガイドブックやなんかで確認したんじゃないか。日本では考えられないような法律が多々あって、たとえばゴミのポイ捨てや唾吐き行為で罰金が科されるし、男性間の性行為は違法だ。トイレの水を流さないとか、公共交通機関内での飲食とか、そんなことでも罰金刑になるらしい」

「ああ、そんな話を聞いたな。で、それがどうかしたのか」

「俺も茜のことで頭がいっぱいで、すっかり忘れてしまっていたよ。シンガポールでは、チューインガムが禁止されているんだ」

　口にすることはもちろん、単純所持さえも禁じられている。したがって医療用のものを除き、販売は一切なされていない。他国からの持ち込みも厳禁だそうだから、俺も荷造りの際には気をつけた。そのことを、川島たちが知らなかったとは思えない。

「ねえ、それって――」

　紗季が悲鳴を上げ、川島のほうを見た。彼の、くちゃくちゃと動かしている口元を。

　愛しすぎて捨てられた男。愛しながらも捨てた女。一夜限りの、再びの逢瀬。

　鏡に映った俺と川島。真夜中、同じ刹那に抱いた、瓜二つの感情。

　――人に渡してしまうくらいならいっそ、この手で殺してしまおうか。

　海に死体を投げ込んだのだから、犯行を隠すつもりはあったのだろう。だけど、それでも残存する愛の現物を、手放すことはできなかった。

　茜は、耳を噛むと悦んだのだ。

「答えろよ。川島」

　シンガポールの夜はまだ明けない。彼の歯が何色に染まっているか、俺はこの目で確かめることができなかった。

「おまえ――いったい、何を噛んでいるんだ？」

透明人間は密室に潜む

阿津川辰海

Message From Author

　はじめまして、阿津川辰海と申します。「刑事コロンボ」「古畑任三郎」などの倒叙ミステリにおいて、自分の人生や職業に絡めたトリックを使う犯人たちが好きです。では、「透明人間」が自分の特性を生かした犯罪を企んだら、どうなるのか？　本作で試みたのはそうした実験です。ハウダニットにこだわりつつ、透明人間の人生やものの考え方を様々想像して書きました。

　本作の構成に困った時、大いなる示唆を与えてくれたのは、私の大好きな短編、石沢英太郎さんの「羊歯行」でした。参考文献リストに掲げた諸作と共に、偉大なる先達に感謝を捧げます。

　今回の採録を励みに、これからも精進して参ります。

阿津川辰海（あつかわ・たつみ）
1994年東京都生まれ。東京大学卒。在学中は文芸サークル「新月お茶の会」に所属。20歳で書いた『名探偵は嘘をつかない』が新人発掘プロジェクト「KAPPA-TWO」第１期で選ばれデビュー。警察庁の下部組織として探偵機関が設立された日本で名探偵が弾劾裁判を受ける同作は「2018本格ミステリ・ベスト10」で国内３位になるなど、注目を集めた。

1

洗面台の大きな鏡の前に立つと、首筋だけが透明に戻っていることに気が付いた。頸動脈《けいどうみゃく》のあるあたりが光を透過して、黒く染めた長い髪の毛が直接鏡に映っている。

「彩子《あやこ》、首のところ、非透明化が解《と》けてないか」

隣に立ってネクタイを結んでいた夫の内藤謙介《ないとうけんすけ》が、鏡に向いたまま声をかけた。

「ほんとね。わたしも今気づいた」

「朝の薬、飲み忘れたんじゃないか？」

「ええ。後でちゃんと飲んでおくわ。——あなた、ネクタイ曲がってる」

夫の首元に手をやって、ネクタイの結び目を整える。

「ありがとう。じゃあ、行ってくるよ」

「行ってらっしゃい」

玄関先で夫を送り出すと、ようやくゆったりとした朝の時間がやってくる。窓から差し込む朝日のおかげで、気分も清々《すがすが》しい。

夫に言われたとおり薬を飲むと、朝の情報番組をBGM代わりにして、新聞を広げた。たいていの記事は読み飛ばしたが、社説に「透明人間病」の文字を見つけ、自分が他所《よそ》で噂されているような居心地の悪さを覚えつつも、ざっと目を通す。


透明人間病。細胞の変異により、全身が透明になってしまう恐ろしい病で、現在、日本全国で約十万人、全世界では七百万人の発症が確認されている。人類史上初の症例が確認されてから百年余り。透明人間の存在は、社会システム、軍事、各国の諜報戦に大いなる混乱を巻き起こした。その混乱も去り、透明人間と共生する社会のあり方が模索《もさく》されるよう

になった。

しかし今、透明人間が被害者となった、痛ましい事件が相次いでいる。

透明人間のＤＶ被害が増加していることが、先日の内閣府の調査で判明した。その被害は男女の別を問わない。透明であるがゆえに、痣《あざ》傷を他人に見咎《みとが》められないことに付け込んだ事件である。通常ならば、ＤＶを悟られないよう、顔を傷つけることは避けるものだが、加害者にその必要がないため、被害が深刻になることが特徴とされている。

現在の技術では、透明人間化を完全に抑制することはできない。そのため、傷を確認することは出来ず、ＤＶ被害者の供述も、原則として自己申告に頼るほかない。もちろんＤＶ加害者は暴力を否定する。証拠が見つからないことが、透明人間の被害者の立場をさらに弱くさせているのだ。

われわれは透明人間と共生する社会のあり方を模索し続けてきた。透明人間は、その姿を非透明にすることを義務付けられている。服を着る、化粧を施《ほどこ》す、髪を染色する——そして極め付きが、五年前、ようやく日本でも認可されたアメリカ発の新薬だ。透明人間化を抑制するこの新薬は、やや不完全、かつ、決められた色での再現しかできないとはいえ、透明人間を非透明に戻すことに成功した。この新薬により、透明のままでは不可能だった医療措置も施せるようになった。老廃物すら透明にしてしまう透明人間病の前では、血液は透明になり、血液検査も不可能だったのだ。その状況は新薬により改善された。透明人間病を巡る技術も日進月歩だ。その未来は今後も明るく開けていくだろう。

しかし、透明人間をめぐる社会問題は、今なお不透明さを増していくようである。


興味を持って読み進めたものの、あまりに凡庸な着地を迎えたので鼻白《はなじろ》んでしまった。社説はその後も、ご近所の絆《きずな》の大切さや、身近に透明人間がいる場合にどんなケアが必要か、など、通り一遍の指摘に終始していた。

その隣に、より興味深い記事が載っていた。日本の透明人間病研究の大家、川路昌正《かわじあきまさ》教授の新薬開発に関わる記事である。

わたしはそれを読み終えると、新聞を畳んで置いた。しばらく放心状態だったのだろう。いつの間にか昼になっていた、簡単な料理を作り、透明人間化抑制薬のシートを取り出した。

――お嬢さん、あなた、運が良かったですね。十数年前。透明人間病に罹患《りかん》してまもなくのこと。医者にかかった時に言われた言葉を思い出した。

――いえね。つい数年前、ようやく「透明人間病」が、国の指定難病になったんですよ。これがあるのとないのとでは、大違いです。高額な薬に補助が出るか、出ないか。その分水嶺《ぶんすいれい》が指定難病の有無なのです。だから、こういう言い方はなんですが、有名な病気でよかったと、前向きに捉えることですな……。

医者の口調には悪びれた様子もなく、こちらを強《し》いて励まそうという意図も感じられなかった。事実と評価を淡々と告げることが、わたしを安心させると信じている声音だった。

……わたしたちはなぜ、病人として扱われるのだろう。

もちろん、薬によって、非透明な通常の人間と同じようになれることは、わたしたちにとって悪いことばかりでもない。透明のままでは、人込みすらまともには歩けないからだ。買い物にも行けない。就職先も見つからない。だからこそ薬を飲むし、服を着て出かけるし、必要とあらば男女を問わず化粧を施《ほどこ》す。まだ新薬が輸入されていなかった頃には、着色することが難しい目をカバーするために、瞳孔《どうこう》の部分まで再現したカラーコンタクトが透明人間の間でもてはやされたことさえあった。

わたしたちはなぜ、透明であることを許されないのだろうか。

さっき読んだ川路昌正教授の記事を思い出す。

次の瞬間には、わたしは手の中の薬を細かく砕いていた。夫にも見つからないよう、砕いた薬はトイレに流す。

わたしはもう一度、透明になる。

調べると、川路教授の研究室のある建物がU駅近くの大学にあることがわかった。警備は厳重だろうか？　教授に近づくチャンスはあるか？　どちらの問題も、透明に戻りさえすれば造作《ぞうさ》もないことだ。

川路昌正を殺す。その計画が生まれた瞬間だった。

細い路地から、小学生の一団が現れた。けたたましい笑い声をあげ、互いにつつきあったり押し合ったりしながら、不規則な動きを繰り返している。

わたしは舌打ちして腕時計に目を落とす。午前八時十二分。この時間、この道は使えない。この区画には川路教授の勤める大学だけでなく、幼稚園や小学校、有名な進学校などの教育機関がひしめいている。登校時間は当然考慮に入れておくべきだった。交通量の多い大通りを避けながら、研究所まで近づいたところまではよかったが、こんなところで障害にぶつかるとは。

（スクールゾーンは軒並み使えない……。あとで道路の標識を調べておこう）

透明人間化抑制薬を飲まないようになってから二週間余り。だんだんと、体が当初の透明状態に近づいてきた。本業であるメイクアップアーティストの腕前を生かし、顔や手足などの露出部には、自然に見えるような化粧を施していた。透明人間は基本、髪の毛を染色して普通の人間のように振る舞うのだが、わたしは計画を思いついた時から髪の脱色を始め、今はウィッグをつけて歩いている。

わたしは透明人間に戻りつつあることを隠しつつ

――本当に透明になった時、自宅から研究所まで辿《たど》り着けるかどうか、それをシミュレーションしているところだった。

透明人間の特徴として、

・光を透過させることができる。透明になれば、いかなる方法でも視認することはできない。
・光学的意味合いを除外した物理的存在としてはそこにある。ゆえに、壁を通り抜けることなどはできない。
・自分以外のものを透明にする技術は存在しない。透明人間病は感染しないため、他人を透明にすることも出来ない。

を挙げることができる。第一の点により、透明になったわたしなら、いかなる警戒態勢にある場所であろうとひそかに侵入することは可能だった。わたしの計画の最も肝要な点はここにある。川路教授の研究室のある建物の出入り口にはカードキーによる電子ロックがかけられていた。しかし、カードキーを開けた職員にこっそりついていけば難なく乗り越えられる、というわけだ。

一方で、第二の点が大きな障壁になる。例えば、扉を開けるところを人に見られたとしたら、誰の姿も見えないことが、透明人間がそこにいるという証拠になってしまう。同様に、凶器を持ち運ぶことも不可能だった。把持《はじ》しているものを透明にする技術はない。とすれば、凶器を宙に浮かせる時間を減らすべく、川路教授の研究室で手頃なものを確保しなければならない。

また、透明であるためには一切服を身に着けることも出来なかった。女性として、人前で「裸」になるのは心理的な抵抗があったが、捨て身の計画なので、そこは諦めることにした。

そして、第二の点に関連して、今わたしがせっせと検討している、大学まで辿り着くルートにも問題が残されていた。

透明になった後、街を歩くことを考えれば、自動車はもちろんだが、通行人のほうがよっぽど怖い。透明のまま他人に認知されなければ、向こうから避けてくれるのを期待することはできないのだ。ましてや、自由奔放《ほんぽう》に、全く予想のつかない動きをする子供のそばなど、決して歩こうとは思えない。それが先ほど問題にした、通学路の問題である。

それだけではない。自宅から最寄《もよ》り駅までの交通機関の問題もある。

まず、自宅から大学最寄り駅までの電車に乗ってみた。しかし、このルートはまず絶望的だ。通勤、退勤時間にかぶる電車に、「透明人間が乗っている」と気付かれないよう、誰にも触れずに乗るのはそもそも不可能だが、その時間帯でなくとも、乗降客の動向に目を配りつつ、混み合わないことを祈りながら、三十分ほど電車に揺られることはあまりに現実的でなかった。同じことは、バスやタクシーなどについても言える。

そこで、自宅から最寄り駅までは夫の車を使わせてもらうことにした。夫に気づかれないよう車を使うべく、行動する時間帯は、夫が出勤してから退勤するまでの間と決めた。研究所の入り口で職員の後ろにぴったりついていって、忍び込むなら、職員の出入りが多いほど機会も多くなるため、出勤時間帯に大学に向かうのがベストという結論が出てくる。

さらに悩ましいのは、「透明人間になる」場所である。自宅を出る時から透明のままでは、車に乗った時、誰もいない運転席を見た人々を卒倒させることになるだろう。ガラスにスモークフィルムを貼るなどの改造行為も、夫に悟られる恐れを生じさせるので採《と》ることができない。行動するのが夜であれば、ガラスの反射によりある程度誤魔化せるかもしれないが、少なくとも運転する間は「非透明」でなければならない。

大学近くのパーキングまで車を走らせ、車中で服を脱ぎメイクを落とす――。これが最善であると判断した。これ以上タイミングを遅らせると、トイレなどで扮装を解《と》くことになるが、その場合、脱いだ服をどこに置いておくかが大きな問題になる。車中で扮装を解くことは、証拠を残さないという点においてもベストなのだ。

服を脱ぎメイクを落とし、透明になる瞬間を見咎められるリスクを低めるべく、立体駐車場など、なるべく薄暗い場所にある駐車場を調べ上げた。係員との対応が必要になるパーキングは論外だが、屋外に設置されたコインパーキングも実地調査の上で排除していった。条件を満たすうち、最も大学に近いパーキングに狙いを定め、いよいよ徒歩ルートの検討を始めている、というわけだ。

そのあとも数回、時間を計測しつつ歩いてみて、使えそうなルートを二本確保した。

いまだ問題は山積みだった。透明人間だから侵入は容易、という発想から始まったことではあったが、透明人間が人を殺すというのも楽ではない。

完全に透明になったわたしにとって、体についた汚れは、すべて自分がそこにいることのシグナルになる。食後の歯磨き、歯間の掃除などは、かつてないほどの重要ごとになっていた。

輪をかけて悩ましかったのは、爪の下に溜まる汚れである。垢《あか》は老廃物にあたるため、透明のまま排出されてくるが、爪の下に挟まる細かなゴミは別である。その僅《わず》かなゴミでさえ、空中に黒い汚れが浮いているように見えてしまうのだ。爪垢掃除用のナイロンブラシを買い、ある程度までは取り除けたが、それでは不十分だったため、ステンレス製の爪垢取りまで購入した。ただ、意外と深くまで入ってしまい、爪下皮《そうかひ》を痛めてしまうことも多かった。ネイルに凝《こ》った時よりも念入りに手入れした、とさえ言えるかもしれない。

爪の下まで綺麗にして、裸のまま鏡の前に立ってみる。惚《ほ》れ惚《ぼ》れするような透明ぶりだった。今この浴室を誰かが覗いたならば、シャワーの水が空中で跳ねていることを不思議に思うかもしれない。湯船に浸《つ》かった時には、不定形の人型に水がくり抜かれたようになり、わたしが体を動かすたびにその形が変化していく。完全に透明になるのは、病に罹患した時以来かもしれなかった。わたしは久しぶりの感覚に、愉快な気持ちさえこみあげてくるほどだった。

まだ新薬が輸入されていなかった頃、透明人間化は化粧のみによって隠していた。その時分には、人差し指の第二関節から指の根本までの色を落とし、日付も変わった頃に、このマンションのベランダから見える満月にその人差し指の隙間をあてがってみるのが好きだった。まるで満月を自分だけの指輪にしたような錯覚を味わえたからだ。非透明な人間には、こんな妄想を楽しむことはできない……そんな小さな優越感を一つ一つ積み上げることでしか、正気を保つことのできない夜もあったのである。

満月の指輪がもたらすそれに似た愉快な気持ちを膨らませながら、わたしは入浴を楽しんだ。しかし、計画が成就するのはこれからである。誰もいないはずの部屋で無残に殺された川路教授を見下ろした時、この愉快さは最高潮を迎えるだろう。

翌日、計画を実行に移す気でいたが、その日は朝から大雨が降っていたため、決行は一日遅れとなった。

雨と雪だけは、なんとしても避けなければならなかった。雨は裸のまま浴びたとしても、水が弾かれることで、そこに人がいる事実が判明してしまうし、雪には必ず足跡が残る。夏場なので、雪を警戒する必要はなかったが、逆に雨の頻度は高い。

そして決行の日。早朝に起き、服をきちんと身に着けた上で、半袖のシャツとスカートから露出した腕部、手や脚、顔に化粧を施して、薬を飲んだ後の透明人間に見えるようにしていく。頭にウィッグをかぶり、透明になった髪の毛を覆《おお》い隠した。足にはどうせ靴を履《は》いてしまうし、また爪の下に化粧に伴う汚れが入り込むと厄介なため、夫の前では靴下を履いて誤魔化すことにした。

緊張であまり食欲も湧かなかったが、いざことに及ぶという時に、お腹が鳴って居場所がバレたなどという事態になっては目も当てられないので、桃をミキサーにかけ、スプーンでこまめに掬《すく》い、よく嚙みながら飲み込んでいく。「消化」の時間は計測してある。この時間に起きて食べておけば、車でパーキングに着く頃には体内組織と同じ「透明」になっているはずだった。

「じゃあ、行ってらっしゃい、あなた」

「……ああ、行ってくるよ」

夫はこちらを一度も振り返らずに家を出て行った。五分ほど間隔を空けてから、車のキーを持って出かけた。

家を出て、向かい側の部屋を見つめながら、ふうっと息をつく。少し体が震えるのを感じた。わたしの住んでいるマンションは、廊下を挟んで東西にそれぞれ部屋があり、内装は東西で線対称になっている。今の私の見た目は非透明人間にしか見えないが、よそ行きの格好で朝早くから出かけることが、住人の不審を買わないとは限らない。わたしの自宅は九階だが、大事を取って、階段で地下駐車場まで降りて行った。

駐車場まで辿り着くと、夫の車に乗って出発する。事前のシミュレーション通りの交通量で、渋滞にも遭遇せず目的地に着く。

うす暗い立体駐車場はほどよい混み具合で、首尾よく低階層に停めることができた。

車を停めたとき、視線を感じた。隣の車の窓越しにじっと見つめている赤ん坊の存在に気付く。呆《ほう》けたような表情で、親指をおしゃぶりのようにしゃぶっている。車から降りた親子連れが、トランクから大きな荷物を取り出していて、車の近くで長く留まっていた。親子連れで、こんな平日の朝早くから出かけるものだろうか？　よりによって今日？　車中でほぞを噛みながら、親子連れがいなくなるのを待った。朝の時間は動きが速い。数分のロスでさえ命取りになりかねなかった。

親子連れがいなくなった。わたしは素早く後部座席に移ると、服とウィッグを取り去り、顔や露出部に施した化粧を落とした。駐車場の監視カメラの位置はすべて頭に入っている。この位置に止めた場合、後部座席での行動ならカメラに映ることはない。

問題はここからだった。爪の下をはじめとした細かい場所にも汚れが残っていないことを確認したうえで、周囲に人がいないタイミングで後部座席を素早く開け閉めする。車をロックした後、車のキーを、あらかじめ用意しておいたガムテープで車の下に貼り付けた。凶器をはじめとして、あらゆるものを携行しないことは絶対条件だ。

もし季節が冬だったら、この時点でアウトだっただろう。一応、外に出る覚悟はしていたし、この時に備えて、何度か室内やベランダで裸になってみたが、やはり慣れるものではない。立体駐車場を出ると、肌に直接夏の日差しが降り注ぎ、少し汗ばんできた。汗も老廃物なので透明だが、タオルで拭《ぬぐ》うわけにもいかないので、この不快な状態のまま動き続けなければならない。

足跡を残さないよう、土や芝生などは避け、アスファルトとコンクリートの上を選んで歩いていく。午前中だからまだまだだが、これから日が高くなり、アスファルトが熱を持ち始めれば、裸足《はだし》で歩くこともままならなくなりそうだった。ことを終えた後は、なるべく早く車まで戻る必要があるだろう。

ひやりとさせられたのは、裸足の足裏についてしまう細かな砂粒やゴミだった。事前の検討でも、ある程度気を配っていた点ではあるが、今日の暑さはまた格別で、足裏にかいた大量の汗がより状況を悪くしていた。なるべく日陰を選び、足を上げないようにして歩く。

車と歩行者をよけ続けながら、じりじりと大学に近づいていく。車をよける必要があるのは透明になっても変わらないので、歩道を歩かなければいけないし、信号に合わせて道路を渡らないといけない。赤信号で待つ時、他の人間にぶつからないよう距離を置くので、普通の人間よりも不自由とさえいえる。わたしはなんだか腹が立ってきた。

駐車場での数分の遅れが作用して、片方のルートが小学校の通学時間帯にあたってしまった。ルートを二つ確保しておいたのは正解だった。

大学の敷地に入った。この頃にはすっかり汗だくになっていて、ことを終えて家に戻ったら、シャワーを浴びようということ以外考えられなくなっていた。

研究所の前に立ち、職員が出勤してくるのを待つ。血色の悪い猫背の男性が、コーヒーチェーン店のアイスコーヒーを片手に、建物に入るところだった。年の頃から見て大学院生だろう。彼はポケットに手を突っ込んでしばらく中を探っていた。わたしは彼の背後にぴたりと張りついて、彼が扉を開けるのを待った。

事件はその時起こった。両方のポケットを探るために、アイスコーヒーを右、左とせわしなく持ち替えていた男の手が滑り——アイスコーヒーの容器が地面に落下した。

(危ない!)

そう声を上げることは許されなかったが、慌てて後ろに飛びのいた。

「バカ！　危ないじゃないの！」

背後から女の怒声が飛んできた時、わたしはすっかり青ざめていたことだろう。

「ほら、わたしの白衣が汚れ……あれ……？」

いかにも。飛び散ったコーヒーは、背後に立ったその女性の白衣を汚すはずが、私の見えない体に付着して空中で浮いているのだった。女性が怪しむのも無理はない。

「ごめんごめん、悪かったって。でも、中に替えの白衣くらいあるだろ？」

そう言いながら、男がカードキーで扉を開ける。

わたしはその瞬間、研究所の中に飛び込んでいった。


思えば、駐車場の段階で、悪い方向に傾き始めていたのだ――。

トイレに駆け込んでペーパータオルを確保すると、素早くコーヒーを拭い、ペーパーをゴミ箱に捨てた。コーヒーの一件はともかく、女子トイレに誰もいなかったのはラッキーだった。

あれで、透明人間の存在に気付かれただろうか？不審がっていた白衣の女性も、気のせいと思ってくれればよいのだが。

川路教授まで話が伝わり、警戒されれば、研究室に鍵をかけられるかもしれない。そうなれば侵入は絶望的になってしまう……。

いや、実行する前から失敗するときのことを考えるのはよそう。

研究所の玄関であのトラブルに見舞われた時、逃げようと思えば逃げられたのだ。それを、あえて研究所に侵入することを選んだ。あの時、無意識のうちに、不退転の決意を固めたのだ。だったら、最後までやり遂《と》げる他ない。

女子トイレの扉が開き、スーツ姿の女性が入ってきた。扉が開いているうちに、そっと扉を押さえて脱出する。誰かがしっかりと計測していれば、わずか三秒ほどの間、扉の動きが止まっていることに気付いたかもしれない。

川路教授の研究室の位置はすでに特定済みだった。あとは人の出入りに合わせて侵入すればよい。幸い、研究室の前を見張り始めてから数分後に、レポートを提出しに来た男子学生が通りかかった。運が向いてきたかもしれない。

扉が開いている隙にこっそりと入り込む。

研究室の中はかなり狭かった。奥に川路教授自身のデスクがあるほか、一続きの部屋の中に、研究生たちのデスクが四脚。それぞれの机の上には書類が散乱し、パソコンを使うにも机の上の整理が必要なありさまだった。壁面はキャビネットと本棚で埋め尽くされており、膨大な実験データや資料、文献の数々が保管されていると推測された。部屋の一隅には洗い場があったが、研究室に備え付けのものにしては、調理器具や調味料が充実しているのが印象に残った。

そうした観察を続けているうち、凶器に使えそうなものを見つけた。入口近くの飾り棚に飾られた、金属製の楯《たて》である。二十センチ四方のもので、何かの記念品らしい。キャビネットの中にも、記念品のトロフィーなどが飾られているが、一度キャビネットを開けなければいけないのが悩ましい。洗い場の下の戸棚に包丁がある可能性もなくはないが、戸棚を開くのもリスクの上では同等だ。

悟られぬよう、楯を軽く持ち上げてみる。それなりの重さがあった。持ちづらいのが玉に瑕《きず》だが、凶器としては十分だろう。棚に飾られているだけだから、手に取るまでの初期動作が少ないのが最も重要だった。

レポートを叩きのめされた男子学生が、すごすごと部屋を後にした。川路教授は長い溜め息をついた後、自分のデスクの椅子に座り、こちらに背を向けた。

今だ——。

わたしは楯を手に取った。その重みを手に感じながら、そっと川路教授に近づいていく。彼は身長二メートルはあろうかという筋骨隆々《りゅうりゅう》とした大男で、対するわたしは百四十センチ台の女。相手が座っている時に不意を衝《つ》かなければ、勝ち目はない。

その時だった。足元で、カサッ、と音が鳴った。息が止まる。音のしたほうを見ると、床に落ちた書類をわたしの足が踏みつけていた。

「うん？」

川路教授が怪訝《けげん》そうな顔で体ごとこちらを振り返る。その目には、空中に浮いた楯が映っているはずだった。彼は目を見開いて、口を開き、今にも叫び出しそうだった。

もはや迷っている暇はなかった。わたしは両手に持った楯を、川路教授の額にまっすぐ振り下ろした――。

返り血を洗い場で洗うと、わたしの体は再び透明に戻った。川路教授の死体が倒れた地点から洗い場まで、血の跡が点々と残ってしまったが、自分の痕跡は何も残していないはずだ。

パソコンからすべての研究データを抹消すると、わたしはようやく息をついた。バックアップも完全に潰《つぶ》し、キャビネットの中にある研究データも、重要なものはシュレッダーにかけておいた。これで、少なくとも数年間は、川路教授が作ろうとしていた新薬が完成するのは遅れるだろう。永遠に開発されなくなれば、それに越したことはないが。

午前十時三十二分。思ったより時間がかかってしまった。もう少し早く終わる予定だったのだが。後は扉の鍵を開けて、人がいないタイミングを見計らって外に出れば――。

その時、扉が叩かれた。

「川路教授――川路教授はいますか」

わたしはその場で凍り付いた。

「無事ですか？　無事なら返事をしてください。この建物の中に、透明人間が入り込んでいるんです」

何よりもわたしを恐怖させたのは、その声の主だった。

なぜ、夫が、内藤謙介がここにいるのか。

「無駄だよ、内藤さん。きっと彼はもう殺されていることだろう。透明人間がうかうかとこの部屋の中で過ごしているとは思えないからね」

聞き覚えのない男の声もした。

あと何分稼げる？　わたしは大急ぎで動き始めた。扉に鍵がかかっているのを視認した上で、部屋の中を調べ始める。

そのとき、背後で、バサッと音が鳴った。振り返ると、机の上にうずたかく積もっていた書類が崩れてしまっていた。

「おい、中で何か音がしなかったか」

「まさか、本当に中に——」

冷や汗が流れた。あと何分稼げる？　わたしの思考はめまぐるしく回り始めた。何としても、ここで捕まるわけにはいかないのだ。

わたしはこの密室から、消え失せなければならない——。

2

ぼくが妻のことを疑い出したのはいつからだろう。やはり、最初の取っ掛かりは、ニラ玉と軟骨の唐揚げということになるのかもしれない。

「今日は食欲がないの。あなたが全部食べていいわよ」

彩子がそう言ってニラ玉の皿をこちらに滑《すべ》らせた時、ぼくは相当驚いた顔をしていたのだと思う。

「何か変なこと言った？」と彼女が困ったように笑った。

「いや、別に……」

そう答えてからニラ玉をかきこんだが、ぼくにとっては十分に変なことだった。ニラ玉はぼくと妻の共通の好物で、特に妻はこれに目がない。食欲がない時ですら、これを食べれば元気になる、と漏らしたこともあるほどだ。

次の異変が、軟骨の唐揚げである。妻のお気に入りの惣菜店《そうざいてん》で、よかれと思ってお土産に買っていった軟骨の唐揚げだったが、彼女は箸《はし》一つつけなかった。思えば、ニラ玉の日を境に、主菜は肉ではなく魚が多い気もする。

ある朝、リビングに起きていくと、キッチンで妻が果物をミキサーにかけていた。ぼくがいつも寝坊するため、妻はぼくが起きているとは微塵《みじん》も思っていない様子だった。スムージー状にした果物を、一気に嚥下《えんげ》せず、スプーンでこまめに掬っては口に運んでいる。そういえば、最近、朝食は一人で食べることが多いと思っていたが、彼女がこの時間に一人で食べていたからだったのか。

床に並べられた大型調味料の瓶《びん》に足をぶつけてしまい、瓶がぶつかりあう音が響いた。妻はハッと息を吸って、素早くこちらを振り返った。

「……おはよう。なんだか今朝は、早く目が覚めちゃって」

気まずいことなど何もないはずなのに、言い訳がましい言葉が口をついた。

「あら、そうなの。ちょっと待ってね。今、朝ごはん用意するから……」

妻は体でミキサーを隠すようにして言った。バツの悪そうな顔をしながら。まるで見せてはいけないものを見せてしまった、とでもいうように。

「最近、朝は毎日スムージーなのか？」

「え？　ええ、そうね」彩子は微笑《ほほえ》んだ。「朝の番組でやってたのよ、果物のスムージーが健康に良いって。これがなかなかおいしくて、ちょっと凝ってるの。あなたにも作ってあげようか？」

「うん。いいね。一つもらおうかな」

ソファに座って新聞を広げると、川路昌正教授の研究についての記事が目に留まった。川路教授が開発中の新薬では、透明人間を元の体に戻すことが可能になるらしい。全身を再現する薬の前に、顔や腕、足など一部のみを元に戻すプロト版の開発も考えているらしかった。プロト版だけでも、輸入薬の効きが悪い時に露出部の「透け」をカバーする化粧の手間を減らすことができるので、透明人間の暮らしは随分楽になるだろうと思った。隣のコラム記事は、川路教授の私生活にまで迫り、彼の趣味が筋トレであることと、その鍛え上げられた肉体の魅力についで書かれており、思わず苦笑させられてしまった。

透明人間病が現れてから百年余り、その治療は対症療法的な非透明化——政策にせよ、薬剤にせよ——によってきたが、ようやく根治《こんち》に至ろうとしているらしかった。薬の世界も日進月歩というわけである。

透明。そう、今、妻は抑制薬を飲み、まるでぼくと同じ普通の人間のように振る舞ってはいるが、実際には透明人間なのである。彼女と出会った大学生の頃には、まだアメリカの新薬の国内認可が降りておらず、服と化粧が基本だった。もちろん、化粧を施すのは手足や顔などの露出部に限られるわけで、服を脱がせた時には……。

そこまで考えを巡らせたとき、生々しい記憶とともに、ニラ玉、軟骨、スムージーを繋《つな》ぐ一本の線が見えた。

実のところ、彼女との初体験はうまくいかなかったのである。理由は彼女の腹の中にあった。透明人間は光を透過させる。彼女の胃の部分には、その日の飲み会で食べたものが現在進行形で消化されながら、どろどろの液体となって漂っていたのだ。ビールと刺身とカクテルと唐揚げの混合物。それですっかり、気分が萎《な》えた。

(ごめんなさい、あまりに突然だったから……)

(肌に塗れる、無害なペインティング剤があるから、それとわかってたら、ちゃんと塗ってきたんだけど……)

彼女の事情を察せなかった自分が情けなかった。男としての恥ずかしさとともに、その夜の出来事は戒《いまし》めとして胸に刻まれている。しかし、この記憶で重要なのは、胃の中の消化過程が見えるという事実だ。

ニラ玉のニラは繊維質を多く含む食品である。そして軟骨の唐揚げの軟骨も、消化されにくい食品だ。

試しにインターネットで検索をかけてみると、「透明人間と食」というページがヒットした。繊維質の多いものや肉に含まれる軟骨、果実や野菜類の種子は、消化されないままいつまでも浮遊していたり、噛む回数が十分でなかった場合そのままの形で便として排出されることもあるため、透明人間にとっては取り扱いに注意が必要な食品だという。かなり古いページであり、抑制薬の輸入認可前の記述だったため、その文章の末尾はこう締めくくられていた。

『もちろん、それも抑制薬が輸入されるまでの話だ。従来のペインティング剤などに比べ、より簡便に肌の色を再現できるようになるこの薬が、透明人間の食の自由をも開いていくのは疑いのない事実である』

そう、非透明であり続けるならば……。

その朝から二日後、ぼくは抑制薬を飲むときの妻の様子をそれとなく観察していた。薬は二粒の錠剤である。右の手のひらの上に出し、そのまま口に運び、左手に持った水を飲む。妻が右手を握りこんだままであることを、ぼくは見逃さなかった。そのまま廊下を歩いていき、なぜか右手が右の壁の前で一瞬空を切ってから、左にあるトイレに入っていった。一連の流れの中で、彼女は決して右手を開こうとはしなかった。薬を飲まずにトイレに流してきたことは明らかだった。

もはや疑いようもない。妻は抑制薬を飲まずに、透明人間「そのもの」に戻ろうとしている。透明に戻るのであれば、繊維質を含む食品や、軟骨は避けなければならない。もちろん、消化ないし排出してしまえればいいが、妻の目的いかんでは、いつまでも腹の中にそうしたものが残り、宙に浮いているように見えるというのは避けなければならないのだろう。だからこそ、消化に良い果物のスムージーを食べているのである。

だが、目的が分からない。

透明になることで生活が便利になることなどないのだ。それでもなお透明になろうというのなら、それ相応の理由があるはずである。

そう考え始めた時、また別の手がかりを見つけた。ぼくの車のガソリンが増えていたのだ。増えていたというのは語弊《ごへい》があるが、ぼくの記憶では半分以下だったはずのガソリンが、いつの間にか満タン近くまで補充されていた。何者かが車に勝手に乗り、ガソリンを足したことは間違いない。そして、車のキーを使えるのは僕の他には妻しかいない。

ぼくがいない間に、車でどこかへ出かけている……。

目的として考えられるのは、妻の不貞だった。

透明になっているのは、人知れずぼくの前から消えるためかもしれない……そう考えると、怖くてたまらなくなった。

彼女に色をつけてもらうのは、いつか彼女がどこかに消えてしまうのを、ひたすら怖く思うからなのかもしれなかった。彼女が透明になってしまえば、ぼくにはそれを見つけ出す手段がない。詰まるところ、国を挙げて、医療を駆使して、透明人間に色を与え続けるのは、われわれのそうした恐怖に由来するのではあるまいか？

しかし、妻の裏切りなど疑いたくはなかった。一方で確かめたい気持ちもあった。

そんな時、郵便ポストに投げ込まれていた、安っぽいチラシが目に留まったのだ。「茶風義輝《ちゃかぜよしてる》探偵事務所」という素っ気ない文字の下に、「当方、尾行に自信あり！　絶対に気付かれません！　難事件求む！」という達者な字が躍っている。信頼のおける人間なのか判断はつかなかったが、探偵の知り合いなどいようはずもなく、試しにこの男に相談してみようと思った。怪しいチラシに乗せられてしまうほど、その頃のぼくの精神状態が不安定だった、ということなのだろう。

今日は、「茶風義輝探偵事務所」の調査報告を聞きに、仕事後に事務所に立ち寄ることになっている。

妻には「仕事で遅くなる」という連絡を入れておいた。朝からの大雨がいまだに降り続いており、傘をさしてなお、足元はすっかりずぶ濡れになってしまった。

インターホンを押すと、扉が勢いよく開いて、栗色のスーツに身を包んだ、痩《や》せぎすの男が顔を覗かせた。茶色に染めた髪の毛はいかにも軽薄そうだが、すっと通った鼻筋と澄んだ瞳はどこか聡明さを感じさせる。ぼくの顔を見るなり、男は顔を輝かせた。

「やあ！　待ってたよ内藤さん！」

事務所の中に入ると、雨の日の湿気も相まって、ムッとするような臭いが鼻をつく。事務所の中に所狭しと並べられた書類の束や書籍の類《たぐい》のせいだろう。部屋の四面の壁のうち、三面までが本によって埋められている。書類の山の中からソファを探り当てると、座って探偵の報告を黙して待つことにした。

「この一週間の調査で、奥さんの足取りが摑《つか》めたよ。結論から言えば、彼女は確かに、平日は毎日同じところに車で出かけていた」

「やはり……」予想していたこととはいえ、ショックはやはり大きい。「それで、彼女はどこに向かっていたんですか？」

「U駅近くにある立体駐車場に車を停め、そこから徒歩で……大学にね」

「え？」

予想もしていない答えだった。

「そう、大学なのさ。これがキミにとって幸運なのかそうでないのかはわからないが、不貞相手の家に行っていたのではない。大学の敷地に入り、構内の研究所の前まで歩いていく。その行為を平日の間繰り返していたわけさ」

「……意味がわかりません」

「そうだろうね」

探偵は立ち上がると、机の上に一枚の大きな地図を広げた。U駅と大学の周辺の白地図だった。白地図には無数の書き込みがあり、数種類の色ペンによって、いくつかのルートが書かれていた。

「これは？」

「それぞれの色が、奥さんが辿ったルートを表している。赤が一日目、青が二日目、というようにね。奥さんは八時過ぎに駐車場に車を停め、これらのルートを通って大学まで行く……そうした行動を繰り返したわけさ。例えば、この赤いルートと、青いルートの差を見てくれたまえ」

見ると、赤と青は、途中までは同じ道をなぞっているが、ある部分を境に二つに分かれ、大学の目の前で再び合流している。

「つまり、一日目と二日目の間で、ルートが微修正されている、ということですか？」

「その通り。そして一日目のルートは、ある小学校の通学路にあたっているのさ」

「……それが？」

「キミも頭の鈍い男だね。つまり、奥さんは人通りの少ないルートを模索していた、ということさ。三日目、四日目もほかのルートを考えていたようだけど、そっちは大通りにあたっていてね。結局、五日目は二日目のルートを辿り直した。できる限り人が少ないルートをね。この試行錯誤の意図は、キミがこの探偵事務所に来たそもそもの理由を考えてみるとわかってくる」

「あっ」そこまで言われて、ようやく思い当たった。「妻が透明になろうとしている、ということですか」

「そういうことだよ。透明に戻ったとき、まず気を付けなければならないのは、人にぶつからないようにすることだからね。『透明人間《まぬが》』がいると他人に気付かれれば、通報されるのは免れ得ない。だからこそ、できる限り人の少ないルートを探していた。予測のつかない動きをする小学生が通る道や、人や自転車、自動車の往来も多い大通りなんて、真っ先に避けなければならないだろう」

「ですが……何のために？」

「奥さんが毎日必ず佇《たたず》んでいた、研究所のことを考えるとわかってくるんだ。その研究所の出入り口には、電子ロックがかけられているんだよ。しかし、透明人間ならば、ほかの人間が入るときにそのあとについていくことが出来るだろうね」

「では、なぜ研究所に侵入する必要があるんですか？」

「透明になることをひた隠し、こっそり車を借り、一切他人に気付かれずに研究室に辿り着く道を模索している……このことから、その疑問について私が立てた仮説が二つある。一つは、奥さんが何らかの産業スパイである可能性だ。つまり、川路教授の新薬のデータを盗もうとしているんだろう」

「産業スパイ？　妻がですか？」

「考えにくいかい？　でもね、歴史上、透明人間の最初の利用先は人体実験と諜報員だったんだぜ」

「利用先って……！　透明人間だって立派な人間ですよ」

「おや、気に障《さわ》ったようだね。言葉が悪かった。謝るよ」茶風はぬけぬけと言ってのける。「ただ、この可能性は低いと言わざるを得ないだろう。もし本当に産業スパイなら、下見の段階から透明になっているだろうね。失礼ながら、奥さんの行動は不注意にすぎると言わざるを得ない」

「じゃあ、茶風さんの本命は、もう一つの仮説というわけですね。その、もう一つというのは？」

「ああ、それはね」茶風は額に手を当てて、うつむきながら言った。「奥さんが川路教授の殺害を企んでいる可能性だ」

「しかし、動機が分かりません」

翌日。ぼくたちは朝から大学近くまでやって来ていた。

会社は有給休暇を取った。妻の前ではスーツを着て、いかにも会社に行く風を装い、自宅のすぐ近くに停めてある茶風の車に乗り込んだ。

それから数分後、マンションの車庫から自分の車が出てきた。証拠から掴んでいたこととはいえ、いざ目の当たりにすると思わず目をそむけたくなった。

妻が乗る車を立体駐車場まで尾行しながら、ぼくの頭にようやく先の疑問が浮かんできたのである。

動機は何なのか？

「さあね。このタイミングで計画を立てている以上、川路教授の開発しようとしている新薬に原因があることは間違いないだろうけど」

「新薬に？　そんな馬鹿な。透明人間病の完治は全透明人間の夢であるはずです。もちろん、透明人間の夫であるぼくにとっても――。現に、ぼくたちは透明であることの不自由に抗《あらが》うために、ありとあらゆる策を講じてきたわけですし」

「いかにも。ただ、こう考えることもできるよ。彼らが透明なのではなく、われわれに色が付きすぎているだけだと、ね」

「……さっぱり分かりません」

「例えばだ。奥さんは実は大変に醜《みにく》い顔をしていて、それを人目に晒《さら》すのが嫌なのかもしれないよ」

「そんな馬鹿な」

「否定できるかい？」茶風はハンドルから片手を放し、ぼくに人差し指をつきつけた。

「透明人間の身分確認方法は、キミも知っての通りだ。自己申告に基づく『透明人間病罹患前の写真』と、塗料や化粧で再現した『顔写真』の二枚を登録することが義務付けられている。前者は言うまでもないが、後者についても、一流のメイクアップアーティストが本気でやったなら、全く違う顔を作れないことはないだろうね」

「そういう技術があれば、確かにそうでしょうが……妻とは大学卒業後、間もなく結婚しましたし、そういった職業についた経歴はありませんよ」

「……ほう、本当に？」茶風の視線がぼくに向いた。「しかし、一考の余地がある問題だと思わないかい？　長い間同じ屋根の下で暮らしてきた相手が、本当に自分が思っている通りの人間なのかどうか……」

その言葉を聞いた瞬間、美醜の問題を取り上げられた時よりも、はっきりと——ぼくの背筋に震えが走るのを感じた。

（そうだ……彼女は本来、透明な存在なのだ……薬を飲ませて、化粧をさせて、塗料を塗ったとしても、それはかりそめの姿に過ぎない……もし、彼女の外面が完璧に偽装されたものだったとして、ぼくはそれに気が付くことができるだろうか？）

彩子、お前は一体、何者なんだ？

肌が粟立《あわだ》つような感覚を覚えたところで、茶風の車は大学近くのコインパーキングに到着した。

「ここから大学までは徒歩で行こう。なんにせよ、彼女の最終目的地も研究所なわけだからね。そこで待ち伏せをして、奥さんの目的が本当に殺人なのかどうか、われわれの目で見極めるとしよう」

茶風に連れられて、研究所の出入り口が見えるベンチに陣取る。木陰に位置しているため、妻からも見つけられにくいだろう。栗色の明るいスーツに身を包んだ血色の悪い男と、夏用のスーツを着たいかにも風采のあがらないサラリーマンであるぼく。かなり怪しい組み合わせではあるが、大学という場所の懐《ふところ》の深さからか、警備員に声をかけられることもなく時間は過ぎていった。

張り込みにも飽き、次第に上がってくる気温に音をあげて、飲み物が欲しくなってきた。猫背の男が、コーヒーチェーン店のアイスコーヒーを持って研究所に入ろうとしている。たとえ安いアイスコーヒーでも、この環境下で見ると羨《うらや》ましくなってくる。

「茶風さん、ぼく、ちょっと席を外して飲み物を――」

そう口にした瞬間、研究所の前から「うわっ」という声がした。

見ると、男がアイスコーヒーの容器を落として、中身がこぼれていた。地面に落ちて飛び跳ねたコーヒーの飛沫は、驚くべきことに、空中に浮かんだままになっていた。

「バカ! 危ないじゃないの!」

男から少し距離を置いて背後に立っていた女性が、怒ったように叫ぶ。

「茶風さん!」

「わかってる。コーヒーの飛沫が浮いていることだろ? 今あそこに奥さんがいるのは間違いないようだ。少し距離を置かないと気付かれる。気持ちは分かるが、少しこらえてくれ」

「どうして」

「これは重大なミスだ。わたしなら間違いなく引き返すレベルのね。その場合、すぐ研究所に近づくのはまずい。逃げ出してくる彼女がわれわれの尾行に気付く可能性がある」

「しかし――」

研究所の入り口を見張り続けていると、コーヒーの件で諍《いさか》いをしていた男女が建物の中に入っていく。周囲の芝生に透明人間の逃げた足跡がないか確認しながら、ぼくらは建物に近づいていった。

「見たまえ」

茶風の声に促されて玄関を見ると、ガラス扉の向こうの玄関マットに、コーヒーの染みがあるのが確認できた。

「コーヒーをこぼした男は、ほとんどコーヒーを浴びなかったようだった。後ろにいた女性も同様だね。それなのに、ガラス扉の向こうにコーヒーの染みがあるということは……」

「──彩子が中に入ったということじゃないですか！」

「残念ながら、そうなるね。どうやら奥さんは本気のようだ」

ガラス扉の向こうから、先ほどの猫背の男がやってきた。

「やあ、これからアイスコーヒーを買い直しに行くところかい？」

「えっ」

猫背の男は不審者でも見るような目つきで茶風のことを見た。ぼくは慌てて事情を説明した。それでようやく、「ああ、見られてたのか」と、男の緊張も緩んだ。

しかし、茶風はそんな困惑をものともせず、さらに問題発言を重ねていった。

「ところで、私は茶風探偵事務所の茶風義輝というものだが、この研究所で、いままさに殺人が起ころうとしているんだ。君のカードキーで、中に入れてもらうわけにはいかないだろうか？」

それからひと騒動が始まった。危うく警備員まで呼ばれかけたが、ぼくが身分証を提示したりして、段々と混乱は収束していく。

猫背の研究員と、彼が連れてきた体格の良い研究員の二人組が、ぼくたちに玄関で応対した。透明人間の存在は、先ほどのコーヒーの騒動があったこともあり、説明を重ねるにつれて受け入れてもらえたが、中を調べさせてくれという要求はまた別だった。

「……もし本当に透明人間が侵入しているなら、確かに教授の命が危ないかもしれない」と猫背の研究員が神経質そうに言う。

「怪しい奴らだが」体格の良い方はゆっくりとかぶりを振った。「不思議と……嘘をついているようには見えん」

「お願いします、その透明人間は――」

妻、と言いかけて飲み込んだ。今はまだ、疑いに過ぎないのに、その言葉を口にするのは彼女への裏切りになると思ったからだ。

「――ぼくの友人なのです。早まったことをする前に、止めてやらないといけないんです！」

二人の研究員が困ったように顔を見合わせて、しばらくひそひそと話し合っていた。

「……まあ、万が一に備えて、中を調べてみましょう」

「わたしたちも同行して構わないだろうね？」茶風が図々《ずうずう》しく言った。

「ああ。友人だっていうなら、お前らにしか気付けないことも多いだろうからな。ただし……」

体格の良い方は、ぐっと拳を握って突き出した。

「変な素振りを見せたら、即座に締め上げる」

「こいつ、高校、大学と柔道部なんだよ」

猫背がそう言うと、「なるほど、使えそうだね」と茶風が小声で呟くのが聞こえた。

猫背は山田《やまだ》、体格の良い方は伊藤《いとう》と名乗った。

山田のカードキーで研究所の中に入った。玄関マットに点々と垂れたコーヒーの滴は、そのまま一階の女子トイレの方に伸びている。

「トイレの中でコーヒーの汚れを落としたようだね。また透明に戻ったわけだ」

「そのあとの足取りは……やはり、川路教授の研究室でしょうか？」

ぼくらは地下に向かい、その奥に位置する川路教授の研究室の前に立った。ぼくは勢い込んで、研究室の扉をノックする。

「川路教授――川路教授はいますか。無事ですか？無事なら返事をしてください。この建物の中に、透明人間が入り込んでいるんです」

「無駄だよ、内藤さん。きっと彼はもう殺されているることだろう。透明人間がうかうかとこの部屋の中で過ごしているとは思えないからね」

茶風の言葉をたしなめようとした瞬間、室内で、バサッ、という音が聞こえた。

「おい、中で何か音がしなかったか」

「まさか、本当に中に――」

「さて、それじゃあ突入しようか――。キミ、この部屋の鍵を持ってきたまえ」

「くそっ、部外者がここまで立ち入るのだって、異例中の異例だが……」伊藤は頭をガリガリと掻いた。扉を強くノックすると、大音声で声をかけた。

「川路教授、申し訳ありません！　お返事がないようですので、安否《あんぴ》を確認するべく、鍵を開けさせていただきます！」

言い終わると、彼は研究所の階段を急いで上がっていく。

「研究室の鍵のスペアを見つけるのに、少し時間がかかるかもしれません。場合によっては事務室まで向かう必要がありますから」

「悠長《ゆうちょう》な話だね。まあいい。研究室の中だが、この扉以外に出入り口は？」

「いいえ。この扉一つです」

「分かった。さて、内藤くん。われわれは扉を見張っていることにしようか。ノブが回ったら、その瞬間に取り押さえないとね」

鍵を待っている時間は永遠にすら感じられた。ようやく伊藤が鍵束を持って帰ってくると、茶風はすぐさま鍵を開け、ノブを握りこんだまま振り返った。

「いいかい。すれ違いざまに脱出しようとしているかもしれない。扉を開けたら、わたしの後に続いてすぐに部屋に入り、そして閉めるんだ。しんがりは内藤さんにお願いしよう。扉が閉まった瞬間に、ノブを握りこんで押さえてくれ」

わかりました、と答える暇もなく、茶風が扉を開ける。二名の研究員が体をくっつけながら中になだれ込み、ぼくもそれに続いた。扉を閉めると、言われた通りドアノブを握った。

「何か体に触れる感触はなかっただろうね？」

「おう」伊藤は猫背の山田を指さして言う。「こいつと体をくっつけて入ったからな。すれ違う隙間もなかったはずだぜ」

「さすが透明人間の研究家たちだ。機転が利《き》くね」

そのとき、山田が「あれ？」と声をあげた。怪訝そうな顔で扉近くの飾り棚を見ている。

「どうかしました？」

「この飾り棚に置かれていた楯がなくなっているので、どうしたのかな、と――」

「おい、おいおいおい、それどころじゃねえよ、見てみろ、あれ……」

伊藤が部屋の奥を指さした。

「なんてむごいことを……」


研究室の中にはムッとするような臭気が充満していた。その原因は、奥の床に横たわった川路教授の死体だった。

死体の様相はあまりに異様である。

第一に、服がすべて脱がされ、全裸で仰向けに横たわっている。下着すら身につけていない、生まれたままの姿だった。川路教授は肉体造りに凝っていたというが、その鍛え上げられた肉体が晒されている。白衣などの衣服は、死体のそばに雑多に放り出されていた。

第二の点は凄絶《せいぜつ》である。川路教授の顔がズタズタに切り裂かれ、見るに耐えないありさまになっていたのだ。見ると、胸板のあたりにも刺し傷が一つ穿たれ、切り傷もいくつか開いている。仕上げは心臓部に突き立てられた一本の出刃包丁である。

この現場はあまりに凄惨だった……誰一人死体に近づこうとはしなかった。川路教授が死んでいることは明らかだったからだ。

そして何より恐ろしいのは。

この部屋の中に、目に見えない存在が一人、息をひそめているということだった。

3

四人の男が部屋に突入するのを見たとき、わたしは思わず舌打ちしそうになった。しかし、いかなる音を立てるわけにもいかないので、何とか舌打ちはこらえる。それどころか、呼吸の音さえ潜める必要があるのだから……。

（一人か二人なら、不意を衝いて攻撃することも出来たかもしれないが……）

複数になると俄然《がぜん》状況は厳しくなる。一人攻撃した段階で、別の人間に位置を悟られることになるからだ。こうなれば、こちらからは極力情報を与えず、抜け出す瞬間を見計らう――その戦略を取るしかない。


「透明人間が、再び透明に戻ったのは明らかだね。洗い場を見てみるといい」

栗色のスーツを着た痩せた男は、そう言って沈黙を破った。

「洗い場前のマットには水が飛び散っている。おまけに、タオル掛けのタオルには血痕が残っているようだ。透明人間の血液は透明だから、あの血痕は川路教授のものに相違ない。つまり、犯人は自分の体に飛び散った返り血を水で洗い流し、拭い去った。この密室の中で、再び透明になって息を潜めているというわけさ」

「はん、さすが探偵だな」

体格の良い研究員が鼻を鳴らした。わたしもそうしたい気分だ。実際、この探偵とやらの言葉は、忌々《いまいま》しいほど的中している。

「山田くん。まずは警察に連絡を」

「ここには固定電話がないのです。携帯も、地下で繋がらなくて」

「何だって？」

「今、外に出て連絡を――」

「いや、今はいい。扉を開けてはダメだ」

探偵は早口で言ってから息を吐いた。

「さて、それでは手始めに、扉に目張りでも施そうか」

「茶風さん」夫が尋ねる。「それは一体どういう」

「ここまできたら、われわれに取れる手段は一つしかない。現行犯逮捕だ。考えてもみたまえ。この部屋から、あるいはこの建物から透明人間が脱出してしまったら、われわれはどうやって彼女を見つけ出せばいいんだい？」

夫が息を呑むのが気配ではっきりと分かった。

問題は、「探偵」と呼ばれているあの男が、「彼女」という言葉を口にしたことだ。わたしの素性はバレているということになる。これは推測にすぎないが、夫がわたしの行動の何かを不審に思い、探偵に相談を持ち掛けたのかもしれなかった。

だとすれば、ここから逃げ出したとしても――いや、そう悲観するのは早い。どのみち事件が起こる前に摑んだ証拠など、裁判での立証には程遠いものに違いないのだ。一番まずいのは、この部屋にいるところを捕まることだ。それさえ避ければ、あとから言い逃れはいくらでも出来る。

「そう。われわれは絶対にここから彼女を逃がすわけにはいかない。そのための目張りさ。目張りを剝《は》がす、あるいは扉ごと壊さざるを得ない状態にしてしまえば、音によって、脱出しようとしている彼女の存在と位置に必ず気付くことができる」

探偵の理屈に納得したのか、研究生たちが部屋の中からガムテープを探し出し扉に目張りを施す。

「茶風さん、次の方策は？」

「少し時間をくれ。……ああ、キミたちも、壁を背にして、頭を守っていた方がいい」

「は？」

見ると、茶風探偵は壁の近くに立ち、ファイティングポーズを取って、不格好なジャブを繰り出している。

「だって、相手はひと一人殺して、しかも顔を切り裂いた凶悪犯なんだぜ？　おまけに目に見えないと来ている。今、わたしの息がかかる場所にいて、次の瞬間には殴られていたとしても文句は言えないね。むろん、わたしには格闘術の心得があるわけだし、そこにいる体格の良いキミは柔道の経験者だがね」

その言葉がさざ波のように室内に広がり、二人の研究生と夫はしばし恐懼《きょうく》していた。空中に視線をさまよわせ、そこにいるかもしれない幽鬼の姿を思い描いているのだろう。

茶風の構え方を見れば、格闘術の心得があるという発言がブラフであることはわかる。手出ししても勝ち目はないぞ、というポーズなのだ。

しかし、もしブラフでなかったとしたら？　あの男の狡猾《こうかつ》そうな目つきからして、こちらが侮《あなど》って攻撃したところを、逆に取り押さえるくらいのことは考えそうだ。わたしの思考は堂々巡りに陥ってくる。

この選択は誤りだったのかもしれない。見通しが甘いと言わざるを得なかった。まさか、探偵などという存在が第一発見者になるとは露《つゆ》ほども思っていなかったのだ。

（だが……結局は見つからなければいいだけのこと）

息をゆっくりと、音を立てないように、吐き出した。

4

「さて、逃げ道を塞《ふさ》いだところで、少しだけ無駄話でもしようか」

ぼくは茶風さんの言葉に驚いた。

「いやいや、そんな場合じゃないでしょう」

「でも、キミたちだってさっきから嫌でも目に入ってくるだろう……川路教授のあの無残な死に様についてだよ。いくつか気になるところがあってね」

直視はできないので、ちらりと目の端で死体を見る。顔を切り裂かれ、包丁が突き立てられた全裸の死体。考えたくもないが、確かに、気になることがないでもなかった。

「あの包丁は……」

「ああ、あそこから調達したんだろうね」

茶風は事もなげに応じて洗い場を指さした。下部の戸棚が開けっぱなしで、包丁入れに一本も包丁がないことが見て取れる。川路教授の死体から洗い場にかけては、血の跡が二筋、点々とついていた。先ほど茶風が言っていた、返り血を洗い流した時の形跡だろう。

「キミたちに聞きたいんだが」茶風は二名の研究生に声をかけた。「あの洗い場の戸棚には包丁が入っていたかね？」

「え、ええ」山田が答えた。「二本置いてあったはずですが……」

「ほう。研究室に包丁とは、随分と変わってるね。それに、えらく立派な包丁だ。一尺はある出刃包丁だね。簡単な料理をするには持て余すと思うのだが……」

「二年ほど前ですが、ある研究生が透明人間と消化についての研究をしまして。その時に、様々な料理を作っては、消化プロセスと透明化のプロセスをデータに取っていました。魚料理を作るには、あのくらいの出刃が役に立ったのですよ。包丁はその時の名残で、いまでもその研究生が料理を振る舞ってくれます。ハマったのでしょうね」

消化か。この前自分でも考えた問題だった。

「なるほどね。調理器具や調味料がやたらと充実しているのも同じ理由というわけだ。ともあれ、包丁を調達できたのは犯人にとってラッキーだったというわけだね」

死体をしげしげと眺めながら、「一尺の出刃なのに、刺さっているのは十センチにも満たないというのも気になるね」と付け加えた。

「包丁を調達……」

ぼくは少し考え込んでから言った。

「あの……それっておかしくないですか？　だって、犯人は計画的に川路教授を殺害しようとして研究室内に侵入したんですよね。なら、凶器くらいは普通用意するんじゃ……」

「やれやれ。キミは『本当に透明になった人間』のことがまだよく分かっていないようだね」

茶風は芝居がかった身振りで両手を広げ、こちらを小馬鹿にするような表情を浮かべた。

「凶器を用意したとして、それをどうやって運んでくるんだね？　どんなモノであれ、透明に変えることまでは出来ないんだぜ。包丁を空中にぷかぷか浮かせたまま、『ここに透明人間がいます』と喧伝《けんでん》しながら歩いてくるとでも？」

「なるほど」言い方には腹が立つが、正論である。

「だから、現場で調達せざるを得ない、というわけですね」

「そういうことだ。しかし、それでもなお、おかしいことはいくつも残っているんだけどね」

茶風は死体に歩み寄って行った。

「あっ、危ないですよ！　そんな無防備に！」

「攻撃してきて、居場所がわかるならもっけの幸いさ。ところで研究生。キミは今、包丁は二本あった、と言ったね。二本とも特徴は同じかな？」

「え、ええ。どちらも同じ工房から買った出刃ですので」

「とすると、二本目はどこにあるんだろうね」

そう言って死体のそばにしゃがみこんだ茶風は、

「ははあ、なるほど」と声を漏らした。

「一目でわからなかったのも無理はないな。見たまえ、これが二本目だ」

茶風がハンカチにくるんで手に持っていたのは、

二本目の包丁、より正確に言えば、その柄の部分だった。刃は半分ほどのところで折れている。

「さしずめ、折れた包丁、といったところだね。折れた刃の先も見つかったよ……右胸部の少し横のあたりに埋め込まれていた」

「埋め込まれて……!?」

ぼくと二人の研究生の間に、恐怖が電撃のように広がった。

「より正確な言い方をすれば、右胸部に刺した包丁を、その状態で横から叩き折り、結果として刃の先が体内に残されたという言い方になるだろうね。完全に体内に入ってるわけじゃなくて、刃の断面が覗いているから気づけたわけさ。おっと。安心したまえ。証拠は保全する必要があるからね。私立探偵としての分をわきまえて、死体には触っていないよ。

そして、叩き折るのには、おそらくこれを使ったんだろう」

茶風が拾い上げたのは金槌《かなづち》だ。死体のさらに奥の床に、工具箱が開けっ放しで放置されているのが見えた。その中から見つけてきたのだろう。

「だけど、いったいどうしてそんなことを」

探偵は肩をすくめてみせる。

「さあね——それじゃあ、ひとまず気になることも片づけたことだし。次にやるべきことは、二つ」

茶風は手を広げた。

「部屋を四つに分け、それぞれに人員を配置する。担当区画を決めるんだ。死体の近くはわたしが引き受けるから、ほかのところを自由に決めてくれたまえ」

言われた通り役割分担を決め、四隅の壁を背にして立った。

「二つ目は?」

「全員、靴は履いているね?」

ぼくら三人は顔を見合わせてから、茶風に頷いてみせた。すると、彼は机の上に投げ出されていた実験用のゴーグルと軍手を身に着け、金槌を手に取った。何をするのだろう、と怪訝に思っていると、おもむろにキャビネットのガラス扉を割り始めた。

「ええっ！」

その後も茶風の奇行は続き、キャビネットのガラス扉を割り終わったら、飾り棚のガラスを割ってい く。部屋の中には大量のガラス片が散乱した。あまつさえ、大きなガラス片を拾い上げては、あまり欠片《かけら》が飛び散らなかった場所まで運んでいき、床に叩きつける。

突然頭がおかしくなったとしか思えない行動だった。

彼は満足そうに息をつくと、ゴーグルを外して机の上に置いた。

「やれやれ。ガラスを割るというのはひと仕事だね」

「ちゃ、茶風さん。あなた、一体何を――」

「透明人間は今、裸足なんだよ。これで身動きは取れなくなるだろう？　おまけに踏めば音が鳴る」

そう言われてようやく理解することが出来たが、頭が痛くなってきた。すべてを説明してほしいぼくたちの方がおかしいのではないか、とさえ思えてくる。

「さて、それじゃあ網をかけることにしよう」

彼はそう言って、胸ポケットから指示棒を取り出した。

「一応、こういう事態も想定して持ってきておいて正解だったよ。今から、指示棒をこんな風に」

茶風は指示棒を最大まで伸ばすと、それを目の前の空間に向かって掲げた。指示棒は横に、縦に、斜めに、不規則に動きながら、目の前の空間を探っていく。

「不規則に動かしながら、透明人間がいないか探っていくんだ。指示棒は一本しかないが、ある担当区画から別の担当区画まで移動できないことは、ガラス片が保証している。机の上を歩くことも出来ないだろうね。机の上にあれほどうずたかく積もった書類の束を、一切崩さずに移動できるとは思えない」

彼のやっていることは何とも間抜けに見えるが、考え方を聞くとなかなか合理的に組み立てられていることがわかる。

茶風の担当区画が終わると、順次、指示棒を投げてパスしながら、各区画で同じことを繰り返す。

しかし――。

「おかしい。なぜ見つからない？」

「茶風さんの考えた方法はバカバカしいですが、確かに、あれだけデタラメに動かした棒を避け続けられるとは思えません……ガラスの割れる音もしていません」

「あと探っていないところは？」

「あのう」山田が手を挙げた。「キャビネットの上に上がっている……とかは」

「その可能性はあるな」茶風は頷いた。「よし、じゃあ、今からわたしが一歩だけ踏み出して、キャビネットの上も探る。つまり、今から鳴る音はわたしのものだ、いいね――」

茶風は足を踏み出しかけ、足を完全に降ろす手前で机に手をつき、足を止めた。

しん、と静寂が広がる。

「……この程度のブラフには引っかからないか」

ガラスが割れる音がした。茶風は踏み出した位置から指示棒を伸ばし、キャビネットの上をくまなく探った。何の手ごたえもなかったのだろう。失望した表情で、足を元の位置に戻した。

一体、どこに隠れたのか……。その方法を考えるうち、ぼくは一つのひらめきを得た。

「どうして犯人は死体を全裸にしたんでしょう？」

「そういえば、その検討はまだだったね」

「一つ、その理由について思いついたことがあります。透明人間は裸、ですよね。つまり……」

「犯人が被害者の服を奪うためだった。ありそうなことだね。しかし、ここにいる研究員二人は研究所の入り口からぼくらと一緒にいた。入れ替わった可能性はないし、第一白衣は脱ぎ捨てられている」

「ぼくの想像は違うんです。つまり、裸の透明人間がそのまま自分の体に肌色を塗れば……目の前にある、全裸の人間のようになるのではないでしょうか」

「なんと！」茶風は目を丸くした。「つまり、キミはこの死体が犯人だと言うわけだね！」

彼の想定を上回ったのかと喜んだが、彼はすぐ顔を曇らせた。

「しかし、それはあり得ない。もちろん、キミの考えは分かる。顔の傷でさえ、特殊メイクを施せば再現できるかもしれない。しかし、もし死体の振りをするなら、被害者の服を奪って身に着け、露出部だけに扮装を施すほうが数段楽だよ。時間的制約がある中で、わざわざ全身に化粧をする意味はない」

「そうですか」と答えてから、また考え始める。

「でも、着眼は良い。そう、死体を裸にしたことにも意味があるはずだ。だが、それは一体……？」

茶風は俯《うつむ》いたきり、黙り込んでしまった。顎《あご》に手を添えて、眉根《まゆね》を深く寄せている。

彼はちらりと死体の方を見やる。その瞬間、彼の目が大きく見開かれた。

「ああっ……！」

茶風が駆け出した。ガラスの割れる音が二度、三度、大きく響き渡る。

「ちょ、ちょっと！　動く時は動くって言ってもらわないと、区別が」

「私はなんという愚か者だったんだ！　透明を見ようとするなどとは！　目に見えるものさえ見えていなかったというのに！」

「茶風さん、一体どうしたっていうんです？」

「見たまえ！　この被害者は、二度殺されている！」

「二度？　二度も何も、滅多《めった》刺《ざ》しにされているでは――」

「そうではない。この角度から見てわかったよ。被害者の額が割られているんだ。無数の切り傷と刺し傷ばかりに目が行くが、これは間違いなく鈍器で殴られた痕跡だ。おまけに――」

茶風は早口でまくしたてながら、金属製の楯を拾い上げた。楯の角にはべっとりと血がついている。

「本の山の中に隠されていたこの楯！　これが凶器だったんだ！　犯人は額を割ったのち、死体に包丁を突き立てたんだ。あのような無残な形にね」

「待ってください。額に傷があるというだけなら、包丁で刺して倒れた時にでも出来たのかもしれないじゃないですか」

「ところが、それはあり得ないんだよ。透明人間の立場に立って考えれば明らかなことだ。凶器はこの部屋で調達しなければならない。それはさっきも言ったね。そして調達の際、注意しなければならないのは、いかに相手の注意を引かないで調達できるか、ということなんだ。例えば、キャビネットの中にはトロフィーがたくさん飾られている。その中には握りこみやすい形のものもある。しかるに、犯人はトロフィーではなく、楯での撲殺を選んだ。それはなぜか分かるかい？」

「もしかして……キャビネットを開けることが出来ないから、ですか」

「その通り。自分しかいないはずの部屋で、ひとりでにキャビネットが開いたとしたら、さすがに川路教授も警戒するだろう。不意を衝くためには警戒させてはいけない。まして、空中に浮かんだトロフィーなど見られてしまってはことだ。そこで、犯人は飾り棚の上に置かれた楯を使わざるを得なかった」

「とすると、包丁にも同じことが言えますよね。戸棚の中にあったわけですから」

「キミも分かってきたらしいね。更には工具箱にも同じことが言える。よって、戸棚と工具箱は川路教授の死後に開けられた。ゆえに、包丁と金槌は死後に、何らかの理由で使われたことがわかる。殺害のタイミングと包丁による工作のタイミングが別であることは、死体から洗い場までに残っている二筋の血の跡からもわかるね。犯人は死体に残虐なふるまいを行った後、もう一度透明に戻ったわけさ」

「包丁と金槌を使った、なんらかの理由、というのは？」

「犯人の計画がどのようなものだったかは想像するしかないが、川路教授の新薬について、データを奪うか消すか、どちらかだったと推測できる。われわれがあれだけ研究所の外で悶着《もんちゃく》を繰り広げていたのに、まだ逃げていなかったんだから、その作業に時間がかかっていたんだろうね。そのうちに、事態が急変した」

「ぼくたちが突入すると言い出した。それを部屋の中から聞いたんですね」

「ご名答」茶風は指を威勢よく鳴らした。

「犯人はどこかに隠れなければならなくなった。その急変と、包丁と金槌を結びつけることは、無理筋とは言えないだろう」

「では、なぜ包丁と金槌を必要としたのですか？」

「ここで注目されるのは金槌だ。金槌の目的は凶器としてではない。胸部の横に刺さっていた包丁を横から叩き折るためだけに使われたと考えられる。胸を傷つけるため包丁を突き刺したあと、抜けなくなってしまい、折る必要が生じたと推測することができる。では、なぜ叩き折る必要があるのか。もっともシンプルな答えは、体から包丁が突き出しているのがマズかったからだ」

「はぁ？」

確かにシンプルな答えではあるのかもしれないが、ぼくの頭はますますこんがらがった。

「ああ、これはセクハラになるのかな。ううん、しかし、そうならない場所なら触れても大丈夫だろうか——」

茶風は死体のそばにしゃがみこむと、死体の手のあたりを探り始めた。そうして、安心したように吐息をつくと、自分の手を空中にゆっくりと持ち上げた。彼の手はまるでお姫様の手でも載せるような形になっていた。その手の上に、彼は自分のもう片方の手をゆっくりと添えていく。

彼の両手の間に、人の手一つ分の空間があった。

「ようやくあなたを見つけましたよ、マドモワゼル」

5

思考の方向性は間違っていない。わたしはそう確信していた。

研究室に突入された場合、もちろん相手の思考力にもよるが、相手はまず戸口を塞いでくるとみて間違いない。その状態で真正面から扉を抜け出す、という方策は取りにくかった。紙が散乱している割に隠れられるような場所も少ない。唯一思いつくのはキャビネットの上の空間だったが、逃げるとき、まったく音を立てずに降りることは出来そうもなかった。

そこで、突入隊の目を欺《あざむ》くべく、彼らが調べない場所に——盲点になる空間に隠れる方法を思いついた。死体の上に乗るのである。

ところが、死体の上に立ったり、座ったりする方法はダメだった。座った部分、立った部分に重点的に体重がかかってしまうため、死体が必ずへこんでしまう。これではわたしがいることがバレバレである。だから、死体の上に乗りつつ、体重を分散する方法でなければならなかった。仰向けの死体の上に寝そべることにしたのである。川路教授は身長二メートルに届こうかという大男、一方のわたしは身長百四十センチ台の小柄な女性。横たわった川路教授の上に、体はすっぽりと収まった。

死体の顔に頭を載せると、鼻や唇が潰れる。頭を顎の下にあてがうと安定した。また、服を着せたまま上に乗ると、必ず不自然な皺《しわ》が出来てしまう。服を脱がせ、肌の上に直接乗る分には、体のへこみなどの不自然さは最小限に抑えられた。贅肉《ぜいにく》が多ければ変形しやすくなるため、この手段はとりにくかったが、川路教授が研究者にしては筋肉質な体をしていることも幸運に作用した。

死体を調べられたら即アウトなので、死体に近づかせないための方策が必要だった。それには、明らかに死んでいる、と分からせればよい。戸棚の中に包丁を見つけたので、これを使って顔をズタズタに傷つけ、胸にもいくつか切り傷と刺し傷を作っておいた。最後に右胸を刺した時、深く刺しすぎたのか、筋肉に食い込んでしまったのかは分からないが、どうやっても抜けなくなってしまったので、急ぎ金槌を見つけ出して刃先を折った。包丁が突き出していると、後で上に乗ることができなくなるからだ。

そして、死体の上に寝そべると、最後の仕上げをした。自分の体ごと、川路教授の死体に包丁を突き立てたのである。透明人間の体に入ったとしても、自分の体と異質なものは透明にならない。心臓を刺された人間が生きているとは思わないだろうし、自分の体まで突き刺すことは突入隊の想像の埒外《らちがい》になるはずだ。

わたしの体は川路教授よりも一回り以上小さい。川路教授にとっては心臓の位置でも、自分には肩口のあたりになる。激痛はあったが、声を漏らすことは許されなかった。絶対にあの密室から抜け出す必要があった。

川路教授の顔を切り裂き、胸にも傷をつけておいたのは、もう一つ理由がある。自分の体を刺した時に流れてしまう血液を誤魔化すためだ。もちろん、透明人間はあらゆる老廃物が透明になるため、血液も透明だが、死体に近づいた人間が、何もないはずの床から血の感触を感じたとすれば……その近くに、血を流している透明人間がいるサインを与えることになってしまう。透明の血液を隠すには、赤い人血をばら撒《ま》くのが最も効果的だった。

（あの男……茶風といったか。まさかあそこまで頭が切れるとは）

このトリックは第一発見者が一般人だからこそ使えるものだった。第一発見者が室内を手探りで調べ、透明人間はいないと結論付けたなら、警察を呼ぶために一度部屋を空けると踏んだ。室内には固定電話がなく、携帯も繋がりにくいようだったからだ。そのタイミングで逃げるつもりだった。

ところが、茶風のせいですべての計画が狂った。死体に物怖《ものお》じせずに近づき、目張りとガラス片で容赦なく隠れ場所を詰めていく探偵などという人種があの場に現れると予想できるはずもない。

思えば、駐車場の時からすべてが不運に傾いていたのだ……。

留置場の独房の壁を見つめていると、声がかかった。わたしに面会が来ているという。おそらく刑事か誰かだろうと思ったが、実際にアクリル板の向こうに立っていたのは、あの栗色のスーツを着た痩せぎすの探偵だった。

「どうも。今日は少し、世間話でもしようと思いまして ね」

「……どうだか」

わたしたちはアクリル板を挟んで互いに座った。探偵が余裕綽々《しゃくしゃく》の表情をしているので、呑まれないよう、足を組み、腕を組んで背もたれに寄りかかる。事件記録保存のため、わたしの横には警官が一人、同席していた。

「──で、どんな話をしたいのかしら」

「ご主人はもう面会に来られましたか？」

「ええ、真っ先にね。必要なものはないかとか、熱心に聞いては用意してくれたわ。透明人間が捕まった事例とかもちゃんと調べて、特殊なものもちゃんとととのえてくれた」

「なるほど。透明人間にご理解のあるご主人だ」

茶風の指摘は的を射ていた。事件現場では、さもこの探偵のほうが理解がある、というような口ぶりだったが、「本当に透明になった人間」の思考をそこまでトレースできる方が、どうかしているのである。

「ところで一つ、気になっていることがあってね」

「あら。世間話はおしまい？　それが本題ってわけね」

「動機さ」こちらの言葉には応じず、茶風は間髪を容《い》れずに言った。「あなたはなぜ、川路教授を殺害したのか」

「警察にはもう答えてあるわよ」

「ええ。過激派の犯行ということにしているようだね。透明人間の権利を取り戻す会。我々透明人間は本来透明であるべきなのに、国がそれを止めようとする、その事態を捉えて反発している革命派だ。現に、あなたが集会に参加したという証言も出てきたらしい……会内は今、支持派と否定派に分かれて大論争らしいがね」

「そういうこと。川路教授はわたしたちを完全に非透明にしようとした。だから殺したのよ」

「残念ながら、過激派思想による犯行は嘘だ。それは明らかなんだよ。もし、川路教授を殺し、薬のデータを毀損《きそん》することが目的なら、その場で捕まったとしてもなんの問題もない。犯行声明代わりにもなるんだ、一石二鳥もいいところだろう。

あなたはなんとしてもあの部屋から逃げ出さなければならない理由があった。まったく、あなたの胆力には感嘆しますがね、絶対に守りたい何かがなければ、自分の体をあんな風に傷つけるのは無理ですよ」

包帯の下の傷口が痛んだ。

「へえ、その守りたいものって、何かしら」

「ご主人との生活だよ。あなたがようやく手にした……ね」

わたしはそっと呼吸を整える。

バレているはずがない。主人には真っ先に化粧セットを持ってきてもらった。透明人間だから特に必要になる、という理由で特別に持ち込ませてもらったのだ。バレるはずがない。

「内藤さん……何度か面会に来られただろう？　大変だったよ。最近は仕事も休んであなたのことにかかりきりだから、留置場に出かけている時くらいしか、自宅と——その周辺を調べられなくてね」

「嘘よ」

「そう。あなたのマンションの別の部屋も調べさせてもらった」

わたしは思わず立ち上がった。目まいがして、ぐらっと視界が揺れる。

「やめて。お願い、その先は聞きたくない」

「内藤謙介とあなたの住む部屋は９０１号室。その向かい側の９０２号室だがね」

「いや……！」

耳を押さえてうずくまる。

茶風の無遠慮な声が、冷酷に事実だけを告げた。

「９０２号室から二つの死体が見つかった。布団圧縮袋の中に、非透明人間の男と、透明人間の女のものが一つずつ。男は９０２号室の住人、渡部次郎《わたべじろう》とＤＮＡが一致している。そして女の方は——」

茶風がそこで言葉を切り、短く息を吐いた。

「９０１号室の住人。内藤彩子だった」

「ご主人の話や、あなたの供述調書の中に、いくつか気になる部分があってね」

取り乱したわたしが警官に押さえられ、だんだんと落ち着いてきたところで、茶風が何事もなかったような様子で解説を始めた。

「一つは、あなたが薬を砕いて捨てに行くとき、一度右手が空を切ったという部分。９０１号室のトイレは廊下の左にあるわけだが、そこでわざわざ薬を握っている方の手で扉を開けようとした、というのが意味深長だね。あのマンションは向かい側の部屋と内装が線対称になっているから、９０２号室のトイレは右手の壁にある。緊張状態の中で、昔の癖がとっさに出てしまったのかもしれないね」

「そんなことで……」

「もう一つのほうは、もっと些細《ささい》なことだよ。あなたは供述の中で、こぼれ話的に、透明になった自分の指を透かして満月にあてがう遊びの話をしたね。その場面を描く時、あなたはマンションのベランダで、『日付の変わった頃』にこの遊びをしたと言ったそうだ。とすれば、満月は西の空にあったはずだ。ところが、901号室は東向きの部屋なのさ。清々しい朝日が差し込むのが売りの部屋だからね。つまり先ほどのトイレと帰結は同じだ。あなたは昔、マンションの逆側の部屋に住んだことがあるのではないか、という想像に繋がる」

「なるほど。そんなところでも口を滑らせていた、ってわけね」

聞いてみればいちいち納得できることではあるが、これだけ細かい点を突いてくるのもたいがい頭のおかしい話ではある。

「トイレの話を聞いた時から、わたしはそういう想像を膨らませてしまったからね。なんの根拠もない段階ではあったけど、『もし犯人がメイクアップアーティストだったなら、別の顔を作り上げることなど簡単なことだろう』と思ってみたんだ。そこでご主人に聞いてみた」

「妻はメイクアップアーティストだったことはない、と答えたでしょう」

「いかにも。卒業後すぐに結婚したから、とね」

「でも、あなたのご想像通り、わたしは――渡部佳《よし》子《こ》はメイクアップアーティストよ」

「ああ。あの密室での事件の後、すっかり調べさせてもらったからね。……さて。それでわかったわけだよ。あなたがなぜ、川路教授を殺し、新薬を消し去らなければならなかったか……」

「そうです」

絶対に隠し通さなければならなかった。わたしと内藤彩子が入れ替わったこと。内藤彩子の幸せをわたしが奪ったことは。「夫」である内藤謙介に、なんとしても隠し通さなければならなかった。

「考えてみれば、夫――いいえ、内藤さんにとっては気持ちの悪いことかもしれないわね。一緒に住んでいた女が、いつの間にか別人に、それも知りもしない隣人に入れ替わっていたなんて……」

「まあ、ぞっとする話ではあるでしょうね」

「わたし、羨ましかったのよ。内藤彩子のことが。同じマンションに住んで、同じくらいの収入も得ているのに、結婚生活から得る幸せがこんなにも違うことに……あなたもさっき言ったけれど、内藤さんは本当に透明人間に理解のある人だったわ。優しくて、気遣いがあって……少し頼りないところもあるけど、こと透明人間の夫としての振る舞いにはやっぱり頼りがいがあった。でも、私の本当の夫は……逆に、わたしが透明人間であることを悪用したわ」

茶風はそっと続きを促した。こちらを気遣うような視線を投げながら。

「……渡部次郎はわたしに暴力を振るっていた」

「……つい先日も、新聞記事になっていたね。透明人間が被害者となる、ＤＶの被害件数が増えている、と……」

「わたしもその一人だったの。今の薬では、決められた肌色の再現しかできないけど、川路教授の薬を飲めば、体はすっかり元の色形を取り戻す、と聞いて、いてもたってもいられなくなった……。もちろん、顔かたちから別人とバレるのが最も避けなければならない事態でした。でも、腕や足だけを再現できるプロト版を出すかもしれない、っていう話もあったでしょう？　そのプロト版さえ、出させるわけにはいかなかったの……。わたしの腕に残った……たくさんの証拠を、きっと内藤さんに見つけられてしまうから」

証拠、という以上の言葉を口にすることは出来なかった。それ以上口に出してしまえば、わたしの顔に残った夫の暴力の痕をありありと思い出してしまいそうだった。本物の顔を取り戻せば、別人であることは一目瞭然《いちもくりょうぜん》なほどの痕跡を。

「DVも確かに動機としては考えたよ。しかし、もし内藤さんが暴力を振るっていたとして、薬を奪って事実を隠したいと思うなら、それは内藤さんの方のはずだ。ところが、そうではなかった。あなたは、内藤さんとの間にDVの事実がなかったからこそ、DVの痕跡を隠さなければならなかった」

「なんだか不思議な言い回しだけど、そういうことよ」

茶風の理屈っぽい言葉でまとめられると、その無遠慮さに呆れるのと同時に、不思議と心が安らぐのも感じた。

「……内藤彩子のことが羨ましかった。あの生活を自分のものにしたい。あの人を、内藤さんを自分のものにしたい。そう考えた時、気付いてしまったのよ。自分が透明人間だから、それが出来ることに……。声はある程度まで似ていたし、身長も体つきもほとんど変わらなかった。違うのは顔かたちだけ。でも、わたしは透明だからどんな色でもそこに塗ることができる……」

――わたし、メイクアップアーティストをしてるんですよ。

――彩子さん、とっても綺麗な顔立ちをしているから、わたしにメイクをさせてもらえない？　練習台、と言ってはなんだけど……。

そう声をかけると、彩子はまんざらでもなさそうにわたしを部屋に上げた。内装はその時に頭に叩き込み、どこに何があるのか、なども分かる範囲で確認した。

それ以上に重要だったのは、彩子の顔に触れることだった。

――でも、本当にいいのかなぁ。本物のメイクさんにただでメイクしてもらえるなんて、なんだか得した気分。

透明になってから、指の感覚は鋭敏になった。当たり前だ。爪を切る時ですら目に頼れなかったのだから。その鋭敏な感覚に全神経を集中させて、わたしは彩子の顔を覚えた。唇の形、鼻の形、まつげの長さ、目の大きさ、まぶたは一重か二重か。まがりなりにも十数年を捧げてきた職業だ。数回彩子にメイクをした後には、自分の部屋の鏡の前で、彩子の顔を完璧に再現できるようになっていた。

そうして、わたしは彩子と自分の夫を殺した。902号室は借り続けて、時折、渡部夫婦が生きている痕跡を演出し、奇妙な二重生活を送り続けた。あの部屋の死体を見つけられるわけにはいかなかった。誰にも言えない秘密だったので、死体を遺棄《いき》しにどこかへ持ち出すというのも難しい話だったのだ。

「透明だからどんな色でも……ね」

「そうよ。でも、それが幸せだったのかはわからないの」わたしは茶風の顔を見ていられなくなって、組み合わせた自分の手に視線を落とした。「もしわたしが非透明人間だったら、こんな恐ろしいことは思いつきもしなかった。どんなに隣の家の芝生が青くても、それは所詮《しょせん》隣の家……自分のものにはならない。でも、わたしにはそれを手にする手段が用意されてしまった。だから――」

「透明人間だから人を殺した、とでも？」

思わず顔を上げた。茶風は見たこともないような険しい表情でこちらを見つめている。

「奥さん。これは言わずに帰ろうと思っていた。だが、今の言葉を聞いてそうもいかなくなった」

「え？」茶風の発する静かな怒気《どき》が恐ろしかった。わずかに自分の声が上ずっているのを感じた。

「も、もう隠し事なんてないわよ」

「ええ。あなたにはもうないでしょうね」

「……どういうこと？」

「ところで、なぜ私たちがあの日、研究所に辿り着いていたのかご存知かな？　ご主人……ああ、いえ、あなたのご主人ではなかったね……内藤さんから、話は聞いているかい？」

わたしが黙っていると、茶風は身を乗り出して続けた。

「内藤さんは食べ物をきっかけにして、あなたを疑い始めた。そしてわたしにあなたの尾行調査を依頼したのさ。最初はあなたの不貞を疑ってのことだったから、殺人とは予想外だったがね。そして、ここからが重要なんだ。いいかい――私はね、それから事件の日までの一週間、あなたの後をつけていたんだよ。大学まで歩くルートを探索している、あなたのことをね」

「嘘よ」わたしは懸命に記憶を手繰り寄せた。「だって、わたしはあの時、あらゆる通行人に意識を向けていたのよ。あなたの顔なんて、見た覚えがないわ」

「メイクアップアーティストであるあなたなら、人の顔には人一倍敏感でしょうね。でも、あなたは全く気付かず、一週間わたしに尾行され続けた。なぜかわかりますか？」

茶風は左腕にはめた腕時計の留め具に手をかけ、腕時計を外した。

わたしは自分の目を疑った。

腕時計の下にあたる部分、その左手首が――完全に透けていたのだ。

「これが、尾行が絶対にバレない私立探偵と、わたしが謳《うた》われている密かな理由でね。……このことは警察も知っている。たまに捜査協力させてもらってるからね。抑制薬を飲まなくていい透明人間として、特別な認可を受けているのさ。もしもの場合は種明かしする予定だったから、ファンデーションを一部落としておくことにしたんだ。こっそり見せられる場所はここしか思いつかなかった」

「まさか、あなたも透明人間だったなんて……」

一方で、納得する思いもあった。本当に透明になった人間の思考を完璧にトレースできるのは、透明人間しかいない。

「あなたも分かっている通り、透明人間は今、この国で、あるいは世界で、ようやく平穏な生活を手に入れたんだ。透明であることを受け入れ、病になったことを乗り越えて、ようやく、ね。もちろん、あなたの境遇には同情する。あなたの本当の夫の所業は、許されるべきではない。だがね、透明人間だから人を殺した、などと言われることを、私は決して許すわけにはいかないんだよ」

彼は透明の左手首を目の前に掲げた。

「私の生き方などは、下賤《げせん》なものの一つだけどね。でも、こういう生き方もあった。……ある種の人間にとってはね、自分の置かれた状況は『理由』になり続ける。そして、状況にすべての責任を押し付けることが、その人にとっての一つの幸福になるんだよ」

わたしは椅子に深くもたれかかる。体に一切の力が入らなかった。

「あなたは私欲のために三人の命を奪った。そして、科学の歩みさえ止め、すべての透明人間に仇《あだ》なしたのだ。透明人間だから、ではない。それが『あなた』の選択したことだ」

面会時間が終わり、透明人間の探偵は静かに姿を消した。

三人の命を奪い、いま、秘密まで暴かれた。あの秘密を聞けば、内藤謙介もいよいよわたしを見捨てるだろう。わたしはすっかり一人になった。いま一度透明に戻れるのならば、どこかに消え、人知れず死んでしまいたい気分だった。

だが、わたしの体を彩る色がそれを許さない。化粧が、薬が、探偵の告発が。わたしに色と名前を取り戻させてしまった。この色と名前が、わたしの罪だった。

いつだったか、留置場の窓から満月を見つけた時があった。

人差し指を掲げた。月の光は指に遮られ、もうわたしに夢を見せることはなかった。

【参考文献】

H・G・ウエルズ『透明人間』、岩波文庫

H・F・セイント『透明人間の告白』、新潮文庫（河出文庫）

G・K・チェスタトン「見えない男」（『ブラウン神父の童心』所収）、創元推理文庫

クリストファー・プリースト『魔法』、ハヤカワ文庫FT

荒木飛呂彦《あらきひろひこ》『ジョジョの奇妙な冒険　ダイヤモンドは砕けない』より「やばいものを拾ったっス！」、集英社

顔のない死体はなぜ顔がないのか

大山誠一郎

Message From Author

「顔のない死体」と「首のない死体」。ミステリに登場する、身元不明の死体の謎およびトリックを指す言葉です。

これら二つの言葉は通常、同義で使われているのですが、よく考えてみると、顔と首、どちらが「ない」かで大きな違いがあることに気づきます。

本作に登場するのは、「顔のない」死体です。なぜ、首ではなく顔が「ない」のか。それが、真相に至る（作中人物には与えられていない）ヒントとなります。このヒントを手に、謎に挑戦していただければ幸いです。

大山誠一郎（おおやま・せいいちろう）
1971年埼玉県生まれ。京都大学在学中は推理小説研究会に所属。海外ミステリの翻訳を手がける一方、2002年「彼女がペイシェンスを殺すはずがない」をe-NOVELSに発表。2004年『アルファベット・パズラーズ』を刊行し本格的に作家デビューした。2013年、密室づくしの短編集『密室蒐集家』で第13回本格ミステリ大賞を受賞。他に『赤い博物館』など。

「すると、何ですか」

と、金田一耕助《きんだいちこうすけ》は面白そうに訊《たず》ねた。

「探偵小説で『顔のない屍体《したい》』が出て来ると、きっと犯人と被害者がいれかわっているんですか」


――横溝正史《よこみぞせいし》「黒猫亭事件」

1

暖かな日差しが河川敷に降り注《そそ》いでいた。

空は青く晴れ渡り、どこからかかすかに花の香りが漂《ただよ》ってくる。

目の前を流れる荒川《あらかわ》の水面《みなも》に光が砕け散っている。

紺色の制服を着た鑑識課員たちが、地面に這《は》いつくばるようにして調べている。その中心に、一体の死体があった。

四月十日、午前七時二分。荒川の戸田橋《とだばし》西側に広がる緑地である。

「あんた、大丈夫?」

新江田麻美《にえだあさみ》警部補が声をかけてきた。小学二年生の息子がいるとは思えないほど若々しく美しい顔に、気遣うような色が浮かんでいる。

「大丈夫です」

小川奈々絵《おがわななえ》は答えたが、本当は今すぐにでも吐きたい気分だった。

今朝六時過ぎ、堤防をジョギングしていた高校生が、河川敷に人が倒れているのに気がついた。マネキン人形が置いてあるのかと思ったが、それにしては格好が変だ。近づいてみると、本物の人間だとわかった。カーディガンとブラウス、スカートを身に着けているから女性のようだが、年齢も人相もわからない。顔の辺りが真っ赤に染まっていたからだ。高校生は慌てて、携帯電話で一一〇番通報した。

現場に最初に駆けつけたのは、所轄署である高島平《たかしまだいら》警察署の捜査員たちだった。彼らによって女性の他殺死体であることが確認され、警視庁捜査一課の出動が要請された。そして、待機番だった捜査一課第四強行犯第十二係が現場に向かったのだった。

巡査の奈々絵が十二係に配属されたのは九日前。憧《あこが》れの捜査一課員となって初めて出くわした死体は、あまりにも無残だった。

顔が叩き潰され、手指が焼かれていたのだ。鑑識の見立てでは、右後頭部を鈍器《どんき》で強打され、そのあと首をロープのようなもので絞《し》められて殺されているという。

先に到着して現場周辺を捜索していた高島平署の捜査員の話では、凶器も、被害者の手指を焼くのに使ったライターの類《たぐい》も見つからないという。また、被害者のハンドバッグの類も落ちていない。そこから考えて、被害者は別の場所で殺害され、ここに運ばれてきたと思われる。

それを裏付けるのが、死体のすぐそばに落ちていた青いビニールシートだった。シートには血液が付着していた。被害者を運ぶ際、死体をこのシートにくるんだのだろう。

「とりあえず、二人一組で現場周辺に遺留品がないか調べてくれ。捜査会議は高島平署で、午前十時からだ」

十二係主任の島村真治《しまむらしんじ》警部補が、十二係の捜査員たちを見回しながら大きな声で言った。身長百八十センチを超える巨漢で、からだつきもがっしりしている。頭髪を短く刈《か》り、耳は柔道のやりすぎで潰れている。太い眉毛、鋭い眼光、ドスが利《き》いた低い声。どう見ても武闘派のヤクザ、よくて組対の刑事で、とても捜査一課員には見えない。

その横で何やら独《ひと》り考え込んでいるのが、十二係係長の灰川連《はいかわれん》警部だ。色白で中性的な顔立ちで、四角い眼鏡《めがね》をかけている。島村警部補が捜査一課員に見えないのと同様、こちらも捜査一課員には見えなかった。聞くところでは、灰川は若い頃、将来を嘱望《しょくぼう》された数学者だったらしい。それがなぜか、数学の道を捨て、中途採用で警視庁に入ったのだという。言われてみれば、大学の教壇《きょうだん》に立っている方が似合っている。しかも、弁舌爽《べんぜつさわ》やかに講義するタイプではなく、黒板に数式を書いている途中で自分の考えに入り込み、学生を置き去りにして長考し始めるような……。

「係長は私と行きましょう」

島村警部補に促《うなが》され、灰川警部ははっとした顔になってうなずいた。島村は灰川のお守《も》り役といったところか。こんなぼんやりとした人物がなぜ、捜査一課の一つの係を率いる係長なのかわからないが、きっと何か取《と》り柄《え》があるのだろう。

十二係の残り六人も、島村の指示でそれぞれペアを組んだ。新江田麻美警部補は鈴城久遠《すずしろくおん》巡査部長とだ。鈴城巡査部長は長身で、ギリシャ彫刻と見紛《みまが》うような美男子だが、そのせいか、重度のナルシストでもあった。今も、捜査現場にいるというのに手鏡を取り出して髪の乱れを直している。

「ハリウッドデビューはまだなの？」

新江田警部補にからかわれても、鈴城巡査部長は澄《す》ました顔で「残念ながら、まだです」と答えた。美男美女の組み合わせなので、二人が並ぶと映画の一場面のように現実感がなくなる。

十二係で最年長の後藤万作《ごとうまんさく》巡査部長は、市野豊《いちのゆたか》巡査と組んだ。後藤は長年、捜査畑一筋の人物で、来年、定年退職だという。温厚な人柄と豊富な知識に、十二係のみならず、捜査一課の全員が敬意を抱いていた。一方の市野巡査は二十代後半で、十二係の中では奈々絵の次に若い。だが、見た目は奈々絵よりも年下に見えた。何しろ身長百六十センチ、男性警察官の規定ぎりぎりしかなく、おまけに童顔《どうがん》なのだ。背広を着ている姿は中学生が精いっぱい背伸びをしているようで、定年間近の後藤と並ぶと、祖父と孫にしか見えなかった。

奈々絵が組んだのは山家浩平《さんかこうへい》巡査部長だった。中肉中背、見て一分後には忘れてしまいそうな平凡な顔立ちで、刑事として打ってつけの容貌だと言える。奈々絵は九日前に十二係の面々に紹介されたとき、変わった人が多い部署だとびっくりし、山家巡査部長は例外かなと思ったのだが、それは間違いだとすぐにわかった。

「これはあれだよ、いわゆる『顔のない死体』だよ」

奈々絵と歩き始めるなり、山家は言った。どことなくうれしそうな口調だ。

「確かに、顔が潰されていますから顔がないとも言えますね」

「そんな平凡なことを言ってるんじゃないんだ。推理小説の永遠のテーマ、『顔のない死体』だって言ってるんだ」

そう、山家巡査部長は、重度の推理小説マニアなのだった。庁舎内でも暇さえあれば推理小説を手にしているし、聞いた話では、張り込み中ですら読んでいるという。これではまるで、戦闘中の兵士が塹《ざん》壕《ごう》に隠れて戦争小説を読むようなものだと思うのだが、山家に言わせると、「推理小説はきちっと解決するから好き」ということらしい。

＊

午前十時から、高島平署の訓示場で捜査会議が行われた。

捜査一課長、理事官、管理官、高島平署の署長と刑事課長が壁を背にして並び、それに向かい合うかたちで他の捜査員たちがいくつも列を成して座っている。

まずは鑑識の捜査結果が報告された。検視官の見立てでは、被害者は三十代から四十代の女性。身長百六十センチ前後でやせ型。死亡推定時刻は、昨日、四月九日の午後六時から十時頃まで。司法解剖をすればもっと狭《せば》まる可能性もある。右後頭部に鈍器による打撲傷《だぼくしょう》、首に絞殺痕《こうさつこん》があり、直接の死因は窒息によるもの。死後、顔を鈍器で多数回、殴られて潰されており、さらに手指を火で焼かれている。死斑の発現状況から、死後、移動された模様。死体のそばにあった青いビニールシートに包んで運んできたと思われる。車を利用した可能性が高いが、現場に生《お》い茂った芝や雑草のため、タイヤ痕は検出できていない……。

次に、島村警部補が捜査一課十二係を代表して、現場周辺の遺留品の捜索結果を述べた。犯行に使われた鈍器やライターの類、被害者のハンドバッグの類はいっさい見つかっていない……。

続いて、高島平署の捜査員が近隣住民への訊《き》き込み結果を報告した。昨夜、不審な人物も車両もまったく目撃されていない。この訊き込みは、目撃証言を得るだけでなく、被害者や犯人がともに近隣住民だった場合を想定してもいるが、訊き込みの対象となった住民たちの中に、行方不明者や不審者は今のところ見つかっていない……。

結局、最初の捜査会議の結果はないない尽くしだった。

捜査本部は、東京都内や埼玉県内で三十代から四十代の女性の捜索願が出されていないか、各所轄署や埼玉県警に問い合わせることにした。

翌十一日の午前九時過ぎ、練馬《ねりま》署から捜査本部に連絡が入った。被害者に該当するかもしれない女性がいるという。練馬区桜台《さくらだい》に住む京野琴美《きょうのことみ》という三十五歳の女性の行方がわからないと、交際相手の男性から午前八時過ぎに届け出があった。男性の名前は初芝吉広《はつしばよしひろ》。彼が昼食を共にしようと十日の正午に京野琴美の自宅を訪ねたところ、彼女の姿はなく、椅子が一脚、倒れていた。正午に訪ねることは伝えておいたから、勝手に留守にするとは思えないし、玄関ドアに鍵が掛かっていなかったのもおかしい。急な用事で出かけたのだろうと自分を無理に納得させて帰ったが、そのあと何度携帯に電話しても出ない。彼女の身に何かあったのではないか……。初芝吉広はそう訴《うった》えたという。

捜査本部は初芝に連絡を入れて、京野琴美の身長と体型を訊いた。身長一メートル六十センチでやせ型だという。捜査本部は色めき立った。荒川の河川敷で発見された他殺死体と一致する。

被害者が京野琴美である可能性もあると捜査本部は見なし、十二係から四名、灰川警部、島村警部補、市野巡査、奈々絵と、警視庁の鑑識課員が二名、京野琴美の自宅に向かった。奈々絵が一行に加えられたのは、新人には重要な捜査にできるだけ多く参加させるようにという灰川警部の意向によるものだった。

京野琴美の自宅は、住宅地の中にある小さな一軒家だった。玄関先には、〈京野彫金教室〉という看板が掲《かか》げられている。

「あ、彫金だ」市野巡査がうれしそうに言った。

「お前さん、彫金も趣味なのか」

島村警部補の言葉に、市野はうなずいた。彼は非常に多趣味なようで、奈々絵が十二係に配属されてからの短期間のあいだに知っただけでも、グライダー、釣り、手芸、菓子作りと多岐《たき》にわたる。趣味の時間をどこから捻出《ねんしゅつ》しているのか不思議に思うほどだ。

玄関前には三十前後の長身の男性が立っていた。

細面でなかなかの二枚目だが、その顔には不安が色濃くにじみ出ている。

「初芝吉広さんですね？」

灰川警部が声をかけると、男性はうなずいた。

京野琴美の自宅を案内してもらうため、また彼女についていろいろ知るために、彼女と交際しているという初芝に同行してもらうことにしたのだ。

初芝が玄関ドアを開けた。玄関ホールには二階に続く階段がある。短い廊下の先にあるドアを開けると、リビング、その奥にダイニングキッチンがあった。左手の壁には調理台や食器棚。奥の壁には大きな鏡が掛かり、ダイニングキッチン全体を映している。室内を広く見せるための工夫だろう。テーブルが置かれ、その両側——奥の壁側と手前側に二脚ずつ、計四脚の椅子が並べられている。手前側の一脚、左手の調理台に近い方の椅子が倒れていた。

「昨日、あなたが訪ねてきたときからこうなっていたんですね」

島村警部補が尋ねると、初芝は硬い表情でうなずいた。

島村の指示で、鑑識課員が倒れた椅子周辺の床を調べ始めた。

リビングの右手には掃《は》き出し窓があり、外には駐車スペースが見えた。京野琴美は車を持っていなかったのか、駐車スペースは空《から》だ。

ダイニングの右手の壁にはドアがあった。そこを開けると、六畳ほどの広さの部屋だった。

彫金の作業場のようだ。木製の作業机が左手の壁につけて置かれ、鏨《たがね》や槌《つち》が何本も並べられている。その横には、耐火ボードで囲まれた別の作業台があり、こちらの上にはガスバーナーが置かれていた。床には大きなローラーが据え付けられている。さすが彫金教室を開いているだけあって、本格的な仕事場だった。

「物騒《ぶっそう》なものがいろいろあるな」

鏨や槌を見ながら島村が言った。敵対組織への殴り込みに使う武器を物色しているようで怖い。

「しまってあると思いますけど、濃硫酸《のうりゅうさん》もあるはずですよ」と市野が言う。

「濃硫酸？　じゅわーって溶かす、あれか。何でそんなものまであるんだ」

「彫金には銀材料をよく使うんですが、延《の》ばすときにガスバーナーであぶるんです。そうすると、銀材料の表面に酸化膜ができてしまう。それを取るために、濃硫酸を希釈《きしゃく》した液に浸ける、酸洗いという工程があるんです」

彫金の知識を披露《ひろう》できるのがうれしいのか、市野は嬉々《きき》として喋《しゃべ》った。

「さすがは百の趣味を持つ男だな。刑訴法の知識もそれだけありゃいいんだがな」

「京野琴美さんはここに一人で住んでいらっしゃるんですか」

灰川が初芝に尋ねた。初芝は「はい」と答える。

「一人で住むには広すぎるのでは？」

「一年前に離婚するまでは、琴美はここで夫と子供と一緒に暮らしていたんです。離婚したとき、子供の親権を夫が取り、この家を琴美が得たそうです」

「子供の親権を夫が取ったというのは珍しいですね。元夫の名前はご存知ですか」

「和田《わだ》……和田紀雄《のりお》といったと思います」

「住所は？」

「いえ、そこまでは」

「何の仕事をしているか、ご存知ですか」

「在宅の特許翻訳者だとか」

「京野さんの肉親は？」

「幸子《さちこ》さんという従妹《いとこ》がいます」

「ご両親は？」

「琴美が大学生のときに、交通事故で亡くなったそうです」

「従妹の住所はご存知ですか」

いえ、と初芝は首を振った。

そのとき、鑑識課員が作業場の戸口に現れた。

「倒れた椅子の背もたれのてっぺんと、ダイニングキッチンの床から、微量の血液が見つかりました」

初芝はかすかにからだを震わせた。

「やはり琴美は……」

「いや、まだ京野さんと決まったわけではありません」

と、島村が言った。

「申し訳ないが、このあと遺体を見て、京野さんかどうか確認していただきたい」

「……わかりました」

初芝は青ざめた顔でうなずいた。

倒れた椅子と床から微量とはいえ血液が見つかったということは、ここが犯行現場だと見て間違いないだろう、と奈々絵は思った。犯人は問題の椅子に座っている被害者を背後から殴りつけ、椅子ごと床に倒れたところを絞殺した。それから顔を潰すと、掃き出し窓から外の駐車スペースに死体を出し、車に乗せて荒川の河川敷に遺棄《いき》した……。

*

荒川河川敷の死者は、北区《きた》にある中央医科大学医学部の法医学教室で昨日のうちに司法解剖され、死亡推定時刻が九日の午後六時から八時のあいだに絞り込まれていた。

霊安室に向かう途中、初芝の顔はこわばり切っていた。奈々絵は職業的な無表情に徹《てっ》しようと努めたが、顔がこわばるのを抑えようもなかった。

霊安室で無残な遺体に対面すると、初芝はちらりと見てすぐに目を逸《そ》らし、「……たぶん、琴美だと思います」と呟いた。

「顔がこのような状態ですが、間違いありませんか？」と島村警部補。

「……はい。からだつきや、全体の雰囲気から……」

「ご愁傷《しゅうしょう》様です」

初芝を落ち着かせるため、医学部構内のカフェテリアに入った。そこで島村が口を開いた。

「捜査手続きの必要上、訊かせていただきたいのですが……九日の午後六時から八時のあいだ、何をしておられましたか」

初芝ははっとしたように島村を見た。

「まさか、僕を疑っているんですか」

「いえ、あくまでも形式的にうかがっているだけですので」

島村はにこやかに言ったが、ヤクザが笑みを浮かべているようで、はっきり言って怖い。

「九日の午後六時から八時というと、自宅で彫金の仕事をしていました」

初芝は、大田《おおた》区西六郷《にしろくごう》のマンションで独り暮らしをしているのだと言った。

「あなたも彫金作家なんですか」

「はい。食べていくのがやっとですが……。もともと、僕と琴美は同じ彫金教室で学んだ仲なんです」

2

その夜、テレビやネットのニュースで、荒川河川敷の死者は京野琴美と思われることが報じられた。

すると、翌十二日の朝、捜査本部に、ニュースで事件を知ったと言って、琴美の従妹の深沢《ふかさわ》幸子と元夫の和田紀雄から相次いで連絡が入った。

捜査本部は遺体を確認してもらうため、幸子に午前十時に、和田に十一時に、中央医科大学医学部に来てくれるよう頼んだ。

後藤巡査部長と奈々絵が、医学部の霊安室で遺体の確認に立ち会うことになった。

奈々絵は医学部の正門前で幸子の到着を待ちながら、これから繰り広げられる場面を想像して気が重くなった。遺体をもう一度見なければならないのもつらいが、被害者の肉親や知人の悲しみを見るのはもっとつらい。どうして捜査一課を志望してしまったのだろうと、このときだけは思った。

　すると、隣で立っていた後藤が穏やかに声をかけてきた。

「気が重いのかい」

「は、はい。すみません、大事な仕事だとわかってはいるんですけれど……」

「無理もないさ。私だって気が重い。この仕事を四十年やっても慣れることはない」

「後藤さんみたいなベテランの方でもそうなんですか」

「ああ。私なんて刑事になりたての頃は、霊安室で遺体を見て卒倒して、遺族に介抱されたこともあるし、遺族と一緒に大泣きしたこともあるよ。そのたびに先輩に大目玉を喰《く》らった」

　ははは、と後藤は笑った。捜査一課中の尊敬を集める彼も、若い頃はそんなだったとは――。

「それに比べれば、君はずいぶんしっかりしている。それに、気が重いのはつらいが、これは捜査するうえでの原動力にもなる。捜査がうまくいかなくて絶望しかかったとき、霊安室での気の重さを思い出すんだ。あれに比べれば、たいていのことには耐えられる――そう思えるようになる。だから、今、気が重いのは決して悪いことじゃない」

「――ありがとうございます」

　後藤の言葉に、奈々絵は少し気が楽になった。

　午前十時過ぎ、幸子が姿を現した。

　従姉妹《いとこ》同士だけあって、幸子は琴美と身長も体形もほぼ同じで、整った目鼻立ちも写真で見た琴美とそっくりだった。ただ、こめかみに蝶《ちょう》の形の痣《あざ》がある。

　遺体を前にすると、幸子は両手で顔を覆《おお》った。

「琴美さんに間違いありませんか」後藤が柔《やわ》らかな声で訊く。

「……はい、間違いありません。右の手首に、小さい頃にできた傷跡がありますし……」

「ご愁傷様です」

後藤は幸子を霊安室から連れ出すと、カフェテリアに入った。

「あなたの言葉を疑うわけではないのですが、念のために、あなたのDNAサンプルをご提供いただけませんか」

「DNAサンプル？」

「難しいことは何もありません。口の中の粘膜《ねんまく》を綿棒で採取するだけですから」

わかりました、と幸子はうなずいた。

ただ、従姉妹間でのDNA型鑑定は精度が低い。確実に身元を特定するためには、のちほど和田が現れたときに、和田の子のDNAサンプルを提供してくれるよう頼む必要があるだろう。

「琴美さんとは親しかったんですか？」

「ええ。同い年で、小さい頃からよく一緒に遊んだので……」

「琴美さんが殺される理由に心当たりは？」

「ありません。いい子だったのに、誰がこんなひどいことを……」

後藤が訊きにくい質問をした。

「失礼ですが、九日の午後六時から八時まで、何をしておられましたか」

「自宅にいました。独身なので、独りでしたけど」

「ご自宅はどちらです？」

「横浜《よこはま》市港北《こうほく》区のマンションです」

「お仕事は何かなさっているんですか？」

「市役所に勤めていましたけど、半月前に辞めて今は無職です。ゆくゆくは琴美みたいに彫金を仕事にしたいので、彫金教室に通おうと思っているんですけど……」

*

十一時過ぎに、元夫の和田紀雄が現れた。

神経質そうだが、なかなかの二枚目だった。雰囲気がどことなく初芝吉広に似ている。琴美の好みは一貫していたようだ。

和田は遺体をじっと見つめていた。

「いかがでしょう。琴美さんに間違いありませんか」後藤が柔らかな声で訊く。

和田は遺体から目を戻すと、ためらうように言った。

「……これは、本当に琴美なんでしょうか？　何となく違うような気がするのですが……」

あまりにも意外な言葉に、奈々絵は驚いた。いったいどういうことなのか。後藤は少しも驚きを見せず、穏やかに尋ねる。

「どうして違うと思われるんですか？」

「どうしてと言われても、はっきりとは答えられませんが……。何となく違うような気がするんです。一年前に別れてから一度も琴美には会っていなくて、そのあいだに体形が変わったのかもしれませんが……」

「従妹の幸子さんは、右の手首に小さい頃にできた傷跡があるから琴美さんに間違いないと言っていますが」

「右の手首に傷跡？　お恥ずかしい話ですが、知りませんでした。ただ、やはり琴美ではないような気がするんです」

ありがとうございました、と後藤は言って、和田をカフェテリアに誘った。

「失礼ですが、九日の午後六時から八時まで、何をしておられましたか」

「どうして私にそんなことを？」

「事件関係者の方全員に訊くことになっていまして」

「その時間でしたら、自宅にいましたよ。息子と一緒でした。もっとも、息子はまだ二歳なので証言能力はありませんが……」

「ご自宅はどちらです？」

「中央線の武蔵小金井《むさしこがねい》駅の近くです。私が殺したと疑っているんですか？　あの遺体は琴美じゃないような気がする。見も知らぬ女性が殺されたところで私には関係ないでしょう。仮に琴美だとしても、離婚してから一度も会っていないんです。そもそも、私と琴美は円満に別れたんだ。殺す理由なんてない」

「和田さんがお子さんの親権を取り、琴美さんが自宅の所有権を取ったそうですね」

「ええ。琴美はもともと、子供をほしがっていなくて、産んだのは私の強い希望によるものでしたから。私は子供の親権さえもらえれば、自宅に執着はありませんでしたし、琴美は彫金教室を開きたがっていたから、教室に打ってつけの自宅がほしかったんです。お互いがほしいものを得て別れたから、争いなんてまったくなかった」

「なるほど」

「信用できないのでしたら、離婚に当たって条件をまとめてくれた弁護士に訊いてくれてもいいですよ」

和田はそう言って、弁護士の名前を口にした。

「もう一つお願いがあります。被害者の身元確認のために、お子さんのDNAサンプルを提供していただけますか。被害者が琴美さんでない場合でも、お子さんのDNAと比較することで、それがはっきりとわかりますから」

「お断りします」

和田はきっぱりと言った。

「DNAサンプルを提供するといっても、ごく簡単なんです。綿棒で口の中の粘膜を擦《こす》るだけですから」

「それでもお断りします。息子は、琴美とはいっさい関わりがないようにしたいのです」

「しかし……」

「DNAでなくても、歯の特徴から被害者の身元確認はできるはずです」

「もちろんできますし、今回もやるつもりでおります。ただ、DNA型鑑定が加われば、身元確認がより確実になりますので」

従姉妹間よりも母子間の方がＤＮＡ型鑑定の精度ははるかに高いので、幸子がＤＮＡ型鑑定を了承していても、母子間でも鑑定を行う必要があるのだ。

「絶対にお断りします」

後藤がどのように説得しようとも、和田は頑《がん》として了承しなかった。ＤＮＡ型鑑定の実施に法的強制力はない。あきらめざるを得なかった。

3

ＤＮＡ型鑑定には時間がかかるため、それを待っていたのでは死体の身元確認が遅くなってしまう。そこで、捜査本部は、死体のデンタルチャート——歯列や歯の治療状況などの特徴によっても身元確認をすることにした。京野琴美のかかりつけの歯科医を探し出して、死体のデンタルチャートと琴美のカルテを照合することにしたのだ。

京野琴美の自宅を探したが、歯科医の診察券の類は見当たらなかった。現在は通院しておらず捨ててしまったか、未発見のハンドバッグの中に入っているか、どちらかだろう。そこで、死体のデンタルチャートを、京野琴美の名前とともに、都内全域の歯科医にＦＡＸで流した。京野琴美という女性を患者として診《み》たことがあるかどうか、もしあるならば、このデンタルチャートは琴美のもので間違いないかどうか、尋ねたのだ。

翌十三日、反応があった。練馬区早宮《はやみや》の羽村《はねむら》歯科医院から、該当する患者を診たという連絡が入ったのだ。

さっそく、新江田警部補と奈々絵が羽村歯科医院に向かった。

羽村歯科医院は、商業ビルの一階にあった。ちょうど昼休みの時間帯なので、待合室に患者はいない。受付の女性に来意を告げると、すぐに診察衣を着た男が現れた。四十代前半だろうか。テレビでよく見かける人気俳優に似ている。

「院長の羽村英樹《ひでき》です」

にこやかに言う。さすが歯科医だけあって、口元から覗《のぞ》く歯は白くきれいだ。

「女性の刑事さんにお会いするのは初めてですよ。しかもお二人も」

そう言うと、新江田と奈々絵をじっと見つめる。その眼差《まなざ》しにどことなく好色なものを感じて、奈々絵は居心地が悪くなった。

「京野琴美さんは、こちらの患者さんだったそうですね」新江田が言った。

「はい。FAXで送られたデンタルチャートも、カルテのものと一致しました」

「見せていただけますか?」

「診察室でお見せしましょう」

歯科医は奈々絵たちを奥の診察室に案内した。

患者用の椅子の前に大きなディスプレイが設置されている。それを見せながら患者に治療の説明をするのだろう。

ディスプレイはタッチパネルになっており、羽村がペンで触れると、京野琴美名義の電子カルテが表示された。

カルテには歯列の図があった。羽村はそれを、捜査本部がFAXで送ったデンタルチャートと照らし合わせながら、すべての歯の特徴が完全に一致することを説明した。被害者が京野琴美であることは間違いないようだった。

「京野さんを最後に診察されたのはいつですか」

「二〇一四年の五月二十七日ですね」

羽村が電子カルテを見ながら言った。

「京野さんのことは覚えておられますか?」

「残念ながら、ほとんど覚えていないんです。三年も前のことなので……」

＊

「あの歯医者、何かを隠しているような気がする」

捜査本部に戻る途中、新江田がぽつりと言った。

「え、そうですか？」

「間違いないよ」

「何を隠しているんでしょう？　まさか、京野琴美が患者だというのは嘘《うそ》だったとか……」

「それはないと思う。電子カルテをでっち上げたとは思えないし、第一、そんなことをすれば、歯科衛生士たちにすぐに気づかれてしまう」

「じゃあ、何を隠しているんでしょう？」

「それはわからない。だけど、隠しごとをしているのは間違いない」

「どうしてそう思われたんですか？」

奈々絵は、貴重な捜査技術を学べるのではないかと期待した。

「別れた亭主があの歯医者とそっくりでね。別れた亭主は、嘘をつくときはいつも眉がぴくぴくと動いてたんだけど、あの歯医者の眉も同じだった」

「――そうだったんですか」

奈々絵はがっかりした。そんな曖昧《あいまい》な根拠を挙げられても困る。

＊

京野琴美の葬儀は、十三日の午後四時から、従妹の深沢幸子が喪主となって行われた。奈々絵は灰川警部とともに葬儀に参列した。和田紀雄と初芝吉広も参列者の中に混じっていた。

葬儀が終わると、和田は走り去る霊柩車をじっと見送っていた。元夫ということで、火葬場に行くのは遠慮したらしい。

奈々絵たちに気がついたのか、和田が近づいてきた。

「刑事さんたちも来ていたんですか。参列しようかしまいか迷ったんですが、一度は結婚していた相手ですから、やはり参列しておこうと思いまして」

後藤巡査部長なら、こういうとき相手の心を和《やわ》らげる言葉を口にできるのだろうが、灰川にはそうした能力がないようだった。無表情に和田の言葉を聞いているだけだ。自分が何か言わなければと奈々絵が焦《あせ》ったとき、灰川が言った。

「葬儀にいらっしゃったということは、死者が琴美さんだと納得されたということですね」

「はい。歯の特徴から琴美だと確認されたと、幸子さんから聞きました。琴美が以前、通っていた歯科医のカルテと一致したと……」

「遺体をご覧になったときは、琴美さんとは違うような気がするとおっしゃっていたそうですが、あのときの違和感は解消されましたか」

奈々絵は、灰川の直接的な物言いにはらはらした。

「……正直なところ、完全に解消されたとは言えません。ただ、歯の特徴から琴美に間違いないということなので、信じるしかないと思っています。琴美の歯の特徴を確認したのは、何という歯科医なんでしょうか」

「練馬区早宮の羽村歯科医院です」

「そうですか……。私は琴美がどこの歯科医に通っていたのかすら知らなかった……」

4

翌十四日の朝、捜査本部に一本の電話が入った。

電話の主は、羽村歯科医院の歯科衛生士の一人で、秋山良子《あきやまりょうこ》と名乗った。事件と関係があるかどうかわからないが、話したいことがあるという。先日、医院に来た女刑事さん二人にお願いしたいというので、奈々絵は新江田警部補とともに、医院の近くの喫茶店で会うことになった。

奈々絵たちが喫茶店に入ると、ボックス席に独り座っていた女が手を挙げた。奈々絵たちは秋山良子の向かいに腰を下ろした。

「ごめんなさいね、あなたたちを指名して。でも、女刑事さんなんて見るの初めてだし、すごく格好よかったから、もう一度会いたいと思って」

新江田は苦笑した。

「別にかまいませんが……。で、お話ししてくださることというのは？」

「言おうか言うまいか迷ったんですけど……羽村先生、隠しごとをしているんです」

羽村が何か隠しごとをしているという新江田の勘は正しかったのだ。奈々絵は彼女の眼力に舌を巻いた。

「何をですか」

「先生は、京野琴美という患者さんと付き合っていたんです」

「――付き合っていた？　どうしてご存知なんですか」

「三年前の六月に、先生が京野さんらしい女の人とシティホテルの一室に入っていくのを見たの。たまたまわたしも同じフロアにいたので見たんだけど、すごく親密そうな雰囲気で……」

羽村は琴美と不倫していたということか。

「事件と関係あるのかどうかわかりませんけど、お伝えしておこうと思って」

「とても助かります。情報の出所があなただということは、羽村先生にはわからないよう注意します」

すると、秋山良子はけろりとして言った。

「別に知られてもかまわないですよ。わたし、明日、あそこを辞《や》める予定なので。お給料のことで、先生と喧嘩《けんか》しちゃったんです」

＊

捜査本部で新江田の報告を聞いた山家巡査部長が目を輝かせた。

「これはこれは。羽村は京野琴美と単なる医者と患者以上の関係だったということですね。ひょっとすると、これはあれかもしれませんよ」

「何だよ、あれって」と島村警部補が言う。

「バールストン・ギャンビットです」

「バールがすっ飛んでギャンブル？　横文字を使うんじゃねえよ。俺が英語を苦手なことは知ってるだろう。日本語を使え、日本語を」

「バールストン・ギャンビット。顔のない死体となって発見された被害者が実は生きていて犯人というパターンですよ」

「それは、お前さんの好きな推理小説の話じゃねえか」

「でも、今回の事件にぴたりと当てはまります。被害者が京野琴美だと特定されたのは、デンタルチャートが彼女のものだという羽村医師の証言によります。ところが、その羽村医師が京野琴美と親密な関係にあるのだったら、彼女のために偽証したかもしれない。本当は彼女のデンタルチャートでないのに、彼女のものだと嘘をついたのかもしれない。なぜそんな嘘をついたかといえば、京野琴美が犯人で、本当は生きているからです」

「確かに、羽村が偽証したならば、京野琴美は自分が死んだように見せかけられるな。だが、お前さんの説は、クリアしなきゃならん問題がいくつもあるぞ。第一に、被害者が京野琴美でないなら、誰だったんだ？　第二に、京野琴美はなぜ、自分が死んだように見せかけたんだ？」

「第一の問いですが、被害者は、京野琴美とよく似たからだつきの持ち主です。この条件を満たすのは、従妹の深沢幸子です。あの死体は、深沢幸子のものだったんじゃないでしょうか」

「じゃあ、俺たちが見た深沢幸子は誰なんだ。偽者なのか」

「はい。私たちの見た深沢幸子こそ、京野琴美だったんです。幸子と琴美はそっくりですが、指紋は異なるので、焼いておかなければならない。さらに、幸子にはこめかみに蝶の形の痣があるので、それを隠すために顔を潰した。私たちの見た幸子の痣は描いたものでしょう。死体の右手首に小さい頃にできた傷跡があるから琴美だというのはもちろんでまかせですよ」

「琴美はなぜ、自分が死んだように見せかけたんだ？」

「もしかしたら、多額の借金を抱えていたのかもしれない。追い詰められた彼女は、従妹と入れ替わることにしたんです。幸子は半月前に仕事を辞めて無職でしたから、琴美が入れ替わっても気づかれる恐れは少ないでしょう。後藤さんと小川さんが会った『幸子』は、ゆくゆくは従姉《いとこ》のように彫金を仕事にしたいので、彫金教室に通おうと思っていると言ったそうですが、そこで彫金を覚えたふりをして、これまで同様、彫金作家として暮らしていくつもりなのかもしれない。現在、幸子からDNAサンプルを採取して、被害者のDNAと比較しています。従姉妹だという結果が出るでしょうが、これは入れ替わりを否定するものではありません」

島村が灰川に目を向けた。

「係長、どう思います？」

「面白いですね」

と灰川は言った。

「羽村先生にもう一度会う必要がありそうです」

＊

「……見られていたんですか」

羽村歯科医院の診察室で、歯科医は新江田と奈々絵を前にしてため息をついた。

「その通りです。私と京野琴美は、一時期、付き合っていたんです」

「いつからいつまでですか？」と新江田。

「二〇一四年の五月から七月までです」

「どうして付き合うことになったんですか」

「彼女の方が誘ってきたんです。治療が終わったあと、歯科衛生士の目を盗んで彼女がメモを渡してきたんです。そこに彼女の携帯のメールアドレスが書いてあった。普段は患者と付き合うことは絶対にないんですが、彼女は好みのタイプだったし、大胆なところも気に入って、メールを送ったんです。それで付き合うようになりました」

「彼女が当時、結婚していたことはご存知ですか」

「いや、知らなかった。知っていたら付き合っていませんよ。医院に来るとき、彼女はわざと結婚指輪を外していたんです。専業主婦なら健康保険証を見れば、結婚しているかどうかはわかりますが、私は受付じゃないのでいちいち見ませんしね。治療が終わったあと、二ヵ月ほど付き合ったところで、ようやく彼女が結婚していることに気がついて、別れました」

そこで、羽村は開き直ったように、

「でも、刑事さん、私が京野琴美と不倫していたからといってどうだというんですか。別に犯罪ではないし、事件とは何の関係もないでしょう」

「事件とは何の関係もない？　果たしてそうでしょうか」

「何が言いたいんですか」

「実は、捜査本部の中に、あなたが偽証しているんじゃないかという意見がありましてね」

「――偽証？」

「はい。先日、捜査本部からＦＡＸで送ったデンタルチャートは、本当は京野琴美のものではなかったのに、先生は彼女のものだと偽証した、というわけです」

「馬鹿なことを言わないでください。どうしてそんな偽証をしなければならないんだ」

「殺されたのは別人で、京野琴美こそが犯人だった。彼女は被害者の顔を潰し、手指を焼いて、身元がわからないようにした上で、デンタルチャートについて先生に偽証してもらい、自分の死体だと見せかけた。そう考えられます」

「偽証などしていない！」

「偽証するからには、京野琴美と先生のあいだには強いつながりがある必要がある。不倫関係というのは、そうしたつながりとして打ってつけです」

「京野琴美とはとうの昔に切れているんだ。最後に会ったのは二〇一四年の七月だ。それ以来、一度も会っていない」

「本当ですか」

「本当だ！」

「捜査本部からＦＡＸで送ったデンタルチャートと一致したのは、本当に京野琴美のものだったんですね」

「本当に京野琴美のものだ。誓いますよ」

5

翌十五日の朝、思わぬ知らせが捜査本部に飛び込んできた。

昨夜、歯科医の羽村が帰宅途中、練馬区早宮の路上で何者かに襲われたのだ。背後から後頭部を殴られたのだった。倒れているところを、早朝、新聞配達員に発見され、病院に運ばれた。脳震盪《のうしんとう》を起こしていたが、骨折などはなく、命に別状はないという。

羽村はなぜ、襲われたのか。所轄の練馬署が調べたところ、財布にはクレジットカードが入ったままで、高額紙幣が何枚も残っていた。そこから考えて、物取りの犯行とは思えない。すぐにも羽村に事情聴取したいところだったが、捜査本部が病院に問い合わせたところ、少なくとも今日いっぱいは面会謝絶だと言われた。


山家巡査部長がなぜか胸を張った。

「やはり、私の京野琴美犯人説が正しかったようですね」

「またその説かよ。お前さん、しつこいよ。しつこいのは嫌われるぞ」

島村警部補が顔をしかめた。獰猛《どうもう》な顔がますます獰猛になる。だが、山家は少しも意に介した様子を見せず、「しつこいのは優秀な刑事の証《あか》しですよ」と言い返した。

「だいたい、羽村が襲われたことが、どうして京野琴美犯人説が正しいことにつながるんだよ」

「羽村が襲われたのは、自分がある勘違いをしていたことに気づいたからです。それを知った犯人が、口封じのために羽村を襲ったんです」

「勘違い？　何だそりゃ」

「羽村歯科医院に通っていた女、羽村と付き合っていた女は、本当は琴美ではなかったということです」

島村はあんぐりと口を開けた。

「――琴美ではなかった？」

「琴美の従妹の幸子が琴美に化《ば》けていたんです。幸子は琴美の名を名乗り、保険証を出すときも琴美のものを出したんです。こめかみの痣は化粧で隠したんでしょう。とすると、羽村歯科医院の琴美のカルテに記載されている彼女の歯のデータは、本当は幸子のものだということになります。死体のデンタルチャートがカルテと一致したということは、死体は本当は幸子のものだということになります。とすれば、私たちが会った幸子は偽者ということになり、幸子そっくりに化けられるのは従姉の琴美だけですから、琴美が犯人だということになります」

なるほど、と後藤巡査部長が微笑んだ。

「琴美犯人説は琴美犯人説でも、羽村英樹は共犯者ではなくて、幸子を琴美だと思い込んでいたというわけですね」

「そうなんです」

後藤に認められたことがうれしかったのか、山家は激しくうなずいた。

島村がまた口を挟んだ。

「でもよ、羽村は自分が勘違いしていることにどうして気がついたんだ？」

「ニュースで事件が報じられた際の、京野琴美の顔写真を見てだと思います。その顔が、自分が知っている『京野琴美』とは微妙に異なることから、自分が診察したのは別人であること、おそらくは従姉妹であることに気がついたんです。そして、その従姉妹が犯人であることにも気がついた」

「じゃあ、幸子に化けている琴美は、羽村が自分の勘違いに気がついたことをどうやって知ったんだ？」

「羽村が彼女に接触して、脅《おど》したんだと思います」

「係長、どう思います？」

島村が上司に目を向けた。灰川警部は言った。

「ちょっと疑問を感じますね」

「どこがです？」

「犯人は帰宅途中の羽村を背後から鈍器で殴って昏倒させたが、その後、とどめを刺さずに立ち去っている。口封じが目的ならば殺害するはずですし、余計なことは喋るなと警告するのが目的ならば、もっと目立たないようにやるでしょう。路上で昏倒させたら、警察が必ず知ることになり、羽村から事情を訊きますから、藪蛇《やぶへび》になってしまいます」

「じゃあ、犯人はなぜ、羽村を襲ったんですか」

「羽村からあるものを奪うためだと思います」

「いったい何を奪ったんですか。奪われたら、羽村が気づくはずですが」

「奪われても気がつかないものです」

「――奪われても気がつかないもの？」

十二係の誰も、灰川が何を言いたいのかさっぱりわからないようだった。

6

灰川は言った。

「犯人は京野琴美の自宅のダイニングキッチンで彼女を殺害し、顔を潰して手指を焼き、それから死体を荒川の河川敷まで運んで遺棄したと思われています。しかし、私はこの想定に疑問を抱くようになりました。彼女が殺害されたのは、本当に自宅だったのでしょうか？」

「どういうことですか」

「犯行があったと思われるダイニングキッチンの状況をよく考えてみると、二点ほど、不審な点があります」

十二係の捜査員たちは、灰川の顔を注視した。

「第一点。犯人は、京野琴美の顔を鈍器で殴って潰しています。しかし、考えてみると、彼女の自宅には、顔を潰すのに鈍器より打ってつけな道具が二つもあるのです」

「二つも？」

「ガスバーナーと濃硫酸です。ダイニングキッチンの隣にある作業場には、彫金に使うガスバーナーと濃硫酸がありました。鈍器を使うのに比べて、この二つの道具は力が要らず、ずっと楽です。犯行後、周囲を探せば、打ってつけの道具が二つもあるのに、犯人はなぜ、この二つのどちらかを用《もち》いなかったのでしょうか」

「……確かにそうですね」

「第二点。ダイニングキッチンのテーブルの両側——奥の壁側と手前側に二脚ずつ椅子が置かれ、手前側の一脚、左手の調理台に近い方の椅子が倒れていました。琴美はその椅子に座っているときに後ろから殴られて椅子ごと床に倒れたと思われます。ここで注意したいのは、奥の壁には大きな鏡が掛かっていたということです。問題の椅子に琴美が座っている状態で後ろから殴りつけようとすれば、琴美は鏡に映ったその動作を見てよけたり悲鳴をあげたりするかもしれない。犯人は、そのような危険性をなくすために、問題の椅子に琴美が座っているときに殴るのは避けるはずです」

「確かに……」

「これらの点から導き出されるのは、犯行現場は京野琴美の自宅ではなかったということです」

「え……？」

「そう考えれば、犯人がガスバーナーも濃硫酸も用いなかったことが納得できます。犯行後、琴美の顔を潰そうと思ったとき、犯人の周囲にはガスバーナーも濃硫酸もなかったのですから。また、鏡に動作が映る位置という不自然な場所だったのは、実際にはそこで犯行が行われたのではなかったからです」

「すると、彼女の自宅のダイニングキッチンが犯行現場のように見えたのは、犯人の偽装《ぎそう》だったということですか」

「はい。実際の犯行現場は、おそらく、犯人の自宅でしょう。琴美は犯人の自宅を訪れ、そこで殺害された。犯人はそのあと、顔を潰して手指を焼き、死体を荒川の河川敷に遺棄した。さらに、彼女の自宅を犯行現場に見せかけることにした。琴美はハンドバッグなどに自宅の鍵を入れていたでしょうから、犯人はそれを使って琴美の自宅に入り込み、そこが犯行現場であるように偽装した。椅子を倒し、その背もたれと床に微量の血液を擦り付けた。

ここで着目したいのは、琴美が座っていたと犯人が見せかけた椅子の選択です。

犯人はなぜ、この椅子を選んだのでしょうか。先ほど述べた理由から、この椅子で死んでいるのが不自然だと疑われることは、ちょっと考えればわかりそうなものです。そして、鏡に映る動作を見られない位置の椅子――鏡を背にした奥の壁側の椅子に座っていたように偽装してもいいはずです。にもかかわらず、犯人はこの椅子を選んでいる。それは、琴美の定位置がこの椅子だという思い込みが犯人にあったからだと私は考えました」

「定位置？」

「はい。しかし、琴美は一人暮らしです。一人暮らしの人間に、座る椅子の定位置などないでしょう。一方、複数人で暮らしているならば、座る椅子には定位置があります。つまり、琴美の定位置がこの椅子だという思い込みが犯人にあったのは、犯人がかって、琴美と一緒に暮らしたことがあるからだと私は考えました」

「元夫の和田が犯人だということですか」

「そう思います。離婚前、和田と琴美があの家で暮らしていた頃、琴美は家庭の主婦として、調理台に近い問題の椅子に座っていたのでしょう。だから和田は、琴美が今もそこに座っていると思い込み、犯行現場を偽装する際、その椅子を選んだ」

冴《さ》えないと思っていた灰川警部の姿は、今や、何百年ものあいだ解《と》かれなかった数学の難問をついに解いて大勢の聴衆の前で発表する数学者のように堂々として見えた。

島村警部補が挙手した。

「和田が犯人だというのは納得しましたが、なぜ、琴美を殺したんですか。離婚したのは一年前。和田が子供を、琴美が自宅を取って、円満に別れたはずです。それに、なぜ、琴美の顔を潰したんですか。琴美の自宅を犯行現場に偽装した点から考えて、彼は死体が琴美であることはすぐにばれるという前提で行動している。琴美の顔を潰したのが身元隠しのためでないことは明らかです。いったい何のためだったんですか」

灰川警部は、いい質問だというようにうなずいた。

「まずは顔を潰した点から考えてみましょう。『顔のない死体』が見つかり、その身元があやふやだったら、警察はどうするでしょうか。死体のデンタルチャートを作成し、それを近隣の歯科医に送って、これまで治療した患者の中に該当する人物がいないか調べるでしょう。それが、警察の通常の捜査手順です。つまり、和田は、被害者のデンタルチャートを歯科医に送るという捜査手順を警察に踏ませたいがために、被害者の顔を潰したと考えられます。和田は、『顔のない死体』に対する警察のルーティン的な対応そのものを利用しようとしたのです」

「じゃあ、和田はなぜ、被害者のデンタルチャートを歯科医に送らせたかったんです？」

「それによってどのような結果が生じたかを考えてみましょう。その結果こそが、和田の目的です」

「……歯科医の羽村英樹が、該当する人物が自分の患者だったと警察に届け出ました」

「そうです。それこそが和田の目的だったと考えられます」

「そんなことがなぜ、目的になるんです？」

「それによって、琴美のかかりつけの歯科医を突き止めることができるからです」

「かかりつけの歯科医を突き止める……？」

「琴美のかかりつけの歯科医は、単なるかかりつけではありませんでした。彼には、琴美と一時期、不倫していたという際立った特徴があった。ならば、和田の目的は、琴美の不倫相手を突き止めることだと考えられます。

　和田は、琴美がかかりつけの歯科医と不倫していたことを知っていたのでしょう。しかし、どの歯科医かは知らなかった。そこで、琴美の顔を潰し、警察が近隣の歯科医にデンタルチャートのＦＡＸを送るように仕向けた。問題の歯科医は、職業的良心から、また、かつての愛人の死の状況を詳しく知りたいという思いから、愛人だったことを隠した上で警察に届け出るでしょう。該当する人物が自分の患者だったと警察に届け出た歯科医こそが、琴美の不倫相手ということになります」

　鈴城巡査部長が言った。

「ですが、羽村の言葉を信じるならば、琴美と羽村の関係は三年も前のことです。和田はなぜ、三年も前の琴美の不倫相手を突き止めようとしたんでしょうか。今さら突き止めてどうしようというんです？」

「腹いせに殴ろうとしたんじゃないか？」

　と島村が口を挟んだ。

「現に羽村は帰宅途中を襲われている。和田の目的はそれだったんじゃないか」

「羽村を殴るだけのために、琴美の顔を潰したっていうんですか」

鈴城が首をかしげた。

「まあ、お前さんは女にもてもてだからわからないだろうけどな、普通の男は、女を取られたら、取った相手を殴りたいって思うものなんだよ」

「それは、主任の実体験ですか」

「おう、そうだよ」

部下二人の不毛な言い合いをよそに、灰川は講義をするように言葉を続けた。

「腹いせに殴るのが目的だったら、和田は羽村を昏倒させたあと、何度も殴ったり蹴ったりしたと思います。ところが実際には、羽村を昏倒させただけで立ち去っている。私は、和田は羽村からあるものを奪いたかったのだと考えました」

新江田警部補が訊いた。

「さっきもそうおっしゃっていましたけど、いったい何を奪ったんですか。クレジットカードも現金もなくなっていないようですけど」

「羽村のDNAです」

「——DNA?」

「はい。和田は、自分と琴美の息子が、実は琴美と羽村の不倫の結果生まれた子ではないかと疑い、それを確かめるために、羽村のDNAサンプルがほしかった。そこで羽村を路上で昏倒させ、おそらくは口腔内の粘膜を綿棒で採取した。DNA型鑑定には粘膜細胞をサンプルとして用いるのがもっとも一般的です。そうして採取した羽村のDNAサンプルを、息子のDNAサンプルとともに、DNA型鑑定をしてくれる民間の調査機関に送ろうと考えたのでしょう。四週間程度で調査結果を教えてくれます。

和田が羽村を殺さず、痛めつけもしなかったのは、このようにDNAサンプルの採取が目的だったからです。また、単に元妻の三年前の不倫相手を探すことが目的ではなく、息子の本当の父親を突き止めることが目的ですから、元妻の不倫から何年経とうと、和田にとって切実さの度合いは少しも変わらなかったでしょう。

和田は、息子が成長するにつれて、自分の血を引いていないのではないかという疑惑にとらわれるようになったのでしょう。血液型は同じでも、顔立ちがまったく似ていないのかもしれない。そしておそらく、DNA型鑑定を行って、息子が自分の血を引いていないことを知った。

和田は問《と》い質《ただ》すために、一年ぶりに琴美に連絡を取り、彼女は和田の自宅を訪れた。和田はそこで彼女に、DNA型鑑定の結果を突き付けたのかもしれない。琴美は、息子が和田の血を引いておらず、当時通っていた歯科医との不倫の末に生まれた子であることを告白した。和田はそれを聞いて激高し、その場にあった重いもので彼女を衝動的に殴り、昏倒した彼女をロープか何かで絞殺した。そのあとで、子供の本当の父親を突き止めたいと考えた。だが、琴美から聞き出すことはもうできない。和田が葬儀の場で『私は琴美がどこの歯科医に通っていたのかすら知らなかった』と漏《も》らしたように、彼は琴美のかかりつけの歯科医を知らなかった。また、琴美が歯科医に通っていたのは三年前で、当時の診察券などはもうないので、そこから歯科医を突き止めることもできない。そこで和田はやむなく、琴美の顔を潰すという方法を選んだのです。

和田は死体の身元確認の際、わざと、琴美ではないような気がすると言い、さらに息子のDNAサンプルの提供を断って、警察が身元特定のために歯科医にデンタルチャートをFAXするように仕向けました。

和田は、琴美の葬儀の際、死体のデンタルチャートに応えた歯科医の名前を訊いてきました。そして最後に、その歯科医のDNAサンプルを入手したのです」

も見紛うような童顔で無害な外見の市野は、尾行にはとりわけ向いていた。その五十メートルほど後方を島村が追う。鈴城はマンション近くに停めた警察車両の中に待機していた。

足早に歩く和田の前方に郵便局が見えてきた。DNAサンプルを送ろうとしているのは間違いない。ポストではなく郵便局に向かったのは、速達で送ろうと考えているからだろう。和田が郵便局に入ろうとしたところで、山家と市野は急ぎ足で近づいた。

「京野琴美さん殺害事件の捜査本部の者です。失礼ですが、鞄の中身を見せていただけますか」

尾行にまったく気づいていなかったのか、和田はぎくりとして振り返った。

「——何の権限があってそんなことを言うんだ」

「鞄の中に入っているのは、息子さんと羽村英樹さんのDNAサンプルではないですか」

和田の目が大きく見開かれた。そこまでつかまれているとは思っていなかったのかもしれない。やが

*

灰川警部の推理のあと、島村警部補、山家巡査部長、鈴城巡査部長、市野巡査の四人が、和田の自宅周辺に張り込むことになった。和田は入手した羽村のDNAサンプルと息子のDNAサンプルを民間の調査機関に送ろうとするはずだ。そこを押さえようと灰川は考えたのだった。すでに送ったかもしれないが、まだである可能性に賭けたのだ。張り込みをするのは和田に顔を知られていない捜査員の方がよいと灰川が判断したので、奈々絵は加わらなかった。だから、このあとに起こったのはあとから聞いたことだ。

張り込み開始から二十分ほど経ったとき、和田が自宅マンションから出てきた。鞄を手にしている。山家と市野が彼を尾行し始めた。見て一分後には忘れてしまいそうな平凡な顔立ちの山家と、中学生に

て、彼は疲れたように微笑した。

「……すべて見抜かれているようですね」

「京野琴美さんを殺害し、羽村英樹さんを暴行したことを認めるのですね？」

はい、と和田はうなずいた。

山家が合図に右手を上げると、遠くから見守っていた島村が駆け寄ってきた。さらに、鈴城の運転する警察車両が近づいてきた。

捜査本部までご同行願います、と島村が言うと、和田は黙ってうなずいた。

「今、息子さんはご自宅ですか」

「姉に預かってもらっています。どうやら、ずっと預かってもらうことになりそうですが……」

山家と市野に挟まれるようにして、和田は後部座席に乗り込んだ。島村が助手席に座る。通行人は誰一人気づくことなく行き来していた。

島村は和田に断って鞄を受け取り、中を開けた。予想通り、封筒が入っていた。宛名は民間のＤＮＡ型鑑定機関のものになっている。

「一つだけお願いがあります。警察の方で、息子と羽村のＤＮＡサンプルを比較してくれませんか」

和田の言葉に、島村は柔らかな声で応えた。

「任せてください。俺の責任で、必ず比較してお知らせしますよ」

ありがとうございます、と和田が呟いた。鈴城が捜査本部に向けて、警察車両のアクセルを踏み込んだ。

首無館の殺人

白井智之

Message From Author

「首無館の殺人」は、新本格ミステリ30周年記念アンソロジーの収録作として、「館」をテーマに書き下ろした作品です。ぼくは新人賞を獲っていないこともあり、この企画に誘って頂いたときは躍り上がるほど喜びました。嬉しさにまかせて、怪しげな館、いわくつきの住人、首無し死体、密室殺人と、大好きなモチーフをぎゅうぎゅうに詰め込んでみました。

刊行後、ある席で綾辻行人先生に「あれ、面白かったよ」と声をかけて頂きました。この言葉はぼくの一生の宝です。

白井智之（しらい・ともゆき）
1990年千葉県生まれ。東北大学卒。第34回横溝正史ミステリ大賞の最終候補作『人間の顔は食べづらい』が2014年に刊行されデビュー。特異な設定を得意とし『東京結合人間』が第69回日本推理作家協会賞の候補作、『おやすみ人面瘡』が第17回本格ミステリ大賞の候補作になる。近著に『少女を殺す100の方法』。

1

首無館《くびなしかん》事件の犯人——梔子《くちなし》クチジロウは、幼少のころから乱暴な性格で知られていた。近くの川原に住んでいた老人の舌を引っこ抜いて鮒釣《ふなづ》りのエサにしたとか、女教師の膣《ちつ》に汚れた自転車のサドルを突っこんで掻《か》き回《まわ》して流産させたとか、同級生のまだ赤ん坊の妹に睡眠薬を飲ませて野良犬に頭を齧《かじ》らせたとか、その手の逸話には枚挙にいとまがない。

ところが十四歳のとき、母親が死んだのをきっかけにクチジロウは豹変《ひょうへん》する。人が変わったように動物や植物を可愛《かわい》がるようになり、学校では目の色を変えて勉学に励《はげ》んだ。もともと持っていた人体への強い興味が、医療薬学の分野へ向いたのだろう。ヒマラヤ大学の薬学部に入学すると、四年後に薬剤師国家試験に合格。その二年後には祖父の代から続く梔子製薬を継ぎ、三代目の社長となった。

この年、のちに「東京げろ風邪」と呼ばれる感染性の胃腸炎が大流行をおこした。これを好機と見たクチジロウは、「梔子げろげろ丸」という安価な胃腸薬を大量生産し、全国の薬屋に売り込んだ。「梔子げろげろ丸」は飛ぶように売れ、梔子製薬はまたたくまに国内有数の製薬会社へと成長した。

若くして富を築いたクチジロウが、宮城県の南西、朽《くち》ヶ峰《がみね》のふもとに建設したのが梔子館《くちなしかん》だ。本館と別館からなるゴシック式の洋館なのだが、神戸の異人館を手入れせずに三十年放置したような、蔦《つた》まみれの薄汚い外観をしていた。設計とデザインには、妻のちくみがうるさく口を挟んだと言われている。壁を覆《おお》いつくす蔦は、「げろかわいい」というちくみの意見により採用されたらしい。クチジロウとちくみは、休暇のたびにこの梔子館で静養するようになった。

さて、クチジロウの成功に気分を悪くしたのが、クチジロウの父であり先代の社長でもある梔子リンドウだった。リンドウはクチジロウを失脚させるため、静養中のクチジロウを罠《わな》に嵌《は》めようと考えた。山間《やまあい》の集落で虐《いじ》められていた薄汚い身なりの少年に小銭をつかませ、クチジロウをたぶらかすよう仕向けたのだ。少年は迷子になったふりをして梔子館へやってくると、深夜にクチジロウ夫妻の寝室へ忍び込んだ。

「お礼をさせてください」

少年はベッドにもぐりこむと、クチジロウの陰茎をしゃぶった。妊娠三ヵ月のちくみも、ベッドのとなりで横になっていたという。我慢できなくなったクチジロウは別館に少年を連れ出し、ホールで一晩かけて少年を犯した。翌日の昼過ぎにクチジロウが目を覚ますと、少年は煙のように姿を消していた。

翌週、週刊誌に「げろげろ丸社長の少年レイプ現場」と題するスクープ写真が掲載された。クチジロウが少年を犯しているさまがはっきり撮影されており、梔子製薬は日本中から非難を浴びた。「梔子げろげろ丸」の不買運動が巻き起こり、クチジロウは社長退任を余儀なくされたのだった。

仕事をやめて梔子館でひっそり暮らし始めたクチジロウに、リンドウはさらなる追い打ちをかけた。渦中の少年の母親に連絡を取り、クチジロウを訴える裁判を起こさせたのだ。開廷日を前に示談が成立したものの、クチジロウは少年に膨大な慰謝料を支払うことになった。梔子館の売却を決めたとき、クチジロウは赤ん坊のように泣いたという。

もっともクチジロウは、父であるリンドウへは一抹の疑いも抱いていなかった。週刊誌の写真を誰が撮ったのか不思議に思っていたが、悪趣味な覗《のぞ》き魔《ま》が出版社に写真を売ったのだろうと考えていた。

悲劇のきっかけは、クチジロウが大学時代の友人に頼まれ、新薬の治験に協力したことだった。梅毒の治療薬の副作用を調べる検査で、クチジロウが無精子症であることが発覚したのだ。このとき、ちくみは妊娠八ヵ月だった。

目の色を変えて梔子館へ駆けつけたクチジロウは、ちくみに詰め寄って赤ん坊の父親を質《ただ》した。

「決まってるじゃない。リンドウさんよ」

ちくみが苦笑しながら答えた瞬間、クチジロウはすべてを理解した。このとき、クチジロウの中に眠っていた残虐な性格が目を覚ましたのだ。

クチジロウはちくみを全裸にしてベッドに縛りつけると、包丁で首を切り落として殺害。さらに臍《へそ》と陰部の間に切りこみを入れると、傷口から胎児を引っ張り出し、こちらも首を切り落として殺した。

クチジロウの怒りは収まらず、紙袋に包丁を入れてリンドウの住む吉祥寺《きちじょうじ》へ向かった。だが中央線のホームをうろついているところを職務質問され、警官に包丁を見つけられてしまう。クチジロウは銃刀法違反の疑いで逮捕され、取り調べでちくみの殺害を自供した。

梔子館に駆けつけた警官が寝室に立ち入ると、絨毯《じゅうたん》のうえに首無し死体が二つ転がっていた。テーブルには二つの首が並び、ベッドは血と羊水でべとべとになっていたという。

その後もクチジロウが反省の態度を見せることはなく、裁判が始まる直前、留置場で首を吊《つ》って自殺した。

これが梔子製薬元社長による首無し殺人事件――いわゆる首無館事件の顚末《てんまつ》である。

＊＊＊

「――首無館事件の再調査？」

スタミナ太郎《たろう》は「実録・日本エログロ殺人事典」を閉じると、三人の女子高生を見回して言った。

「そうです。いまでもクチジロウの冤罪《えんざい》を唱える専門家は少なくありません。ちくみさんとお腹の子どもを殺した犯人は、この国のどこかでのうのうと暮らしているんです」

女子高生の一人、熟れたアボカドみたいにテカテカした顔の少女が唾《つば》を飛ばして言った。採光窓から射《さ》した夕陽《ゆうひ》が、ほっぺのにきびを照らしている。

「そんな証拠はないでしょ」

「いえ、ここにはきっと手がかりが残っているはずです」

「三十年前の事件だよ？　警察だって抜かりなく捜査したはずだし。いまさら調査しても仕方ないと思うな」

「そんなことありません。再調査にはみなさんの協力が必要なんです。どうか力を貸してもらえませんか」

スタミナ太郎は俯《うつむ》いたまま眉間《みけん》をつねった。探偵事務所を開いてから三年が過ぎたが、こんなに熱烈な言葉をかけられたのは初めてかもしれない。

「きみたちは首無館事件と何の関係もないよね。どうしてこの事件を調べたいと思ったの」

「それは——」少女が口をまごつかせた。「あたしたち、妻殺し研究会っていうのをやってて。旦那《だんな》さんが奥さんを殺した事件について調べてるんです」

スタミナ太郎は椅子《いす》にもたれて息を吐《は》いた。子どもの遊びに付き合うほど暇ではない。ポケットから果物ナイフを取り出し、少女たちの顔に向けた。

「きみが代表？」

「そうですけど」

「無断でここへ侵入したことについてどう思ってるの」

「それは、反省してます」

「分かった。きみたちをどうするかは話し合って決める。それまで部屋で大人しく——」

「うぐうぐうぐうぐ！」

耳をつんざくような轟音《ごうおん》に、少女たちはぎょっと目を丸くする。

別館の玄関ホールに、しほりんの地鳴りみたいな唸《うな》り声《ごえ》が響き渡った。

モモヒコがスタミナ太郎とハセちんの二人を誘って、雑居ビルに探偵事務所を開いたのが三年前のこと。三人とも探偵小説がべらぼうに好きな三十代のフリーターで、ビデオ屋のアルバイトで出会って意気投合したのがきっかけだった。

開設から半年後、探偵事務所はあっさり看板を下ろすことになる。「家から逃げたガラガラヘビを見つけてほしい」と相談にきた五十過ぎのデリヘル嬢を、ヘビ嫌いのハセちんがボコボコに殴ってしまったのだ。女は事務所を訴え、スタミナ太郎たちは気が遠くなりそうな額の賠償金を払わされた。

ほうぼうから借金をして窮地《きゅうち》を切り抜けたものの、三人はビルを追い出され、ドヤ街のタコ部屋みたいな宿泊所を渡り歩く日々が続いた。そんなときに声をかけてきたのが、アオガクという小ぎれいな男だった。

「借金はすべて肩代わりします。その代わり、ある女の世話をしてほしいんです」

スタミナ太郎たちが二つ返事で承諾したのは言うまでもない。

こうして三人は、朽ヶ峰のふもとに位置する洋館――いわゆる梔子館で、しほりんの世話をして暮らすことになったのだった。

女子高生たちを一人ずつ客間に押し込み、マスターキーで錠を閉める。少女たちの態度は三者三様で、腹をたてたり、怯《おび》えたり、混乱したりしていた。

ホールを抜けて玄関を出る。レンガ敷きの小道を歩いて本館へ戻った。

別館が二階建てのこぢんまりとした趣《おもむ》きなのに対し、本館は三階建ての荘厳な雰囲気を醸《かも》している。ただし、どちらも鬱蒼《うっそう》とした蔦に覆われているので、閉園になったテーマパークみたいな安っぽい印象は拭《ぬぐ》えない。

本館にたどりつくと、玄関ポーチをぬけてラウンジへ向かった。ハセちんがソファに転がって爪楊枝《つまようじ》を咥《くわ》えている。モモヒコは緊張した顔で電話をしていたが、やがて受話器を置いて長い息を吐いた。

「誰と話してたの」

「アオガク」

「何て？」

「ワセダが旅行中で連絡が取れねえんだと。とりあえずおれたちで閉じ込めとけってさ」

モモヒコは舌打ちして、天井に吊るしたチュッパチャプスみたいな照明を見つめた。

ワセダというのはアオガクの上役のことだ。スタミナ太郎たちも会ったことはないが、関東圏で勢力を広げる売春グループの元締めらしい。素性は謎《なぞ》に包まれているが、警察やヤクザとも親密な関係を築いているという。しほりんの世話役を見つけるようアオガクに命じたのもワセダで、二人はいつも小まめに連絡を取り合っていた。

「女の子たちは、どんな感じ？」

ハセちんが鼻の下を伸ばして言う。若い女のことになると、ハセちんはいつもすけべそうな顔をした。

「無断で館へ入ったことは反省してたよ。高校の妻殺し研究会なんだって」

「つまようじ？」

「首無館事件のことを調べに来たんだとさ。調査に協力してくれって頼まれたよ」

「アホか。自分たちの立場が分かってねえな」

モモヒコが苛立《いらだ》たしげに口を挟む。

スタミナ太郎は今朝の出来事を思い返した。しほりんに朝食を与えようと、ポークソテーをしこたまバケツによそって別館へ向かったのが十時過ぎのこと。扉を開けたところで、見慣れない人影を見つけ愕然《がくぜん》とした。三人の少女がガラス戸に顔をくっつけて、しほりんのいる食堂を覗き込んでいたのだ。

「とりあえず、客間に閉じ込めといたよ。へたなことを考えないように、一人ずつバラバラの部屋に入れてある」

「首無しちゃんは見られたのか」

「うん」

「じゃあ仕方ねえな。へまをやらかしたらおれたちの首が飛んじまう」

モモヒコの言葉に、スタミナ太郎も頷《うなず》いた。首無しちゃんというのはしほりんの渾名《あだな》だ。脂肪が多すぎて首が見当たらないのが由来である。

「ところでさ」ハセちんが真顔で言う。「あの子ら、おっぱいつんつんしたら怒るかな」

「バカ。おれたちの仕事は首無しちゃんの世話だ。余計な真似《まね》をしたらワセダに殺されるぞ――」

モモヒコは玄関ポーチを睨《にら》んだ。擦りガラスの向こうに人影が見える。

ドン、ドン。

玄関の扉をノックする音が聞こえた。

2

「助かったわ。マジで遭難するかと思った。ありがとー」

ブタのふぐりみたいな顔の男が、目を細めて笑った。もじゃもじゃの蓬髪《ほうはつ》の下に大粒の汗が浮かんでいる。腹は樽みたいに突き出て締まりがない。知らない男だった。

「誰?」

「井上《いのうえ》っす。井上ギン。朽湖《くちこ》に行こうと思ったんすけど、途中で迷っちゃって。雪が強くなったらどうしようと思いましたよ。マジで助かりました」

男が頬《ほお》の肉をぷるぷる揺らして言った。モモヒコが眉間に十本くらい皺《しわ》を寄せる。

「帰れ」

「は?」

「帰れって言ったんだよ」

「いやいや。おれ死んじゃいますよ」

井上がなぜか笑い声をあげる。

「死ねよ。死んでカラスのクソになれ」

「ちょっと、勘弁してくださいよー」

井上はモモヒコの肩をぱんぱん叩《たた》いていたが、隙《すき》をついてするりと玄関ホールへ入りこんだ。ハセちんが奇声をあげる。井上はラウンジを見渡すと、両手を広げて暖炉《だんろ》へ駆け寄った。

「あったけえ！」

「調子乗んな」

モモヒコが井上めがけてバケツを放り投げた。

「いてっ」

後頭部にバケツがぶつかり、井上はよろよろと姿勢を崩した。暖炉に立てかけてあった火掻《ひか》き棒《ぼう》が顔に突き刺さる。耳の後ろからチンアナゴみたいに先端が飛び出した。

「あれえ」

井上は顔に刺さった棒を引き抜こうとしたが、おもむろに血を吐いて床に倒れた。

「やっちった」

モモヒコが苦笑する。井上は白目を剝《む》いてぴくぴく震えていたが、すぐに動かなくなった。

「すごい、映画の殺し屋みたい」

ハセちんがソファの上で両足をばたつかせる。

「これ、アオガクさんに怒られるんじゃないですか」

スタミナ太郎が死体を見おろして言うと、

「仕方ねえだろ。ドラム缶に詰めて捨てちまおうぜ」

モモヒコが口早に言って、井上の顔を蹴《け》った。

3

七時の時報を聞きながら、スタミナ太郎は玄関ポーチをくぐった。両手にバケツを提げて別館へ向かう。

外に出ると、殴るように雪が吹きつけた。小道に敷かれたレンガも雪に埋もれている。ラジオの積雪情報によれば、日付が変わるころまで吹雪が続くらしい。スタミナ太郎は身震いしてフードをかぶった。

別館までは五メートルほどしかないのに、たちまち雪まみれになった。身体が吹き飛ばされそうになり、両足に力を込める。

自分たちが移り住んだころ、本館と別館の間にロープがつないであったのを思い出した。強風が吹いたとき身体を支えるための工夫だったのに、ヘビ嫌いのハセちんが「似てる」という理由で捨ててしまったのだ。

「――あのバカ」

スタミナ太郎は息を切らして、転げるように別館へ駆け込んだ。

呼吸を整えてから、バケツを一つ持って食堂へ向かう。マスターキーで錠を開けると、しほりんが壁にもたれて鼾《いびき》をかいていた。

身長は百九十三センチ、体重は百七十キロ。もともとプロレスラーみたいな体型だったのを、スタミナ太郎たちが倍に太らせたのだ。いまでは輪郭《りんかく》が歪《ゆが》み、首や関節がどこにあるのか分からない。かつては都内の私立大学に通う医大生だったのだが、父親が女子中学生をレイプして逮捕されてから借金地獄に陥《おち》り、ソープランドで働いていたところをワセダに見初められたらしい。ワセダはよほどデブ好きなのだろう。

「首無しちゃん、ごはん」

スタミナ太郎が竿《さお》で頬を突くと、しほりんは重たそうな目を開いた。竿にバケツをくくりつけ、しほりんの胸元へ差し出す。今日の食事はエリンギのバター醬油炒め丼《じょうゆいため どん》だ。しほりんが足を組み替えると、股間《こかん》から汗とクソを煮込んだような臭いがした。

「うぐうぐ」

食べないと殴られるのが分かっているので、しほりんは黙ってバケツを口元へ運んだ。バリウムを飲むみたいに、大量のコメとエリンギを喉《のど》へ流し込む。嚥下《えんか》するたびに、おっぱいと腹の肉が揺れた。油汁が顎《あご》から床へ滴《したた》る。

「お疲れさん」

食事が終わると、バケツを受け取って食堂を出た。

ガラス戸を閉めようとしたとき、しほりんが発情期の牛みたいな顔でげっぷをした。

玄関ホールへ戻ると、もう一つのバケツを持って客間へ向かった。

三つの客間に一人ずつ少女を閉じ込めてある。彼女たちに食事をやる義理はないのだが、残りものくらいあげてもバチは当たらないだろう。バケツには今朝作ったポークソテーの余りが入っていた。肉を刻んで炒めただけの代物だが、少女たちも贅沢《ぜいたく》は言わないはずだ。

客間は全部で六つあった。一階に二つ、二階に四つだ。どれも六畳ほどの手狭な部屋だが、家具は高級品で、トイレやシャワーまでついている。少女は一階に二人、二階に一人、それぞれの部屋に閉じ込めてあった。

スタミナ太郎は客間を回って、紙皿によそったポークソテーを与えた。

「お腹《なか》ぺこぺこだったの。道に迷っちゃって、二日もご飯食べれなかったんだよ。ありがと」

女子高生の一人がソテーを頬張りながら言った。さきほど首無館事件の再調査を熱く訴えていた、妻殺し研究会の代表だ。女子高生とは思えない肝の据わりようである。

「あたし、昔はすごいデブだったの。ダイエットして十五キロも痩《や》せたんだよ。偉くない？」

「お前、監禁されてるんだぞ。分かってんのか」

「慣れたよ。そうだ、あの大きい裸のひとは誰？」

「知らないほうがいい」

「はぐらかさないで。あのひと監禁されてるんでしょ。ばれるとまずいから、あたしたちも閉じ込めたんだ」

スタミナ太郎が曖昧《あいまい》に首を振ると、少女はますます勢いづいた。

「最近の女子高生をなめちゃダメだよ。株とかビジネスもやるくらい大人なんだから。そうそう、窓から見えたんだけど、さっき本館へ来たおじさんは誰？　あのひとも仲間なの？」

ずいぶんと好奇心が旺盛《おうせい》らしい。井上ギンならドラム缶の中で冷たくなっているが、そんなことは口が裂けても言えない。

「大人しくしてたほうが長生きできるよ」

スタミナ太郎は紙皿を取り返すと、捨《す》て台詞《ぜりふ》を吐いて客間をあとにした。


本館へ戻ると、ハセちんが食事の準備を整えていた。エリンギのバター醬油炒めにご飯とスープをくわえたエリンギ定食だ。三人は重たい表情で食卓を囲んだ。

「今日は来客が多かったね」

ハセちんが採光窓を見上げて言う。吹雪で空が白く染まっていた。

「アオガクさん、ワセダさんと連絡できたのかな」

「ダメだろ。旅行中に連絡するとブチ切れるらしいぜ。あと一週間は無理だろうな」

モモヒコは苦い顔で言って、エリンギを口に放り込んだ。

「前もそんなことあったよね。しほりんがヘルニアで死にかけたとき」

「ああ。平日の日中はアオガクも連絡できないらしい。ワセダのやつ、表の顔はお堅いサラリーマンだったりすんのかもな」

「ぼく、知ってるよ」ハセちんが得意そうに言う。

「学校の先生だと思う」

「なんで？」

「アオガクさんが電話でワセダさんと話してるときに、スピーカーからチャイムの音が聞こえたんだ」

「本当かよ？　教え子にも売春させてんのかな」

モモヒコがふんと鼻を鳴らす。

「あの女の子たちも勘弁してほしいよ。こんな山奥にのこのこやってきて、勝手にひとの家に侵入するなんて」

スタミナ太郎が別館に目を向けてぼやくと、

「イマドキの女子高生はおませさんだから」

ハセちんが鼻息を荒くして言った。

「もう殺す？　あの子たち、首無しちゃんのことも見てたし」

「やめとけ。売るか犯《や》るか殺すか決めんのはワセダだ」

「井上ってひとはもう殺しちゃったけどねえ」

ハセちんがおどけた声で言うと、モモヒコがいきなり箸《はし》を投げつけた。

「仕方ねえだろ、死んじまったんだから」

「……ごめん」

「ああいうやつはすぐ殺《や》んねえと面倒なことになんだよ」

モモヒコはしばらくハセちんを睨んでいたが、舌打ちして食堂を出ていった。

スタミナ太郎はハセちんと顔を見合わせ、短くため息を吐《つ》いた。


十一時過ぎまでラウンジのラジオで暇を潰《つぶ》したあと、シャワーを浴びて寝室へ戻った。

吹雪が窓をカタカタ鳴らしている。スタミナ太郎はベッドに倒れ、薄汚れた天井を見上げた。

いつまでこんな生活が続くのだろう。肩代わりしてもらった借金の分くらいは働いた気がするが、ワセダに文句を言って殺されたら元も子もない。

結局のところ、ワセダがしほりんを太らせる目的もよく分からなかった。初めはワセダの性的嗜好《せいてきしこう》だと思っていたが、いまだにワセダが姿を見せないということは、なにか他に狙《ねら》いがあるのだろう。売春させたところで買い手がつくとも思えない。あれだけ尻《しり》が大きくなると性行為もできないだろう。

スタミナ太郎は寝返りを打った。今日は妙な胸騒ぎがする。

ふと、ズボンのポケットにマスターキーが入っていないことに気づいた。

「――――」

血の気が引いた。

とっさに床を見回してみても、マスターキーは見当たらなかった。別館のどこかに落としたのだろうか。少女に抜き取られていたとしたら大変なことになる。

慌てて廊下へ出ようとして、思わず悲鳴をあげた。

いつのまにか扉が開き、それが包丁を片手にこちらを見ていた。

4

しずくは扉をノックする音で目を覚ました。

窓から煌々《こうこう》と陽が射している。身体を起こすと、朽ヶ峰がまっ白い雪に覆われているのが見えた。空は透き通るように青く、昨晩の吹雪がうそのようだ。

ベッドから下りたところで、扉が手前に開いた。人形みたいに小柄な少女が廊下からこちらを覗いている。ぺこちゃんだ。

「うそ。どうして？」

しずくはぺこちゃんに駆け寄った。昨日の夜、靴底みたいな顔の男が食事を持って現れたとき、帰りがけに錠を閉めていたはずだ。

「あたしの部屋も一緒。起きたら錠が開いてたの」

ぺこちゃんも不思議そうに首を傾《かし》げた。

二人は息を殺して廊下に出た。一階の客間は二つしかない。しずくとぺこちゃんが一階の部屋に閉じ込められていたから、さくらこは二階にいることになる。

　廊下のはずれにエレベーターがあったが、故障していて動かなかった。廊下を見渡しても、二階へ上がる階段が見当たらない。

「あれかな」

　ぺこちゃんがテラスを指して言った。ガラス張りの扉を開けると、ステンレスの階段が外壁にくっついているのが見えた。エレベーターが故障したせいで階段を建《た》て増《ま》したのだろう。

　二人はテラスに出ると、足音を殺して階段を上った。身を切るような冷風が吹きつける。

　階段は屋上まで続いていたが、二階のテラスから屋内に入った。絨毯に埃《ほこり》が積もっている。一階より窓が少なく、見世物小屋みたいに薄暗い。防音壁が使われているらしく、風の音も聞こえなくなった。かつては楽団員でも泊めていたのだろうか。

　手前の扉をゆっくり開けると、ベッドのすみにさくらこの姿が見えた。

「さ、さくらこ！　よかった」

　二人がベッドに駆け寄る。我らが妻殺し研究会の代表は寝ぼけ眼で欠伸《あくび》をしていたが、にわかに鳩《はと》が豆鉄砲をくらったような顔をした。

「え、どういうこと？」

「なんでか分かんないけど、いまなら逃げれそう。早く行こ」

　さくらこは頷いてベッドから這《は》い出《だ》したが、そのままふらふらと床にくずおれた。身体がぶるぶる痙《けい》攣《れん》する。さくらこは滝のようにゲロを吐いた。

「だ、大丈夫？」

　肩に触れるとひどい熱があった。にきびでテカテカした顔が赤く火照《ほて》っている。

「あたし、ここで休んでる。ふもとで助けを呼んできて」

　さくらこは苦しそうに息を切らして言った。

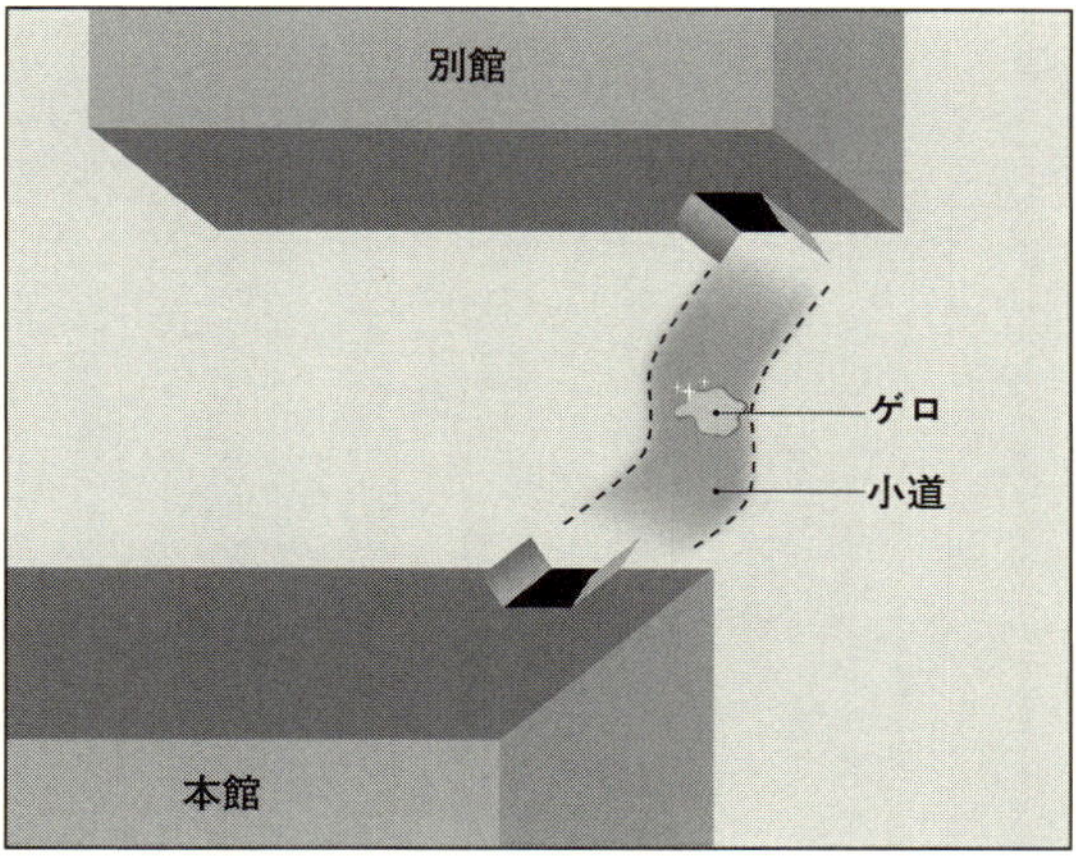

思わずぺこちゃんと顔を見合わせる。一人だけ置いていくのは不安だが、この状態で雪山を下りられるとは思えない。

「分かった。絶対戻ってくるね」

しずくはさくらこの手を握って言うと、ゲロまみれの身体を抱《かか》えてベッドに運んだ。

ぺこちゃんと二人で部屋を出ると、階段を下りて玄関から外へ出た。見渡す限り、はるか向こうの山並みまで雪に覆われている。あたりに足跡は一つもない。男たちの姿も見当たらなかった。

「なにあれ」

ぺこちゃんが足元を指して、くぐもった声を出した。本館と別館の中間あたりにゲロが落ちている。どんぶり一杯分くらいありそうな大ゲロだ。よほど勢いよく吐いたらしく、飛沫《しぶき》があちこちに散らばっていた。黄土色の固形物はエリンギだろう。

「やだ。早く行こ」

ぺこちゃんに促《うなが》され、雪の上に足を踏み出した。

足首まで雪に沈み、なかなか前に進めない。少しずつ梔子館を離れ、山のふもとへ下りる道へ向かった。まっさらな雪に二人の足跡が増えていく。

「待って」

ぺこちゃんがしずくの肩を叩いた。振り返ると、歯をカチカチ鳴らしながら本館一階の窓を指している。目を向けると、部屋の床に赤黒いものが見えた。喉から嗚咽《おえつ》が洩《も》れる。

おそるおそる本館に歩み寄り、カーテンの隙間から部屋を覗いた。すさまじい量の血が床を埋め尽くしている。蔦から水滴の落ちる音が耳に残った。

「どういうこと？」

ぺこちゃんが窓に顔をつけて囁《ささや》く。

ラウンジの床に、首の無い死体が三つ並んでいた。

5

「――クチジロウの幽霊？」

別館の玄関ホールに戻るなり、ぺこちゃんが震え声で言った。

「三人とも首が無かったでしょ。梔子クチジロウの幽霊が、ちくみさんやお腹の子どもと同じように首を切り落としたんだよ」

ぺこちゃんは青白い顔で言って、小さな肩をぶるぶる震わせた。

「違うよ。あたしは仲間割れだと思う」

しずくは語気を強めて言った。

「仲間割れ？」

「うん。あたしたちが閉じ込められたとき、ガラの悪い男が三人いたでしょ。そのあと小太りでもじゃもじゃ髪のおじさんが訪ねてきたから、本館には全部で四人いたはず。三人が殺されてるってことは、残りの一人が犯人ってことだよ」

「そっか。幽霊なわけないか」

「部屋の錠を開けてくれたのもその人だと思う。動機は分からないけど、犯人はあたしたちの味方だよ。怯えなくても大丈夫」

「よかった」ぺこちゃんは胸を撫《な》で下《お》ろすと、へなへなと床にくずおれた。

「どこかに電話があるはずだよ。警察に通報しよう。さくらこの熱を下げる薬もあるといいな」

「そうだね——」

「うぐぐぐぐぐ！」

鼓膜をつんざくような奇声が響いた。ぺこちゃんが腰を抜かして引っくり返る。食堂に閉じ込められていた女が目を覚ましたのだろう。

「や、やっぱり逃げよう。襲われるよ」

「落ち着いて。あのひとも監禁されてただけだと思う」

しずくは背中をさすってぺこちゃんを落ち着かせると、彼女を玄関ホールに残し、食堂へ続くガラス戸のノブをひねった。ここも錠が外れている。

「うぐうぐうぐ」

黄ばんだ毛布にくるまって、巨大な女がうずくまっていた。乾燥ワカメに油をまぶしたみたいな髪が顔に張りついている。身体のあちこちに痣《あざ》や瘡蓋《かさぶた》ができていた。

「あのー」

しずくが声を張ると、女は太い指で髪をかきわけ、しずくを見返した。脂肪でつぶれた鼻が息を吸うたびに膨《ふく》らんで、壊れた掃除機みたいな音を立てる。

「あたし、しずくって言います。あたしたち、昨日ここへ来て、この館に監禁されました。あなたもこの部屋に閉じ込められてたんですよね」

女は口を開いたが、しばらく待っても言葉は出てこなかった。黄色っぽい歯がでこぼこに並んでいる。

「安心してください。あなたを閉じ込めた人たちは死にました。この館で何があったのか教えてくれませんか」

しずくの言葉に、女はぎょろりと目を剝いた。

「ワセダが死んだんか？」

かん高い声が響いた。脂肪のバケモノみたいな見てくれだが、声は子どもみたいに幼《おさな》い。

「ワセダ？　名前は分からないけど、三人とも死んでました」

「三人？　そいつらは違う。ワセダじゃねえ」

「どういう意味ですか」

女はぎょろぎょろ目玉を動かしながら、ワセダが関東のあちこちに手を広げる売春組織を率いていること、三人組の男たちがアオガクを介してワセダに雇われていたこと、自分もワセダに身請けされたしほりんというソープ嬢であることを説明した。

「け、警察ともつながってるの？」

「そうじゃ。告発しようとして行方不明になった子もいる」

しずくは身震いした。それが本当なら、110番通報するのは相手の懐《ふところ》に飛び込むようなものだ。死体を見つけて通報しないというのも非常識だが、背に腹は代えられない。

「やっぱりあたしたち、口封じのために閉じ込められたんだね」

「でも分からん。なんでモモヒコたちは殺されたんじゃろ」

しほりんが間延びした声で言った。

「あたしは仲間割れだと思うんだけど」

「仲間割れ？　三人とも死んだんじゃろ」

「あたしたちが閉じ込められたあと、ぽっちゃりしたおじさんが本館を訪ねてきたの。あのひとが犯人じゃないかな」

「ぽっちゃりしたおじさん——？」

しほりんは首を捻《ひね》って、太い指で太腿《ふともも》を搔きむしった。おじさんに心当たりがないらしい。股間から気の遠くなりそうな臭いがしてくる。しずくが鼻をつまむと、しほりんはおもむろに腰をあげた。

「あたし、本館に行ってみるべ」

「へ」

しほりんは贅肉《ぜいにく》をたぷたぷ揺らして立ち上がり、扉を開けて廊下に出た。玄関ホールにいたぺこちゃんが悲鳴をあげる。しほりんの体臭で気分を悪くしたのか、テラスに顔を出してゲロを吐いた。

「まぶしい」

採光窓から射す陽光に、しほりんが目を細くした。

6

雪のうえにゾウが暴《あば》れたみたいな足跡が残っていた。しほりんの後ろを歩いていると、自分が小人になったような気分になる。

本館へ続く小道をぬけ、ポーチの下で深呼吸をする。覚悟を決めてドアノブをひねった。

ラウンジは凄《すさ》まじい量の血でおおわれていた。テーブルのうえに三つの首が並んでいる。三人組の男たちに間違いない。板張りの床には三つの首無し死体が無造作に転がっていた。「実録・日本エログロ殺人事典」に描かれていた、ちくみと胎児の殺害現場に似ている。

「うぐうぐ」

しほりんは唸りながらラウンジに入ると、死体をまじまじと観察した。しずくもおそるおそる死体に目を向ける。

三人は首を切られただけでなく、服のうえから下腹部を切り裂かれていた。臍の下にぱっくり傷が開き、赤黒い血が溢《あふ》れている。胎児を掻き出されたちくみの死体とそっくりだ。犯人は本当に首無館事件を真似ようとしたらしい。テーブルの下には包丁が三つ落ちていた。

しほりんは腰をかがめて死体を見比べていたが、おもむろに立ち上がってラウンジを見回した。座椅子からキャビネットまで、あらゆるものに血飛沫がくっついている。棚に並んだ「梔子げろげろ丸」のラベルも赤く染まっていた。

しほりんは険《けわ》しい顔でラウンジをうろついていたが、ふとレンガ造りの暖炉に目をとめ、ゆっくりと歩み寄った。犬みたいに四つん這いになって、じっとレンガを見つめる。

「どうしたの？」

「ぐう。ここにおかしな跡があるんじゃ」

しほりんがレンガを指して言う。目を凝《こ》らすと、天板の下に血を擦《こす》ったような跡がついていた。

「おかしいのう」

しほりんが首を捻る。にわかに腰をあげると、頬をぺたぺた叩きながらぐるぐる回転した。異臭で意識が吹っ飛びそうになる。

「な、なにか分かったの？」

「うん。三人とも、殺されたときは意識があったみたいじゃ。犯人は喉を刺して失血死させたあとで首を切り落としたんじゃな」

「そんなこと分かるの？」

「うん。これでも医大生じゃからね」しほりんは回転を止めて笑った。「手のひらに切り傷が残っとるじゃろ。犯人に抵抗したってことは、襲われたとき意識があったってことじゃ。でも生きた人間の首を切るのは大変だべ。首を絞めて息の根を止めたのかと思ったけど、そんな痕《あと》も見当たらん。だから、まず喉を刺して相手を死なせ、首をちょん切ったと分かったんじゃ」

「すごい、名探偵みたい」

「照れるのう。ほれ、死後硬直が進んどる。死んで六、七時間ってとこじゃな」

しほりんが死体の腕を曲げて言う。

ラウンジを見渡すと、キャビネットのとなりに柱時計があった。短針はちょうど九時を回ったところだ。

「深夜の二時から三時の間くらいに殺されたってこと？」

「そんくらいじゃろね。気になることが三つあるよ」

「そんなに？」

「うん。まずこいつの指じゃ。ほれ、爪《つめ》が汚れとる」

しほりんは死体の腕をこちらに向けた。顔を近づけると、爪の裏に泥のようなものが挟まっているのが見えた。

「土でもいじったのかな」

「吹雪の夜に庭仕事とは思えん。何か作業をしたんじゃろ」

しほりんは腰を上げ、まっすぐ暖炉を指さした。

「次はさっきの暖炉じゃ。血を拭《ふ》き取《と》ったみてえな跡があるじゃろ。死体も凶器も置きっぱなしなのに、どうしてここの血だけ拭き取ったんじゃ」

なるほど、言われてみれば不思議だ。血痕《けっこん》の色は明るく、それほど古いものには見えない。

「もう一つ。あたしな、昨日の夜、窓から雪を見てたんじゃ。案外早くやんだのうと思って時計を見たら、一時くらいじゃった」

「一時？　死亡推定時刻より前だよ」

「そうなんじゃ。こいつらが殺されたとき、雪はもうやんどったことになる。さっき外の雪を見たら、本館のまわりはしずくちゃんとぺこちゃんの足跡しかなかった。三人を殺した犯人はまだこの館にいるってことじゃ」

心臓が喉から飛び出しそうになった。三人の首を切断した殺人犯が、すぐ近くにいるのだ。

「犯人って、あのぽっちゃりしたおじさんでしょ？何してるんだろ」

「あたし、そのおじさんはもう死んどると思うんじゃ」

「へ？」

とぼけた声が洩れる。

「暖炉についとる血痕、これはおじさんのもんじゃと思う。三人がおじさんを殺して、死体を隠そうとしたんじゃ。そう考えればおじさんの姿が見当たらんことも説明がつく」

世界がぐらぐら崩れていくような気がした。しほりんの言葉が耳の奥で反響する。

「それじゃ、犯人はどこへ行ったの？」

「そうなんじゃ。おじさんが本当に死んどったとなると、三人を殺した犯人がいなくなっちまう。この館が大きな密室だったことになるんじゃ」


しずくとしほりんはラウンジを出ると、一階から三階まで、館内の部屋を順に見て回った。

クチジロウは頻繁に部下たちを招待していたらしく、二階と三階にもたくさんの客間があった。ほとんどの部屋は使われていないようで、厚く埃が積もっている。キッチンや遊戯室には生活感があったが、人影は見当たらなかった。

三人組が使っていた寝室は、どれもベッドや絨毯に血痕が残っていた。犯人は寝室で彼らを刺し殺したあと、ラウンジへ運んでまとめて首を切ったのだろう。廊下にもぽたぽたと血が落ちていた。

「なんじゃ」

三階から屋上へ伸びる階段に目をとめ、しほりんがつぶやいた。大理石の階段の半《なか》ばにゲロが落ちている。飛沫がテカテカ光っているから、古いものではなさそうだ。量はお茶碗《ちゃわん》半分くらいで、例によってエリンギが混ざっていた。

「誰が吐いたんじゃろ」

しほりんが腰をかがめて言う。べたべたの髪にゲロがくっついた。

「犯人？」

「うぐう。なんでこんなとこで吐いたんじゃ」

しほりんは首を捻ると、ゲロをまたいで屋上へ向かった。しずくも鼻をつまんであとに続く。

扉を開けると、目の前に青空が広がっていた。風がひんやり冷たい。裸のまま外へ出ていくしほりんはよほど脂肪が厚いのだろう。

本館の屋根には小学生のちんちんみたいな尖塔《せんとう》が

二つ生《は》えていた。間のスペースが見晴らし台になっており、頑丈そうな鉄柵《てっさく》が四方にそびえている。

足元に目を落としてぎょっとした。見晴らし台の雪がぐちゃぐちゃに踏み荒らされている。

「誰かがここへ来たんじゃ。さっきのゲロもそいつのもんじゃろ」

「何しに来たのかな」

「分からん。不思議じゃ」

しほりんは雪のうえをふらつきながら言った。

しずくは背伸びしてあたりを見回した。鉄柵の前に立つと、別館の屋上を見おろすことができる。さらに視線を落とすと小道のゲロが見えた。

「ぎょえぇ」

しほりんが叫ぶ。振り返ると、すみに置かれたドラム缶を覗いて目を丸くしていた。

しずくも後ろに駆け寄り、背伸びして中を覗こうとする。ドラム缶は鋼鉄製で、しほりんの身長と同じくらい高さがあった。縁にしがみついて、内側に目を凝らす。雪に埋もれて、小太りの男が体育座りをしているのが見えた。もじゃもじゃの髪に見覚えがある。

「これがそのおじさん?」

「うん」

しずくは首を縦に振った。昨日、本館を訪ねてきた小太りのおじさんに間違いない。ドラム缶は三分の一くらいセメントが流し込まれており、おじさんの顔にも鼠色《ねずみいろ》の飛沫が固まってくっついていた。

「……死んでる?」

「そりゃそうじゃ」

しほりんが雪を掻き分けると、耳の後ろに穴が開いているのが見えた。血と脳の混ざった赤茶色のどろどろが、蓬髪に絡みついている。しほりんの推理通りなら、このおじさんは三人組の男たちに殺されたのだ。

「雪のせいでふにゃふにゃじゃ。これじゃいつ死んだのか分からん」

しほりんが死体の腕を曲げてぼやいた。

おじさんの顔に目を落とす。溶けかけた雪のせいで、おじさんが泣いているように見えた。

7

「飲んで」

しずくはガラス瓶《びん》の蓋《ふた》を開けると、ウサギのうんこみたいな黒い錠剤をさくらこに手渡した。本館のラウンジから持ってきた「梔子げろげろ丸」だ。

さくらこは錠剤の匂《にお》いを嗅《か》いで、唇《くちびる》をへの字に曲げた。

「本当に効くの？」

「たぶん」

さくらこは眉を顰《ひそ》めたまま、コップの水で錠剤を飲み込んだ。浣腸《かんちょう》を十本刺されたみたいな険しい顔で、ベッドにうつ伏せに倒れる。

「またね」

しずくは部屋を出ると、テラスを通って階段を下りた。本館の尖塔で風見鶏《かざみどり》がくるくる回っている。壁に張りついた蔦に隠れて、時計が十一時過ぎを指していた。

一階のテラスには新品のゲロがあった。ぺこちゃんがしほりんと鉢合わせした拍子《ひょうし》に吐いた、かわいらしいゲロだ。量はお茶碗一杯くらいだろうか。

またしてもエリンギが一つ落ちていた。

玄関ホールへ戻ると、ぺこちゃんが目を丸くしてしほりんの話を聞いていた。すっかり打ち解けたらしく、しほりんの言葉に大げさな相槌《あいづち》を打っている。胸元にはゲロを洗い落とそうとした跡が残っていた。

「あたしも覚えてるよ。一時には雪やんでた。それじゃ、現場は密室だったの？」

ぺこちゃんが故障した水洗便器みたいに唾を撒《ま》き散《ち》らして言う。

「そうじゃな。犯人はどこへも逃げ出せんはずなのに、本館には人がおらんかった。こいつは雪密室じゃ」

「雪密室！」ぺこちゃんが雄叫《おたけ》びをあげた。「かっこいい！」

「あたしたち、ここにいて大丈夫なのかな」

しずくが口を挟むと、しほりんは悩ましげに唸り声をあげた。

「昨日の夜、人殺しが本館におったんは事実じゃ。でもいまは誰もおらん。警察に通報するわけにもいかんしな。さくらこちゃんが回復するのを待って、山を下りるしかないじゃろ」

「どうして通報しちゃダメなの」

ぺこちゃんが首を傾げる。しほりんは三人の男たちの正体と、親玉のワセダが警察とつながりを持っているらしいことを説明した。

「ひえー。あたしたちも殺されるのかな。こわいよう」

「すぐに命を狙われることはないじゃろ。まずは落ち着いて状況を整理するんじゃ」

「そっか。あたし、死体見てくる！」

ぺこちゃんは舌を出してホールを飛び出した。しほりんと顔を見合わせて苦笑する。

「しほりんは、本館で何が起きたんだと思う？」

「うぐう。考えられるパターンは三つじゃな」

しほりんはボロニアソーセージみたいな指を三本たてた。

「三つ？」

「うん。一つ目は、三人組が太ったおじさんを殺して、その三人組が別の誰かに殺されたパターン。二つ目は、太ったおじさんが三人組を殺して、そのおじさんが別の誰かに殺されたパターン。三つ目は、三人組と太ったおじさんがどっちも誰かに殺されたパターンじゃ」

「ちょっと待って」しずくは右手を突き出した。「てっきり一つ目だと思ってたんだけど」

「そうじゃな。四つの死体のうち、小太りのおじさんだけ様子が違っとった。死体をセメントで埋めたのも、暖炉の血を拭き取ったのも、みんな死体を隠すためじゃ。これは三人組の死体がラウンジに置きっぱなしにされてたのとえらい違いじゃな。おじさんを殺した犯人は、事件をなかったことにしようとしたわけじゃ」

「そうだよね」

しずくは大げさに首を振る。

「セメントが入れ途中だったことから、この犯人が隠蔽《いんぺい》工作の途中で殺されちまったことが分かる。何よりの証拠は、首無し死体の指についとった汚れじゃ。あれはセメントの洗い残しに間違いねえ。三人組がおじさんを殺し、死体を隠そうとしたんじゃな。やっぱり一つ目のパターンが正解ってことじゃ」

「なるほど」しずくは首を捻る。「なんで三人は殺されたんだろ」

「そうじゃなあ。首をちょん切られてたから、自殺や事故じゃありえんしのう。丁寧にお腹まで裂かれておった。あれはいったい何なんじゃ」

「首無館事件を真似したみたいだよね」

「そうじゃ。そんなことして、犯人に何の得があるんじゃろう」

しずくは考えを巡らせたが、もっともらしい仮説は浮かんでこなかった。しほりんもうずくまって考え込んでいる。

そうして三十分ほど過ぎたころ、

「死体！　死体！　あはははー」

玄関の扉が開き、ぺこちゃんがホールに駆け込んできた。首無し死体を目にして動揺しているらしい。両手を振り回して騒いでいたが、

「ぎゃー！」

テラスに目を向けて悲鳴をあげた。

「ちょっと、人のことバケモノ扱いしないでよ」

ガラス戸が開き、テラスからさくらこが部屋に入ってきた。一時間前とは別人のように表情が明る

い。ぺこちゃんとお揃《そろ》いで胸元に黄色いシミがついていた。

「大丈夫？　熱は？」

「下がったよ。しずくの薬が効いたみたい。ダイエット中だからお腹もへこんでラッキー」

さくらこが頭を掻いて笑う。

「しほりんさんですね。初めまして。昨日は何もしてあげられずごめんなさい」

「とんでもねえ。研究会の代表さんじゃろ？　元気になってなによりじゃ」

しほりんがぺこりと会釈する。左右の乳房がぶつかってバチンと音が鳴った。

「早速ですけど、状況を教えてもらえる？　あの男たちはどこへ消えたの」

「死んだんじゃ」

しずく、ぺこちゃん、しほりんの三人は、死体を見つけてから現在までの経緯を細大漏らさず説明した。さくらこは相槌を打ちながら、鼻梁《びりょう》をつまんでじっと耳を傾けていた。

「死体を見ないと何も分からないわね」

さくらこは自分に言い聞かせるようにつぶやくと、踵《きびす》を返して玄関口へ向かった。三人もぞろぞろ後へ続く。

扉を開けると、雪の上に三人分の足跡が残っていた。今朝のまっさらな雪は跡形もない。

五メートルほどの小道を抜けて本館へ入る。ラウンジに三つの首無し死体が転がっていた。さきほどより身体が膨らんだように見えるのは、死後変化のせいだろうか。死体の腸管では腐敗ガスが生じると聞いたことがある。テーブルには血まみれの生首が並んでいた。

「これがその汚れね」

さくらこが死体の指先を見つめる。

「血痕はこっちだよ」

しずくは暖炉の天板を指さした。さくらこが顔を上げる。

「ありゃ？」

背後でしほりんが奇天烈《きてれつ》な声をあげた。腰を曲げて、胴体側の切断面をじっと覗き込んでいる。

「どうしたの？」

「変なのがある」

しほりんが傷口に指を突っこむ。奥から出てきたのは血まみれの葉っぱだった。

「うん？」さくらこが呻《うめ》く。「葉っぱ？」

沈黙がラウンジを満たした。一同は凍《こお》り付《つ》いたように葉っぱを見つめている。

ふと視線を落とすと、首の断面から身体の内側が見えた。思わず中を覗き込んでしまう。棒を突っ込んで掻き回したみたいに、内臓がぐちゃぐちゃになっていた。

「これも首無館事件の真似なの？」

さくらこが首を曲げる。

「葉っぱを入れたなんて聞いたことないけど」

「じゃ、犯人の趣味？」

全身の皮膚が粟立《あわだ》っていた。死体の中に葉っぱを突っ込む合理的な理由があるとは思えない。犯人は頭がおかしかったのだ——。

「あああ分かった！　犯人が分かったのじゃ！　犯人はお前じゃ！」

唐突にしほりんが叫んで、こちらを指さした。

「え？」

そのとき、誰かがしずくの背中を突き飛ばした。姿勢を崩し、頭をテーブルに打ちつける。生首がぼとぼと床に転がり、さくらこが悲鳴をあげた。

「死んじゃえ！」

かん高い声が響く。顔を上げると、ぺこちゃんがしほりんの喉に火掻き棒を刺そうとしていた。しほりんが足を滑《すべ》らせ、仰向けに引っくりかえる。火掻き棒が空を切った。

「何をするんじゃ」

「うっせーブタブタブタ、死ね！」

ぺこちゃんはしほりんの首に跨《また》がると、棒の先っちょで顔を殴った。鼻梁が裂け、血と脂肪が噴《ふ》き出《だ》す。ぺこちゃんは棒を持ち替えると、喉元に向けてふりかぶった。

「いやじゃ」

しほりんは床に落ちていた生首を摑《つか》むと、ぺこちゃんの側頭部に叩きつけた。頭蓋骨《ずがいこつ》が弾《はじ》け、花火みたいに脳漿《のうしょう》が飛び散る。ぺこちゃんが引っくりかえった。

しほりんはとっさに身体を起こすと、残った二つの生首を摑んで、ぺこちゃんの顔をめちゃくちゃに殴った。頭頂部が裂け、間欠泉みたいに血が噴き出す。三つの脳が混ざってあたりがべちょべちょになった。

「なにこれ？　どういうこと？」

さくらこが間の抜けた声で言う。飛沫をかぶって顔がどろどろになっていた。

「ぺこちゃんがあたしを殺そうとしたんじゃ」

しほりんが肩で息をしながら答える。

「ど、どうして」

「決まっとるべ。こいつが三人組を殺した犯人だったんじゃ」

しほりんは吐き捨てるように言った。

ぺこちゃんの手足はぶるぶる震え続けていたが、一分くらいで動かなくなった。

8

窓から射した夕陽が、絨毯に三つの影を伸ばしている。

しずく、さくらこ、しほりんの三人が、客間の一つに集まっていた。三人とも、部屋に備えつけのシャワーで身体の汚れを落としたところだ。さくらこはゲロのついた服を着替え、本館から持ち出した男物のシャツを着ていた。しほりんも下半身にシーツを巻き、鼻には絆創膏《ばんそうこう》を貼っている。

「明日も晴れるみたい。朝から山を下りよう」

さくらこはそう言って、ラジオの電源を切った。

しほりんも深く頷く。

「それが正解じゃな」

「山を下りてどうするの？　警察へは行けないんでしょ」

「素性を隠して生きるしかねえ。ここでワセダが来るのを待つよりましじゃ」

しほりんが真剣な顔で言った。やはり大変な事件に巻き込まれてしまったらしい。

「しほりんは、どうしてこの館に閉じ込められてたの」

「うーん。なんでじゃろなあ」しほりんが遠くを見つめる。「あたしな、大学生のときにお父ちゃんが捕まったんじゃ。にきび顔の女子中学生をレイプしたのがばれてね。大学に通うために水商売を始めたんじゃけど、一年くらいでワセダに売られたんじゃ。デブにされた理由はよう分からん」

客間に重たい沈黙が広がった。しほりんが慌てて首を振る。

「それどころじゃねえ。二人とも真相が知りたいじゃろ？」

「うん。どうして犯人が分かったの？」

さくらこが背筋を伸ばして尋《たず》ねる。しほりんは照れ笑いしながら、わざとらしく咳払《せきばら》いをした。

「難しいことは考えとらん。三人が殺された夜、本館は密室状態じゃった。あいつらが殺された深夜の二時から三時の時間帯、雪はもうやんどったからな。館に誰もおらんのに、あたりに足跡も見当たらん。犯人は魔法みたいに消えたことになっちまう。これは妙じゃ。犯人、つまりぺこちゃんは、ある仕掛けを使って本館と別館を移動したんじゃ」

「なんで？」さくらこが首を傾げる。「さっさと山に逃げればよかったのに」

「密室を作ったのにはわけがある。ドラム缶で見つかったおじさんを、犯人に見せかけるためじゃ」

「え？　死んでた人のこと？」

「そうじゃ。屋上で死体を見つけるまで、誰もおじさんが死んだことを知らんかった。それは犯人も同じじゃ。ぺこちゃんはどこかの客間でおじさんが寝てると思い込んどった。仮に屋上のドラム缶に気付いても、あの身長じゃ中を覗けんからな。だから本館を雪密室にすれば、おじさんを犯人に偽装できると考えたんじゃ」

「そういうことね」

さくらこが腕組みして頷く。

「じゃあ犯人は、どうやって本館と別館を移動したのか。こいつが問題じゃ。と言っても、別館から本館へ行くほうは難しくない。三人組の一人——ポークソテーを持ってきた兄ちゃんから鍵《かぎ》を盗んで、夜更けにそっと部屋を抜け出せばいい。雪がやむまえに本館へ移動できれば、足跡も残らんからな。

問題は、本館から別館へ帰る方法じゃ。犯行後に雪がやんでるのに気づいた犯人は、足跡をつけずに別館へ帰る方法を考えた。そこでとんでもない手段を見つけたんじゃよ。ヒントは、小道の真ん中に落ちてたゲロじゃ」

「どういうこと？」

「あのゲロは雪に埋もれとらんかった。ゲロが吐かれたとき、雪はやんでたわけじゃ。でも小道に足跡はなかった。雪がやんだあと、小道を通った人間はいないはずじゃ。あのゲロはどっから吐かれたんじゃ？」

「あ、分かったかも」

さくらこがぱんと手を叩いた。

「本当かえ？」

「うん。本館と別館の距離って五メートルくらいでしょ。犯人はまず、バケツにゲロを吐いたの。で、キッチンの冷凍庫でバケツごとゲロを凍らせた。カチコチのゲロを取り出して玄関に戻ると、ちょうど小道の真ん中あたりめがけて、ゲロを放り投げた。本館の軒先からゲロめがけてジャンプすれば、ゲロのうえに着地できるでしょ。もう一回ジャンプすれば、別館の玄関にたどりつける。あとは夜が明けて陽が射すと、ゲロが溶けて発見時の状態になるってわけ」

さくらこが手柄顔で鼻息を荒らげる。しほりんは真顔で話を聞いていたが、やがて残念そうに首を振った。

「違うのう。小道のゲロにはエリンギが混じっとった。あれはエリンギのバター醤油炒めを食べた人間のゲロじゃ。あんたたちが食べたのは余りもんのポークソテーじゃろ？　別館にいた四人のうち、エリンギを食べたのはあたしだけじゃ。あたしみたいなデブがジャンプをして、氷を割らずに着地できると思うかえ？」

「うーん」さくらこがしほりんの贅肉を見つめて唸る。「無理そう」

「さくらこちゃんは難しく考えすぎなんよ。本館の屋上にたくさん足跡があったじゃろ。犯人は三人組を殺したあと屋上へ出たんじゃ。あそこからは別館の屋上が見下ろせる。本館は三階建て、別館は二階建てじゃからな。水平距離はせいぜい五メートル。道具一つあれば飛び移れるじゃろ」

しほりんはそう言って、嬉《うれ》しそうに二人の顔を見比べた。

「分かった気がする」

しずくはおそるおそる手をあげた。

「どうぞどうぞ」

「ロープを使ったんじゃないかな。どこかの部屋からロープを持ってきて、端《はし》っこを鉄柵にくくりつける。で、ロープを摑んで、振り子みたいに屋上から飛び降りたの。別館の屋上にうまく着地したら、階段を下りて、テラスから自分の部屋に戻ればいい。だけど犯人は緊張しすぎて、飛び移る途中でうっかり吐いちゃったの。だから小道にゲロが落ちた」

「うぐう、いいねえ」しほりんが嬉しそうに両手をばたつかせる。「でもおしい。さっきも言ったじゃろ。小道のゲロにはエリンギが混じっとった。四人のうち、エリンギを食べたのはあたしだけじゃ。この巨体がターザンみたいに宙を飛べると思うんか」

「そっか。忘れてた」

「あと少しじゃ。犯人もターザン作戦は考えたはずじゃ。けど問題があった。この館にはロープがなかったんじゃ」

「ロープがない？」

しずくとさくらこの声が重なった。

「そうじゃ。三人組の一人――ハセちんが重度のヘビ恐怖症でな。細長いもんは何でも捨てちまうんじゃ。犯人は途方に暮れたじゃろ。どこを探してもロープが見つからんのじゃやから。でもそんなとき、ラウンジにちょうどいいロープがあることに気づいたんじゃ」

「ラウンジ？　犯行現場のこと？」

「そうじゃ」

しほりんが得意げに笑う。

「ロープなんてなかったけど」

「ある。腸管じゃよ。動物の腸管は、口から肛門《こうもん》までをつなぐ長い管じゃ。首と臍の下――つまり食道と直腸をちょん切れば、首の断面からするっと引っ張り出せる。犯人が死体の首を切ったのは、身体から腸を引っ張り出すためだったんじゃ」

しほりんが喉を指して満面の笑みを浮かべる。しずくは思わず口を開いたが、続く言葉が出てこなかった。

「三人分の腸管を撚《よ》り合わせれば頑丈なロープができる。くっついてきた邪魔な臓器は千切《ちぎ》って元に戻せばいい。大人の腸管は六メートル以上あるから、三本あれば長さも強さも十分じゃ。犯人は汚さないように服をゴミ袋にでも詰めると、腸を身体に巻き付けて、本館の屋上から飛び降りたんじゃ」

「それじゃ、小道に落ちてたゲロは――」

「誰かが吐いたわけじゃない。腸管に入ってた晩ご飯がこぼれたんじゃ。階段に落ちてたやつも、運んでる途中にうっかり洩れちまったんじゃろ」

「待って待って」さくらこが調子はずれな声で言う。「回収は？」

「そうじゃ。このトリックにはどでかい難点がある。別館の屋上に着地したあと、本館の鉄柵にぶらさがった腸管を回収できないことじゃ。壁の蔦にまじってぶらぶらさせとくしか手がねえ。あらかじめ葉っぱを巻いときゃカモフラージュできるけど、放っておいたんじゃいずれ見つかる。だから死体が発見されたあと、こっそり回収しなきゃならんのじゃ」

「あっ」

思わず喉から声が洩れた。しほりんとさくらこがこちらを見つめる。

「どうしたんじゃ」

「二回目に本館へ行ったとき、死体の身体が膨らんだような気がしたんだけど」

「あはは。お腹がぽっこりしたせいじゃろ。屋上で腸を回収したぺこちゃんが、腹ん中に腸を突っ込んだんじゃ。くっついた葉っぱを見落としたんは手痛いミスじゃな」

しほりんが全身の肉を揺らして笑った。

「どうして犯人がぺこちゃんって分かったの」

さくらこが不思議そうに尋ねる。

「トリックが分かっちまえば簡単だべ。別館にいた四人の容疑者のうち、腸管を身体に戻す機会があったのは二人しかおらん。一人で死体を見にいったぺこちゃんと、お腹を壊して寝込んどったさくらこちゃんじゃ」

「あたしも？」

さくらこが目を丸くする。

「そうじゃ。テラスから一階へ下りて、こっそり本館へ戻った可能性が捨てきれん。でもすぐ思い出したんじゃ。ぺこちゃんが一階のテラスにゲロを吐いたじゃろ。あそこにエリンギが混ざってたんが不思議だったんじゃ。ポークソテーにエリンギは入っとらんからなあ。

犯人がこのトリックを使ったんなら、テラスに落っこちてたエリンギに説明がつく。本館から別館へ飛び移ったあと、犯人の身体は血やらゲロやらでべとべとだったはずじゃ。エリンギの一つくらいくっついててもおかしくない。部屋に戻る途中でエリンギが床に落ちたんじゃろ。もちろん犯人は、部屋に戻ってべとべとを洗い流したわけじゃ。

でも考えてみ。さくらこちゃんの部屋は二階じゃ。さくらこちゃんが犯人なら、一階のテラスにエリンギが落ちてるのはおかしい。こりゃ犯人はぺこちゃんしかおらんってわけじゃ」

しほりんは腕を組んで、ふんと鼻を鳴らした。さくらこがほっと胸を撫で下ろす。

しずくはふと、「実録・日本エログロ殺人事典」で目にしたクチジロウのエピソードを思い出した。クチジロウは幼いころ、川で魚を釣るために老人の舌を引っこ抜いたり、自転車のサドルを洗うために女教師を破水させたり、野良犬を手懐《てなず》けるために赤ん坊の頭を囓らせたりしていたという。密室を作るために腸を引っこ抜いたぺこちゃんは、脳の作りがクチジロウと似ていたのかもしれない。

「あ、ダメかも」

「ごめん、あたしも」

しずくとさくらこは揃って立ち上がると、口を押えてトイレに駆け込んだ。

9

気がつくと、客間のベッドに横たわっていた。

しほりんがここへ運んでくれたのだろう。身体を起こすと、胸に黄色いシミがついているのが見えた。サイドテーブルには「梔子げろげろ丸」のガラス瓶が置いてある。しずくは思わず苦笑した。

明日はいよいよ下山だ。無事に朽ヶ峰を出ることができても、自分がどうなるのか見当もつかない。もう高校の教室に通うこともないのだろう。それでも生きるしかない。

瞼《まぶた》を閉じると、さくらことしほりんの顔が浮かんだ。二人が一緒なら大丈夫――と思いたいが、胸にこびりついた不安は拭い切れない。

一人きりだからこんな気持ちになるのだ。さくらこの部屋へ行こう。しずくはベッドを抜けてドアノブを捻った。

「――」

錠が閉まっていた。

心臓が早鐘を打つ。なぜ閉じ込められているのだろう。

一日の光景が目まぐるしく脳裏を駆けめぐる。ふと疑問が浮かんだ。

三人組はしほりんのことを首無しちゃんと呼んでいた。贅肉のせいで首が無いように見えたから、そんな渾名をつけたのだろう。

でもテラスから玄関ホールに入ってきたとき、さくらこはこう言った。

――しほりんさんですね。初めまして。

なぜさくらこは、しほりんという呼び名を知っていたのだろう。二階は防音壁が使われていたから、しずくたちの会話も聞こえなかったはずだ。

しずくはベッドに戻ると、布団をかぶって息を殺した。言いようのない胸騒ぎが膨らんでいく。

そのとき、廊下から愉快そうな笑い声が聞こえた。

＊＊＊

「お待たせしてすみませんでした」

トレッキングシューズを脱ぐと、アオガクは眼鏡《めがね》に浮かんだ水滴を拭った。玄関ホールに荒い息が反響する。

「ワセダさん、また痩せました？」

「うるさいな。ねえ、びっくりしたんだよ。ぺこちゃんがモモヒコたちの首を切って殺したんだ」

「ぺこちゃん?」

「不二井《ふじい》さんのこと」

「ああ、ご友人ですね」アオガクは眼鏡をかけて苦笑した。「中学生のころハセちんに暴行されてたみたいです。殺害動機は復讐《ふくしゅう》でしょうね」

「え? ハセちんだけ?」

「はい。残りの二人は密室トリックのために殺したんでしょう」

「へえー。やるね」

思わずため息が洩れた。小太りのおじさんを本気で犯人に仕立てるつもりだったのだろう。

アオガクはネクタイを締め直すと、うまそうに水筒の水を飲んだ。

「わたしも驚きましたよ。あなたは旅行中だと聞いてましたから」

「どう見ても旅行でしょ。研修旅行。チャイムが鳴んない生活って最高だよね」

「ここへ来たのは偶然ですか」

「もちろん。あたし、首無館にしほりんがいるなんて聞いてないもん。変な渾名つけられてるせいで、しほりんだって気づかなかったし」

「まずかったですか」

「いいよ。すっかりブタになってたもんね。あれなら お父さんも娘とは気づかない」

「お父さん?」アオガクが首を傾げる。

「そう。しほりんのお父さん。あいつ、デブ専なんだよ」

「え? ワセダさんがやるんじゃないんですか?」

「違う違う。あたしはデブ専じゃないし。やりたくて育ててたんなら、顔を見た時点でしほりんって気づかなきゃ変でしょ。あたし、顔を見たのも初めてだよ」

「そういえばそうですね」

「やるのはしほりんのお父さん。あいつはきっとデブを買いにくるから、出所祝いにプレゼントしてやるんだ。どうなるか分かる?」

さくらこは頬のにきびを撫でながら言った。あの男を絶望させるためなら、どんな手間も惜しくない。

「どうなるんです？」

「娘を犯すんだよ。自分でも気づかないうちにね」

袋小路の猫探偵

松尾由美

Message From Author

私と猫との出会いは15年ほど前、目も開かぬ赤ちゃん2匹を路上で保護した時です。お腹は地肌が見え、尻尾はまったく無毛、最初に見た時は大きなネズミかと思いました。

哺乳瓶でミルク、ガーゼで沐浴《もくよく》、よじ登られたり踏まれたりしながら数ヵ月育て、茶トラと白の毛並みもそろった子猫となりました。

転居のため知人に引き取ってもらいましたが、その後心のどこかに猫が棲みつき、自分を主人公にしろ、「〜だニャ」と断定口調で謎を解く名探偵として描けというのです。

その仰せにしたがい、通訳まで用意して、『ニャン氏の事件簿』という本を書きました。探偵役は猫ながら財団を率いる実業家、さらに童話作家でもあるそうです。本作はその続編の第1話となります。どうぞよろしく。

松尾由美（まつお・ゆみ）
1960年石川県生まれ。お茶の水女子大学卒。1989年『異次元カフェテラス』でデビュー。1991年「バルーン・タウンの殺人」でハヤカワ・SFコンテストに入選。妊婦ばかりが暮らす「バルーン・タウン」シリーズ、「安楽椅子探偵アーチー」シリーズなどユニークな設定の作品を発表している。

うちの会社も、こういうところにあればよかったのに。

表通りから一本入った先、小さめのオフィスビルの前にたたずみながら、田宮《たみや》宴《うたげ》は何度目かにそう考えずにいられない。

港区《みなと》といっても、女性雑誌がとりあげるようなファッショナブルな街ではなく、全体としてビジネス寄りだが、ランチのおいしそうな洋食店や休憩にちょうどいい喫茶店、のぞいてみたくなるアンティークの店などが点在する界隈。

宴が好ましく思うのは、どれもが流行を追いかけるまばゆさとは無縁で、むしろそれに抗《あらが》うような、いわば古くさい気配をまといつかせているところだ。これみよがしのお洒落《しゃれ》さはなく、むしろ地味ながら、どこか垢抜けたセンスが感じられる。

こんな場所を選んで事務所を構えているのは、いったいどういう人なのだろう。曇り空に背を向けてビルに入り、階段をのぼりながらそう思うが、考えてみればおかしな話だった。すでに一年くらいその人と仕事をしているのに、本人と会ったことがないなんて。

二階の一室をノックすると、いつもの打ち合わせ相手がいつもの黒っぽいスーツ姿で宴を迎えた。

「ご足労ありがとうございます。雨は大丈夫だったでしょうか」

「今のところ、大丈夫でした」

「それはようございました。どうぞ、こちらへ」

「お邪魔します」

白い壁にグレーの絨毯《じゅうたん》、事務所らしいモノトーンの内装だが、絨毯の厚さや壁のしっとりしたつややかさなど、全体に漂う高級感のせいで殺風景な印象はまぬがれている。

宴は中堅の出版社で働く編集者で、この事務所の主《あるじ》は童話作家――ペンネームは「ミーミ・ニャン吉」という遊び心あふれるものだが、こちらは垢抜けているというよりちょっとベタなセンスかもしれない。

童話執筆はあくまで趣味、本業はとある財団を率いる実業家だという。アロイシャス・ニャン氏という名前から外国人と思われるその人は、経済界でも謎の人物で、本人に会ったことがあるのはごく一部のかぎられた人だけらしい。

本業のビジネスでも、余暇《よか》の執筆活動でも、表立った場では丸山《まるやま》という秘書が代理をつとめる。物腰は丁寧ながら、長めの髪がどこかいかがわしさをかもしだす、浅黒くやせた四十がらみの男が、

「夕方から大雨と言っておりましたから、お帰りまで保《も》つとよろしいですね」

そう言ってキッチンのほうへ行くと、宴はひとり残される――というのは事実とも、そうではないともいえ、目の前にはほかの存在もいた。これまでいつもそうだったたし、今日もまた。

木製の家具をいくつか配し、やや家庭的なおもむきを出した来客用スペースに、一匹の猫がすわってこちらを見ているのだ。「よく来たな」と労をねぎらうようにも、こちらを値踏みするようにも見える目つきで。

居場所は向かいのソファの上――ではなくそのかたわらの絨毯の上だが、部屋の主人さながらの落着きはらった態度。日本では「ハチワレ」、英語圏では「タキシードキャット」と呼ばれる、顔の上半分と背中および手足が黒、残りは真白な猫だ。

丸顔で目もそれほど吊りあがっていない、愛嬌《あいきょう》のある顔立ちをした猫だが、ペパーミントグリーンの瞳は気分しだいで氷のような光を放つのを宴は知っている。初回の打ち合わせの時、「かわいい猫ちゃん」と思わず口にして、そんな一瞥《いちべつ》を投げられた

のだ。それ以来自分からは積極的にかかわらないようにしている。

とはいうものの、と宴は考える。この猫がわたしのことを気に入らないなら、どこかに引っこんでいればいいだけの話。なのに毎回こうして出てきているところをみれば、少なくとも本格的に嫌ってはいないのだろう。

あるいは、飼い主の本がどんな形で出版されるか気になって、打ち合わせに参加しているつもりだとか？　まさかね。

丸山が紅茶を運んできて向かいのソファに腰をおろし、ミーミ・ニャン吉先生の新作の打ち合わせがはじまる。

「お預かりした原稿ですが、大変楽しく拝読しました」

「それは何よりです」

丸山が軽く頭をさげて言うのと、猫がもったいぶったように胸を張り、短く「ニャ」と鳴くのとほぼ同時だった。

「ミーミ先生のご本はいつもそうですけど、全体に牧歌的というかのほほんとした雰囲気——大団円につながる多幸感の中、時々混じる不穏な気配に独特の魅力がありますよね」

「おそれいります」

「ニャー」

「今回のお作品では、主人公で私立探偵の猫と、家主のふくろうの関係——猫と鳥、種族の宿命といいますか、避けがたい緊張感が絶妙なアクセントになっていると思いました。タイトルもいいですよね。『ふくろう小路の猫探偵』——」

そう口にしたところで、打ち合わせ中だというのに、宴はしばらくぼんやりしてしまった。

「どうかされましたか？」

気がつくと、丸山がそうたずねている。毛づくろいをはじめたところだったらしい猫も、片足を持ち上げた妙なポーズのまま、宴の顔をじっと見つめている。

「あ、失礼しました。『ふくろう小路』ならぬ『袋小路』という言葉から、ちょっと思い出したことがあったので」

「ニャー？」

すわり直した猫が、妙にはっきりした声で鳴き、丸山はそちらをちらっと見てから、

「さしつかえなければ、お聞かせ願えないでしょうか」宴に向かって切り出す。「その思い出したこととおっしゃるのを」

「えっ？」

「何はともあれ、よほど不思議ないきさつにちがいありません。田宮さんのように折り目正しく有能な編集者が、打ち合わせ中にわれを忘れるとなれば」

どう考えてもお世辞としか思えないせりふ。同僚からはしばしば「天然系」呼ばわりされている宴なのに。

「実を申しますと」丸山はつづけて、「わたくしの雇い主はその手のお話が大好物なのです。猫に鰹《かつお》節《ぶし》というたとえのごとく。くわしく聞かずにお帰ししたとあっては、あとで叱られますので」

だったら、雇い主には黙っていればいいのに。宴はそう思う。打ち合わせ中にどんな話が出たかなどわからないはず。この場に同席しているわけではないのだから。

結局のところ、この丸山という男自身の好奇心なのかもしれない。表情のとぼしい顔つきからは、そういうタイプにも見えないのだが。

「でしたら」宴は心を決めて、「お時間を余分に頂戴してしまうことになりますが、お話しさせていただきます」

「お願いします」

こうして、ソファの上で背筋をきちんと伸ばした中年男と、絨毯にだらしなく腹ばいになった猫――何を考えているかわからないという点は同じだが、態度はずいぶん異なる二者に向かって、宴は数日前

の出来事を語ることになったのだ。

＊　＊　＊

宴は茫然《ぼうぜん》として、行く手をさえぎる薄茶色の塀をながめていた。

編集長に渡された地図によると、さっきのところで角を曲がるとしか思えない。にもかかわらず――目的地はこの路地を抜けた先のはずなのに、どうやら行き止まりらしい。つきあたりは寮めいた建物の裏側で、高くそびえる塀が抜け道としての利用を断固拒んでいる。左右には住宅が並び、テレビの声や台所仕事の音など、住人の在宅を示す気配がかすかにただよってくる。

急な出張の入った編集長の代わりに、とある大物作家の家へ原稿を受け取りに行くところだった。駅から少し歩くというので、約束の時間に余裕を持って出たはずが、こんなふうに道に迷っていたのではぎりぎりになってしまう。

たしかに宴は方向音痴で地図を読むのも苦手だ。けれども編集長も相当雑な性格で、この場合は彼の手描きの地図がまちがっていると思えてしかたがない。絶対そうだと断言するつもりもないけれど。

途中まで引き返し、コンビニかどこかで訊いてみたほうがいいかも――などと思いながらふり返った時、誰かと目が合った。あわただしい足音とともに路地の入口に駆けこみ、そこで動きを止めた若い男。

髑髏《どくろ》のイラストの入ったグレーのTシャツ、ぴったりした黒っぽいジーンズは片ひざが破れているという、バンドでもやっていそうな格好で、黒い革のバッグを小脇に抱えている。

つきあたりの塀、左右の民家などに素早く視線を走らせると、きびすを返して走り去った。身ごなしは軽く、かなりの俊足らしい。

少しおいて自分も歩きだしながら、宴は首をかしげる。今の男の姿にはどこかおかしなところがあった。澱《おり》のような違和感が残っているのだが、それは何のせいなのだろう――

ふたたびあわただしい足音が聞こえ、路地の出口にさしかかっていた宴は、駆けこんできた人物とあやうくぶつかりそうな形になった。

あわてて動きを止め、宴の顔を見つめているところは先ほどの男と同じだが、大きなちがいは服装だった。ワッペンのついた青いシャツに紺色のズボン。制服制帽の警察官だったのである。

何となく会釈《えしやく》してすれちがい、路地を出たところで、ずっと残る違和感の正体に思い当たった。

さっきのTシャツの男が抱えていたのは、女物のハンドバッグだったのだ。持ち手が長く、口のところに留め金のついた。若い女ではなくおばさん、あるいはむしろおばあさんが持つような。

その記憶と警察官の出現とを考えあわせれば、結論は明白だった。ミステリー担当ではなく愛好家でもない宴にさえ。あの男は引ったくり犯で、このお巡りさんはそれを追いかけているところ。

だとすれば「あっちへ行きましたよ」とひとこと教えてあげるのが、善良な市民の義務というものではないだろうか。そう思いながら足を止めてふり返ると――

背後の路地、ついさっきまで宴自身がそこにいた場所には誰もいなかった。

泥棒を追って駆けこんできたはずの警察官は、袋小路からあとかたもなく消え失せていたのである。

宴は作家の向坂和也《さきさかかずや》先生の家にたどりつき（実際はもっと駅に近い場所で、結局地図のほうがまちがっていたのだった）、まずは編集長から託された資料を先生に渡した。先生がそれを参照しながら原稿の最終チェックを行い、終わったところで宴に渡して、そのあと世間話という流れになった。

その中で宴が、袋小路での出来事を話題にしたのだ。おかしな出来事なのでそうせずにいられなかったのだが、聞いた先生のほうも予想以上に興味を示した。

「犯人が、ではなく、警察官のほうが忽然《こつぜん》と姿を消したというんだね」

「そうなんです」

「なかなか面白いな。ミステリー作家だったら」先生は有名な作家の名前をあげ、

「たとえばあの先生なんかだったら、推理マニアぶりを発揮して、椅子に深々とすわったままああでもないこうでもないと仮説を並べるところだ」

「ああ、そうかもしれませんね――」

「その中から次の作品のネタを思いついたり。それはそれで生産的だけど、ぼくのやり方はそうじゃない」

「先生のやり方とおっしゃると？」

「答えを教えてもらいに行くんだよ」と向坂先生。

「取材ともいう。これから警察署へ行ってみませんか、田宮さんもいっしょに」

「えっ？」

「ぼくのほうはひと仕事すんだところだし、あなたも気になるでしょう？　いったい何が起こったのか。警察は駅の反対側だけど、それほど離れていないから、ちょっとの寄り道にしかなりませんよ」

というわけで、向坂先生の好奇心、そして行動力に引きずられる形で、宴は先生とともに最寄りの警察署をたずねることになった。袋小路での出来事から二時間以上たったあとのことである。

先生が著名人だからだろう、応接室めいた部屋に通され、ほどなくあらわれた初老の男性は署長とのことだった。

「これはまた、じきじきに申しわけありません。お忙しいところ恐縮ですが、実はこちらの女性が奇妙な出来事を目撃したそうで――」

先生はさわやかな弁舌で、宴の体験をひと通り説明した。宴は日ごろから、作家というのは人並み以

上に口下手な人と、口八丁手八丁というタイプに分かれると思っているが、向坂先生はまちがいなく後者のほうだった。

先生いわく、編集者という知的職業につきしかも優秀な人物が（嘘も方便というやつ。先生の担当ではないので、優秀だともその逆ともご存知ないはず）そうそう勘違いをするとも思えない。だとすればどういういきさつで、一見不可解とも不可能とも思われるそんなことが起こったのか。

「わたしのほうも、いわゆる作家的好奇心というやつを刺激され、こうしておたずねした次第です。あ、もちろん、お聞きしたことを小説に書いたりはいたしません。少なくともそのままの形では――」

それに対して、恰幅《かっぷく》のいい、どこか牛を思わせる署長のほうは、

「まず申し上げますが、本日午後、B銀行の無人ATMコーナー前で高齢女性がハンドバッグを奪われる事件が発生。ちょうど近くにいた署員が徒歩で追跡したのはまちがいありません」

「ええ、それで――」

「ですが」署長は身を乗り出した先生をさえぎる形で、

「その件はすでに解決しております。容疑者は逮捕され、いまだ取り調べ段階ながら証拠も上がってきており、何の問題もありません」

「逮捕されたというのは、その、追跡した署員によって？」

「そうです、そして追跡についても問題はなかったものと承知しております。署員が袋小路に踏みこむこともあったかもしれませんが、しかし」

「しかし？」

「先ほどのお話のような出来事はなく、またあったはずはない」口調も重々しく、「おっしゃることを要約すれば、わたくしどもの署員が追跡の途中で姿を消した、すなわち違法行為を目《ま》のあたりにしながら職務を放棄したということのようですが」

「いや、それだとまるでこちらが喧嘩でも売っているみたいに聞こえますが、そういうことではなく――」

「そのようなことはありえません。わざわざ申しあげるまでもなく、倫理上、また理屈の上でも。何しろ袋小路から忽然と姿を消すなどという芸当のできる署員はおりませんから。

もしいればさぞ重宝でしょう。たとえば潜入捜査中に身分がばれて追いつめられた時。あとはコンクリートに詰められるだけなどという窮地から逃げ出せるかもしれず、ひょっとしたら、コンクリートの中からでも抜けだせるかもしれない」

おそらく冗談なのだろう。先生は調子を合わせるように「ははは」と軽く笑い、宴も無理やり口もとをゆるめたが、

「ということで、失礼ながら、そちらの女性が何か勘違いをされたとしか考えられません」

その先は押しても引いても動かないという態度。先生がどれだけ粘っても、署長は「事件は解決ずみ」「袋小路の件はそちらの勘違い」とくり返すばかり。

「ああ言うけど、絶対に、わたしの勘違いということはないんです」

警察署の建物を出るなり、宴は向坂先生にそう訴えた。

「わたしもぼんやりしたところはありますが、いくら何でも、すぐ横をお巡りさんがすり抜けていったのに気づかなかったなんてことはありえません」

「もう一度整理すると」と先生、「田宮さんの話では、まず犯人が路地に入りかけて立ち止まり、袋小路なのに気づいて外へ逃げていった。つづいてやってきた警察官のほうは、同じように入りかけたところで立ち止まり、田宮さんとすれちがったあと、外に出ることなく姿を消した。

いっぽう署長によると、その警察官はいつのまにか路地から出て追跡をつづけ、無事犯人を逮捕した

という。百八十度くいちがう主張だが、ぼくとしては田宮さんを信じるね」

「ありがとうございます」

「どうしてかというと、率直を絵に描いたような田宮さんにひきかえ、あの狸親父のほうは何かを隠してるのが見え見えだからだよ。『問題ない』と必要以上にくり返したり、つまらない冗談みたいなものをとばしたり」

「あれは不自然でしたよね――」

「だとすると、いったい何を隠しているのか、そして警察官はどうやって袋小路から姿を消したのか。

こうなってくると、体当たりの取材より、推理マニアの想像力のほうが出番がありそうだな」

「あいにくですが、わたし、ミステリー作家の先生は担当していなくて――」

「別に作家にかぎらなくても、おたくの小森《こもり》くんがいるだろう」

「えっ？　編集長ですか？」

「彼は前の会社でミステリーやSFの部署にいたことがあるはずだよ」そんなことは知らなかった。

「ある意味ではプロだ。ぜひ知恵を借りてみたらい い」

というわけで、編集長が出張から戻ると、宴は仕事の報告かたがた一連の出来事を話してみたのだった。

「向坂先生が、ぼくの知恵を借りろって？」

編集長の小森は丸眼鏡をかけた猫背の男で、宴の上司となって二年近くたつが仕事以外の話はあまりしたことがない。

全体に脂気《あぶらけ》の抜けた印象のせいか老けて見え、実際はまだ三十七歳、宴と十歳もちがわないと聞いた時は正直驚いた。

「たしかにミステリー部門の担当だったことはあるけど、急にそんなことを言われても困るなあ」などと言ってぼさぼさの頭を掻き、

「とはいうものの、ご指名とあればしかたがない

か。その事件の前後、宮田《みやた》さんは――」

「田宮です」

「ああ、そうだった。現場付近でほかの誰かとすれちがうとか追い抜かれるとかはした？　Ｔシャツの男と警察官以外に」

「いいえ」

「じゃあ、不自然なものを目撃したということは？」

「不自然なもの？」

「そう、普通はないようなものが置いてあったとか、落ちていたとか。問題の袋小路でも、またはその周辺でも」

　言われた宴は懸命に考え、思い出したのは、

「テニスボール――」

「何だって？」

「黄色いテニスボールが道端に落ちていました。わたしが袋小路を出たあと、駅の方角へ歩き出して少し行ったところに」

「よりにもよって、テニスボール」重大そうに眉をひそめ、「野球のボールでも、ゴルフボールでもなく」

「それがどうかしたんですか？　落ちていたのはたしかですけど、いつ誰が落としたともわからないんですよ？」

「いやいや」編集長は首を振って、

「平社員の田宮さんは、現場まで来る時もタクシーで乗りつけたわけじゃなく、駅から歩いてきたはずだ。向坂先生の家の付近を通りすぎ、いったん袋小路に入ったあと、来た道を駅のほうへ逆戻りした」

「それは、編集長の描いた地図がまちがっていたから――」

「細かいことはいいよ。大事なのは、同じところを二度通り、最初の時にはテニスボールなど落ちていなかったということ。そうだろう？」

「ええ、たしかに」言われてみればそうだ。「注意していなかったから絶対とはいえませんけど、あれ

ば気がついたと思います」

「だとすれば、問題のボールは田村《たむら》さんが――」

「田宮です」

「そう、田宮さんが袋小路にいるあいだに出現したことになる。あのあたりには学校もテニスコートもなく、さっきの話のように人通りも少ない。ボールがふと転がってきたり、誰かがうっかり落としたりなんていうことはそうそうありそうにない場所なんだよ。

だとすれば、事件との関連で出現したと考えるのは決して不自然じゃなく、むしろそのほうがありそうなことだ」

なかなか論理的じゃないの。仕事先への地図を描きまちがえたり、しょっちゅう部下の名前を呼びまちがえたりする上司のことを、宴はちょっと見直す気持ちになった。

「どんな関連でしょう？　それから、さっきの編集長の言葉――『よりにもよって、テニスボール』とおっしゃいましたよね。あれはどういう意味なんですか？」

「知らないかな。いわゆる本格ミステリーにおいて、テニスボールというのは特別な使い道のあるものなんだよ」

「はあ？」

狐につままれたような宴に向かい、編集長は説明した。本格ミステリーにおいては、本当は死んでいない人物が何かの都合で死んだふりをすることがしばしばあり、その時に活用される道具のひとつなのだという。

「脇の下に強くはさみこむと、そちら側の手首の脈が止まる。大きさとほどよい弾力のおかげでそういうことになるらしい」

「そうなんですか」

「まあ、ぼくも試してみたわけじゃないけどね。ともかく知る人ぞ知る使い道だが、この場合犯人がそれを利用するメリットがあったかといえば」

あるはずがない。宴の頭に自動的に浮かんだ答えはそれだが、

「ないこともないな」編集長の考えはどうやらちがうらしい。「逃走中のひったくり犯が警官に追いつかれた瞬間、ばったりと地面に倒れる。驚いて手をとってみると脈がない——」

「だからといって、お巡りさんが見逃してくれるわけじゃないですよね」宴はやんわりと言ってみる。

「熊じゃあるまいし」

「もちろんそうだが、追跡中の犯人に死なれたとあってはいろいろ問題だからね。日本のマスコミがどちらかというと警察にきびしいことを思えば、非難をおそれて浮き足立ちもするだろう。

大慌《おおあわ》てで救急車を呼んだり、上層部に連絡したり。その隙をついて犯人がふたたび逃走したのかもしれない」

「仮の話、テニスボールはそういうことだとして」宴はややあきれながら、「袋小路から警察官が消えた件はどうなるんでしょう？」

「さあ」編集長は首をすくめ、「困るな、出張から帰ったばかりのところにそんなことを言われても」

そうでなければわかったとでも言いたげなせりふ。ついさっき編集長のことをちょっと見直したはずの宴だが、早くもその評価が揺らぐのを感じたのだった。

＊＊＊

「長くなりまして申しわけありません。『袋小路』という言葉から、わたしが思い出したのはそんなふうないきさつなんです」

童話作家のミーミ先生こと実業家ニャン氏の事務所で、その秘書と飼い猫とを前に、宴はそうしめくくった。

秘書の丸山はずっと背筋を伸ばし、猫のほうは時々横向きに転がって手足を投げ出したり、所在な

げに絨毯に爪を立ててみたりはしたものの、猫にしては比較的折り目正しい態度で、宴の話に耳を傾けているかのように見えた。

「ありがとうございます」丸山は一礼し、「興味深いお話、わたくしの雇い主もさぞ喜ぶことでしょう」

「ニャー」

黒と白の猫が、絨毯から顔をあげてひと声鳴く。この猫の場合時々そういうことがあるのだが、ちょうど丸山の言葉に合いの手を入れたようなタイミングで。

とはいえ今しがたの声の調子はやや否定的というか、「それほどでもない」とでも言いたげな——そこまで考えて、ばかみたい、と宴は自嘲する。猫の鳴き声はあくまで鳴き声で、意味なんてあるはずがない。

そう思ったのだが、丸山は猫のほうへ視線を向けると、小さな顔をさぐるように見てから、

「先ほどのお話について、念のため、いくつか確認させていただいてよろしいでしょうか」

言葉の上では宴に、いっぽう顔の向きからは半分猫に聞かせているような形で言った。

「あ、はい。何なりと」

「まず、盗難事件があったというATMコーナー、所在地はどのあたりでしょう？　ある程度駅寄りのところという認識でよろしいでしょうか？」

「そうです、駅から商店街を抜けて、住宅地に入ったあたり。先生の家や袋小路のほうへ行く途中の、ずっと手前のところです」

「念のため確認しますが、Tシャツの男や警察官はそちらの方角から走ってきたのですね？」

「はい、そうです」

「警官は姿を消したとして、Tシャツの男のほうは、袋小路を出たあとどちらへ？」

「反対側、駅から遠いほうへ走っていきました」

「結構です。それでは、問題の袋小路について。つ

きあたりが高い塀にさえぎられているというのはお聞きしましたが、左右はどのようになっているのでしょう？」

「左側はテラスハウスというのかしら、一戸建ての家が並んでいるみたいだけどよく見るとひとつの建物というのがあるでしょう、あれです。右側は二階建てのアパート、路地に面して各部屋のドアが並ぶ形です」

「なるほど」丸山はうなずいて、「両側ともひとつの建物で、家と家とのあいだの隙間もない」

「そうです。両方とも敷地ぎりぎりに建っていて、路地と建物とのあいだには庭も物陰もありません。

テラスハウスのほうはたぶん庭がついているんでしょうけど、建物の向こう側、家の中を通り抜けないとたどりつけない形です」

「つまり、通りがかりの誰かが身を隠そうと思ったとしてもなかなかむずかしい。その路地はそういう場所だということですね」

「そうなんです」

「ニャーニャ、ニャー？」

ここで猫が、いくぶん複雑な抑揚《よくよう》のある、しかも尻上がりの鳴き方をし、丸山がそちらを向いてなだめるような視線を送った。まるで猫が何かをうながす、あるいは急《せ》かすのを、『もうちょっと』と牽制《けんせい》するかのように。

「一般論として、警察官が物陰に身を隠すことはあるでしょう」丸山はつづけて、「しかしいわゆる張り込み、または籠城《ろうじょう》中の犯人に近づくなどの場合であって、走って逃げる犯人を追いかけているなら、たとえ物陰があろうと身を隠したりするはずがありません。

だとすれば、『聞き込みをしていた』とは考えられませんか？」

「聞き込み？」

「そう、犯人が逃げこんだ可能性のある路地で、住人から話を聞く。これならひどくおかしな行動とまではいえないでしょう。

その住人がドアごしの立ち話を好まず、警察官を中に招じ入れることもあるでしょう。とすれば、警察官が『路地から』姿を消したという状況になりますが――」

「でも、おかしいです」宴は首を左右に振り、「その時はまずインターホンを押して、少しは話をして、それから開けてもらうという流れでしょう。実際に中に入るまでにしばらくかかるはずです」

「田宮さんが警察官とすれちがってから、背後の路地をふり返るまで、それほどの時間はたっていなかったということですね」

「そうです。五秒かそこら」宴は実際に数えてみて、「それよりは長いとしても、十秒はたっていないと思います」

「だとすれば、たしかに理屈に合いませんね。そもそも周辺住宅で聞き込みをするくらいなら、その前に田宮さんに声をかけるはずですが、そのことを抜きにしても」

「ただ家の中に入るだけなら、五秒でもできます」と宴。「鍵のかかっていないところに勝手に入るか、自分で鍵を開けて入るのなら。でもその場合は、引ったくり犯を追いかけてやってきた先に、たまたま自分の家なり友達の家なりがあったことになって――」

「たまたまそうなる確率というのは、非常に低いですね」

「ええ。それに、百歩譲ってそうだったとして、追跡中に自宅や友人宅に立ち寄るのもおかしな話ですし」

「たしかに」

「そういうわけだから、何度考えてもやっぱり不思議で」

宴は言葉を切ると、向かい側にすわる男のほうをあらためて見た。

浅黒い顔をいくぶん猫のほうへ向け、猫はといえばいつの間にか身を起こしてきちんとすわり、丸山に向かって目くばせしているようにも見える。

どちらも表情は読めないながら、どこか余裕の感じられる態度。もしかしたら彼らにとってさっきの話は「不思議なこと」ではないのかも——宴はふいにそんな気持ちにかられた。

袋小路で何が起こったのか、見当がついているのではないだろうか。丸山だけではなく、この猫も。まさかそんなことがあるはずもないけれど。猫というのはそもそも、何でもわかっているようなしゃあしゃあとした顔をしているものだし。

とはいえ、こうして澄まし顔ですわっているところを見れば、この猫は普通とどこかちがう気も——まさか。宴は急に湧きおこったおかしな考えをふりはらい、

「まちがっていたら申しわけありませんが」実業家の秘書に向かって言ってみる。

「丸山さんには何か考えがおありなのでは？　あの日どんなことがあったのか。警察官はどんなふうに袋小路から姿を消し、そのあと、先に逃げていった犯人をどうやって逮捕したのか」

「わたくしの考えと申しますと、どうも僭越《せんえつ》な気がいたしますが——」

「ニャーニャャニャ」と猫。もちろん気のせいだろうが、『かまうことはない』とでも言いたげな調子で、

「せっかくのおたずねですから、事実のさし示すところを申し上げてみたいと存じます」

その鳴き声に後押しされたように、丸山はつづける。

「まず、警察署長の談話について。作家の向坂先生は、田宮さんのお話と『百八十度くいちがう』とおっしゃったようですが」

「ええ——」

「だとしても、そして田宮さんのほうは掛け値なく真実を語っていらっしゃるとしても、署長が『嘘を

ついている』と考えるのは妥当でない気がいたします。

そもそも、公的な立場にある方は、言質《げんち》をとられるようなことは言わないものでしょう。特に今回のように、相手が高名な作家の方だったりすれば」

「まあ、たしかに。いろいろ面倒そうですものね」

「そのような相手には、嘘をつくのではなく、本当のことを部分的に話す。その結果、またははじめから、相手が都合のいい誤解をしてくれている場合は、訂正どころかむしろ助長する――といったあたりが常套手段《じょうとうしゅだん》で、警察署長などはとりわけ熟達しているのではないでしょうか」

「具体的にどういうことでしょう?」と宴、「向坂先生やわたしが何かを誤解している、そうおっしゃっているように聞こえますが、どこのところなんでしょう」

「そこへつながる鍵が、お話に出てきた例の品物です」

「品物?」宴はちょっと考えて、「テニスボールのことでしょうか」

「おっしゃる通りです」

「それだったら、今――」

宴はバッグに手をさしいれて底のほうをさぐる。会社のそばのスポーツ用品店で、ちょうどセール中だったテニスボールを一個買ってみたのだった。編集長による「死んだふり」説は考慮に値しないと思うものの、本当に脈を止めることができるのかどうか、好奇心にかられたので。

「もしかして、今お持ちですか? でしたら――」

いつもは無表情な丸山があわてたように言い、宴はバッグからボールを引っぱり出すが、手がすべって床に落としてしまった。ボールは毛足の長い絨毯の上をころころと転がり、

「でしたら、くれぐれも鞄から出さないでください。そうお願いするつもりだったのですが」

丸山がため息まじりに言う。その視線の先では、

さっきまで澄まし顔だった猫が、身を乗り出して首を伸ばし、吸い寄せられるようにボールの動きを見つめている。

ペパーミントグリーンの瞳がレモン色のボールを追いかけてきらきらと光り、その奥にある情熱が垣間見える。「転がるボールにちょっかいを出したい」という猫としての本能に抗っている——非常な努力でその場から動かず、前足すら上げずにいるかのよう。いったいどうして、何のために抗うのかは想像もつかないが。

「すみません」宴は誰にともなく頭をさげ、「それ、片づけましょうか」

「ニャ」

ひと言のもとに拒否され（たような気がして）、伸ばしかけた手を引っこめた。

「ともかく、テニスボールの話です」

丸山がそんな猫のほうを気づかうように見ながら、話を再開する。

「編集長の小森さんは、『脈を止めて死んだふりができる』という効用をすぐに想起されたようですが、そんな人は珍しく、ボールと聞いて通常思いつくのは別のことでしょう」

「別のこと——」

「本来の特性と申しましょうか。はずむ、飛ぶ、などのほかにもうひとつ。つい先ほどこの部屋で見せた動き——」

猫の視線を釘づけにした動き。「転がる、ですか？」

「おっしゃる通りです」丸山はうなずき、「そして、ボールの落ちていたそのあたりで、直前に展開していたことといえば何でしょう」

「引ったくり犯が逃げて、お巡りさんが追いかけていた？」

「そう。逃走と追跡です。それに関連してボールが登場したとなれば——」

「ニャー、ニャニャニャ、ニャニャンニャ、ニャーニャ」

猫がボールから（頑張って）目をそらし、くるりと背中まで向けると、宴の顔を見ながら先ほど以上に複雑な抑揚のある鳴き方をした。

「このような使い道は考えられませんか」丸山があとをひきとるようにつづけて、「逃げる側が、追う側の足元めがけてボールを転がす——」

「ニャーニャ、ニャニャニャ、ニャーニャーニャーニャニャニャ」

「全力疾走している時はそうそうよけられるものではありませんから、うまくやれば派手に転倒させることもできるでしょう」

「あ、なるほど。その隙に遠くへ逃げるというのはありそうなことですね」

少なくとも「死んだふり」説とは比較にならない説得力。編集長には悪いがそう思わないわけにはいかない。

「ご賛同ありがとうございます」丸山は頭をさげ、「とはいえ、この可能性を考える時、ひとつの矛盾につきあたらざるをえません」

「矛盾とおっしゃいますと——」

「ニャニャニャ」黙って聞け、と言わんばかりの調子。

「すなわち、Tシャツにぴったりしたジーンズなどという格好では、テニスボールをポケットに入れて持ち歩くのは無理ということ。

オーソドックスな男物のズボン、腰回りに余裕がありベルトで絞る形であれば、テニスボール程度のものはポケットにしのばせることができます。けれどもジーンズ、特に細身のものではそうはいきません。

そして、この矛盾を見すえた時、先ほどのご質問への答えが見えてくるのです。田宮さんたちが誤解し、署長がそれを承知の上で、訂正どころかむしろ助長していることとは何か」

「どういうことでしょう？」

「ニャーニャーニャニャニャ、ニャニャンニャ」

「お話にあった署長の言葉を思い出してください。『事件が発生し、ちょうど近くにいた署員が追跡した』というもの。

よろしいですか、この事件で、追跡にあたったのはたまたまその場にいあわせた警察官です。交番から来たわけでも、通報で派遣されたわけでもありません」

「それとこれとで、どういうちがいがあるんでしょう？」

「ニャーニャニャニャ、ニャニャニャニャニャニャニャニャニャ？」

まるで『どうしてまだわからないのか』とばかにしているような調子。

「はっきりしているのは」と丸山、「交番にいて声をかけられたり、警察署から派遣されたりするのは、必ず勤務中の警察官だということ。いっぽうたまたまいあわせた場合は、非番の警察官かもしれません」

「つまり――」

おぼろげながら、丸山の言おうとしていることが頭に浮かんできた。

「非番であれば、正真正銘の警察官でも、制服を着ているわけではない。申し上げたいのはそういうことです」

「おっしゃるのは、あのTシャツの男のほうが警察官だったということですか？　制服を着たほうは偽物で、そちらが引ったくり犯だと？」

「ニャンニャニャ、ニャーニャ、ニャニャニャニャニャ」

「もしTシャツの男が犯人、つまりボールを転がした側なら、ボールをむき出しで手に持たないかぎりは、何らかの入れ物に入れていたことになります。鞄かポーチのたぐいを持っていたはずですが、袋小路で田宮さんが遭遇した時、男が持っていたのは盗品であるハンドバッグだけでした。

最初はポーチを持っていて、逃走中に投げ捨てたのでしょうか？　それならそのポーチが道端に落ちていたはず。めったに人の来ない道では誰かに拾われることもなく、田宮さんの注意をひいたことでしょう。テニスボールがそうであったように。

　だとすればTシャツの男はボールを用意していなかった。つまり転がした側ではなく、転がされた側なのではないでしょうか。ジーンズの片ひざの破れも、それにともなう転倒時のものと考えることができ、筋が通ります」

　さっきまで丸山の言葉に合いの手を入れるようだった（いやむしろ逆かもしれない）猫が静かになっている。見れば黒い背中を挑むように丸め、頭を低くして、さっき自分から背を向けたはずのレモン色の物体のほうへそろそろと近づいているのだった。たてつづけに発せられた「ボール」という言葉に刺激されたのだろうか。

　もちろん、そんなことより問題は丸山の話のほうで、

「あの髑髏のTシャツの人が警察官」宴はつぶやく。もちろん、非番の警察官に、髑髏のTシャツを着てはいけないなどという制約があるはずもない。

　それとは別に、納得できないことがあった。それもひとつではなく二つ。

「でも、あの人が先にやってきて、制服のお巡りさんのほうがあとから来たんですよ？　それにハンドバッグ。抱えていたのはあの人のほうです」

「ハンドバッグのたぐいを奪った犯人が、財布だけ抜いて投げ捨てるのはどこの世界にもあることでしょう」

　丸山が猫のほうを見やりながら言う。しばらくボールのそばでためらったあと、誘惑に負けたように前足を伸ばしてつつき、転がるそれにひとしきり見入ってはまたつつき——

　すっかり夢中になっている猫から、丸山は視線を宴のほうへ戻して、

「そして追いかける警察官のほうはそれを拾う。大事な証拠品ですからね。

二人の走ってきた順番については、犯人は警察官を転倒させた隙に、先へ行ったと見せかけて電柱の陰にでも身を隠したのでしょう。追跡者をやりすごし、姿が見えなくなったところで、安心して袋小路に入った」

「そのおっしゃり方だと、わざわざあの袋小路に来たように聞こえますけど——」

「もちろんそうでしょう。その袋小路に家があり、最初からそこへ行くつもりだったのではありませんか。

先ほど田宮さんがおっしゃったように、警察官が犯人を追いかけた結果、たまたま自宅のある路地に来るというのはめったにないことです。しかし犯人が自宅をめざして逃げたというなら、不思議でも何でもない、むしろよくあることでしょう」

「そして自分の家へ、ドアを開けて入っていった。そういうことですか」

「ニャー、ニャンニャニャニャニャニャニャ」

少し気がすんだらしい猫が、いくぶん息をはずませながら、何となく話をしめくくるような調子で鳴いた。

「もっといいことを思いついたら、教えてくれてかまわないニャ」

「えっ？」

「あ、いえ、現在思いつく中では最もありそうな仮説ですが、これにこだわるつもりはないということです」

「ちょっと待ってくださいね。整理しますから」宴はしばし頭を抱えて、

「まず、お巡りさんのふりをした犯人が、ATMコーナーから出てきたおばあさんに近づく。『偽札の疑いがあるので財布を見せてください』とでも言ったのかしら。制服姿にだまされたおばあさんは信用して、バッグごと渡してしまう」

「ニャニャンニャ、ニャーニャーニャニャ、ニャニャニャ」

「物事の本質を見ず見かけにだまされる、人間にはそういうところがありますから」

「受け取った『お巡りさん』がそのまま走り出し、おばあさんはびっくり仰天。そこへ通りかかったのが、髑髏のTシャツ姿の非番のお巡りさん。

お巡りさんの格好をした犯人を、パンクスみたいなお巡りさんが追いかけ、途中で犯人がバッグを投げ捨ててお巡りさんが拾う、犯人がボールを転がしてお巡りさんが転倒、ジーンズが裂けていっそうパンクスみたいになるなんていう騒ぎのあと、犯人がうまく隠れてお巡りさんをやりすごす。

ここで順番が逆になったのと、もともとの服装のせいで、お巡りさんが『逃走中の犯人』に見え、犯人のほうが『追いかけてきたお巡りさん』に見えた。犯人はわたしとすれちがったあと、数秒で自宅にすべりこんだのが、直後にふり返ったわたしには『忽然と消えた』ように見えてしまったんですね。お巡りさんがそんなことをするはずがないという思いこみのせいで」

「ニャンニャニャニャ、ニャーニャーニャ」

「先入観なく見れば、ごく単純な話です」

「署長の話では、追跡したお巡りさんが犯人を逮捕したということでしたけど――」

「ニャ」

「それについては、いろいろな可能性があるでしょう。引き返してきて聞き込みをし、その結果犯人にたどりついたのかもしれず、防犯カメラの力を借りたのかもしれません。またはバッグに犯人の指紋が残り、それが警察のデータベースに登録されていたのかもしれません」

「署長の態度が不自然で、何かまずいことを隠しているみたいに見えたのは――」

「ありそうなのは」丸山はあいかわらず淡々と、「犯人が着用した、警察官の制服の出どころでしょう」

「出どころというと?」

「ニャーニャ、ニャニャニャニャニャ」

「『縞《しま》は縞猫のもの』ということわざのように——」

「えっ?」

「あ、いえ、『餅は餅屋』『カエサルのものはカエサルに』と言うように」丸山はいくぶんとんちんかんなことを言って、

「警察官の制服といえば、出どころは警察。おそらく最寄りのその警察署から盗まれたものなのでしょう。

それだけでも不祥事といえますし、実際に犯罪に使われたとあってはなおさらです。今回の被害者や目撃者に頼みこみ、必死で口止めしているところだったのではないでしょうか」

「ああ、なるほど。何もかも腑に落ちた気がします」宴は片手を胸に当てて、

「向坂先生にも伝えます。本当にありがとうございました」

「いえ、お礼を言っていただくようなことは何も。本のことではいつもお世話になっておりますし」

そうだ、と宴は愕然《がくぜん》とする。編集者にはあるまじきことだが、ミーミ先生の新作のことをすっかり忘れていたのだ。その打ち合わせのために訪れたというのに。

「申しわけありません。装丁のこととか、いろいろご相談しないといけないのに——」

「ニャニャニャーニャ、ニャニャンニャ」

「そのへんは適当で」丸山は言いかけて、「いえ、田宮さんのセンスには雇い主も信頼を置いておりますから、基本的にお任せいたします」

「そうですか、それでは、わたしもミーミ先生のご本は大好きなので、一生懸命やらせていただきます。進行状況は随時ご連絡いたしますので、今日のところはこれで」

宴はソファから立ちあがり、頭をさげてから、部

屋の隅――またしてもテニスボールを追いかけはじめた猫のほうを見た。

「申しわけありません、あのボールですが――」丸山が遠慮がちに言いかけ、

「あ、結構です」宴は手を振って、「特に使うあてもありませんし、セール中で半額でしたし。わたしから猫ちゃんへのプレゼントということで」

期待していたわけではないが、夢中になっている猫のほうからは感謝の言葉（めいた鳴き声）は聞こえてこない。それから、「猫ちゃん」呼ばわりされたことへの抗議の声も。

「あの猫ちゃん、あんなにテニスボールが好きなのに、最初は遊ぶのを我慢していたように見えましたけど――」

「ひとつには、見栄と申しますか、お客様の前で子供っぽいところを見せたくないという気持ちがあるのでしょう」

丸山は宴を見送るために歩き出しながら、事務所の隅のキャビネットのほうへ視線を向ける。

書類のファイルをしまっておくような大きなひきだしに、ほかの家具にはない引っかき傷がたくさんついている。そこに猫用のおもちゃがしまわれ、ふだんのあの猫が心ゆくまで遊んでいるのだろうと推測できた。

来客がなく暇な時は。もちろん、飼い猫という身分では、目ざめている時すなわち暇な時のはず。ビジネスのかたわら童話を執筆するという飼い主とは大ちがいである――

「もうひとつは？」さっきの丸山の言葉を思い出して宴がたずねる。「見栄のほかにも、何か理由が？」

「あえて言えば」と丸山、「探偵としての矜持《きょうじ》でしょうか」

そう言ったのは、ミーミ先生の新作の主人公が猫探偵であることにかけた、秘書なりのジョークなのだろう。

丸山が扉を開け、宴は辞去の言葉を口にしてか

ら、

「そういえば、あの猫ちゃん、名前は何というんですか？」

ふと思いついてたずねたが、丸山は片手でその質問をさえぎり、廊下の端のほうへ首をかしげて、

「雨の音が聞こえるようです。本降りにならないうちに、どうぞ気をつけてお帰りください」

もう一度礼を言って、宴は事務所をあとにし、バッグから折り畳み傘を出してひろげると、雨に濡れた舗道を地下鉄の駅に向かって歩き出した。

葬式がえり

法月綸太郎

Message From Author

山口雅也編著『奇想天外 21世紀版 アンソロジー』(南雲堂)に寄稿した小品。「伝説の雑誌にふさわしい作品を」と頭をひねっているうちにふわっと浮かんだアイデアを、都筑道夫の怪談ショートショートみたいな軽いタッチ(当社比)で仕上げてみました。実際に書き始めるまで、自分でもこんな化学変化が生じるとは予想していなかったので、執筆の機会を与えてくださった山口編集長にあらためて深い感謝を捧げます。ちなみに小泉八雲の元ネタは、『法月綸太郎の本格ミステリ・アンソロジー』(角川文庫)に収録。

法月綸太郎(のりづき・りんたろう)
1964年島根県生まれ。京都大学卒。88年『密閉教室』でデビュー。著者と同名の探偵のシリーズを中心に小説を発表する一方、評論も手がける。2002年「都市伝説パズル」で第55回日本推理作家協会賞短編部門受賞。『生首に聞いてみろ』が『このミステリーがすごい! 2005年版』第1位になるとともに、第5回本格ミステリ大賞受賞。

「小泉八雲の『小豆とぎ橋』という怪談を知ってるか」

三年ぶりに会った友人が、いきなりそう切り出した。

友人の名は桜内《さくらうち》という。知り合ったのは大学時代、同郷の先輩に誘われて入会した朗読劇サークルの同期だった。サークル活動の方は文芸志向が肌に合わなくてじきに幽霊会員みたいになってしまったけれど、ミステリー好きの桜内とは意気投合して、卒業後も親しい付き合いが続いた。お互いに所帯を持ってからも、半年に一度は顔を合わせていたものである。それがすっかり間遠になったのは、私の妻が三十八の後厄で病に倒れ、入退院をくり返すようになってからだ。

「――知らないな」と私は応じた。「有名な怪談なのか」

「いや、どっちかというとマイナーな部類に入るだろう。『日本瞥見記《にほんべっけんき》』という本で紹介された話なんだがね」

「それも聞いたことがないな。俺が読んだのは『怪談』だけだし」

久しぶりに桜内と会ったのは葬式の場で、亡くなったのは朗読劇サークルに誘ってくれた先輩の奥さんだった。彼女も同じサークルの会員だったから、斎場の一角はちょっとした同窓会の様相を呈していた。精進落としという名目で、彼らと酒食を共にしたが、幽霊同然だった桜内と私は肩身が狭く、早々に退散して二人で飲み直すことになった。

三年ぶりで積もる話は尽きなかった。小泉八雲の話題が出たのは、ハシゴした三軒目の居酒屋の座敷だったと思う。こっちもだいぶ酔いが回っていたから、どういう流れでそんな話になったのか、はっきり覚えていない。サークル一年目の朗読劇で「雪おんな」をやったことは、覚えているのだが。

「『知られぬ日本の面影』という題名の方がポピュラーかな」と桜内は言った。「『神々の国の首都』という、松江に滞在していたときのことを書いた章の中にある。八雲が日本に帰化する前の、ラフカディオ・ハーン時代に採集した怪談だ」

「松江というと、島根県の松江市か」

山陰地方のことは詳しくないが、かろうじて鳥取と島根の区別はつく。「神々の国の首都」というぐらいだから、出雲大社の近くなんだろう。

「どういう話なんだ?」

とたずねると、桜内はあたりめを嚙まずにしゃぶりながら、

「松江城の鬼門に当たる方角に、普門院という寺がある」

「フモンイン?」

「普通の普に、門番の門、病院の院と書くんだよ。その寺の前に小豆とぎ橋という橋がある。昔——というのは江戸時代のことだが、女の幽霊が夜な夜なこの橋の下に坐って、小豆を洗ったのだそうだ」

「小豆とぎっていうのは妖怪だろう? 女の幽霊でいいのか」

「まあ、細かいことは気にするな。ディテールは八雲の脚色で、実際の小豆とぎ橋は、普門院とは全然べつの場所にあったそうだから。とにかくこの橋の近くでは、『杜若』という謡曲をけっして口にしてはならぬことになっていた」

「かきつばた?」

私がまた首をかしげると、桜内は学生時代に戻ったような訳知り顔で、

「能の『杜若』だよ。『伊勢物語』の在原業平の東下りを元にした演目だ。三河国の八橋という土地で詠んだ〈からころもきつつなれにしつましあればはるばるきぬるたびをしぞおもふ〉という歌を題材に

している」

「ああ、それなら聞いたことがある。〈か・き・つ・ば・た〉の五文字を、五七五七七の頭文字に折りこんだというやつだろう。なぜそれを口にしたらいけないんだ」

「短歌じゃなくて、節をつけてうたう謡曲の方だね。なぜだかわからないが、その女の幽霊は『杜若』を聞くと、ものすごく怒るという。業平と二条后高子の悲恋を下敷きにした能だから、何かそういう恨みつらみがあったのかもしれない。とにかく、その謡曲を橋のほとりでうたうと、その人は恐ろしい災厄にあうと言い伝えられていた。ところが天下に怖いものなしという、たいへん剛胆な侍がいて、ある夜のこと、この橋へ来て、大きな声で『杜若』をうたった」

「なんでそんなことを？　酒でも飲んでいたのか」

「酔っ払っていたかどうかは知らないが、怖いもの知らずで、度胸試しがしたかったんだろう。大きな声でうたったのに、恐ろしい災厄どころか、何ひとつ怪しいものはあらわれなかった。幽霊なんぞ恐るるに足らずと、侍は笑って家へ帰った。すると自宅の門の前のところで、見たこともない、背のすらりとした美しい女に出会ったんだ。女は侍に軽く会釈をして、手にした文箱を差し出すので、侍も武家らしく会釈を返した」

「文箱というと、本とか手紙を入れる箱のことだな」

「うん。女が言うには、『わたくしは、ほんの婢女《はしため》でございます。奥さまから、この品をあなたさまに――』と告げたかと思うと、女の姿がぱっとかき消えた。文箱を開けてみると、中には血だらけになった幼い子どもの生首が入っていた。あわてて家に入った侍は、客座敷の床の上に頭をもぎ取られたわが子の死骸を見つけたんだ」

桜内は言葉を切って、手酌の日本酒をぐいっとあおった。

「それで終わりか」

「終わりだ」

「——俺はそういう理不尽な話はきらいなんだよ」

私は焼酎のお湯割りをちびちびなめながら、遠慮のない感想を言って、

「血みどろスプラッターは平気だが、何の罪もない子どもがとばっちりを食うのは気に入らない。同じ小泉八雲なら、もっと理に落ちる話の方がいいね。手討ちにあった罪人の生首が庭石にかじりつくやつとか」

「『はかりごと』か」

と桜内が言う。私はうなずいて、

「朗読劇でもそれをやりたかったんだよ。だけど皆が口をそろえて、理が勝ちすぎとか余韻に欠けるとか言うからさ。俺はあれでやる気が削がれたんだ」

私がこぼすと、桜内はまたその話かという顔をした。「はかりごと」というのは、『怪談』に入っていた掌編である。

ある侍の殿様が、屋敷の庭で罪人を処刑しようとする。罪人は命乞いをするが、許されないとわかると、死後の復讐を誓う——深い恨みを抱いて殺された人の霊魂は、殺した人に仇を返すことができると信じられていた。罪人の訴えを聞いた侍は、「深い恨みを抱いている証拠として、首をはねられた後、目の前の庭石に嚙みついてみよ」と命じる。罪人は憤怒の表情で「嚙みつきますとも」と叫んだ。侍はためらうことなく刀を抜いて、罪人の首をはねる。砂の上に落ちた生首は、重々しく庭石の方へ転がっていったが、ふいに飛び上がって死に物狂いで石にかじりついた……。

罪人の最期を目撃した家臣と召使いらは、それから数か月の間、たえず恐怖に怯えた。物の影や木が風に鳴る音にも恐れおののき、思いあまって処刑された男の供養を願い出るが、主人は平然と「その心配はない」と答える。「ただ罪人の断末魔の遺恨だけが危険だったのだ。証拠を見せよと挑んだのは、

彼の心を復讐の念からそらすためであった。石に噛みつこうという一念を抱いたまま死んだので、それ以外のことはすっかり忘れてしまったにちがいない。だからこのことについて、何も心配することはない」

――はたして死んだ罪人は、それ以上何の祟りもしなかった。まったく、何事も起こらなかった。

「あの結末が好きなのは」と私は力説した。「怨霊の存在が信じられている世界でも、合理的な思考法がちゃんと通用することを説いているからだ。無理が通れば道理は引っこむかもしれないが、いつまでも引っこんだままだと、無理の方にもゆがみが出るだろう。どこかで帳尻を合わせないと収まりがつかないことぐらい、江戸時代の人間だってわきまえていたんじゃないか」

「帳尻合わせか。おまえは昔から理不尽な話がきらいだったからな」

桜内は半分あきれたように笑ってから、急に真顔になって、

「『小豆とぎ橋』の話をしたのは、ほかでもない。最近この話に続きというか、後日談があるのを知ってね。帳尻合わせじゃないけれど、たぶんおまえはこっちの方が気に入るだろうと思ってさ」

「後日談？　また子どもが死ぬ話じゃないだろうな」

「それはないから安心しろ」

桜内は太鼓判を押した。ちなみに桜内も私も、子どもはいない。

「前のできごとから、十五年ぐらい後の話だそうだ。小豆とぎ橋の幽霊はしばらく鳴りをひそめていたが、生首騒ぎの記憶は風化せず、相変わらず土地の人間から恐れられていた。それでも年長者の言うことに耳を貸さない、馬鹿な連中はいるものだ。やはり天下に怖いものなしという剛胆な侍がいてね。そいつがあんまり傲岸不遜なものだから、周りの連中が懲らしめてやろうと企てた。地元に伝わる小豆

とぎ橋の怪談を下敷きに、肝試しを持ちかけたというわけだ」

もっともらしい口調で言う。私はしらすと胡瓜のおろし和えを箸でつつきながら、

「ありそうな話だな」

「その侍は悪い同輩にそそのかされ、何月何日のいついつの刻に、大きな声で『杜若』をうたいながら、小豆とぎ橋を渡るという約束をした。しかし、ただうたわせるだけではつまらない。侍の仲間たちは、たちの悪いいたずらを仕掛けることにしたんだ」

「たちの悪いいたずらというと、今でいうドッキリか」

私があごをしゃくると、桜内はニヤニヤしながら、

「そう。十五年ほど前のできごとをなぞって、生首を出す趣向を考えた。ただしそっくり同じというわけにはいかない。侍は上役の娘を嫁にもらっていたが、奥方との間に子どもはなかった。だから子どもの生首を用意しても意味がない。そこで奥方そっくりに結った鬘《かつら》を古い文楽人形の頭にかぶせて、首のところを血糊で汚す。そいつを手桶に入れて上から蓋をすると、面の割れていない魚屋の下男に持たせておいた」

「ずいぶん安手のドッキリだな」

「明るい日の下ではごまかしようがないが、今とはちがって電気もガスもない時代だから、とっぷり暮れた夜なら本物と見分けはつかない。さて、約束通りの刻限に小豆とぎ橋のたもとに現れた侍は、遠巻きに見守る仲間たちにもはっきり聴き取れるほどの大声で、朗々と『杜若』をうたいながら、橋を渡った。しかし前回と同じく、怪しいものは何もあらわれない。幽霊なんぞ恐るるに足らずと、侍は呵々大笑しながら家へ帰った。侍の仲間たちも声をひそめて、ぞろぞろと後に続く。すると、彼の家の門の前のところで、見覚えのない、貧相な男に出会った。

男は侍に恭しくお辞儀すると、手に持った手桶を差し出して、『あっしは、ほんの下男でござります。主さまから、この品をあなたさまに――』と告げるなり、逃げるようにその場から走り去った。どこの者かといぶかりながら、侍が手桶の蓋を開けると、中には血だらけになった女の生首が入っていた」

「でもそれは、人形の首だったんだろう」

「もちろんだ」と桜内は気軽に応じて、「とはいえ、月もない夜のことだから、暗くてしかとは見定められない。侍は渡された手桶をつかんだまま、門をくぐって自分の屋敷へ駆けこんだ。物音を聞きつけ、玄関に侍の奥方が出てくる。『お帰りなさいませ』と三つ指をついて、主人を迎えたんだ」

「それで？」

「奥方の顔を見ると、侍はあっと叫んで腰を抜かした。手桶の中に目をやって、ようやくそれが人形の首だと気づいたらしい。跡をつけてきた仲間たちは、尻餅をついたぶざまな姿を見てさんざん嘲り笑った。怖いものなしの侍もこれではかたなしだ。さっぱり事情はわからないが、夫がこけにされているのを見かねたんだろう。気丈な奥方は呆然としている侍の腕をつかんで、そのまま屋敷の奥へ引き入れた」

「なんだか茶番めいてきたな」

私が冷やかすと、桜内は少しムキになったような口ぶりで、

「まだ続きがある。それから数日たったが、侍は屋敷から一歩も外へ出ず、城へ上がる勤めの日も休んだ。さすがに薬が効きすぎたかと反省した仲間たちが見舞いにいくと、あの夜から体調を崩して寝こんでいるという。床に臥せった侍は、すっかり面やつれして肌が土気色になり、仲間らが声をかけても満足に返事すらできないありさまだった。小豆とぎ橋の女の幽霊の祟りではないかと懸念する者もいたが、しっかり者と評判の奥方がかいがいしく病人の世話をする姿を見て、あれならいずれ病も癒えるだ

ろう、心配することはあるまいと屋敷を後にした。ところが、それから半月足らず後、侍は屋敷の庭に生えている柏の木の枝で縊《くび》れて死んでいるのが見つかった」

桜内は口をつぐんだ。それきり後が続かないので、

「それで終わりか」

と念を押すと、目の据わったいかめしい表情で、

「終わりだ」

と言う。さっきと同じ台詞だが、だいぶ呂律が怪しくなっていた。

「なんだか肩すかしだな」と私は言った。「祟りで死んだのかもしれないが、怖くも何ともないじゃないか」

「そうかい、おまえなら気に入ると思ったんだけどな」

「侍の仲間の連中には、何事も起こらなかったのか？」

「さあ。特に注釈もないから、何もなかったんだろう」

「ちょっと待てよ。そもそもこの後日談というのは、どこから出た話なんだ？　最近知ったというが、ネットか何かで仕入れた創作ネタじゃないのか？」

桜内の返事はなかった。会話の途中なのに、テーブルに突っ伏していびきをかいている。狸寝入りかと思って乱暴に肩を揺すってみたが、いっこうに起きる気配はない。

「やれやれ」

昔はこんなに弱くはなかったはずだが、やはり年のせいか。

自分の焼酎を飲みほして、時計を見た。そろそろ引き揚げる頃合いだ。店員を呼んで、ひとりで勘定をすませた。前の店までは割り勘だったし、今日は特別な日だから、これぐらいは大目に見てやろう。

桜内のほっぺたを軽くたたくと、半分目を開け

た。

「立てるか」

「お、おう」

シャツの袖でよだれを拭いながら、いいかげんな返事をする。喪服の上着の袖に腕を通させると、桜内も自分で靴を履けるぐらいには正気づいた。肩を貸して店を出、お互いの靴を何度も踏みそうになりながら、どうにか通りまで歩いてタクシーを拾う。

連れをシートに引きずりこんで、まず桜内の自宅の住所を告げた。初老の運転手は一瞬、妙な間を置いてから、行き先を復唱して道順を確認した。それでいいかと念を押したが、シートに収まったとたん、桜内はまたいびきをかいている。

「いいよ。そこで連れを降ろすから、次は××へやってくれ」

「承知しました」

運転手はそう答えたきり、完全に黙りこんで運転に集中した。あれこれ話しかけられない方が気が楽だ。私は目をつぶって、ぼんやりと物思いにふけった。

どれぐらい走っただろうか、急に桜内の声がした。

「おまえにはわからんだろうな。何事も起こらなかったように見えるのが、いちばん恐ろしいんだっていうことが」

「何だって?」

はっとして聞き返したが、寝言のようだった。なんとなく聞き捨てにできない気がして、桜内を揺り起こそうとしたとき――

「このへんでいいですか」

運転手がブレーキを踏みながら言った。帰巣本能というやつだろうか、桜内はむくりと体を起こして、窓の外を見た。

ちょうど彼の自宅の前だった。

「ここで待っててくれ」と私は運転手に告げた。

「メーターはそのままでいい」

桜内を促してタクシーを降りる。両膝の力が抜けて、私が支えてやらないと、歩くのもままならない様子だった。少し眠ったせいか、顔の赤みは引いていたけれど、明日の二日酔いを先取りしたようなひどい顔になっている。

「大丈夫か」

と声をかけたが、返事をするのも億劫《おっくう》らしい。そのまま玄関の前までパントマイムみたいに桜内の体を引きずっていき、ドアのインタホンを鳴らした。

「はい？」

と奥さんらしき声が出たので、自分の名を名乗り、ご亭主の帰宅を伝えた。じきに奥さんがドアを開け、酔いつぶれた夫の姿を見て顔をしかめる。印象に残りにくい顔だちで、今まで何度も会っているはずなのに、顔を合わせるたびに初対面のような気がする女性だった。名前もすぐに出てこない。

奥さんの手を借りて、玄関の上がり框に桜内を坐らせた。向こうはすっかり恐縮していたが、話が長引くとこっちも気まずい。タクシーを待たせているのを口実に、逃げるようにしてその場を去った。

「いま降りたお客さん、お友だちですか？」

タクシーに戻った私に、運転手がたずねる。そうだと答えると、初老の運転手はバックミラーに目を走らせながら、

「あんまりこういうことは言いたくないんですが、長くこの商売をしていると、物の怪とか幽霊とか、どうしてもそういう気配に敏感になるもんでしてね。先ほどのご友人も、何かよくないものに憑かれているんじゃないかと――」

「よしてくれよ、縁起でもない」

そう言ってから、まだ自分が喪服を着ているのに気づいて、

「二人とも葬式がえりだから、そんな気がしただけでしょう」

「そうかもしれませんが」運転手は口を濁して、「ただ、さっきのお宅ですけどね。このへん、よく

出るんですよ」

「出るって？」

「女の幽霊がね。幸い、私はまだ乗せたことはありませんが、同業者の噂だと確実に」

桜内の住所を告げたとき、運転手が妙な間を置いたのを思い出した。

「バカバカしい。奥さんにも会ったが、ちゃんと足はありましたよ」

運転手の話を一笑に付してから、急に気になったことがある。

桜内が話した後日談と、さっきの奥さんとの気まずいやりとりが重なったのだ。どうして彼女の名前を思い出せないのだろう？　桜内は、後日談の方が気に入るだろうと言ったけれど、私にはピンと来なかった。小豆とぎ橋で「杜若」をうたった侍は、病に倒れて首をくくっただけで、恐ろしい怪異には見舞われなかったのだから。特に何事も起こらなかったのだ。


いや、本当にそうか。さっき車の中で、桜内は何と言った？

「おまえにはわからんだろうな。何事も起こらなかったように見えるのが、いちばん恐ろしいんだっていうことが」

わが子の生首をもぎ取られるより、もっと恐ろしいできごと……。

ふっとある考えが浮かんだ。

江戸時代の人間だって、合理的な思考をすることはできる。すべての人間が怨霊の存在を信じていたとは限らない。実際、侍の仲間の連中は、女の幽霊の祟りなど真に受けていなかった。だから軽い気持ちで、安手のドッキリを仕掛けることができたのだ。

侍だって同じではないか。もし彼が奥方を疎ましく思っていたとすれば――「杜若」の言い伝えを利用して彼女を亡き者にし、その罪を小豆とぎ橋の女の幽霊になすりつけることができる。仲間たちの挑発に乗ったのも、妻を殺す絶好のチャンスだと考えたからではないか。「杜若」の怪異には、れっきとした先例がある。幽霊の祟りが信じられている以上、侍自身が奥方殺しの下手人として裁きを受けることはないだろう。

方法は簡単だ。約束の刻限が来る直前、自分の屋敷で奥方を斬り殺す。先例にならって首を切り、客座敷に放り出しておいたかもしれない。返り血を浴びた着物を着がえると、侍はなにくわぬ顔で小豆とぎ橋へ向かった。「杜若」を朗々とうたい上げ、余裕綽々で自宅へ戻る。門前の茶番は想定内だろう。その後、客座敷で奥方の斬殺死体を発見すれば、言い伝え通りの幽霊殺人の筋書きが完成する——ところが玄関で、五体満足な奥方の顔を見た瞬間、侍は腰を抜かした。

彼が目の当たりにしたのは、恐ろしい怪異そのものだ。つい先刻、この手で斬り殺したはずの亡者が、何事もなかったような顔で自分を迎え入れたのだから。

侍が寝こんだのも無理はない。奥方は一度死んでいるのだ。かいがいしく彼を世話する女がこの世の者ではないと仲間たちに訴えたくても、もはや言葉を発することさえできない。女の幽霊の祟りと、自分が手にかけた奥方の恨みが二重になって、生きた心地もしなかっただろう。庭の木で縊れて死んだのは、それが唯一の逃げ道だったから。

怪異の存在を認めさえすれば、理に落ちる話だ。桜内の言う通りだった。

だとしても——と私は思う。なぜ桜内は、こんな話を私に聞かせたのか。

急に寒気を感じて、ぶるっとした。酔いが覚めたせいではない。今日、自分の家を出たときのことを思い出したからだ。

妻に見送られて自宅を出た後、香典袋を置き忘れたのに気づいて、あわてて家にとんぼ返りした。香典袋は玄関で見つかったが、さっき別れたばかりの妻の姿が見えない。どこへ行ったのかと家の中を探すと、リビングのテレビの前で倒れていた。

私を見送った後、急に発作を起こして意識を失ったにちがいない。すぐに電話で救急車を呼ぼうとしたが、その手が止まった。

このまま放置すれば、妻は死ぬだろう。私の帰りが遅くなるほど、その死は確実なものになる。三年あまりの闘病生活が走馬燈のように脳裏をよぎった。

病人といっても、食事に注意して激しい運動を避ければ、とりあえず普段の暮らしに支障はない。それでも高価な薬代と、季節の変わり目ごとに体調を崩して入院を余儀なくされるのは、けっして軽くない負担だった。何も見なかったふりでそのまま家を出たのは、魔が差したとしか言いようがない。いつ発作を起こすかわからない妻の看病で、心身ともに疲れがたまり、心にスキができていたのだと思う。

知人の葬式で久しぶりに旧友と再会し、はしご酒で帰りが遅くなったために病身の妻が命を落としたとしても、私を責める者はいないだろう。そんな下劣な思惑を、桜内は虫の知らせのように察していたのかもしれない。初老の運転手が感じたよからぬ気配も、先に降りた桜内ではなく、この私に取り憑いたものではないだろうか。

タクシーの窓から、見なれたわが家の灯りが目に入った。

悪寒がますますひどくなった。

カープレッドよりも真っ赤な嘘

東川篤哉

Message From Author

この作品は高校野球に纏わるアンソロジー『マウンドの神様』（実業之日本社刊）のために書いた短編——なのですが、担当編集者が気を遣ったのか、「東川さんはカープファンだから、プロ野球の話でもいいです」と縛りを緩くしたのが運の尽き（?）。結果、完成した作品中に、高校野球の話題は言い訳程度に数行のみ。実質的には《2016年広島カープ25年ぶりのリーグ優勝！》を勝手に記念する《ユーモア本格プロ野球ミステリ》となりました。ちなみに、この作品を発表して最も驚いたことは、あの超一流のスポーツ・グラフィック誌『Number』に書評が載ったこと。——へえ、あるんですね、『Number』に書評欄って！　驚きでした。

東川篤哉（ひがしがわ・とくや）
1968年広島県生まれ。岡山大学法学部卒。'96年、鮎川哲也編公募アンソロジー『本格推理8』に「中途半端な密室」が初掲載。2002年に新人発掘プロジェクト「KAPPA-ONE登龍門」に選ばれ『密室の鍵貸します』でデビュー。ユーモアミステリを得意とし『謎解きはディナーのあとで』がヒット。近著に『探偵少女アリサの事件簿　今回は泣かずにやってます』。

1

近ごろ東京近郊では奇妙な犯罪が流行《はや》っているらしい。

発端は一ヶ月ほど前の八月初旬に遡る。場所は中《なか》野《の》駅からほど近い公園だ。神宮《じんぐう》球場でのナイター観戦から帰宅中の中年男性がマスクをした男に襲われて、着ていた服を脱がされた。といっても身ぐるみ剝がされて、裸で放り出されたわけではない。脱がされたのは、その中年男性が着ていた阪神タイガースの縦縞《たてじま》ユニフォームのみ。もちろん応援用のレプリカであるが、しかし被害者の着ていたそれは単なる応援グッズではなかった。かつて阪神に在籍し、派手なプレーとそれ以上にド派手な言動で人気を博した名（迷）選手、新庄剛志《しんじょうつよし》のサイン入りユニフォーム。ファン垂涎《すいぜん》のお宝グッズだ。さては中野に生息する熱狂的な阪神ファンの仕業か——と捜査に当たった警察関係者も最初はそう思ったらしい。

ところが続いて発生したのは巨人ファン襲撃事件だ。場所は東京ドームのすぐ傍《そば》、水道橋《すいどうばし》駅付近の暗い路地だ。被害に遭ったのは若い女性。今度はジャイアンツの元監督、原辰徳《はらたつのり》のサイン入りユニフォームが奪われた。阪神と巨人、ライバル球団のお宝ユニフォームを両方欲しがるとは、この犯人、野球ファンだとするなら随分と節操のない人物である。

だが事件はこの二件では収まらなかった。所沢《ところざわ》では帰宅途中の西武ライオンズファンが《おかわり君》こと中村剛也《なかむらたけや》のサイン入りユニフォームを奪われた。千葉では日本ハムファイターズのファンが《二刀流》こと大谷翔平《おおたにしょうへい》のサイン入りユニフォームを奪われた。

犯人はいずれもマスクをした男性。どうやら球団や選手に対するこだわりはいっさい持たずに、ただただ貴重なお宝ユニフォームだけを狙っているらしい。

「ふうん、まるでプロ野球版の《ボンタン狩り》みたいだな……」

パソコンのニュース画面に視線を向けながら、俺は思わず独り言。その直後には、「我ながら古いな、《ボンタン狩り》なんて！」と苦い笑みが自然とこぼれた。

ちなみにボンタンというのは九州南西部などで栽培されるザボンの別名、文旦《ぶんたん》のことであり、御存知『ボンタンアメ』といえば駅のキヨスクでよく見かける定番商品。よって《ボンタン狩り》とは、すなわち《ミカン狩り》や《イチゴ狩り》に類する愉快な行楽行事——のはずなのだが、実際はそうではなくて、俗に《ボンタン狩り》といえば、それは八〇年代に不良高校生の間で流行った変則学ランのズボン強奪行為のことを意味する。いったい当時の男子高校生は、どんな欲求不満を抱えて、あんなアホな闘いに明け暮れていたのやら。いまとなってはサッパリ意味不明ではあるが——

「まあ、そんなことはどうでもいいか……」

また独り言を呟《つぶや》いて、俺はパソコン画面に視線を戻す。八〇年代の男子高校生にとっての《ボンタン狩り》は単なる若気の至りだとしても、この二〇一六年夏に突如として発生した《プロ野球版ボンタン狩り》は、まさか若者の鬱憤晴らしなどではあるまい。かといって往年の名選手や現役スター選手に対する単純な憧れから犯行に及んだにしては、盗みの手口があくどい。犯人はナイフで相手を威嚇して、お宝ユニフォームを強引に脱がせているらしいのだ。まさに辻《つじ》強盗まがいの手口である。

そこから連想するに、これら一連の犯行はおそらくカネ目当て。犯人は奪ったお宝ユニフォームをネットだか闇ルートだかで密《ひそ》かに売りさばいて、暴利を得ているに違いない。

と、そんなことを考える俺の脳裏に、突如として浮かび上がる名前があった。「高原雅夫《たかはらまさお》……そういや、あいつはカープファンだ……」

呟きながら俺は彼の姿を思い描く。高原雅夫は痩《や》せた身体《からだ》の中年男だ。血色が悪くやつれた顔。薄くなった頭髪。この時期なら着ているものは主にヨレヨレのTシャツに破れたジーンズと相場が決まっている。そんな彼の頭上に、いつも乗っかっているのが真っ赤な野球帽だ。正面に縫い付けられているのは、アルファベットの『C』の文字。いうまでもなく赤ヘルでお馴染《なじ》み、広島カープの野球帽だ。

いまどきは小学生の子供たちだって、滅多に野球帽などは被《かぶ》らない。たまに被っているガキがいるなぁ、と思ってよくよく見れば、『N』と『Y』がデザインされたニューヨーク・ヤンキースの野球帽だったりする（それとも、あれはベースボールキャップと呼ぶべきだろうか？）。そんなご時世に、カープレッドの野球帽を日常的に愛用している高原雅夫は、まず相当に年季の入ったカープファンと見て間違いないだろう。ならば、彼が路上でマスクの男に襲われて、カープのお宝ユニフォームを奪われる。そんな事件が起きたとしても、べつに不自然ではないわけだ。

「…………」

瞬間、俺の脳裏で邪悪な何かが蠢《うごめ》くような感覚があった。

そして俺はさらに思う。そのお宝ユニフォームを奪われまいとして高原雅夫が必死に抵抗。犯人と激しいもみ合いになった挙句、ナイフで刺されて命を落としたとしても、それはそれで充分にあり得ることではないのか。現に、この犯人はナイフで相手を威嚇して、ユニフォームを脱がせているのだ。抵抗されれば、そのナイフが脅し以上の役割を果たすことがあっても不思議はない。少なくとも警察は違和感を抱くことなく、高原の死をユニフォーム強奪犯の仕業と考えることだろう。だとすれば——

「この俺に殺人容疑はかからないってわけだ……」

これは、なかなか上手《うま》い手ではないか。高原雅夫をナイフで殺害して、その罪をユニフォーム強奪事件の真犯人になすりつける。あとはその、どこの誰だか知らないマスクの男に全力で逃げ回ってもらうだけだ。俺はたちまち自らの邪悪なアイデアに魅了された。

「案外マジでいけるかもしれないぞ……」

そもそも俺が高原雅夫を殺したいと思う理由。それは端的にいうなら口封じだ。高原は俺の弱みを握っていた。俺が妻とは違う女性と一緒にホテルから出てくる決定的な場面を、彼はデジカメでバッチリ撮っていたのだ。「街でたまたま見かけたものだからよお……」と高原自身はいっていたが、そんな馬鹿な話はあるまい。いったいどれほどの偶然が重なれば、そんな写真が撮れるというのか。俺の不貞行為を嗅ぎつけた高原が、最初から撮影する気マンマンで俺のことを尾行していたに決まっている。

そしてもちろん、手に入れた写真の使い道はひとつしかない。高原は俺を強請《ゆす》ったのだ。要求は大した金額ではなかった。妻と離婚する慰謝料を思えば、安いものだ。そう自分に言い聞かせて渋々払ってやると、案の定、彼はおかわりを要求してきた。払ってやると、またおかわり。また払うと、またまたおかわり。——畜生、おまえはカープ帽を被った《おかわり君》かよ！　いまは黙って払ってやるが、いつかきっとおまえのことを……

そう心に誓う俺の前に、その《いつか》がついに訪れた。いまこそがチャンスなのだ。

「ん、だが待てよ……」俺はふと現実に戻った。

高原雅夫はカープファンには違いないが、果たしてお宝ユニフォームなど持っているだろうか。カープ帽を被った彼の姿は見慣れたものだが、赤いユニフォーム姿については一度も見たことがない。

「ていうか、持ってねーんだな、ユニフォームなんて……」

応援用のレプリカユニフォームは一着五千円前

後。とはいえ、運送会社の倉庫で契約社員として地味に働く独身中年男性、高原雅夫にとってはけっして安い買い物ではないはず。俺から強請り取ったカネで、カープの応援グッズを買ったとも考えにくい。実際あのカープ帽でさえ、彼は古びたヨレヨレのものを捨てずに被り続けているのだ。きっとユニフォームまではカネが回らないに違いない。そもそも、ユニフォームを持っていたところで、それが有名選手のサイン入りという確率は、ほとんどゼロだろう。まず間違いなく高原はお宝ユニフォームなど持ってはいない。だが、それならそれで手段はある。

「奴《やつ》が持っていないなら、こちらで用意して着せてやればいいだけの話……」

俺はさっそくキーボードを叩《たた》き、パソコン上で通販サイトやネット・オークションのサイトを物色した。すると間もなく俺の口から歓喜の声があがった。「おおッ、これは！」

画面上に示されているのは、まさにお宝中のお宝だった。カープ新井貴浩《あらいたかひろ》の背番号28のレプリカユニフォーム。しかも直筆サイン入りだ。

この商品がなぜ、お宝なのか。ポイントは背番号だ。カープの主砲、新井貴浩といえば本来の背番号は25。しかし詳しい事情は省くけれど、彼は訳あって一時期、重大な選択を間違えてカープ以外のどこかの球団に迷い込んでいたことがある。そしてまた詳しい事情は省くけれども、二〇一五年のシーズンから彼は再びカープに復帰。「年齢を考えれば、まあまあ……」程度の活躍を示したわけだが、その一年間だけ付けた背番号が28なのだ。

そして今年二〇一六年から再び背番号25に戻った彼は、「えッ、あの新井さんが！」とファンでさえ目を疑うような大活躍。通算二千本安打と三百本塁打を達成するという、まさに破竹の勢い。彼の活躍もあって広島カープはシーズン終盤を迎えたいま、二十五年ぶりの優勝を目指してペナントレースを独走中である。このままいけばカープのリーグ優勝は確実。MVPの栄光は新井貴浩の頭上に輝く公算が高い。そうなれば彼もまた球界のレジェンド選手の仲間入りだ。その分、彼が一年だけ背負った背番号28の価値は高まる。その背番号のユニフォームは、まさしく希少価値なのだ。しかも本人の直筆サイン入りなら申し分ない。

「ちょっと値段は張るけど、まあ、いいか。よし、これにしよう……」

そう呟きながら、俺は画面上の『購入』をクリックした。

2

「ああ、とうとう、こんな事件が起きてしまったのね……」

警視庁捜査一課の若手刑事、神宮寺《じんぐうじ》つばめは現場を見やりながら嘆きの声を漏らした。

まだまだ残暑厳しい九月二日の金曜日。場所は東京都民の憩いのオアシス神宮外苑《がいえん》。その灌木《かんぼく》に囲まれた狭い緑地の一角である。

そこに中年男性が横を向いた恰好《かっこう》で《く》の字になって転がっていた。痩せた身体。薄くなった頭髪。右の脇腹からにょきりと飛び出したナイフの柄。そこを中心に流れ出た血液は、周囲の地面を赤黒く染めている。男はナイフで脇腹を刺されて、すでに絶命しているのだった。

そんな中年男性の着ている服も真っ赤だ。もっとも、これは血のりで赤く染まったわけではない。男は広島カープの応援用ユニフォームを着用しているのだ。だが、その着こなしは見るからに不自然だった。右の袖には右腕が通っていない。要するに半分ほど脱げかけた状態だ。――いや、それとも《脱がされかけた状態》と呼ぶべきだろうか。死体の傍の地面には、被害者の頭から脱げた赤い帽子も転がっていた。かなり年季の入った野球帽だ。

この状況を見れば、ここ最近、都内で頻発しているお宝ユニフォーム強奪事件との関連性を嫌でも考えずにはいられない。そういえば、今日は神宮球場でヤクルト－広島のナイトゲームがおこなわれていたはずだ。つばめは地面に転がる赤い帽子を見やりながら、

「今度はカープファンが標的になったたってことかしら……」

だが、まだそうと決まったわけではない。つばめは死体のそばにしゃがみこみ、あらためて赤いユニフォームを間近で観察した。背中のローマ字表記は『ＡＲＡＩ』で背番号は『28』だ。どうやらカープ新井貴浩のレプリカユニフォームらしい。――だけど、新井の背番号って28だったかしら？

多少の引っ掛かりを覚えたものの、つばめは別段カープ選手について詳しいわけではないので、深くは考えずに観察を続ける。被害者の前方に回りユニフォームの胸の部分を見やると、そこには筆記体で描かれた『Ｈｉｒｏｓｈｉｍａ』の文字。だが、その白い文字の傍にも別の黒い文字のようなものが見える。――ん、これはひょっとして！

新たな発見につばめは激しく緊張。そのときその緊張を解きほぐすかのような、聞き覚えのある声が彼女の名を呼んだ。「おお、つばめ。おまえ先にきていたのか！」

呼ばれた瞬間、その声の主が誰であるか即座に判断できた。つばめと同じく警視庁捜査一課に所属する神宮寺勝男《かつお》警部、すなわち彼女の父親である。つばめは死体の傍で立ち上がると、「ああ、お父さん――じゃなかった、警部。今日は非番だったはずでは？」といって後ろを振り向く。だが次の瞬間、父親であり上司でもある勝男の姿に、つばめは思わず唖然《あぜん》となった。「――な、なんなのよ、お父さん、その恰好!?」

父、勝男は白地に赤色の縦縞が入ったユニフォーム姿。手には紺色のメガホン。薄くなった頭頂部に

も、やはり紺色の野球帽が乗っかっている。もちろん帽子の正面に縫い付けてあるのは伝統の『YS』マークだ。つばめは思わず右の掌《てのひら》で自分の顔を覆った。

確かに父は根っからのスワローズファン。ひとり娘に『つばめ』と名付けるくらいだから、その熱狂ぶりは筋金入りだ。しかし、だからといって――

「殺人現場にそんな恰好で駆けつけないでよね！みんながジロジロ見てるじゃない！」

つばめは頬を赤くして声を荒らげる。しかし勝男は即座に反論した。

「仕方がないだろ。私が事件の一報を聞いたのは、神宮球場でのヤクルト‐広島戦が終わって自宅に戻ろうとする電車の中だった。そこから、また神宮外苑までトンボ返りしたんだからな。違う服に着替えるなんて物理的に不可能だったのだよ。まあ、細かいことはいいじゃないか。この恰好でも特に問題はないはずだ。なにしろ我々は私服刑事なんだから」

「私服にもホドってもんがあるでしょ！」――ていうか、その恰好は私服じゃなくて、むしろスワローズ応援団の制服だろ！　呆《あき》れ果てるつばめは、父親の手から紺色のメガホンを奪い取りながら、「いいから、その服、さっさと脱いでよね」

「んー、しかしこれを脱ぐと、下はランニングシャツ一枚きりなんだぞ。それでも脱いだほうがいいというのか。おまえは父親のだらしないランニングシャツ姿を、野次馬たちの前で見せびらかしたいのか。まあ、おまえが脱げというなら、私は喜んで脱ぐが……」

さっそくボタンを外して、だらしない中年男の下着姿を晒《さら》そうとする父親。その頭を、つばめは紺色のメガホンでひっぱたいた。「――脱ぐな、馬鹿ぁ！」

殺人現場にパカ～ンという乾いた音が響く。

「おいおい、痛いじゃないか、つばめ」と父親が抗議すると、

「ごめんなさい、手が勝手に動いたの」と娘はいちおう謝罪。

親娘《おやこ》のわだかまりが解消されたところで、つばめは再び地面に転がる死体を見やった。

何か気になっていたことがあったはず。そうそう、ユニフォームの胸の部分だ。何か文字が書かれていたはず。そのことを思い出して、彼女はあらためて死体の前方に回った。

「やっぱりそうだわ」つばめは確信を持って頷《うなず》いた。「見て、お父さん――いえ、見てください、警部。被害者のユニフォームには、選手の直筆サインが書かれていています」

崩しすぎていて文字としては判読不能だが、背番号を示す数字だけはハッキリ読める。

それを目にした瞬間、勝男の顔色が変わった。

「むむッ、背番号28といえばカープの新井が昨年一年間だけ付けていた背番号だぞ。ということは、これはまさにお宝ユニフォームじゃないか。――ま、そうはいっても私にとっては単なる赤い古着に過ぎないがな」

とスワローズ一筋の父が精一杯の強がりを示す。

つばめは苦笑いを浮かべながら、

「では警部、やはり今回の殺人は一連の事件と関連があると？」

「もちろん、そう考えるべきだ。ここ最近、東京近郊で頻発しているお宝ユニフォーム強奪事件、通称《プロ野球版ボンタン狩り事件》。その犯人の仕業に違いない。おそらく犯人は、このお宝ユニフォームを見て、それを奪おうと考えた。そこで例のごとくナイフで脅して、それを脱がせようとしたのだろう。だが、このカープファンの男性は必死に抵抗したんだな。両者はもみ合いになり、ついに犯人は男性を刺した。そして結局、お宝ユニフォームを奪うことなく、そのまま現場から逃走したというわけだ。――どうだ、つばめ？」

「はあ、いちおう筋は通っているようですが――」

つばめは眉をひそめながら、ひとつ気になる点を確認した。「あのー警部、《プロ野球版ボンタン狩り事件》って何ですか」

「ん、なんだ、つばめ、刑事のくせにそんなことも知らないのか。《ボンタン狩り》というのはだなあ、八〇年代の不良高校生たちの間で流行ったズボン強奪行為のことで……」

「知ってます！」つばめは父親の言葉を中途で遮って、「あたしが聞いているのは、誰がこの一連の事件に《プロ野球版ボンタン狩り》なんてアホな名前を付けたかってこと！」

「ああ、それは私だ。私がそう名付けた」

「え⁉ あ、そう、ごめんなさい……」シマッタ、うっかり《アホ》っていっちゃった！

つばめは申し訳ない思いで目を伏せる。だが勝男は気にする素振りもなく胸を張った。

「べつに、おかしくはあるまい。今回の一連の事件から八〇年代の《ボンタン狩り》を連想する人間は結構多いと思うぞ」父親は自信ありげな顔で頷くと、今度は自ら死体の傍らにしゃがみこむ。そして手袋をしていない指先を、横たわる男性に向けた。

「それより、つばめ、被害者の服のポケットを調べてみろ。身元が判《わか》る何かを持っているかもだ」

「そうね」娘は命令に従う代わりに、ひと組の白手袋を父に差し出した。「――はい、警部」

「…………」勝男は渋々と手袋を装着して、自ら死体のポケットを探る。やがて彼の口から拍子抜けしたような声があがった。「ん、なんだ、携帯も財布も、そのまんまポケットに残してあるじゃないか。犯人の奴、本当に何も盗《と》らずに慌てて逃げ出したんだな。おッ、免許証があるぞ。……ふむ、高原雅夫、昭和四十二年生まれ、住所は新宿《しんじゆく》区四谷《よつや》か。この現場から、そんなに離れてはいないな……」

どうやら、これで被害者の身許《みもと》は判りそうだ。もっとも、この事件がお宝ユニフォーム強奪を目論《もくろ》んだ挙句の犯行だとするなら、この高原雅夫という男の周辺を探ることには、あまり意味がないかもしれない。なぜなら一連の事件の犯人は、被害者の年齢性別職業、贔屓《ひいき》球団や応援する選手などに関係なく犯行を繰り返している。その意味で、これは通り魔的な犯行ともいえるだろう。だとするならば、高原雅夫という人物の周囲に真犯人が潜んでいる確率は極めて低い。——そんなふうに、つばめは思ったのだ。

3

事件発生の夜の捜査は深夜にまで及んだ。神宮寺つばめも父の勝男とコンビを組んで現場周辺の聞き込みに励んだのだが、芳しい成果はなかった。怪しい人物の目撃情報は皆無で、誰かが争うような物音を聞いた者もいない。そんな中、二人は神宮球場のクラブハウス付近で帰宅途中のつば九郎《くろう》を偶然キャッチ。さっそく駆け寄って「ねえ、つば九郎、事件のこと何か知らない？」と尋ねてみると、彼はすぐさま愛用のスケッチブックにペンを走らせて「ぼくはむじつだ」と微妙に勘違いした答え（スワローズの球団マスコットであるつば九郎は筆談で会話するのが得意。というか、それしかできないのだ）。そんなつば九郎は、さらにペンを走らせると、「あとはきゅーだんをとおして！」と刑事たちの質問を一方的にシャットアウト。そのまま千駄ケ谷《せんだがや》駅のほうへと小さな歩幅で歩き去っていった。

彼があの巨体で中央線の電車に乗れたか否かは定かではないが、それはともかく——

夜の捜査はこれにて終了。

そして、ひと晩が明けた翌日のこと。

つばめは勝男とともに被害者の地元である新宿区四谷を訪れ、再び捜査に当たった。

高原雅夫が暮らしていたアパートの部屋を調べたり、契約社員として働く運送会社を訪ねたりと、忙しく動き回る神宮寺親娘。だが、やはりこれといった収穫はない。すると先に弱音を吐いたのは父のほうだった。ちなみに今日の勝男は、さすがにスワローズのユニフォーム姿などではなくて、いかにもベテラン刑事らしい背広姿である。彼は警部の肩書きに似合わぬ投げやりな口調で訴えた。

「こんな捜査は的外れじゃないか、つばめ？　高原雅夫は個人的な恨みを買って殺されたわけじゃない。彼はただ珍しいユニフォームを着ていたから狙われただけなんだぞ」

「正直、私もそんな気がするけど。でも、お父さん――いえ、警部」といって、つばめは上司に対してひとつの思い付きを語った。「高原雅夫は一連のユニフォーム強奪事件に便乗して殺害された。実は犯人の目的はお宝ユニフォームなどではなく、最初から高原雅夫を殺害することにあった。――そういう可能性もゼロではありませんよね」

「ふん、まさか。考えすぎだな」

果たして、そうだろうか。考えなさすぎる父親の隣で、つばめは僅かに首を捻《ひね》る。

そうして迎えた、その日の夕刻。神宮寺親娘はとある商店街の一角にきていた。

目の前に掲げられた看板には『ホームランバー』の文字。一般に『ホームランバー』といえば駄菓子屋で売られている一本ウン十円のアイスバーだが、しかし目の前にあるのは駄菓子屋などではなくて酒を飲ませるほうのバー。おそらく『ホームランバー』という店名のベースボール・バーなのだろう。たぶん駄菓子は売っていないはずだ。

「高原雅夫の財布に、この店のレシートが残っていた。彼の行きつけだったんだろう。せっかくだから入ってみようじゃないか。何か面白い話が聞けるかもしれん」

そうね、と頷いてつばめは店内に足を踏み入れた。狭い空間には立ち飲みのスペースもあればテーブル席もあって、開放的な雰囲気。店の奥にはカウンター席もある。壁や天井には野球関連グッズや有名選手のポスターなどが飾られていて、なるほど野球好きが集まりそうな店である。

とはいえ、まだ時刻は午後五時半。開店したばかりの店内は閑散としている。カウンター席の端に、カープの赤いユニフォームを着た女性の背中が見えるばかりだ。ちなみに背番号は「！」。確かカープ球団において、この奇妙な背番号（背記号？）を与えられているのは、あの正体不明の球団マスコット、スライリー君だったはずだ。――さすがベースボール・バーだけあって、なかなかマニアックなファンがきているみたいね。

心の中で呟きながら、つばめは狭い店内を見回した。

「ふうん、ベースボール・バーって初めてきたけど、こんな感じなのねえ。高原雅夫もここで仲間たちとカープの話題で盛り上がったのかしら。ねえ、お父さ――って、な、なによ、お父さん、その恰好は!?」

振り向いたつばめの目の前には勝男の姿。だが先ほどまで背広姿だった彼は、その上にスワローズの応援ユニフォームを羽織って、すっかり臨戦態勢である。どうやら『ホームランバー』の独特な雰囲気が、父の野球熱に火を付けたらしい。気持ちは判るが、それにしてもだ――「なんで、わざわざユニフォームに着替える必要があるのよ！」

「この恰好のほうが、この場に馴染むだろ。きっと聞き込みだってスムーズにいくはずだ」

そう断言して勝男はスタスタと店の奥へと進む。つばめは慌てて父親の後を追った。

カウンターの向こう側には口髭《くちひげ》を蓄えた白髪の男性の姿。清潔感のある白いシャツの上に黒いベストを着用している。このダンディな初老の男性が、どうやらこの店を切り盛りする人物らしい。勝男は警察手帳を示しながら、「君がこの店のマスターかね？」

すると白髪の男性は「ええ、そうですが……」と不安げな顔。

その鼻先に高原雅夫の写真を示して、勝男は尋ねた。

「この男性に見覚えは？」

「ああ、この人なら、うちのお客様ですよ……でも、あなた本当に警察の方？　その恰好で聞き込みを？　本当ですか？　判りませんねえ……いったい何の捜査ですか……？」

――お父さん、聞き込み、全然スムーズじゃないわよ、その変な恰好のせいで！

つばめは横目でジロリと父親を睨《にら》む。そして自らも警察手帳を示すと、信用を失った父親に成り代わって店のマスターに事実を告げた。「この男性、昨夜、亡くなったんです。神宮外苑で何者かに刺されて。朝からニュースになっているんですが、御存知ありませんか？」

「ああ、例のユニフォーム強奪事件で犠牲者が出たっていう話ですか」初老のマスターはようやく合点がいった様子で静かに頷いた。「噂《うわさ》は小耳に挟みました。しかし、まさかうちのお客様だったなんて……」

いま初めて知ったらしく、マスターは沈鬱な表情を浮かべる。つばめは質問を続けた。

「この男性、常連さんだったのですか」

「まあ、ときどきいらっしゃる程度ですね。正直、名前も存じませんが――はあ、高原さんというのですか。あまり誰ともお話しにならないお客様でしたのでねえ。よく、そこのカウンターの端っこの席に座って、ひとりで飲んでいらっしゃいましたが……」

といってマスターが何気なく指を差すと、そこに座る背番号「！」のカープ女子がキョトンとした顔でこちらを見やる。瞬間、彼女と目が合った。女性は眼鏡《めがね》を掛けていた。さすがカープファンと呼ぶべきか、その眼鏡はフレームの色が赤だった。ついでにいうと、手にしたグラスも赤い。おそらくビールとトマトジュースのカクテル『レッドアイ』だ。

つばめは恐怖にも似た感覚を覚えて視線を逸《そ》らす。そして再びマスターに向き直った。

「高原さんのことについて、何か最近、変わったことなどは？」

「さあ、変わったことといわれましても……」とマスターは口髭を触りながら考え込む仕草。「まあ、ここ最近はカープの調子がいいものですから、機嫌は良かったみたいですがね。――ほら、そこに大きなテレビがありますよね。そこで流れているナイター中継を見ながら、ときどき小さくガッツポーズしていらっしゃいましたよ」

つばめは高い位置に設置された薄型テレビを指で示しながら、

「このテレビ、いつもカープ戦を流しているんですか」

「いえ、そうとは限りませんが、カープ戦の中継じゃなくても、他球場の途中経過が流れたりするじゃないですか。それでカープの勝ち負けを見ながら一喜一憂していたようですね。野球ファンとは、そういうもんです。――《ヤクルトさん》も、そうなのでは？」

《ヤクルトさん》と呼ばれた勝男は、「ええ、そうですとも！」と嬉《うれ》しそうに頷いて、ようやく会話に復帰した。「ところでマスター、高原さんは新井貴浩選手のサイン入りユニフォームを持っていたはずなのですが、あなた、その実物をご覧になったことは？」

「え、新井選手のサイン入りユニフォーム!?」マスターは眉間に皺《しわ》を寄せて、再び考え込む。そして首を左右に振った。「いや、そんなものは見たことがありませんね。この店の場合、ユニフォーム姿で訪れるお客様も多いのですが、あのお客様が赤いユニフォームを着ていた記憶はありません。まあ、赤い帽子は、いつも被っていらっしゃいましたがね」

「おや、そうですか。ユニフォーム姿は見ていませんか……ふむ、しかしまあ、新井選手のサイン入りユニフォームは貴重なものだ。飲み屋に着ていって汚してしまっては大変。そう考えたのかもしれませんな」勝男は自らを納得させるように頷くと、つばめにだけ聞こえるような小声で囁《ささや》いた。「……どうやら、犯人はこの店でお宝を発見したわけでは、なさそうだな……」

父親の囁きの意味が、つばめにはよく理解できた。ユニフォーム強奪犯は、どこかでお宝ユニフォームを発見しないことには、それを盗むことも不可能だ。では犯人は、どこでお宝ユニフォームと遭遇できるのか。第一の可能性は球場とその周辺だが、それ以外の候補としては、このようなベースボール・バーや野球居酒屋などが挙げられるだろう。勝男はそのことを念頭に置いて、この店を訪れたのだ。

しかしマスターの証言は、その可能性を完全に否定するものだった。高原雅夫がユニフォーム姿で店を訪れたことは一度もないらしい。ならば、この店で犯人がお宝を発見することもない。やはり犯人は神宮球場の周辺で偶然、高原のお宝ユニフォームに目を留めて、その場で犯行を思い立ったということなのか。だとするなら、これ以上、この店で聞き込みをおこなっても、たぶん無駄ということになるのだが。

——いや、諦めてはいけない。

折れそうになる心を鼓舞しながら、つばめはマスターに尋ねた。

「高原さんが親しくしていた人物に心当たりは？　あまり喋《しゃべ》らない人だとしても、こういう場所ですから、他の野球ファンと交流することも多少はあると思うのですが」

「うーん、そうですねえ。強いて挙げるならば……」といって顎に手を当てるマスター。その口からふいに「あッ」という声が漏れる。彼は玄関のほうを見やりながら、小声でつばめに耳打ちした。

「あの方たちが、そうですよ。ほら、いま店に入ってくる彼ら……」

いわれて、つばめは店の玄関に視線を向ける。ちょうど三人組の男たちが、ガラス扉を押し開けながら、『ホームランバー』の店内に足を踏み入れるところだった。

4

三人は一見したところ、三十代の中堅サラリーマン。しかし店に入ってテーブル席に腰を落ち着けた直後、彼らは鞄《かばん》の中から贔屓球団のユニフォームを取り出して、それぞれ袖を通す。たちまち彼らのテーブルは日ハムとオリックスそして西武、三球団の三つ巴《どもえ》状態となった。明らかにプロ野球ファン、しかもパ・リーグ党と思《おぼ》しきグループである。

さっそく日ハムのユニフォームを着た眼鏡の男が指を三本立てながら注文する。

「マスター、とりあえず生ビール、三つ！」

するとオリックスファンの長身の男も指を三本立てながら、

「マスター、とりあえず枝豆、三つ！」

最後に西武ファンの小太りの男が指を三本立てながら、

「マスター、とりあえずホームランバー、三つ！」

――やっぱり、あるのね、そのメニュー！

つばめは心の中で激しくツッコミを入れる。一方、勝男は気にしない様子。注文の品がテーブルに届けられるのを待って、彼は自ら三人組のテーブルに歩み寄っていった。

「こういう者なんだが、少し質問させてもらっていいかね？」

勝男が警察手帳を差し出すと、乾杯を終えたばかりの三人は揃《そろ》って怪訝《けげん》な表情。そんな中、ファイターズのユニフォームを着た男――マスターの呼び方に倣うなら《日ハムさん》となるだろうか――彼の眼鏡の奥の眸《ひとみ》が興味深そうに輝いた。

「さては昨夜の事件ですね。神宮外苑で《カープおじさん》が被害に遭った事件……」

たちまち他の二人、《オリックスさん》と《西武さん》も「ああ、あれか……」と腑《ふ》に落ちたような表情。どうやら高原雅夫は彼らの中では《カープおじさん》の呼び名で通っているらしい。勝男がそのことを問いただすと、再び《日ハムさん》が口を開いた。

「ええ、あの人、いつもカープの帽子を被っていましたからね。べつに親しい間柄じゃないから名前は知らないし、他に特徴もないので僕ら勝手に《カープおじさん》って呼んでいました。あの人、殺されたそうですね。お宝ユニフォームを狙った強盗に襲われて……」

「ホンマ酷《ひど》い話やなあ」と関西人らしい《オリックスさん》が憤慨しながら枝豆を口に運ぶ。「けど、あの《カープおじさん》、新井のサイン入りユニフォームなんて、よう持っとったなあ。いったいどこで手に入れたんやろか。しかも背番号28って話や。」

「まったくだ」と頷いたのは《西武さん》だ。彼はホームランバーを齧《かじ》りながら、「あの人、カネ持ってなさそうなくせに、あんな高価なものを大事にしてたなんて超意外。よっぽど好きだったんだな、カープのことが。俺ならさっさと売ってカネに換えてるところだ」

身も蓋もない《西武さん》の言葉に、他の二人が同時に頷いた。

「確かに、おまえなら速攻で売るに違いない！」

「ホームランバーなら、何万本分になるやろ？」

そんな仲間たちの戯言を《西武さん》は苦笑いしながら聞き流す。逸れかけた話題を、つばめはもとに戻した。

「ちなみに、そのお宝ユニフォームですが、実物をご覧になった方は？」

彼女の問いに三人は一瞬、顔を見合わせる。代表して答えたのは《日ハムさん》だ。

「いや、実物を見たことはありませんね。そもそも《カープおじさん》は僕らみたいに、店でユニフォームを着て野球談義で盛り上がるみたいな、そういうタイプじゃなかったようですよ。いつも店の片隅で、静かにひとりで飲んでいるような人でしたからね」

このあたりの話はマスターの証言と完全に一致している。つばめは質問を続けた。

「でも、ときには《カープおじさん》と会話を交わすこともあったのでは？」

「まあ、数えるほどですがね」といって《日ハムさん》は眼鏡を指先で押し上げた。「僕らは見てのとおり三人ともパ・リーグファンですからね。正直、広島カープのことには、さほど関心がないし、選手についても詳しくない。僕があの人との会話で記憶しているのは、今年カープからメジャーに移籍した前《まえ》田健太《だけんた》投手の話題ぐらいです。この話題には《カープおじさん》も乗ってきたし、僕もプロ野球ファンとしてマエケンの活躍を喜んでいましたから、会話はそこそこ盛り上がりましたよ。でも、それぐらいですかねえ……」

「俺が覚えとるんはイチローに関する話やった。――あ、俺ってイチローファンやねん」

自分の顔を指差して《オリックスさん》が、そう付け加える。イチローはメジャーに移籍する前はオリックスの選手だったから、彼がイチローのファンであることには何の疑問もない。《オリックスさん》は腕組みしながら、記憶を辿《たど》るように天井を見やった。

「ほら、今年イチローの通算安打の世界記録が話題になったやろ。そのころ俺、『イチローは凄《すご》い』とか『ホンマに天才や』とか、みんなの前で得意げに喋ってたんよ。そしたらトイレにいったタイミングで《カープおじさん》とバッタリ遭遇してな。そんとき俺、あの人に嫌味いわれたわ。『ふん、イチロなんて大したことない！』ってな。そのことは、いまでも強烈に覚えとる。あの人って、実はカープ好きのイチロー嫌いやねん」

「へえ、いるんだな、そんな人」と《西武さん》は意外そうな顔つき。だが、すぐにピンときたような表情を浮かべて、「ははん、さては《カープおじさん》ってアレなのかな。ほら、カープファンの中によくいるだろ。日本プロ野球界で真の天才と呼べるバッターはイチローじゃなくて松井《まつい》でも落合《おちあい》でもなくて、実は前田智徳《とものり》！　そう頑《かたく》なに信じてる奴！」

「出た——天才前田最強説！」と《日ハムさん》が身を乗り出す。「確かに前田のバッティングは天才的だったな。だが、それならうちの大谷翔平だって、それ以上の天才かも……」

「いや、打者としての能力やったら、やっぱイチローがいちばんやな」

「いやいや、飛ばす能力にかけては、うちの中村剛也がダントツだろ」

「いやいやいや、確実性という点からいえば、断然うちの若松《わかまつ》ですな」

瞬間、一同の間に流れる微妙な沈黙。澱《よど》んだ空気をかき回すように、つばめは「ゴホン」と咳《せき》をしてから、横目で父親のユニフォーム姿を睨み付けた。

——お父さんは余計なこといわなくていいの！　ていうか、若松勉《つとむ》ってもはやレジェンド過ぎるでしょ！

そして、つばめはまた話を元に戻す。今度は《西武さん》のほうに顔を向けながら、

「あなたは、その《カープおじさん》と何か話した記憶は？」

「うーん、僕もほとんど会話したことないなあ。うん、たぶん野球については一度もないと思う。むしろサッカーの話をチラッとだけしたことがある。実は僕、野球も好きだけどサッカーも好きでしてね。地元が埼玉だから浦和《うらわ》レッズのファンなんですよ」

所沢を本拠地とする西武ライオンズと、浦和を本ー

拠地にする浦和レッズ。両チームを掛け持ちで応援する埼玉県民も、きっと少なからずいるだろう。小太りの彼が《西武さん》であると同時に《浦和さん》であったとしても、なんら不思議はない。

「――それで？」

「何の拍子でそんな話題になったのか、よく覚えていないけど、俺が立ち飲みしている最中、あの人にそのことを喋ったんですよ。『僕、浦和レッズのファンでもあるんですよね』って。そしたら、あの人、実は自分もそうだっていったんです。妙にニヤニヤした顔でね。それで少しだけ二人でサッカーのことを話しました。もっとも、浦和レッズファンっていう割には、あの人、レッズにもサッカーにもそんなに詳しくなかったようでしたが」

なんだ、それは？　と思わず首を傾《かし》げるつばめ。だが要するに今回の《カープおじさん》殺害、いや、高原雅夫殺害事件とは無関係な話なのだろう。野球とサッカー、広島と浦和、カープとレッズでは、どうにも繋《つな》がりようがない。そう判断したつばめは三人組への質問を終えた。結局、事件解決の手がかりになるような新事実は出てこなかったようだ。

肩を落とすつばめの隣では、勝男が憮然《ぶぜん》とした表情を浮かべながら、「ふむ、どうやら、この店には何もないらしいな。仕方がない。おい、つばめ、引き揚げようじゃないか」

「そうね」と頷いたつばめは、カウンターの向こうのマスターに対して、「お邪魔しました」と一礼。そして踵《きびす》を返すと、父とともに店の玄関へと歩を進める。と、次の瞬間――

「お待ちになってくださいな！」

つばめたちの背後から随分と丁寧なかつ強引な言葉。いったい誰よ？　と振り向いたつばめの視線の先に、ひとりの女性の姿。赤いユニフォームに赤い眼鏡。肩のラインで切り揃えた髪に赤いカチューシャ。さっきまで赤いカクテルを飲んでいた背番号

「！」の彼女だ。

カウンターの端の席に座る彼女は、背の高い椅子を百八十度反転させた状態で、いまはフロアのほうを向いている。酔っているせいか、頬のあたりがほんのり赤い。だが赤い眼鏡の奥から向けられた視線は、揺るぐことなく神宮寺親娘のほうへと向けられていた。当然ながら、つばめと勝男はキョトン。互いに顔を見合わせていると、赤い眼鏡のカープ女子は高い椅子からフロアに降り立ち、再び丁寧すぎる口を開いた。

「お帰りになるのは、まだ早いのではございませんこと？」

ございませんこと？　と尋ねられても返事に困る。つばめは戸惑いながら眉根を寄せた。

「あなた、私たちに何か用でも？」

「あら、それはこちらの台詞《せりふ》ですわ。あなたがたこそ、わたくしに用があるはずでは？」

「はあ、あなたに用!?」

「ええ、お見受けしたところ、お二人は刑事さんですわよね。昨夜の神宮外苑で起こった事件を調べるために、この店にいらっしゃった。でしたら、なぜ、このわたくしから話を聞こうといたしませんの？　誰がどう見たって、この中でわたくしがもっともカープっぽい恰好をしているというのに。無視するなんて、あんまり酷いんじゃありませんこと？」

「あ、ありませんこと？」そりゃまあ、唯一彼女だけが赤いユニフォーム姿なのだから、彼女がいちばんカープっぽいことは一目瞭然ではあるが――「あのね、べつに私たちはカープファンに話を聞いて回っているんじゃないの。被害者をよく知る人物に話を聞きたいだけなの。それとも、あなた、被害者の知り合い？」

「知るわけありませんわ。だって、わたくし、今日初めてこの店にきたんですもの！」

――それこそ、知るわけないだろ。こっちだって、あんたに会うのは今日が初めてだ！

　思わず怒鳴りそうになるところを、ぐっと堪《こら》えて、つばめは作り笑顔を浮かべた。

「そう、要するに、あなたはこの店の一見《いちげん》客。被害者のことは何も知らない。会ったこともない。だったらこちらとしても、何も聞くことはないわ。さあ、お父さん——じゃなかった、警部、さっさといきましょう。もう、ここでの用事は済んだのですから」

　父親をせかしながら、つばめは玄関へと歩を進める。その背中に向けて、またまたカープ女子の丁寧すぎる言葉が響いた。「被害者の赤い帽子、タグは付いておりましたの？」

「はあ!?」ガラス扉の手前で立ち止まって、つばめは思わず振り返る。「——タグ!?」

「ええ、タグです。洋服などには必ず縫い付けてあるはずですわ。サイズや製造元や洗濯マークなどが書かれた小さな布が。もちろん帽子にも普通は付いていますわよねえ」

「え、ええ、確かにあるわね」いったい何がいいたいのだ、この娘？　つばめは悔しいけれども尋ねずにはいられなかった。「帽子のタグが、どうかしたの？」

「わたくしが思いますに——」と前置きして、赤い眼鏡のカープ女子は鋭くいった。「被害者の野球帽には、そのタグが付いていなかったのではございませんこと？」

「…………」思わぬ指摘を受けて、瞬間つばめは返答することができなかった。

　タグ!?　そんなものが、いったい何だというのか。タグなんて、あってもなくても事件に関係ないだろうに。いや、しかし待てよ——と冷静になって、つばめは真剣に思い返す。

　実際のところ、現場に転がっていた高原雅夫の帽子にタグなんて付いていただろうか。帽子を裏返して眺めた記憶はあるが、被害者の汗の匂いを感じただけで、タグを目にした記憶はない。確かに、あの帽子にタグは付いていなかったようだ。帽子を使い込むうちに、縫い付けられていたタグが自然とちぎれたのか、あるいは持ち主が邪魔だと考えて自らハサミで切ったのか。タグがなくなるケースは様々に考えられると思うが、しかし、そんなことよりなにより——「あなた、なぜ知ってるの？　あの帽子にタグがなかったことを」

以前に実物を見たのだろうか。だが彼女はこの店の一見客。被害者とは面識がないという。そんな彼女が、なぜ帽子のタグの有る無しを言い当てることができたのか。しかも彼女の口調には、二者択一の丁半ばくち的な雰囲気は微塵《みじん》も感じられなかった——

不思議に思うつばめの前で、背番号「！」の彼女が勝ち誇るような笑みを浮かべる。

つばめはまたしても尋ねずにはいられなかった。

「あなた、いったい何者なの？」

「え、わたくしでございますか」といって彼女は胸に書かれた『Ｈｉｒｏｓｈｉｍａ』の文字に手を当てながら、「いえいえ、名乗るほどのものではありませんわ。わたくし、たまたまベースボール・バーを訪れた単なるカープファンに過ぎませんもの。ですが、どうしても名前が必要だというのであれば、そうですわねえ……とりあえず名字は『神津《かみつ》』……名前は『テル子《こ》』……『神津テル子』とでも、お呼びいただけますかしら」

5

広島カープで売出し中の外野手、鈴木誠也《すずきせいや》が二試合連続でサヨナラ本塁打を放ち、興奮した緒方《おがた》監督が彼のことを「神ってる！」と激賞したのは、今年六月の交流戦での出来事だ。それにちなんだのだろうが、自らを『神津テル子』と称するとは、この女、随分とふざけたところがある。だが、まあいい。ふざけた名前という点では、『神宮寺つばめ』だって似たようなものだ。他人のことを、とやかくはいえない。

そう考えて自分を納得させたつばめは、挑むような視線を神津テル子へと向けた。

「それじゃあ、あらためてテル子さんに聞くわ。あなた、なぜ被害者の帽子にタグがないことを知っていたの？　いや、それ以前にタグの有る無しって、そんなに大事なこと？」

「ええ、大変に重要ですわ。なぜなら、帽子にタグがあった場合、刑事さんたちはもうとっくに自分たちの勘違いに気が付いて、事件の真相にたどり着けているはずですもの」

「勘違い……私たちが……」

「ええ。そのタグには本来、バットを構える打者の横向きのシルエット、いわゆる『バッターマン』が描かれていたはず。そのシンボルマークを見れば、女性のあなたはともかくとして、そちらの野球好きの男性刑事さんなら、ひと目で気付いたはずですわ。正面に『C』の文字が描かれた赤い野球帽。それが広島カープの帽子ではなく、シンシナティ・レッズの帽子だということに」

神津テル子の口から飛び出した衝撃発言。それを耳にした瞬間、「なんだって！」と大きな声を発したのは、つばめではなく、むしろ勝男のほうだった。「シ、シンシナティ・レッズの帽子だと!?　それってアメリカ大リーグの球団じゃないか。それを我々がカープの野球帽だと勘違いしたというのかね」

「ええ。べつに不思議な間違いじゃありませんわ。広島カープの野球帽とシンシナティ・レッズのベースボールキャップ。両者は赤い色調も『C』のマークもほとんど同じ。ちょっと見ただけでは、どちらがカープでどちらがレッズか、見分けることはできませんのよ。これはカープファンならば誰もが知る《カープあるある》ですわ」

「い、いわれてみれば確かに。私も大リーグ中継で見たような記憶がある」

「そうでしょうとも。ちなみに甲子園の強豪校、智《ち》辯《べん》学園の野球帽もカープとよく似ていますのよ。ただし、こちらは帽子の色が白で『C』のマークが赤。ですから智辯学園の場合、《カープとは逆》と覚えておいてくださいませ。そうすれば間違えずに済みます。これもまた有名な《カープあるある》ですわ」

それは《カープあるある》というより《高校野球あるある》では？　つばめは小首を傾げる。その隣で勝男は腕組みしながら唸《うな》った。

「しかしまさか、被害者の帽子がシンシナティ・レッズのものだなんて、いままで考えもしなかったぞ」

なぜだ、というように勝男が両手を広げる。テル子は即座に答えていった。

「それは被害者が新井さんのサイン入りユニフォームを着ていたからですわ。ユニフォームが明らかに広島カープのものなのに、帽子だけがシンシナティ・レッズのものだなんて、誰も思いませんものねえ。タグが付いていれば一目瞭然だったはずなのですが……」

確かにテル子のいうとおりだ、とつばめは唸った。自分たちは最初から、被害者の帽子をカープのものだと信じて疑わなかった。だが仮にタグが付いていれば、そこに描かれたマークを見て、正しい判断を下せただろう。メジャーリーグの公式グッズには、先ほどテル子がいったような、横向きのバッターを象《かたど》ったシンボルマークが必ず付いているのだ。

「だけど、なぜ？」と、つばめはあらためてテル子に尋ねた。「なぜ、あなたは被害者の帽子が、広島カープのものではなくて、シンシナティ・レッズのものだと断言できるの。あなただって、その帽子の実物を見てはいないはず。仮にちょっと見たところで、よく似た両者を見分けることはできないのでしょう？　だったら、なぜ――」

「それは、あくまで推理に基づいた、わたくし独自の判断ですわ。わたくし、こちらの男性三人組と刑事さんの会話を、聞くともなしに聞かせていただいておりました。そうして皆さま方の会話を聞けば聞くほど、わたくしは確信を持つようになったのですわ。この事件の被害者は広島カープのファンではなく、シンシナティ・レッズのファンに違いないと。例えば、そちらの眼鏡を掛けた男性――」

そういってテル子は《日ハムさん》を指で示しながら、

「彼は被害者である男性との間で以前、前田健太投手のお話をして盛り上がったのだとか。しかし、いうまでもなく前田健太さんは広島カープの選手ではなくて元・広島カープの選手。今年からはロサンジェルス・ドジャースの所属ですわ。前田健太さんのお話をしたからといって、その男性がカープファンということにはなりませんわよねえ」

「なるほど、確かに」と頷いて、《日ハムさん》は眼鏡を指先で押し上げた。「僕はカープに纏《まつ》わる話題をチョイスしたつもりだったが、おじさんにしてみれば、それはメジャーリーグに纏わる話題だったのかもしれない。シンシナティ・レッズのファンならば、当然メジャーの出来事には詳しいだろうから、マエケンの活躍についても話はできる……」

「あッ、ほんなら、あのおじさんがイチロー嫌いって話も、ホンマは……」

そう叫んで指を弾《はじ》いたのは、関西弁の《オリックスさん》だ。

彼の言葉にテル子は静かに頷いた。「ええ、お気付きのとおりですわ。その男性はべつにイチローが嫌いだったのではありません。おそらく彼はピート・ローズ氏のファンなのですわ。ご存知ですよね、ピート・ローズ氏のこと。主にシンシナティ・レッズで活躍した伝説のバッターですわ。彼の記録した通算安打４２５６本はメジャーリーグ史上に残る最多安打記録として燦然《さんぜん》と輝いております。ところが、この偉大な記録に今年イチローが並びました。まあ、並んだといいましても、イチローのそれは日米通算の安打数。あくまで参考記録に過ぎないのですが、メディアはそれを大きく報じました。『イチローがピート・ローズ氏の記録を塗り替えた』という具合にです。そして、このような報道に対して、プライドの高いピート・ローズ氏が不満を表明したということも、野球好きの皆様ならご存知のことでしょう。だとすれば、シンシナティ・レッズを贔屓にする男性が、ピート・ローズ氏の肩を持つのも当然のこと。そんな彼の目の前でオリックスファンの方が、イチローを誉《ほ》めそやすものだから、彼は思わず一言いってやりたくなったのですわ。『イチローなんて大したことない』と。その言葉が真に意味するところは、『イチロー嫌い』ではありません。『ピート・ローズこそが世界一』——きっと彼はそういいたかったのですわ」

といって、被害者のピート・ローズ愛をズバリと指摘したテル子は「ちなみに」と続けた。「一九九一年以降『バッターマン』のシンボルマークは帽子の後ろ側中央部に刺繍されるようになりました。しかし被害者の帽子には、そのような刺繍はなかった様子。ならば、それは一九九一年よりも前、おそらくはピート・ローズ氏が現役だったころに購入した帽子だったと思われます」

「なるほど、確かに古ぼけた帽子やったわ」と《オリックスさん》も腑に落ちた表情だ。「ほんなら、あのおじさん、前田智徳こそが真の天才バッターって思っとったわけでも、なかったんやな」

「ええ、もちろんですわ。彼にしてみれば《天才前田最強説》なんて、きっとお笑い種《ぐさ》だったに違いありません」そうキッパリ断言したテル子は、しかしカープ女子として若干気が咎《とが》めたのだろうか、

「——あ、しかし念のためにいっておきますが、わたくし自身は《天才前田最強説》をまったく疑って

おりませんのよ。実際イチローなど大したことありませんわ。わたくしの目から見て、史上最強の打者といえば、それはイチローでも松井でもピート・ローズでもなくて、前田智徳さま！　あの方をおいて他にはあり得ませんもの！」

「いや、しかし、その前田を凌駕《りょうが》していたと思うぞ、うちの若松の全盛期は……」

——いま誰も話題にしてないでしょ！　若松勉の全盛期なんて！

余計な口を挟む父親を、つばめは横目でキッと睨みつける。勝男は不満げに肩をすくめるポーズ。一方《前田智徳愛》を存分に語ったテル子は満足そうな表情である。

狭いフロアに一瞬の静寂が舞い降りる中——

「あのー、いまさら聞くまでもないかもしれませんが……」といって、おずおずと手を挙げたのは、小太りの《西武さん》だった。「それじゃあ、あのおじさんのことを浦和レッズのファンだと思ったのは、僕の一方的な勘違いってこと？」

「ええ、まさにそういうことですわ。あなたは被害者の男性の前で、自分が浦和レッズのファンであることを口にしたそうですわね。そのとき彼は『自分も浦和レッズのファンだ』とは、いわなかったはずですわ。おそらく彼はニヤニヤしながら『自分もレッズのファンだ』とだけ答えたのでしょう。もちろん『レッズはレッズでも……』というような冗談のつもりですわ。しかし、この冗談を埼玉県民であるあなたは真に受けた。あなたは彼の前でサッカーの話をしてみたものの、彼はさほど話に乗ってこなかった。無理もありませんわね。彼の愛するレッズは、浦和レッズではなくてシンシナティ・レッズ。——要するに、レッズ違いなのですから」

力強く断言するカープ女子を前にして、パリーグ党の三人組が揃って頷いた。

「僕らが勝手に《カープおじさん》と呼んでいた、あの人は……」

「ホンマは《シンシナティ・レッズおじさん》だったわけやな……」

「しかも僕らの話を聞いただけで、それをズバリと見抜くとは……」

「凄いぞ、神津テル子!」

「ホンマ、神ってるわ!」

「まさに、神ってる子!」

綺麗《きれい》に三等分された台詞を言い終えた彼らは、「イェーイ!」と歓声をあげると、互いの持つグラスの縁を「カチーン」と合わせた。まるで贔屓チームが逆転勝利を飾ったかのような喜び様。すべての謎が解き明かされたような弛緩《しかん》した雰囲気が、狭い店内に漂う。

そんな中、隣の勝男が重大な何かを思い出したように口を開いた。

「ん、だが待てよ。いまの推理が正しいとするならば、先ほど彼がいったことは、いったい何なんだ? さっき彼が口にした、あの言葉。あれは辻褄《つじつま》が合わないのでは……」

まるで独り言のように呟きながら、勝男が顎に手を当てる。つばめもハッとなって店の奥に視線を送る。すると神津テル子が、我意を得たり、とばかりに細い指を弾いた。

「ええ、まさに刑事さんのおっしゃるとおりですわ。被害者の男性は広島カープのファンではなくて、シンシナティ・レッズのファンだったはず。だとするなら、そんな彼がテレビで流れるカープ戦を見て小さくガッツポーズをする、なんてことはありませんん。ましてや、他球場の途中経過に一喜一憂するだなんて、そんな馬鹿な。考えられないことですわ」

「うむ、確かにそうだ。ということは——?」

「わたくしが思いますに、彼の供述はまったく事実に反するもの。すべては赤い帽子を被った男性をカープファンだと勘違いしたが故の、頓珍漢な作り話。マツダスタジアムの観客席を埋め尽くすカープレッドよりもいっそう赤い、それはもう真っ赤な嘘《うそ》なのですわ！」

そういって、神津テル子はその場でくるりと反転。カウンターのほうへと身体を向けると、真っ直《ます》ぐ前方を指差して彼に叫んだ。

「そうではございませんこと？　嘘つきなお髭のマスターさん！」

瞬間、カウンターの中で初老のマスターの顔が強張《こわば》る。その手から滑り落ちたガラスのコップが、床の上で砕け散って耳障りな音をたてた――

6

「な、なんということだ……」

俺は床に散らばったガラスの破片を眺めながら、ワナワナと唇を震わせた。なぜ、こんなことになったのだろうか。すべては計画どおりに進んだはずだったのに――

ネット上で発見した新井貴浩のお宝ユニフォームは、無事にゲットできた。そして俺は計画を練った。神宮球場でヤクルト‐広島戦がおこなわれる九月二日こそが、犯行の日取りとしてもっとも相応《ふさわ》しかった。そこで俺は前もって高原雅夫と連絡を取り、その夜に神宮外苑で待ち合わせる約束を取り付けた。「要求されたカネを渡す」と俺が都合のいいエサを投げたので、高原は疑う様子もなくこの誘いに乗った。『ホームランバー』は半月遅れのお盆休みと称して休業にしてしまえば問題はない。そうして迎えた昨夜、俺はカネの代わりに背番号28のユニフォームを鞄に入れて、神宮外苑へと出かけたのだ。

待ち合わせの場所で、高原は暗がりにひとり佇《たたず》んでいた。例によって「C」のマークが付いた赤い帽子を頭に乗っけてだ。その姿を見れば、道行く人は誰もが彼のことを《神宮球場へ向かう熱烈なカープファン》と思ったことだろう。実際には、あたりは暗くガランとしていて、彼に注意を向ける者などひとりもいなかったはずだ。

そんな中、高原と二人で密かに対面した俺は、隙を見て彼の脇腹をナイフで刺した。

地面にくずおれた高原を前にして、俺は鞄の中から赤いユニフォームを取り出した。そして、それを敢《あ》えて中途半端な感じで彼の死体に着せてやった。ユニフォーム強奪犯が、半分ほどそれを脱がせたところで凶行に及んだ。そんなふうに見せかけるためにだ。

殺人計画はミスなく遂行されたはずだった。それなのに——ああ、なんということだ。

高原雅夫がカープファンじゃなかったなんて！

彼の赤い帽子がシンシナティ・レッズのものだったなんて！

じゃあ、彼に新井貴浩のユニフォームを着せた俺は、いったい何だったんだ！

自らの間抜けすぎる失策に、俺は強く唇を噛《か》む。

その視線の先には正真正銘のカープファンらしい背番号「！」の女の姿。——神津テル子。この女さえいなければ！

心の中で恨みがましく呟く俺。だが神津テル子は俺の気持ちを逆なでするような勝ち誇った表情。赤いユニフォームの胸に描かれた『Ｈｉｒｏｓｈｉｍａ』の文字を誇示するかのように胸を張っている。

一方、親娘らしい二人の刑事は顔を見合わせて、互いに頷きあう仕草。やがて娘のほうの刑事が俺のもとへと歩み寄り、厳しい声でいった。

「あらためてお尋ねしますがマスター、昨夜あなたはどこで何をしていましたか？」

俺は答えることができなかった。

使い勝手のいい女

水生大海

Message From Author

「どんでん返し」しばりでアンソロジーを編むというお話をいただいたのは一年半くらい前でしょうか。それ読みたい！　とすぐ思ったのですが、よく読むと、それを書け、というお話でした。そりゃそうだ。

死体の始末方法については、よく悩みます。殺人があったのはたしかなのに、肝心の死体がないばかりに殺人罪では証拠不十分となってしまうこともあるとか。……もちろん創作上の悩みですよ。

「使い勝手のいい女」のベースを作ったのはだいぶ前のことでした。発表の機会はなかったのですが、そこからいろいろと、足したり引いたりしてみました。

さて。完全犯罪は成ったのでしょうか。

水生大海（みずき・ひろみ）
三重県生まれ。漫画家を経て2005年に第1回チュンソフト小説大賞でミステリー／ホラー部門銅賞受賞。2008年、第1回ばらのまち福山ミステリー文学新人賞に応募した「罪人いずくにか」が優秀作となり、翌年改稿改題し『少女たちの羅針盤』として出版。同作は2011年に映画化。他に「まねき猫事件ノート」シリーズ、『ひよっこ社労士のヒナコ』など。

「使い勝手のいい女」と、言われたことがある。

使い勝手のいい包丁とは、よく切れて手入れが楽なものだろう。使い勝手のいい店とは、近くて品揃えのよいところだろう。

——だったら、わたしは？


そう考えながら、一ヵ月ぶりに包丁を研ぐ。ずいぶんなまくらになってしまった。フル出勤が続いて忙しかったのだ。

漬けおいて水を含ませた砥石《といし》に、十五度ほど傾けて刃を滑らせる。子供のころから親のすることを真似てきた。料理も好きだし慣れたものだ。シャク、シャク。石の上、刃のこすれる音が鳴る。やがてドロドロした黒い研ぎ汁が出るが、捨ててはいけない。それをまとわせてなお押し引きを繰り返すと、だんだん刃が鋭くなっていく。

今日は遅番、このあと昼から夜九時までの勤務だ。年中無休を謳《うた》うホームセンターは主婦のアルバイトが多く、年の瀬は勤務シフト表が埋まらない。わたしは独身で、学生でもないので時間の自由がきく。当然のようにきついシフトに組み込まれ、急な交代要員にもされる。今日も、遅番からの切り上げ出勤を求められていた。早番への交代ではなく、朝から店を閉めるまでの仕事だ。午前中は用があると断ると、店長は眉をひそめた。ビデオ鑑賞が好きだという彼はこの時期、趣味の時間が浸食されてストレスが溜まっているそうだが、「独身で恋人もいないなら働けってことだよ」とニヤニヤ笑って同意を求めてくるような人だ。

けれどその原因を作ったのはわたし自身だ。数ヵ月前の盆休みの時期、勤めていた会社が倒産してアルバイトをはじめたばかりだったので、気に入られたくて無茶なシフトを笑顔で受けた。しばらくして、学生アルバイトの子が教えてくれた。店の裏にある喫煙所で、店長ほか数名の男性が噂をしていたと。店長はわたしを「使い勝手のいい女の子」と評し、誰かが「二十八歳にもなって、女の子、はどうか」と応じ、「女、で充分だな」と猥雑《わいざつ》に笑っていたらしい。「長尾《ながお》さん、舐められないように自衛したほうがいいですよ」とアドバイスをくれた学生くんは、十二月のまえに抜け目なく辞めた。

他に仕事のアテはなく、子供が熱を出してと拝まれると断るのも申し訳なく、つい出勤してしまう。ことを荒立てるより、やり過ごすほうを選ぶわたしは、今も、使い勝手のいい女のままだろう。店長も無駄にかまってくる。

シャク、シャク。やりきれなさが研ぎ汁のようにざらついて、黒く、湧く。包丁を押さえる指につい力がこもった。砥石に対する角度が変わるので、本来、力は入れず添えるだけだ。わたしは刃先を確認して、ため息をついた。もう一度全体を研ぎ直さないと。

いいように使われるのが嫌で、午前中は用があると店長に答えたが、荷物が届くだけだ。店長が見抜いたとおり、デートだって五年もしていない。

チャイムが鳴った。

「ご苦労さまです」

待っていた荷物だと思って、反射的に扉を開けてしまった。わたしが住んでいるのは鉄筋造りの古いアパートで、エントランスにオートロック機能はなく、扉の前に直接来客が立つ。インターフォンは調子が悪いまま。

押し開けた扉が、すぐに向こう側から強く引かれた。慌てて閉めようとするも、隙間に靴が差しこまれる。

声も出ない。

「待て。待てよ、葉月《はづき》。オレだよオレ。智哉《ともや》」

その言葉で一瞬力が抜けたのは、身の危険ではなかったという単純な安堵だけど、落ち着いて考えれば気を許してはいけない相手だった。

津原《つはら》智哉。大学時代の同級生で、かつての恋人。

案の定、智哉はするりと玄関に入り、一歩踏み出すと同時に靴を脱いでいた。うちは1Kで、玄関を入ると真正面が壁だ。壁向こうはトイレ。玄関、トイレ、洗面所とそこから繋がるバスルーム、と順に並んで、キッチンに接している。玄関前の壁を背に立っていたわたしを避け、智哉は素早く、キッチンに進んだ。別れてから一度も部屋に来ていないのに、彼は間取りを覚えている。

「なんか作ってた？　オレ、腹が減っててさあ」

智哉はそのまま流し台へと向かう。

「はあ？　いきなりやってきて、腹が減った？」

「だって包丁研いでるじゃん。葉月は昔からちゃんと料理してたもんな。変わらないなあ」

彼の視線が、ガスコンロから流し台、冷蔵庫、振り向いてそれらの背後にある調理台と食卓を兼ねた小さなテーブルにまで目まぐるしく移る。

お腹がすいているという割には冷蔵庫を開けもせず、智哉は流し台の包丁を手にした。

「これなに？　細くて長いの。日本刀みたい。すげー、人も斬れそう」

智哉が包丁を振るってポーズをとる。モデルや俳優なみに顔立ちの整った彼は、さまになると自分でも思っているのだろう。そっちこそ変わらない、と呆れた。

「柳刃包丁。刺身用。武士っていうより、それじゃせいぜい強盗。危ないからやめて」

流し台に、万能に使える三徳、菜切、柳刃を置いていた。柳刃包丁は刃の幅が薄くて長く、わたしの持っているものでも三十センチ近くあるが、いわゆる短刀とは違う。

「刺身があるの？　いいねえ。そういや卒業前の正月に食わせてくれたよな。でかい魚、鰤《ぶり》だっけ。切り分けて、刺身に鰤しゃぶ、カマ焼きとかにしてくれてさ」

六年前、正月の帰省をしなかったわたしに、実家から寒鰤が丸ごと送られてきた。実家は漁港近くで、出世魚の鰤はお祝い事に欠かせない。お節料理にも照り焼きを入れる。年末に捌《さば》くのは父親の仕事だが、わたしも教わったことがある。今、智哉が持っている柳刃は最後に使う。刃の元から切っ先までいっぱいに使って切ると組織を潰さずにすみ、刺身の角が立って美味しさが違う。決して面白がって振り回すものじゃ——

「い、痛てっ。なんだこれ、触っただけなのに切れたぞ」

智哉が包丁を取り落とす。せっかく研いだのに刃がこぼれるじゃないか。また研ぎ直しだ。

「刃物なんだから当然。どいて。扱いなれない人が持つものじゃない」

わたしは智哉をお尻で押しのけるようにして流し台に立った。すべての包丁を、流しの扉の裏の包丁立てにしまう。

「なんの用？　わたし仕事に行くんだけど」

智哉こそ仕事はどうしたんだろう。昨日、官公庁をはじめ多くの企業が仕事納めを迎えたけれど、銀行勤めの彼は大晦日の前日、明日までのはずだ。

と、疑問は浮かんだが訊かなかった。話が長引いてしまう。

「そんなこと言わないで思い出話でもしようよ。ホント、あの鰤しゃぶは旨かったなあ。就職先が決まったゼミの連中が、バイトで稼ごうって決めてみんな実家に帰らなかったじゃん。でも正月気分を味わえて、葉月が天使に見えたね。あ、絆創膏《ばんそうこう》ある？」

智哉は指を舐めつつ冷蔵庫を開け、温めて食べるべくラップをかけておいたシチューボウルを電子レンジに入れて、奥の部屋へと歩いていった。奥といっても、テレビとテレビ台代わりのチェスト、ベッド、ローテーブル、そんなどこにでもあるひとり暮らしの一室だ。智哉がチェストの引き出しを勝手に開けていくので、急いで追いかけ、クローゼットの中から救急セットを出した。

「これ、プレゼント」

智哉が、鞄と一緒に下げていた白いビニール袋からポインセチアを渡してくる。両手ほどの大きさで、赤い葉が鮮やかだ。

「花屋でふと目に留まって、葉月のことを思いだしたんだ。葉っぱが美しい花、似合いそうだなって」

「クリスマス明けにポインセチア？　安売りされてただけじゃないの？」

「ひどいこと言うなあ。ポインセチアに罪はないぞ」

懐っこい笑顔を、智哉は浮かべる。笑顔の真ん中には、二重の大きな目。目尻には優しげな皺《しわ》が浮かぶ。キミのことを今も想っていると、そう語りかけてくるような——

電子レンジが終了の音を告げた。我に返る。


危ない危ない。騙《だま》されちゃいけない。智哉の毎度の手だった。

「取ってきて」

「どうしてわたしが」

睨《にら》んでいると智哉が向かい、スプーンも手にして戻ってきた。持ち重りのするシチューボウルをローテーブルにどかりと置いて座る。

「うまーい。やっぱ葉月のメシは最高だ」

「用がないなら帰って。忘れたの？　あなたはさっき思いだしてた正月の集まりで、わたしの友人に手を出したんだよ。一年近く騙されてたけど、その日が最初だよね」

「誤解だよ。オレは加奈《かな》を介抱してただけ。まさか魚を見てぶっ倒れるなんて思わないじゃない」

智哉とつきあっていたのは、大学四年になってから卒業後の年の瀬まで。見栄えのする彼が自慢だったけどその分誘惑も多いのか、ちょいちょいと浮気をされ、毎回笑顔でごまかされた。最後の浮気が本気になったのか、相手の加奈が諦めなかったせいか、わたしは恋人と友人を同時に失った。

「加奈はどうしてるの」

「いまだに魚は切り身しか食べない。子供のころ、じいちゃんに連れてってもらった料亭の話、覚えてる？　怖いから鯛《たい》の頭を飾りの松葉で隠してもらってたけど、ズレた拍子に目が合って、以来トラウマなのぉ、っていう」

覚えている。わたしが鰤を捌くようすを見た加奈がパニックを起こすまで、その話は冗談だと思っていた。お嬢さん育ちが、吹いているだけだと。けれどそんなものじゃなかった。智哉は、ぶっ倒れた、なんて軽い言い方をしたが、魚と目が合ったと悲鳴を上げて部屋中走り回るわ、目についたものを投げるわ。そのあと加奈は気絶して、むしろほっとしたものの、部屋はめちゃくちゃ。あまりの騒ぎに隣の部屋の人までやってきた。

「加奈をほっといてなにしてるのって訊いたの。シチュー食べに来たわけじゃないよね」

「あー、おいしかった。ぺろりと食った。心に沁みる味だよ。ごちそうさま」

「質問に答えて」

「別れた」

「……は？」

「だから葉月に会いにきたんだ。葉月を忘れられなかった。他に理由なんてないよ」

智哉が柔らかく目を細めて、わたしの顔を見つめてくる。……別れた？　本当に？

「水が欲しいなあ。舌、焼いちゃった」

視線を浴びたままでいるとおかしくなりそうで、わたしはキッチンへと立った。荒く水音を立て、それを眺める。水。わたしも水が欲しい。

自分も一口飲んでから、コップを持って戻ると、智哉が不自然に背を伸ばした。

「智哉？」

「ありがとう。急に来て悪かった。仕事なんだよな？　今度ゆっくり会おう。奢るから」

智哉は持ってきた鞄をいだき、腰を半分浮かせている。

どこか変、と素早くあたりを見回すと、ベッドの脇に立てかけていたわたしの鞄が横倒しになっている。

わたしは智哉を押した。バランスを崩した彼が、それでも自分の鞄を離さず、そのまま膝をつく。

その隙に智哉の鞄を奪った。上下をひっくり返したと同時に取り戻されたけれど、転がり出たのはわたしの財布だ。キャッシュカードも入っている。智哉が入行したときに頼まれて作った口座で……。しまった。暗証番号を変えていない。智哉も知っている番号だ。

「どういうこと？」

「いや、あの、ちょっと借りたいなぁと」

「借りる？　銀行員の智哉が、しがないホームセンターのバイトのわたしから？」

「ホームセンターってなに？　葉月が就職したの、メーカー系の会社じゃなかったっけ」

「倒産した」

「えー？　まじー？　それは大変だったね。で、どこのホームセンターに勤めてるの」

智哉がおおげさに驚く。

「ごまかさないで。うちに来たの、まじ強盗目的だったわけ？」

「……金、要るんだ。やばいんだ」

「わたしだって要るよ。バイトだから給料安いし、生活もギリギリ。人に貸す余裕なんてない。お金なら加奈に言えば。加奈ならたっぷり持ってるでしょ」

「別れたんだってば。頼れるのは葉月だけなんだよ。なあ、葉月。……葉月」

智哉が腕を引いてくる。抱きしめられた。

「やめて、智哉。離して」

唇を重ねられた。舌が搦《から》めとられ、指が首元から背中へと這っていく。自慢の笑顔が効かなければ、こんな風に浮気をうやむやにされたときもあったのだ。本当に好きなのは葉月だけだよと囁《ささや》きながら。

鼻の奥から、甘酸っぱいものがこみ上げた。記憶が蘇る。わたしはこのあとの展開を知っている。智哉を許してしまう。

ダメだ。ここで止めなくては。加奈と別れていたとしても、智哉はまた同じことを繰り返す。もう懲りたはずだ。……彼がさっき包丁を手にしていたのは。引き出しを探っていたのは。わたしを部屋から遠ざけたのは。

シャク、シャク。黒い研ぎ汁が、心の中に湧いてくる。

使い勝手のいい女。智哉もまた、そう思っているってこと。

わたしは右手をいっぱいに伸ばした。ローテーブルの上、硬いものが手に当たる。指先がぬるっとした。シチューボウルだ。

それを握り、智哉へと振り下ろした。

遅番の勤務は昼から夜九時までなので、多少だが休憩時間がある。その短い時間、ホームセンターの制服のジャンパーを脱いで、わたしは買い物をした。

「長尾さん、これって出刃包丁? なにに使うの?」

レジにいたのは、店長だった。

「……もちろん、魚を捌くのに使うんですよ。手持ちのものが錆びてしまったので」

「そんなことできるの? すごいなあ。僕の母でさえ、スーパーでやってもらうよ」

店長は三十代後半ぐらいだから、母親は六十前後だろう。周囲の主婦アルバイトの人を見る限り、都会で暮らしていればそういうものかもしれない。

「実家、漁港が近いので。普通です」

わたしは急いで制服の置いてある事務所に戻ろう

としたが、レジの交代要員が休憩終わりましたとやってきて、店長はレジから出てくる。

「お正月の初競りのニュースで、お寿司屋さんが鮪《まぐろ》を競り落としたりするよね。ああいうのも捌ける
の？」

「鮪ですか？　大きすぎます」

「やり方が違うの？」

「基本は同じです」

買った出刃包丁をしまう。会話を終わらせようと背を向けて歩きだすが、店長もついてくる。

「どういう風に捌くものなの？」

「どうって……、頭を落として内臓を取り除いて三枚におろすだけです」

「三枚におろす？　どういうこと」

「骨と身の間に包丁を入れて切り離すんです。身、骨、身、の三枚という意味です」

「その身の部分がお刺身になるってこと？」

「間にもう少し処理が要りますが」

なんなんだ今日は。刺身刺身とうっとうしい。

「人間も捌けるのかな」

「え？」

店長の言葉に、思わず振り向いてしまった。

「やだな。真顔にならないで。そういうホラー映画をふと思いだして」

事務所の手前、アクアリウムコーナーに店長がちらりと目をやっている。趣味のビデオとは、ホラーなのだろうか。

「捌いたことがないからわかりません」

「もちろん冗談だよー」

「ホラー映画は嫌いです」

わたしは足を速めた。


棚の片づけと翌日の品出しが長引いて、部屋に戻ったときには十一時になっていた。明日は早番だが、今日中に始末しなくては。

買ってきたばかりの出刃包丁を取りだす。研ぎ直

す必要はなさそうだが、刃が鈍ったときのために、バットに水を張って砥石を漬けておく。

洗面所へ入り、タイツを脱いだ。バスルームの折れ戸を開けて入りかけ、準備が足りなかったことに気づいてキッチンに戻る。届いた荷物にあったクッション代わりの新聞を取りだして皺を伸ばす。ついでにと荷物の段ボール箱をたたみ、溜めておいたビニール袋もあるだけ、新聞とともに持って入る。袋の一枚から、土がこぼれた。智哉がポインセチアを持ってきたときのものだろう。思わず舌打ちが出る。

さてと、と袖をまくる。

チャイムが鳴った。

無視しようかと思った。時間も時間だし、居留守を使っても責められないはず。

しかし二度三度と、チャイムはしつこく鳴っている。

うちのキッチンは外廊下に面していて、窓がある。灯りがついたのを見て訪ねてきたのかもしれない。近所の人だろうか。

チャイムは止まらない。これ以上鳴っていては、なにかとうるさい隣の部屋から文句がくる。わたしは仕方なく、バスルームを出た。

ドアスコープの向こうは女性だった。手に持ったスマートフォンを見ているようで、うつむいた前髪に隠れて顔がわからない。白いコートは品が良さそうだったので、おかしな人ではないだろうと玄関の扉を開ける。今回は、補助鍵のU字ロックを忘れずにかけて。

「久しぶりー！　元気だった？」

隙間から笑顔で覗いてきたのは、加奈だった。大学時代の友人、智哉を奪った相手。

とっさに扉を閉めた。

「待ってよ待って。閉めないでよ」

向こう側のノブを持たれているようだ。押し引きの攻防がはじまる。

「なんの用よ、いったい」

「玄関先で話すことじゃないの。開ーけーてー！　入ーれーてー！」

加奈の声は大きく、廊下に響いていた。

ああもう、まったく。

「……いったん閉めなきゃ開けられない仕様」

「わかった。すぐよ。必ずね」

扉を閉じてからU字ロックを外すと、加奈は強引なほど力任せに扉を開けてくる。

「寒かったあ。凍えちゃう」

「ちょ、待ってよ。勝手に入らないで」

加奈は小柄なほうだ。遮るわたしの腕の下を潜り抜け、遠慮のかけらもなくキッチンへと入ってくる。と、見る間に奥の部屋と仕切っているガラス戸まで開け、足を踏み入れている。追いかけた。

「なんで暖房ついてないの？　リモコンはどこ？」

「節約中。このぐらい寒くない。四階建ての三階だから熱は逃げないし」

「だからって、裸足？　すごすぎ。ああ、あったあった」

テレビの置いてあるチェストの上から、加奈はリモコンを見つけ、暖房スイッチを押して、さらに設定温度まで上げた。

「ちょっと。そんなに暖かくされると困る」

「なにが困るの？　電気代、千円もしないよね。お金なら出す。ホント寒いんだって。身体冷えちゃってさー、温かいお茶淹れてくれない？　コーヒー、紅茶、なんでもいい」

冷えたと言いながらも、加奈はコートのボタンを外す。居座るつもりなのか。冗談じゃない。

その格好のまま、温風の当たる場所を求めてか、加奈はうろうろと歩き回る。

「痛っ！」

ぴょんと、加奈が左足を上げた。

「痛ったあ——。なにこれ。お皿？」

加奈が白いなにかを手に取った。

陶器のかけら。智哉を殴った、シチューボウルのかけらだ。

「……血？」

手元を眺めて加奈がつぶやく。白いかけらの先には、錆色。

まさか智哉の血？

「あー、やっぱり。やだぁ、切っちゃったんだ」

加奈は右足で立って、左足の裏を見ている。眉間に皺が寄っていた。加奈の血のようだ。

「ごめん、食器を割ったんだ。掃除したつもりだったんだけど、残ってたみたい」

「危ないなあ、もう。消毒薬はどこ？」

チェストの上に出したままの救急セットを見もせず、加奈はどんどん引き出しを開けていく。

「よして。救急セットはチェストの上にある。さっき取ったリモコンのそば！」

「やーだ、気づかなかった。そうね、救急セットだもん。外に出しておくのが正解かも」

しまい忘れてただけだけど。なんなんだ、ふたりして突然やってきて勝手に怪我をして勝手に引き出しを開けて。まさか加奈まで、お金を借りに来たとか？

加奈の家は田園調布で、門扉の向こうに大きな庭まであり、軽井沢にも別荘を持っているほどの金持ちだ。祖父がやっている宝飾店に、加奈は就職した。銀座かどこかの店を任されているはずだ。今も加奈はハイブランドの鞄を持ち、カシミアらしきコートを着ている。ホームセンターのアルバイト、いや、卒業時に就職した会社の社員だと思ったままにしても、そんなわたしに無心はしないだろう。

「ねえ、未使用のタイツ、持ってない？　お金は払うから」

足の怪我をたしかめながら、加奈がそう言った。コンビニに行く気はないようだ。

加奈は新しいタイツを穿いて、わたしが仕方なく出したお茶を飲み、ひとごこちついたとばかりに息を吐いた。コートは自分でハンガーにかけて壁のフックに吊るしてある。

「用件は？　もう遅いよ」

そう言うと、加奈は、うん、と声を沈ませる。

「智哉、来なかった？」

わたしはつい、視線を外した。智哉が持ってきたポインセチアが目に入る。赤い葉の色に動揺する。バレてはいけない。話だって長くなる。

「来たの？」

「う、ううん、来てない」

「智哉が姿を消したの。捜してるんだ」

含みのある目で、加奈がわたしを見た。

「どういう意味？　わたし、五年前から智哉とはきっぱり切れてる。っていうか、加奈が取ってってたんだよ？」

「……恨んでるの？」

加奈の声が震えている。やっぱり加奈とは別れてないじゃないか、智哉め。

「ぜ、全然！　あー、いやいや、たしかにその直後は、もやもやはしたけど、今はもうすっきり。別れてほっとした」

「ホントに？」

「ほんとほんと。だって智哉って、浮気癖があるじゃない。嫉妬するのに疲れた。加奈も被害に遭ってるんじゃない？」

「隠されていたけど、あった……、と思う。そうか、浮気か。浮気相手のところにいるのかな」

「きっとそうだよ。そっちを捜しにいけば？」

だからさっさと帰ってくれ。勘繰られないよう、わたしは笑顔を見せる。

「知らないんだもん、浮気相手もその居場所も」

「……あー」

「それでここにきたの」

「ちょ、その論理はおかしい。さっきも言ったけど、わたしはあれから智哉とは会っていない。なにもない。誤解してる」

目の端を、ポインセチアの赤がちらちらと横切る。わたしの嘘を責めてくる。わたしの機嫌を取るためだけに持ってきた売れ残り。あんなもの、ベランダに出しておくんだった。寒空の下はかわいそう、なんて思わなければよかった。

「誤解なのかあ」

「もちろん」

「智哉を捜してあちこち行ったんだ。でも見つからない」

「……もう帰ってるかもしれないよ、自分の家に」

「帰ってないよ。家って、あたしんちだもん」

加奈の目から、ぽろぽろと涙がこぼれおちていく。

「え？　結婚してたの？」

「ううん。あたしのマンションに智哉が転がり込んできたの。あたし、自立しなきゃって思って。ママのことはおじいちゃまに任せようと思って。あれ、逆かな、おじいちゃまのことをママに、かな。ともかく去年、実家を出てひとり暮らしをはじめたの」

ふたり暮らしじゃなくて？

そんな質問をすると話が長引きそうなので、やめた。だいいち、嫉妬していると思われては癪《しゃく》に障《さわ》る。

「あれこれあって、そのあと智哉と一緒に暮らすことになって。うちのマンション、コンシェルジュがいるから、智哉がマンションに戻ってないのはたしか。スマホも通じない。それにね、……荷物を持って出ていったの」

加奈がすがりついてくる。

荷物って、智哉が持っていたのは、アタッシェケースぐらいのサイズだったけどな。

冷静に、そんなことを思いだす。

泣いている加奈には悪いが、同情する気にはなれない。友だちの男を奪って、以来連絡を寄越さず、五年も経ってから勝手に疑ってわめいて、わたしをなんだと思っているんだ。

「……ごめんね。洟《はな》、ついちゃったかも」

加奈が鼻水をすすりながら、わたしから身を離す。勘弁してと思ったけれど、さっさと追い出したいので鷹揚《おうよう》にうなずく。

「気にしなくていいよ。それよりそろそろ終電だよ」

「葉月は結婚、まだ？」

さすがにカチンときたので、自分でも声が硬くなったのがわかった。

「どこから見てもひとり暮らしじゃない。男の影、ないでしょ」

ポインセチアが目に入って、視線をずらす。

「親、なにも言わない？　実家、遠かったよね」

「言うよ。東京より結婚適齢期が早いからね。地元に残った女の子はほぼ結婚してるし」

誰ちゃんのところはふたり目の子が産まれて、誰ちゃんは結婚して離婚したけどまた結婚。それに比べてあんたは、と。五つ年下の従妹が授かり婚で結婚式を挙げたばかりとあって、電話で嫌みを言われたばかりだ。相手は漁協の有力者の息子。安定期まで待っておこなった地元色に充ち満ちた式だったそうだ。

なんて話も長くなりそうで黙っていたが、加奈は、わかるー、と身悶《みもだ》えた。

「うちもだよー。東京だから適齢期が遅いなんてことない。家風によりけり。ママがあたしを産んだのは二十五のときよ、ヴァンサンカンよ、って。三十は超えるなって言われてる。自分は離婚して戻ってきたくせに」

加奈の「おじいちゃま」は、母方の祖父だ。宝飾店を一代で大きくした。今もテレビコマーシャルに出演して、苗字でかつ店の名前、シラクラ、シラクラを連呼している。加奈が小学校に入る前に離婚した母親は、商売のほうが向いていると、以来独身のまま。蝶よ花よと育てられた加奈はお嬢さま学校を経たものの系列の女子大には入らず、共学の経済学部に進んだ。家業を継ぐためだ。

家風とはおおげさな物言いだが、店を一族で固めて、経営を盤石《ばんじゃく》にしたいのだろう。結婚もそのためにということだ。

「智哉のことはね、最初、おじいちゃまもママも気に入ってくれたの」

加奈が淋しそうに笑う。

「商売を覚えるって、智哉も銀行を辞めて――」

「え？　辞めたの？」

つい訊ねてしまった。さっさと帰ってほしいのに。でもそんな話、智哉は全然言ってなかった。

「アイディアもいっぱい出してくれたんだけど、どれも当たらなくて。おじいちゃま、だんだん不機嫌になっていって。最後に起死回生とばかりにはじめたのがアイスクリーム屋さんで」

「いきなり飲食業？」

「違う違う。ごめんね、省いちゃったけど中間があるの。もともとはママがレストランチェーンの株を持っていて、そこの社長と仲良くなって新規事業に乗り出して、パンケーキのお店に、次がクレープ、あれ、逆かな、ドーナツはいつだろう」

「もういいよ。省いて」

「そう？　本当に本当に大変だったのよね、ひと晩話せるぐらい。うん、もう話しちゃう。さっきはあれこれあってって、ごまかしちゃったけど、その当時のあたしが知らなかったこともあって」

「話さなくていい。まじ、終電無くなるよ。帰らないと」

「タクシー呼べばいいよ。ともかくね、アイスクリーム屋さんをはじめてこれでなんとかなる、って思ったころに問題発覚。智哉は銀行を辞めたんじゃなくて、辞めさせられたんだってわかったの」

「は？」

「使い込みがバレてクビになってたんだ。それは清算したんだけど、新たな隠蔽《いんぺい》が見つかったって」

「横領とか、そういう？」

「だったらまだ格好がつくんだろうけど、ううん、そこまでじゃなかったから警察にも訴えられずに済んだんだけど、やったのは経費や接待費の使い込み。領収書の偽造とかノベルティグッズを流すとか、セコいことを長い期間、ちょこちょこと。でも塵《ちり》も積もれば山となるのね」

なにをやっているんだ、智哉は。バカじゃないの？

「銀行の寮を追い出されて、部屋を借りるお金もなくてうちに転がり込んできた、ってのが本当のところだった。しかも清算するために借金しちゃってた。あんまりよくないところから。あたしに言ってくれればよかったのに……」

「それ、まだ残ってる？」

だからわたしの財布を盗ろうとしたのか。智哉に頼まれて作った口座は給与の振込みに使っていたから、ボーナス分くらいはあると思ったのだろう。

「あたしが、全部まとめて綺麗にした。だって智哉には立ち直ってもらわなきゃって、思ったんだもん」

加奈がまた泣きはじめる。

「もう、智哉を捜さないほうがいいんじゃない？」

「どういうこと？」

涙と鼻水でドロドロの顔を、加奈が向けてくる。

「そりゃあれよ。関係、断ち切ったほうがいいって話。また同じことをするかもしれない」

「うん、たしかに領収書の偽造や、他にもあれこれとセコいことをされた。おじいちゃまなんてセコイじゃ済まないって激怒しちゃって」

「やっぱり」

「……でも、でも放っておくわけにはいかないの。智哉、持ち逃げしたのよぉ、店のジュエリー。総額一千万円」

加奈が泣き伏した。

一千万円。

智哉には、姿を消す理由がある。

やっぱり冷えちゃったと、加奈はトイレに駆け込んだ。また追い出し損なってしまった。

ダイヤモンドの指輪が、四百万と三百万。ネックレスが三本で、百万ずつ。智哉はそれだけのものを持っていったらしい。それでどうしてわたしの財布をと思ったけれど、貴金属はすぐに売れないのかもしれない。当座の逃亡資金が要るんだろう。

ホントにバカ、とため息をついたところで、わたしは見てしまった。

ローテーブルの下、転がったクッションの向こうに光るものがあった。

手を伸ばすと、冷たいものに触れた。つまみ上げると、電燈の光に輝いている。

——指輪。

シルバー、いやプラチナだ。てっぺんに煌《きら》めく透明な石。ダイヤモンドか。智哉の鞄を奪ってひっくり返したときに一緒に落ちたんだ。四百万？　三百万？　どっち？

勢いのいい水音がした。続いてトイレの扉が開く音。

赤い色が目に入ると、あとはもう無意識だった。ポインセチアの葉の根元、植わっている土の中に、わたしは指輪を押しこんだ。

「取り乱してごめんね」

弱々しい笑顔を見せながら、加奈が戻ってくる。

「大変、だったね」

声の震えは、壮絶な告白を聞いての動揺と取られただろう。

いいのか、わたし。盗るつもりなのか？　だけど今のアルバイト生活は苦しい。売価より安くしか売れないだろうけど、それでも。

バカにされているじゃないか。「電気代、千円もしないよね。お金なら出す」だって？　失礼にもほどがある。「葉月は結婚、まだ？」だって？　あんたが智哉を取っていったくせになにを言う。たしかに彼はろくでもない男だった。つきあいを続けなくて正解だろう。だからって奪っていいとでも？　加奈の窮状なんて自業自得だ。他人の男を奪ったツケだ。

智哉も智哉だ。売れ残りのポインセチアなんて持ってきて。

盗ってやる。その権利が、わたしにはあるはず。

一刻も早く、加奈を帰さなくては。気づかれてはいけない。

「タクシー、呼ぶね。今日はゆっくり寝たほうがいいよ」

わたしは加奈にほほえんだ。無理に追い出しては、あとで疑われる。ソフトに、ソフトに。

「……智哉のいないマンションになんて帰りたくない」

「じゃあ田園調布の家に帰りなよ。お祖父さんもお母さんもいるんでしょ」

「とんでもない！　おじいちゃまにバレないうちになんとかしなきゃ」

「バレないうちちって、一千万円だよね。黙ったままにするの？」

「だから捜してるんじゃない。話すにしてもタイミングが必要だと思う。おじいちゃま、今、七十八なんだ。血圧も心配で。葉月、今晩泊めて。夜中にバタバタしておじいちゃまを病気にしたくない」

なんだその理屈は。いいから帰ってくれ。

「ごめん。わたし明日、朝早いんだ」

「朝には帰るよ」

「やることもあるし」

「なにやるの？　手伝う」

「必要ない必要ない。お願い、帰って」

「葉月の顔見たら、ほっとして眠くなっちゃった。大学のころみたいに一緒に寝よ。みんなでザコ寝したよね。……智哉とか、ほかの子とか、……ごめん、また泣けてきちゃった。洗面所借りるね。ついでにシャワー浴びてくる。奥がバスルームだよね」

加奈が立ち上がった。

バスルーム！

「加奈、加奈加奈加奈加奈、加奈！」

わたしは立ち塞《ふさ》がった。両手を広げる。

「バスルームはだめ！」

「なんで？」

「シャワー、無理。壊れてる」

「そうなのぉ？」

「そう！　だから家に帰ったほうがいいよ」

加奈が考えこんでいる。だがそれも一瞬。

「じゃあいい、顔だけ洗う。タオル貸して」

小柄な加奈がまた、わたしの腋《わき》の下をすりぬけて間仕切りのガラス戸を開ける。洗面所はキッチンの脇にあり、開き扉の正面が洗面ボウル、その右が洗濯機、左手側の折れ戸の向こうがバスルームだ。そこに鍵はない。今開けられては困る。

加奈のあとをついて洗面所に入った。バスルームの折れ戸を背に立つ。

「これ、タオル。置き場所がないから持ってるね。洗顔剤はそれ」

「メイク落としは？　バスルーム？」

「違う！　棚、これ」

「新品？　ストックじゃない。使っていいの？」

「いい、いい」

メイクを落としてさっぱりした顔になった加奈は、わたしを見てにっこり笑う。大学時代と同じ、幼い印象だ。

「ありがと。ところでここ、なんか臭わない？」

「……だから壊れてるんだって」

自宅も実家も嫌ならホテルはどう？　いいホテルに泊まって気分を変えなよ。そう勧めたけれど、加奈は生返事。クローゼットを勝手に開けて、パジャマになりそうな服を見つくろっている。

わたしはその間に、急ぎバスルームに向かった。

でも鍵がかからないのではどうしようもない。せめてもと、折れ戸の前に畳んでおいた段ボール箱を立てかける。

加奈に見られてはいけない。

「葉月ー、これ借りていいかなー」

加奈の声が届く。どうあっても帰らないのなら、明日の朝までやり過ごすしかない。早く寝かせてしまおう。

戻ってみると、加奈が袖を通しているのは部屋着ではなく外出用のカットソーだったが、注文をつけるのも面倒だった。薄手の生地だからだろう、エアコンの暖房温度をさらに上げている。わたしは間仕切りの戸を閉め、暖気が逃げないようにした。

「葉月、だいじょうぶ？」

「だいじょうぶって、なにが？」

「なんか疲れた顔してるよ」

疲れてるよ、疲れ果ててる。何割かは、加奈のせいだけど。

「仕事、忙しいからね。立ちっぱなしでくたくた」

「立ちっぱなし？　どっかのメーカーの本社じゃなかったっけ。デスクワークだよね。あれ？　もう年末の休みじゃないの？　休日出勤？」

その会社は倒産して、今はホームセンターのアルバイトで、って、またそこからか。智哉も、わたしが休みに入ったと思って昼間のうちからやってきたのだろう。どちらにしても、説明するのが面倒くさい。

「寝なよ。わたしも寝るからさ」

「うん、ありがとね。葉月もなにかあったの？　言ってくれれば力になるよ」

力なんていらない。今からでも帰って欲しい。それだけ。

口には出さず、笑って首を横に振る。見れば時計の針は、一時を回っていた。明日の朝、加奈を追い出すまではなにもできない。

クローゼットから毛布や夏用の布団、あるだけの寝具を引っ張り出す。

「加奈、ベッドを使っていいよ。じゃあ寝るね、おやすみ」

「え？　いいの？　っていうかお話ししようよ。久しぶりに、夜通しトーク。大学のころ、葉月の部屋でやったよね。教授の悪口とか、友だちの噂話とか。覚えてるよね」

「それ六年以上昔だよ。教授の顔も思いだせないし、友だちとも連絡とってないし」

「話しているうちに思いだすよ」

「わたしたち、もう二十八だよ。夜通しトークなんて無理。眠い」

ただでさえ、いろいろあったんだ、今日は。

わたしは毛布をひっかぶる。加奈より先に寝てはいけないので、ふりだけだ。

それを加奈が奪い取った。

「なにするの、寒いじゃない」

「寒くない。それより葉月の言葉のほうが寒い。もう二十八ってなに？　まだだよ、まだ二十八。人生諦めたようなこと言わないでよ」

加奈が仁王立ちになっていた。さっきまでの消沈した顔とはまるで違う。

「……いや、だけど、疲れたし」

加奈の瞳にみるみる涙が溢れでる。今度はなに？

「葉月は優しいけど、もっと自分を大事にしたほうがいい！」

「は？」

「葉月、流されてない？　まえから気になってた。言おう言おうと思って、だけど智哉とくっついちゃったせいで、言えないまま葉月と別れちゃった。葉月は優しいの。あたしのわがまま、なんでも受け止めてくれるの。だからつい、あたしは葉月に頼っちゃう。今でもそんなふうにみんなの頼みを聞いているんじゃない？」

「そこまでわたしはおひとよしじゃないから」

「ごめんね。今日もあたし、わがままを言ってるって自覚してるんだ。だけど辛くて淋しくて、葉月の顔が見たくなった。……ううん、ごめんね、じゃなくて」

いきなり、加奈は正座をする。膝の前に手を突いて、頭を下げた。

「本当に、すみませんでした」

「なんの真似？」

「智哉を奪ったこと。ちゃんと、謝ってなかったから」

加奈がまた、涙でぐちゃぐちゃの顔になる。

「あたし、葉月に嫉妬してた。智哉みたいにカッコよくて優しい彼がいたから。それで智哉に声をかけられてふらふらと……、ううん、他人のせいにしちゃだめだよね。あたしが欲しくなったの。自分のものにしたいと思った。だってあたし、智哉がど真ん中のタイプだったから。だから今回のことは、自業自得。……ねえ、葉月もそう思ってるでしょ」

「そんなことないよ」

いや、まさにそう、思ってた。

「ホントに？　優しいなあ、葉月は。でも思っていいんだよ。罵《ののし》ってよ。智哉がどんなにバカかわかったでしょ、って。だけど憎めなかったんだよね。綺麗なマスクとあの笑顔で見つめられると、ダメなんだ。浮気されてもなにされても、うやむやになっちゃって」

返事のしようがない。

わたし自身、そうだったから。今日も、危ういところだったから。

「ねえ、葉月。許してくれる？」

加奈の真っすぐな視線が、わたしを見つめていた。一瞬でも智哉に揺れた心が、後ろめたい。

「なに言ってるの、今さら許すもなにも」

「本当に？」

「……本当」

目を伏せる。加奈に心の中を覗かれたくない。

「嬉しい。また葉月と、友だちをやり直せるよね」

「やり直す？」

「うん。葉月は以前と変わらない。ああ、よかった。今日ここに来て。今までどおりに、ううん、今までとはまた別の形で再スタートだね」

加奈は、それから昔話をはじめた。大学時代の話だ。

わたしの講義ノートを貸したのが、加奈との出会いだった。加奈とはその後もよく、同じ講義を取った。厳しい先生、優しい先生、人気者の先輩、流行っていたテレビ番組に映画、スイーツ、東京ディズニーランド。加奈の記憶力はかなりのもので、飛び火のように連想して思い出が語られる。

加奈のマイペースもまたあの頃から変わらない。わたしはいつも振り回された。智哉に対してもそうだ。主張がハッキリした人にはどうにも逆らえない。

だけど。

今、わたしが加奈にいい顔をしているのは、疑われたくないからだ。やり過ごすためだ。

当時だって振り回されたふりをしながら、ちゃっかりいい思いもしていた。加奈はよく奢ってくれたし、流行のものも教えてくれた。地方から出てきたわたしは、キラキラした加奈が眩《まぶ》しかった。一緒にいることで、都会の子になったように思えた。

傷つけられたことしか覚えてなかったけれど、楽しいこともあったのだ。

加奈の柔らかい声を聞いていると、瞼《まぶた》がだんだん重くなっていく。

「寝ないで、葉月。もっと話をしようよ」

そう、加奈より先に寝てはいけない。

と思って身を起こしたときには、すでに朝になっていた。傍らの加奈は小さな寝息を立てている。

無防備な顔を見ていると、苦しくなってきた。

加奈の昔話を聞いて、当時を思いだしていた。恨みで蓋《ふた》をした記憶の下には、蜜《みつ》のように甘いものが詰まっていたのだ。

加奈が智哉を奪っていかなければ、わたしはもっと辛い思いをしたかもしれない。加奈の言うように、もう二十八じゃなくて、まだ二十八。まだ、だ。全然、遅くない。

ポインセチアの赤が目に入った。

引き返すなら今だ。

加奈が身じろぎをした。あっ、と言って跳ねるように起き、周囲を見回している。

「おはよう。どこにいるかわからなかったんでしょ」

そう言うと、加奈が照れ笑いをする。

「見知らぬ男の家かと。なーんてね」

「わたしも今起きたところ。簡単なものでよかったら朝ごはん、用意するけど」

防寒用のカーディガンを羽織り、間仕切りの戸を開けて、キッチンへと進む。奥の部屋との温度差が激しい。

加奈が後ろからついてきた。

「ごはん、なにがあるの？　……ん？　なにかやってたの？」

バットに漬けおいたままの砥石を、加奈が不思議そうに見つめる。

シャク、シャク。ふいに、幻の音が聴こえる。いや、引き返すのだからと、わたしは耳を塞ぐ。

チャイムが鳴った。

こんな朝早くになんだろうと思いつつ、ドアスコープを覗く。真面目そうなコート姿の、女性ひとりに男性ふたり。わたしはU字ロックをしたまま、扉を薄く開ける。

「長尾葉月さんですね？」

女性の低い声。一階の郵便受けにも扉の外にも表札は出していない。はい、とうなずく。女性が黒いなにかを示してくる。ぎょっとした。

「警察です。お話があるのでここを開けてください」

わたしは扉を閉めた。

そのあと、いろいろなことが同時に起こって、気づいたときには三人の警察官がわたしの部屋の洗面所にぎゅうぎゅうになって入っていた。

三人は、折れ戸の向こうのバスルームで、横たわって動かない人間を見つめている。

険しく眉をひそめながら。

しかし同時に、解せない、という表情を交ぜながら。

どういうことですか、と、やっと女性の警察官が口を開いた。

「気絶したんだと思います。六年前も同じことがあったから。頭のついた魚が苦手なんです。目が合ったって悲鳴を上げてパニックを起こしてなんでもかんでも投げつけて。目が覚めたあともまた興奮すると思うから、早く、どけておかないと」

なるほど、と男性の一方が呆れたようにつぶやく。

バスルームには加奈が倒れていた。騒いだはずみに、置いていたビニール袋か新聞紙にでも足を滑らせたのか、八十センチ強もの鰤と抱き合うようにしながら。

加奈はほどなく目を覚まし、また大騒ぎをしたが、その騒ぎの大半は警察への抵抗だった。

U字ロックを外して再び扉を開けたわたしが訊かれたのは、「白倉加奈さんが来ていますね」だけだったので、加奈がなにをしたのかは知らなかった。

そのときキッチンにいた加奈は、逃げようとしてか隠れようとしてか、洗面所に、そしてその奥のバスルームに入ったのだ。トイレが玄関のそばでなければ鍵のかかるそちらに入っただろうし、うちが三階でなければベランダから飛び降りたかもしれない。

それだけのことを、加奈はしていた。

簡単にしか話せませんが、と断りながら、男性の警察官が教えてくれた。これは同時に、わたしへの事情聴取も兼ねているんだろう。

昨夜遅く、高齢の男性が運転する車が自損事故を起こした。最近目立っている高齢者ゆえの事故にすぎないと思われたが、車は小型の冷凍トラックで、中には若い男性の死体が乗っていた。

運転者の命に別状はなく、事情を訊かれてしばらく黙秘。しかしやがて話しだした。コマーシャルにも出ている有名人と知られて観念したという。

孫娘の恋人が、事業を失敗し不正に手を染め浮気をして、逃げた。孫娘は、浮気相手のもとに向かう途中の恋人を捕まえ、家に連れてきた。孫娘の今の住まいではなく実家のほうに。その時間、実家は無人で、そちらのほうが近かったからだという。ふたりは口論になりさらには喧嘩になり、再び逃げだそうとした恋人の背中を、孫娘が押した。

階段の上で。

恋人は死んだ。事実、死体で見つかった男性は、首の骨が折れていた。

それが夕刻のことだった。孫娘は祖父に助けを求め、祖父は急ぎ帰宅。ふたりで知恵を絞った結果、恋人は別荘に逃げたあと、事故で死んだことにしようとなった。軽井沢の別荘と田園調布の家の階段の構造はよく似ているので、そこから落ちたように見せかけられるだろうと。秘密を知る人間は少ないほうがいいので、孫娘の母親には知らせないことにした。

幸い、アイスクリームを販売する事業で使った冷凍トラックがあった。死亡した時間をごまかせるのではないかと思った。万が一のために、孫娘はしばらくの間、家族以外の人間と会ってアリバイを作ることにした。祖父は孫娘の、昨夜からの居場所を知っていた。

だから警察が、うちにきたというわけだ。

「……じゃあ、加奈が強引に泊まりにきたのは、夜通しトークで起きていようと言ったのは、アリバイのため？」

わたしのつぶやきに警察官は、どのように強引でしたか、と続きをうながしてくる。

「はい……。わたしは明日、いえ、今日が年内最後のゴミの日だから、昨日のうちに鰤を捌こうとしていて」

「ああ、あのバスルームの魚」

警察官が苦笑する。

「なぜあんなところで料理をしようとしたんですか」

「料理まではしません。捌くだけです。キッチンの流し台じゃ狭くて無理なので。水が必要で、だけど臭くなるから新聞敷いて。内臓を捨てるビニール袋も沢山用意してたんです」

加奈が足を滑らせたことを責められてはと、先に言い訳をする。

「立派な鰤でしたね。正月用ですか？　高かったでしょう」

「親が送ってきたんです。値段は知りません」

従妹の結婚式の引き出物だ。両親が共に出席したところ、二本ももらったという。ふたりきりでは食べきれないと一本送ってきたが、正月に帰らないわたしへの嫌みも交じっていただろう。昨日、智哉が帰ってすぐに届いた。鰤の他に、野菜や果物を入れた段ボール箱もあった。そちらの中身は冷蔵庫に入っている。

智哉はわたしに殴られたあと、痛いなあ、だけどこれで両成敗な、と言って出ていった。財布を盗ろうとしたのと、両成敗？　それがわたしへの最期の言葉とは、なんとも呆れる。

あのあと浮気相手のもとに向かおうとして、加奈に捕まったということか。加奈は、嘘をついていたのだ。浮気相手もその居場所も知らないだなんて。

「白倉さんは、バスルームに鰤があると知らなかったんですか？」

「言う間もなくて。早く帰ってくれと思っていたし」

「伝えたほうが帰ってくれたんじゃないですか。怖がって」

警察官の言葉に、胸の奥が跳ねた。

最初はたしかに、加奈の剣幕に押し切られて言う間もなかった。だけどそのあと加奈をバスルームから遠ざけたのは、騒がれたくなかったからだ。パニックを起こした加奈が、六年前、部屋中走り回って目についたものを投げた加奈が、もしもポインセチアに手を伸ばしたら、と。

今もポインセチアの根元には、指輪が埋まっている。

告白するなら、今だろう。

だけどわたしは加奈を許せない。

上手いことを言ってわたしをいい気にさせたのは、アリバイ作りのためだったなんて。

シャク、シャク。心に沈めた音が聴こえる。

加奈にとってもわたしは、使い勝手のいい女だった。

四百万のほうか三百万のほうか。せめてその指輪ぐらい、もらっても罰は当たらないはず。

「長尾さんは、白倉さんや被害者の津原さんとは大学時代の友人とのことですが、津原さんはどんな方でしたか」

「ええっと、どんなって？」

「あなたの家に白倉さんが来たのは、アリバイ作りとともに、疑われたときに自分の味方をさせたいという計算もあったようです。津原さんをあげつらってませんでしたか？　白倉社長によると、孫の白倉さんがカッとなってしまったのは浮気相手が妊娠したからだそうで、嘘だの別れるの堕胎させるのと話が何度もすり替わったらしく」

「……そ、その話は知りませんでした。でもたしかに智哉、……くんは、女の子とは、そのいろいろと」

「なるほど。白倉社長からの話なので差し引いてはいますが、孫はひどい男に引っかかってしまった、彼こそが悪いのだと言っていましたね」

からの、……話。

加奈からは、智哉が店のジュエリーを持ち逃げしたと聞いたけれど、この警察官からの話は、少し足りない。智哉が、事業を失敗し不正に手を染め浮気をして逃げた、そこまでだ。

「あの、加奈は……、智哉くんがジュエリーを持ち逃げしたとも言っていて」

「本当ですか？　しかし彼は……、あ、そうか。そういうことか」

警察官の目が大きく見開かれ、破顔一笑した。

「ありがとうございます。それでわかりました。いえね、白倉社長が事故を起こしたとき、高額《たか》そうな宝飾品を入れたケースも持っていたんですよ。別荘の近くで商談する予定があったと言っていたが、死体を運搬したあとで商談とは不思議でね。彼が盗んだことにしたかったんでしょう」

一千万円のジュエリーの話さえも、嘘？　智哉が、五年も前に別れたわたしに会いにきて財布を奪おうとしたのは、本当にお金が必要だったから？たとえば堕胎の費用とか。

そういえば、いくらなんでも三百万や四百万もする指輪を、無造作に鞄に突っ込んだりなどしない。

まさか。

「智哉……くんは、なにも盗んでないんですか？」

「今までにですか？　詳しいことはまだ捜査中なので。ただ、白倉社長は激怒していましたね。シラクラの店名が入った小箱を盗んでいたのは許せないと」

「小箱？」

「ええ。よくあるでしょう、品物を客に渡すときに使う小箱が。津原さんは、以前からたびたびその箱を盗んでおり、指輪やネックレスを入れて知り合った女の子たちにプレゼントしていたそうです」

警察官が肩をすくめ、続けた。

「どこで買ったかわからない、子供騙しのものを」

掟上今日子の乗車券　第二枚　山麓オーベルジュ『ゆきどけ』

西尾維新

Message From Author

『名探偵は行く先々で事件に遭遇する』というミステリのお約束に添う形で書かれたのが連作短編『掟上今日子の乗車券』です。元々は『掟上今日子の旅行記』として構想した内容でしたが、あちらが長編になりましたので。本作の語り部は冤罪体質の隠館厄介ではなく、『掟上今日子の推薦文』から登場したボディガードの親切守です。実は『掟上今日子の色見本』より、こちらのほうがスタートは早いです。部下の目から見た忘却探偵を楽しんでいただければ。

西尾維新（にしお・いしん）
1981年生まれ。20歳だった2002年に『クビキリサイクル 青色サヴァンと戯言遣い』で第23回メフィスト賞を受賞しデビュー。同作から始まる「戯言シリーズ」で注目される。以後は「〈物語〉シリーズ」、「刀語」、「伝説シリーズ」など多くの作品を発表し、高い人気を得る。アニメ化された作品も多いほか、『掟上今日子の備忘録』はドラマ化された。

1

私は忘却探偵、掟上今日子《おきてがみきょうこ》。二十五歳。

一日ごとに記憶がリセットされる。

現在営業活動の旅行中。

2

「今日子さんはあれですな、やはり名探偵さんでいらっしゃいますから、犯行に至る動機という奴《やつ》を、そんなには重視してらっしゃらないんでしょうな」

宿泊先のオーベルジュで相席となった、独特な風格のあるその老紳士は、僕の雇い主から名刺を受け取り、その肩書き——置手紙《おきてがみ》探偵事務所所長——を知るや否《いな》や、挑発的とは言わないまでも、やや挑戦的なニュアンスを含めて、そんな風に切り出してきた。

むろん、そんな煽《あお》りにすんなりと乗るような忘却探偵ではなく、白髪《はくはつ》の彼女は穏やかに微笑《ほほえ》んで、

「いえいえ、とんでもない。探偵小説にはワイダニットという文化もありますのでね。犯行の動機も、事件の大切な要素であると、認識していますよ」

と応じた。

「ワイダニットですか。しかし、そうは言っても、捜査手順においては、5W1Hの中では、『WHY』の順位は、どうしても下がってしまうのではありませんかな？」

しかし老紳士は譲らない。

探偵とのやり取りを面白がるような口調ではあるものの、どうやら軽い気持ちで振った話題ではないようだ。

「それは、まあ、そうですねえ。相対的には、プライオリティが高いとは言いかねますねえ」

対する今日子さんは、この話題を続けるべきかどうか、いまいち計りかねているようでもあった。この会話が、旅の目的であるところの——左腕の備忘録に書かれているところの——営業活動に繋《つな》がるかどうかを考え中なのだろう。

ご相伴《しょうばん》しているボディガードとしては、まあ、成り行きをもうちょっと見守ってみたいところだ——実際、老紳士の指摘は、その通りだと思った。

5W1H。

いつ（WHEN）どこで（WHERE）誰が（WHO）なぜ（WHY）何を（WHAT）どうした（HOW）。

日本語では『いつどこでゲーム』なんて言ったりもする概念だが、これはミステリーの基本要項でもある——これらの疑問符にすべて適切な解答がもたらされてこそ、名探偵は事件を解決したと、高らかに宣言できるわけだ（今日子さん風に言うなら、『私にはこの事件の謎が、最初からわかっていました』である）。

『いつ（WHEN）』と『どこで（WHERE）』は、いわゆる現場不在証明、アリバイに関する要項——『誰が（WHO）』は、言うまでもなく、犯人当ての要項であり、これが探偵小説の主軸であり、主題であると言える。

『何を（WHAT）』と『どうした（HOW）』は、さしずめ、トリックを解明するための疑問符であり、これもまた欠かせない要素である——だが、『WHY』について見ればどうだろう？

動機。目的。モチベーション。

なんと言ってもいいのだが、しかし、あえて誤解を恐れずに言うのなら、その点は探偵にとって、どうでもよくはないにしても、それだけに拘泥《こうでい》すると、足をすくわれかねないトラップにもなりうる恐れもある。

「『ワイダニット』は、突き詰めると『意外な動機』とイコールになってしまいますからねえ。それに、『動機なき殺人』というのも、最近のブームではあります」

今日子さんは一般論を述《の》べて、さしあたり様子を見ることにしたらしい――もっとも、忘却探偵である彼女が言う『最近のブーム』は、今となってはかなり古いブームになってしまうのだが、まあ、『動機なき殺人』が、社会からなくなったわけでもない。

さすれば、動機は真犯人を突き止めたのちに、彼ないし彼女に、得意げに語らせるもの――というのが、名探偵の黄金律なのではないだろうか。

実際、『動機や、事件の背景になんて興味はない。私は謎が解ければそれでいいのだ』と公言してはばからない名探偵も、相当数いる。

「動機があるから犯人と決めつけることはできない、A氏に比べてB氏のほうが動機が強いからB氏のほうが怪しい、C氏には動機がないから犯人たり得ない――そんな風には、探偵さんは考えないのでしょうな？　どころか、逆に、『動機があるから怪しくない』『動機がないからこそ怪しい』なんて論説も、まかり通ることさえあるとか――」

老紳士は畳《たた》みかけるように言って、そこではっと気付いたように、「おっと、失礼」と頭を下げた。

「決して、それが『悪い』と言っているわけではないのです――ただ、その違いが興味深いと思いまして、もしも探偵さんに会うことがあれば詰めてみたいテーマだと、以前から思っていたのです」

「『違いが興味深い』？　と言いますと？」

思わせぶりな表現に、今日子さんは問い返す。

「名刺をお返しするのが遅れてしまいました――私はこういう者です」

そう言って、老紳士は今日子さんに、懐から取り出した自身の名刺を返した。そこには、彼の名前と、そしてなるほどと思わず膝《ひざ》を打ちたくなる肩書きが記《しる》されていた。

「ははあ。裁判官さんでしたか」

今日子さんは納得したように頷《うなず》いた。

「だとすると――あなたにとってもっとも重要なのは、動機ですねえ」

3

旅の醍醐味《だいごみ》には四段階あると、今日子さんは語った。置手紙探偵事務所の営業活動だと言って、着の身着のままの僕を、ボディガード兼ポーターとして、全国津々浦々《つつうらうら》に連れ出すにあたってだ。

「一段階目は、もちろん、観光スポットを巡《めぐ》ることです。名所名刹《めいさつ》と直《じか》に接することで、得られるものは多いでしょう――二段階目は、旅の道中を楽しむこと。電車やバス、飛行機を使っての長距離移動は、それだけでもテンションがあがります。あえて徒歩で旅するのも、面白いですよねえ。旅よりも、前日にする旅の準備のほうが楽しかったりして――これは『やっぱり家が一番』の対偶ですね」

うん、その一段階目と二段階目は、言われるまでもなくわかりやすい。実感をもって理解できる。だが、三段階目と四段階目はなんだろう？　旅慣れていない僕には、見当もつかなかった。

「三段階目は、『誰と行くか』ですよ。家族と行くのか、友達と行くのか、恋人と行くのかで、旅の様相は、それぞれまったく違ったものになるでしょう――もちろん、ひとり旅も素敵です」

なるほど。

確かに、一日で記憶がリセットされる忘却探偵との旅行は、僕にとって、他にはない味わいがあるに違いない――では、トリを飾る四段階目は？

「そう。案外、見落とされがちな醍醐味なのですがね。しかし、旅行ではないただの移動では、これは決して味わえない醍醐味と言えましょう」

そう前置きしてから、今日子さんは言った。

「旅行の醍醐味の四段階目は、守《まもる》さん――旅行者と会えることですよ」

……先述の通り旅慣れていない僕は、そう答え合わせをされても、正直言ってまるでぴんと来なかったけれど、こうして宿泊先で、同じく宿泊者である老紳士とたまたま相席することになって、そしてこんな話題になって、出発日、今日子さんが言っていた言葉の意味を遅ればせながら理解できた（忘却探偵ゆえに、今日子さんは僕にそう言ったことを、もう忘れてしまっているが）。

裁判官。

趣味の山登りのために、このオーベルジュに滞在していたという情報を事前に聞いていたし、また、いかにも登山家風の老紳士の体格からは、ちょっと予想外の職業ではあった。

活動範囲は探偵と近いようでいて、実はなかなか、接する機会のない相手である——活動範囲は近くても、活動時期が明確に違うから。

多くの探偵は、真犯人を特定すれば、それで仕事はおしまいである——真犯人の裁判を傍聴する探偵なんて、聞いたこともない。

まして忘却探偵となれば尚更《なおさら》だ。

大抵の場合、公的な存在ではない名探偵は、証人として出廷することさえまれだろう……、なので、探偵と裁判官は、探偵と警察官のような、わかりやすいライバル関係にも、対立構造にもなっていない……、綺麗にズレている。

まして、裁判官が探偵に、事件の解決を依頼するなんてことはありえまい——だからこうして、旅先で偶然接点を持った『旅行者同士』としてでもなければ遭遇《そうぐう》しえなかった、ふたつの肩書きなのかもしれなかった。

当然ながら、今日子さんにしてみれば『これこそ』と言うか、こんな偶然を積極的に求めての営業活動だったわけで、それまでオーベルジュのフランス料理に舌鼓《したつづみ》を打っていた忘却探偵が（着道楽なのは知っていたけれど、彼女は意外と食道楽でもあるらしい）、いったんフォークとナイフをお皿に置いた。

相手の職業を知り、雑談モードから、本格的に営業モードに入ったのかもしれない――琴線《きんせん》に触れたようだ。

あるいは金銭に触れたようだ。

そんな今日子さんの変化に気付いているのかいないのか、老紳士――裁判官氏は続ける。

「名探偵さんにとっては、『どんな動機だろうと、罪は罪』というのが基本姿勢でしょう……しかし、裁判官にとっては、汲《く》むべき動機もあれば、突っぱねるべき動機もあるのですな。むろん、動機や背景だけが大事だとは言いませんがね。しかし、同じ罪名であっても、犯人が『なぜ』犯行に及んだかというのが、もっとも重視されることになるのですな」

「情状酌量《じょうじょうしゃくりょう》、ですね」

「しかり」

今日子さんの合いの手に、頷く老紳士。

「どんな事情があろうとも、やったことはやったこと――犯行は犯行、犯罪は犯罪。動機によってトリックが変化することは、まあありませんからな。ですから名探偵さんの姿勢は、捜査の渦中《かちゅう》においては、正しいのですな。しかし、捜査後の手続きを担当する裁判官となると、そうは参りませんな。金目当ての殺人と怨恨《えんこん》殺人では、同じ殺人でも、まったく別物になりますな」

老紳士の物言いは、いささか乱暴な論旨にも思えたが、しかし、探偵が動機によって犯人や罪状を区別しないのは、ある程度までは事実である。

名探偵は謎を解くのが仕事で、人を裁くのが仕事ではない――少なくとも今日子さんは、解決編において、犯人にくどくど説教をするタイプの探偵ではない。

裁判官は違う。

ある意味で、犯人に説教をするのが仕事なのだ――そりゃあ、動機の解明を至上目的におかなければ、できることではない。

イメージ的にはぼんやりと、裁判とは、システマティックな手続きだと考えていたけれど、こうして直に、裁判官を職業とする人物から話を聞いてみると、がらりと印象も違ってくるものだ。

「懲役五年なのか、懲役十年なのか。それとも執行猶予はつけるべきなのか。あるいは——極刑に処すべきなのか」

「…………」

「動機があるから許される——なんてことはあってはなりませんが、動機があっても許されない——とも、一概には言えませんな」

旅の恥はかき捨てでもないのだろうけれど、やはりここが旅先であることで口が緩《ゆる》んでいるのか、裁判官氏はそんな風に内心を吐露《とろ》した。

「勉強になります」

と、今日子さんはもっともらしく同意を示す。

営業スマイル中の営業スマイルを浮かべているので、どこまで本気でそう同意しているのかはわからないし、勉強になったところで、明日には忘れてしまうのだが。

「おっしゃる通り、動機の解明というのは、私達探偵が見落としがちな謎なのかもしれませんね。人がどうして犯罪に手を染めるのか、本当のところは、本人にしかわからないことでしょうし——本人にさえもわからないこともあるでしょうね」

むしゃくしゃしてやった、という奴か。

定型句のようではあるけれど、何も説明していないようでいて、案外『むしゃくしゃ』というのは、犯行の動機をもっとも的確に言い表していると言えなくもないわけだ。

「本人にとっては切実な事情でも、世間的にはまったく理解できない動機というのもあるでしょうしねえ——『太陽が黄色かったから』なんて」

「……理解できない動機と言えば」

と。

そこで旅の裁判官氏は、軽口めいていた口調を改めた。

「今日子さんは、こんな殺人事件をご存知ですか？　『意外な動機』ではなく、『動機なき殺人』でもない――いわば、『動機がマイナスの殺人』なのですが」

動機がマイナスの殺人？　しっくりこないネーミングだ。文字面でも、そして、その意味も……、マイナス？

「なんでしょう。ひょっとしたら、知っているかもしれませんね」

身を乗り出す今日子さん。

知っていたとしても、とっくに忘れている。

4

「探偵さんがそうであるように、裁判官にも守秘義務というものがありますのでな、あまり詳細を語るわけには参りませんが、ま、報道に載って世間に公表されている範囲のことですし、匿名ならば問題ないでしょう――何を聞いても明日にはリセットされる？

「忘却探偵？

「ほほう。面白いことを仰《おっしゃ》いますな。ならば尚更問題ないということで。

「事件の構造自体は単純でしてな、高校三年生の兄が、小学五年生の妹を殺害したのです――目を覆《おお》いたくなるような悲劇ですな。

「もうこの時点で、これ以上聞きたくないと仰られるようでしたら、引っ込めますが――むしろ興味津々ですか。

「さすが名探偵さんは、タフですな。

「実際、この殺人事件を解決したのも、名探偵さんだったそうです――ご両親から依頼を受けた私立探偵が、警察に協力する形で推理し、見事に真犯人を突き止めたわけです。

「ご両親もまさか、娘を殺した犯人が息子だったとは、思いもしなかったでしょうな――正規の依頼料が支払われたかどうか、気になるところですな。

「それはともかく。

「使用されたトリックを、なんと言うんでしたかな、ネタバレしてしまいますと、高校三年生の兄が小学五年生の妹を殺すにあたって使用したのは、アリバイトリックですな。

「妹が殺された時刻、兄は大学入試のまっただ中だったというのですな——滑り止めの大学を受けていて、ゆえに犯行は不可能だと、当初は思われていたようですな。

「いつ、どこで、誰が、何を、どうした。

「ですな。

「しかしそこは熟練の名探偵さんが、綿密な推理で、隠された真相を突き止めましてな——悪いことはできんもんですな。その日、その時刻、入試を受けていたのは兄ではなく別人であり、実際には会場を抜け出していた彼が、妹をその手にかけていたことが証明されました。

「結果だけを見れば、なんともかとも、シンプルなトリックですな——こう言っちゃあなんですが、わざわざ探偵にお出まし願わなくとも、通常の警察捜査で十分に突き止められそうな真相と言えましょう。

「ならばなぜ、この文字通り子供っぽいトリックを解明するために、探偵のお出ましが必須だったのかと言えば、この兄には、実の妹を殺す動機が、まったくなかったからなのですな。

「仲違《なかたが》いをしているとか、不仲だとか、喧嘩《けんか》ばかりだったとか。

「そんな斟酌《しんしゃく》すべき事情はぜんぜん見当たらず——どころか、非常に仲むつまじい兄妹だったそうなのですな。最愛の妹と言ってはばからなかったそうなのですな。

「動機がマイナスと言うのは、そういう意味ですな。

「それこそ、親が心配するくらいの親密さで、だから、妹が殺されたときに、わざわざアリバイを調べるまでもなく、まさか悲しみに暮れる兄が犯人だと、疑う者はいなかったのです――名探偵さんを除けば。

「独自の視点を持つ名探偵さんにしてみれば、逆に、動機がないからこそ……動機がマイナスだからこそ、兄を疑わしいと思ったそうですな。まあ、皮肉を言うわけではありませんが、実に探偵さんらしいアプローチですな。

「それが正解であり、真実だったのですから、言葉もありませんな――実際、そう着目してしまえば、証拠はぼろぼろ出揃《でそろ》ったそうですな。

「なので逮捕にも、逆送、起訴にも、不具合はありませんでした――しかしながら、その後の裁判の手続きにあたっては、大きな障害が残りました。

「なぜ殺したのか？

「兄は妹を、なぜ殺したのか？

「今日子さんが言うところの『ワイダニット』が解決しないことには、正確な判決が下せないのですな。

「仲がいい兄妹というのは上辺だけのことで、本当は憎しみ合っていたとか、可愛さ余って憎さ百倍とか、愛情が暴走したとか、名探偵さんを見習ったわけではありませんが、そんな勘繰りもしてみましたし、被告人が未成年ということもあって、その点、検事さんや弁護士さんも、かなり深く掘り下げようとしたのですが――結論から言えば、そんな事情はどこまで掘っても、見当たりませんでした。

「むしろ、掘り起こされるのは兄妹の親密さばかりでしてな。調べれば調べるほど、兄が妹を殺しそうにないという印象ばかりが強まりました……、誤認逮捕なんじゃないかとさえ思いましたな。

「誤認逮捕は考え過ぎにしても、事故だったんじゃないか？　殺すつもりはなかったんじゃないか？

「しかし、アリバイ工作までしておいて、事故も過失もないでしょう……。

「被告人本人はその点をどう説明しているのか、ですか？　それも曖昧《あいまい》でしてな――曖昧と言いますか、不明瞭でしてな。何かを隠しているようでもあり、しかし、それは単に、語ることがないから、黙して語らずを貫いているのか。

「単に混乱して、言葉足らずになっている風でもありますしな――もちろん、被告人には黙秘権が認められておりますから、証言をしないからと言って怪しいと決めつけることはできませんな。

「ただ、被告人の友人らによれば、少なくとも『むしゃくしゃして』犯罪をおかすというタイプではなさそうなのですな――むしろ真面目《まじめ》で、真面目過ぎるくらいの受験生だったそうで。

「そんな評判もあって、最終的には、『受験のストレスで、八つ当たり的に妹を殺した』というようような、なんとも薄っぺらい判断を下すに至りましたな。

「追い込みとなる時期に、兄の成績が伸び悩んでいたことは、間違いなく数字に表れていましたから、そう判断せざるを得なかったわけですが――しかし、不本意とは言わないまでも、釈然としないものは残りましたな。

「ほとんど消去法で動機を選んだようなものですな。

「動機以外のすべての謎は解明されても。

「いつ、どこで、誰が、何を、どうしたかは、あますところなく説明されても――なぜ、殺したのか。

「探偵さんが棚上げにした謎は、とうとう、解かれることがないまま、判決が下されたのですな」

5

聞いてみると、それは殺人事件の謎と言うよりは、心の闇《やみ》と言った雰囲気ではあった――とは言え、確かにそれは、いわゆる探偵の領分からははみ出た疑問点ではあった。

事件を担当した私立探偵が、仕事を成し遂げていない、推理を中途半端で投げ出しているということにはならない――アリバイトリックを解明し、犯人を特定したところで、名探偵の仕事は終わっている。

あとは警察や検事、弁護士――そして裁判官の領分である。

動機になんて興味がないと言い切る名探偵は、いささか偽悪的に過ぎるだろうが、犯人の心の中にまで――まして心の闇にまで――踏み入る権利は、探偵にはないのだ。

それは先入観にもなり得る。

「もっと言うなら、事件捜査の権利なんて、元々探偵にはないんですけれどねえ」

と、今日子さんは身も蓋もないことを言った。

「あくまで、依頼を受けて、それで初めて動ける立場ですから。なので、もしもご両親からの依頼に、犯行の動機の解明までが含まれていたなら、きっとその名探偵さんも、そのようにされていたでしょう――ただまあ、そのケースでは、私でも発言は控えたでしょうね」

黙秘権があるのは被告人ばかりではありませんから――と、そして今日子さんは続けた。

「ん……、黙秘権とは、変わった仰られようですな。それではまるで、今日子さんには犯行の動機が、今の話だけでわかったみたいな物言いですが」

裁判官氏は、今日子さんにいぶかしげな視線を向けた。それに対して、「今の話だけでわかったのではなく、今の話からは、そう解釈するしかないというだけのことです」と、何食わぬ顔で答える今日子さん。

何食わぬ顔と言うか、フォークとナイフを拾い上げ、いつからか食事は再開している――裁判官氏の語るエピソードには、既に興味を失ったかのように。

「察するに、事件を解決に導いた名探偵さんにも、

「妹を殺す動機はなくっても、別の、動機ならあったんじゃないですか？」

忘却探偵は言った。

いや、これは探偵としての発言ではない。

あくまで旅人としての発言だ。

たまたま相席になった裁判官と名探偵が、詳細は伏せたままで、いい加減な話をしているだけである。

「別の動機？　と仰いますと？」

「ええ。『意外な動機』でも『動機なき殺人』でもない――まして『むしゃくしゃしてやった』のでもない、ごく普通の、ありふれた犯行動機ですよ。ひょっとして、私の思いつき、お聞きになりたいですか？」

「そりゃあ――まあ」

頷きつつも、裁判官氏は、少し迷った様子を見せた――それはそうだろう、その事件については、既に判決が下されている以上、ここで事件の真相をひおおよそ予想はついていたんじゃないでしょうか？　ひょっとするとその探偵は私だったのかもしれませんねえ、忘れていますけれど。お言葉の通り、私も探偵の例に漏れず、そういうひねた考えかたをする職業ですから――業《ごう》ですから」

そういうひねた考えかた。

つまり、動機があると却《かえ》って犯人らしくないとか、動機がないほうがよっぽど怪しいとか、そういう考えかたのことだろうか。

探偵の思考というよりも、それはミステリー読みの思考という気もするけれど、まあ、両者に大きな違いがあるわけでもなかろう。

仮に、その事件が一篇の探偵小説だったとするなら、確かに『被害者を可愛がっていた実の兄』という情報は、それだけで疑惑の種であり、犯罪の温《おん》床《しょう》になりかねない――ただ、今日子さんがここで言ったのは、そんなありふれた意味ではなかったようだ。

つくり返すようなどんでん返しの推理をされるのは、決して望ましくはないのだ。

こんな旅先での四方山話《よもやまばなし》から再審を希望する法の番人はいるまい——そんな裁判官氏の心中を慮《おもんぱか》って、今日子さんは、「大丈夫ですよ」と、なだめるように言った。

「どんでん返しはありませんとも。あくまで、動機に限っての推理です——犯人は変わりませんし、犯行時刻も、事件現場も、被害者も、トリックも変わりません。4W1Hまでは変わりません……、きっと判決文も変わらないことでしょう。なので気楽に、動機の解明を専門としない探偵の岡目八目《おかめはちもく》を、参考までに聞いていただければ」

今日子さんは控えめにそう言ったけれど、きっと心の中ではこう付け加えたことだろう。

参考までに聞いていただければ——そしてご満足いただけたようであれば、是非、司法の世界に、置手紙探偵事務所のいい噂《うわさ》を流していただければ。

営業活動である。

こうなると旅人としての発言でさえなく、事務所広報としての発言になるが、それはどこまで通じたのか、果たして裁判官氏は、「わかりました。そういうことならば」と、覚悟を決めたようだった。

好奇心に負けたとも言えそうだ。

引っかかっていたであろう事件への関心は元より、動機の解明を主眼にはおかないはずの探偵が、果たしてそれのみに注目したとき、どんな答が導き出されるのか。

「おうかがいしましょう、今日子さん。本事案において、被告人である兄はどうして、仲の良かった妹を殺害したのですか？」

「それは、妹と仲が良かったからですよ」

それだけですべての謎が隅々まで解きほぐされるような、名探偵の鋭利な一言を期待していた聴衆に対して、今日子さんが代弁した犯人の動機は、なんとも不可解なそれだった。

6

「申しわけありません、少しわかりにくかったですね。もっとも、我々探偵がこういった禅問答をするときは、大抵、わざと不可解に聞こえるように言っているのですがね。

「ただまあ、この場合、他に言いようがないのも事実です――兄は妹と、仲が良かったから殺した。

「視点を変えると、不仲であれば、たとえば憎しみ合っているような関係であれば、きっと兄は、妹を殺そうとは思わなかったでしょう――その場合、殺されるのは別の人物になっていただろうと推察できます。

「推理できます。

「確かに、事件の概要をかいつまんでお聞きした限り、高校三年生の兄が小学五年生の妹を殺害した理由は、皆目見当がつかないと言わざるを得ません――その犯罪には、およそ動機が見当たりません。

「なので、被告人が黙して語らなかった以上、動機不明のままで結審するしかなかったでしょうし、その判断が間違いだったとは、私は思いません……、もしもその点で、あなたがご自身の下した判決を気に病んでいると言うのでしたら、まずはそう言わせていただきます。

「でも、この犯人の動機が不明なのは、あくまで殺人事件に限ってのみだということを、探偵はここで強調したいと思います。

「お気付きになりませんか？　あなたが先ほど語ってくださった事件の概要には、もうひとつ、重大な犯罪が含まれていましたよね――殺人という凶悪犯罪の陰に隠れて、しかし結構な悪事が働かれていたことに気付きませんか？

「ええ、そうです。

「犯行時のアリバイ工作と銘打《めいう》って、高校三年生である被告人は、替え玉受験をおこなっていますよね。

「はい。これもまた立派な犯罪です。

「それがどうしたと言いたげですね。大事の前の小事だと思われますか？　しかし、現代の――私にとっては未来みたいなものですが――学歴社会において、受験の成否、入試の合否は、人命がかかっていると言っても、決して過言ではありませんよ。

「人命ではなくとも人生はかかっています。

「たとえ愚かしいと笑われようと、当人にとっては志望校に入ることはその後の人生を左右する重大事であり、大袈裟《おおげさ》でなく命がけでしょうし――人命を奪ってでも、合格したいと思う受験生も、中にはいるかもしれませんよね。

「え？　妹を殺したからと言って大学に合格できるわけじゃないだろうって？　そりゃあそうですよ――違います、違います。何を仰っているのですか。

「そういう形で直結するのではありません。事実は――おっと、推理ですね――もっと短絡的でして。

「短絡的に、単純に、因果が逆なんですよ。

「妹を殺すために替え玉受験をおこなったのではなく――

「――替え玉受験をおこなうために、妹を殺したんです。

「替え玉受験の動機を作ったんですよ。

「真面目な、真面目過ぎるくらいの受験生だった被告人は、数字に表れるくらい成績が伸び悩んでいたそうですが、『勉強ができないから替え玉受験をおこなう』なんて、プライドが許さなかった。

「替え玉受験をおこなうには、どうしても別の動機が必要だった――それもできる限り切実で、重要で、かけがえのない動機が。

「切実で、重要で、かけがえのない存在。

「最愛の妹に他なりませんね。

「注目すべきは、替え玉受験をおこなったのが、滑り止めの大学だったということです――なぜ本命の大学ではなく、滑り止めの大学で、替え玉受験をおこなったのか？

「どうせやるなら——どうせ殺すなら、そちらのタイミングでもよかったはずなのに……、ただ、これは違和感こそありますが、不可解というほどではありませんね。

「順を追って考えれば自明です。

「もしも『妹を殺すという動機』がなかったのなら、滑り止めの入試は自分で受けるしかありませんが、そこで合格できない可能性が否めなかった……、少なくとも被告人に受けて受かる自信はなかった。

「しかし、滑り止めでの不合格を受けてから、本命で替え玉受験をおこなえば、いくらアリバイトリックを装っても、本当の動機が露見《ろけん》してしまう危険性が高まります——実際にはそんなに変わらないでしょうけれど、後ろめたい行為に手を染めようとしている本人からすれば、リスクは最小限にとどめたいですよね。

「動機は——コンプレックスは隠したいですよね。

「なので替え玉受験は——殺人行為は——滑り止め入試の際におこなうしかなかった。

「ただし、お気付きの通り、これでは肝心要の、本命大学を受験する際、実力で入試に臨むしかなくなります——その時点では、最愛の妹はもうこの世にいないのですから。殺せる妹はもうこの世にいないのですから。

「これでは本末転倒なのでは？

「実はそうでもありません。

「最愛の妹が『何者か』に殺されて、この世からいなくなったという理由は、命がけの受験に失敗する理由として、十分なのですから。

「あるいは受験放棄の動機として。

「十分なのですから。

「実力で合格すればそれでいいし、万が一——十中八九ですかね——不合格だったとしても、そのときは、最愛の妹が殺されたことを原因にすればいいのです。

「誰もが納得する、情状酌量の余地に満ち満ちた、汲むべき動機って奴ですね」

7

今日子さんが裁判官氏に語った推理が、どこまで事件の真相に肉薄していたのかは、果たして、定かではない――およそ荒唐《こうとう》無稽《むけい》な『動機』を、『動機作り』を、彼女がどこまで本気で口にしていたのかも不確かだし、少なくとも裁判官氏は、今日子さんの突飛な発想にこそ感心し、惜しげなく賞賛の言葉を贈ったものの、あくまでアルコールの入った晩餐《ばんさん》における冗談と捉《とら》えたような節があった。

ならば事務所の営業活動としては、失敗になるだろう――ただ、それでも今日子さんは、その失敗にめげた様子もなかった。


そんな雇い主を見て、ボディガードの僕は思う。

ひょっとすると、まだまだ続くこの珍道中の目的が、忘却探偵の広報活動だというのはただの口実であり、あくまで誰もが納得する『動機』であって、今日子さんの本音は、ただただあてどない旅行を、心行くまで楽しみたいだけなんじゃないだろうか、と。


たとえ思い出に残らなくても。

虚構推理　ヌシの大蛇は聞いていた

城平　京

Message From Author

この短編は「妖怪や化け物が見聞きした人間の不可解な言動の理由を推理する」といった枠組みのシリーズを書こうとして、思い通りに続いていないものの第一作になります。

作家を始めてけっこうな年数が経っておりますが、短編小説というのはあまり書いておらず、これを書く際はどれくらいの密度にすべきかけっこう悩みました。ちなみに長編小説はもっと書いておりません。不思議ですね。

では面白がっていただければ幸いです。

城平 京（しろだいら・きょう）
第8回鮎川哲也賞最終候補作『名探偵に薔薇を』が1998年に刊行され長編ミステリデビュー。原作を担当した漫画『スパイラル～推理の絆～』がアニメ化されヒットする。以後も漫画原作者として活躍する一方、2011年刊行の『虚構推理 鋼人七瀬』が第12回本格ミステリ大賞を受賞し作家としても評価される。他の小説に『雨の日も神様と相撲を』など。

「今夜、隣の県の山奥で、一帯のヌシである大蛇と会うことになっているんですが」

岩永琴子《いわながことこ》は恋人の桜川九郎《さくらがわくろう》にそう話の水を向けた。九郎はさほど奇異なことを耳にしたという反応もなく、手にしている本をめくりながら尋《たず》ね返《かえ》してくる。

「山で大蛇と？」

「はい、山の麓《ふもと》は住民が減るばかりになっている市で、交通は不便でもないんですが、夜ともなるとまるで人気《ひとけ》もなさそうで」

鉄道は一時間に二本くらいは走っているし、山の麓までは最寄《もよ》り駅から徒歩で向かえなくもない。ただし周辺は民家か畑か果樹園くらいしかないらしく、ひとりでは何かと寂《さび》しい道行きになりそうなのである。

「ヌシとは大物みたいだが、また妖怪《ようかい》間のトラブルの仲裁か？」

「そんな大げさな問題じゃあないんですが、会って話した方がよさそうなもので」

岩永琴子は別に妖怪でも化け物でもない。しかしゆえあって幼《おさな》い時、妖怪、怪異、あやかし、幽霊、魔とも呼ばれるもの達の争いやもめ事の仲裁や解決、その他あらゆる相談を行う、いわば『知恵の神』となったのであった。人とあやかしの間にあってそれをつなぐ巫女《みこ》と称する時もある。

その際、神となる証《あかし》として彼女はあやかし達に右《みぎ》眼《め》と左足を奪われ、一眼一足の身をしていた。普段は義眼と義足をつけているのでよくよく近くで見なければそうとは気づかれず、義足の性能も高いので何の不自由もなく動き回れる。いつも赤色のステッキを手に行動しているが、別になくても困りはしない。

　十月二十五日、月曜日。岩永は九郎と、在籍しているH大学の学生用食堂の一番隅《すみ》のテーブルについていた。食堂内の時計は午後四時過ぎを指している。岩永はまだ学部生であるが九郎は院生だ。講義で一緒にはならないが、時間の空いた時にキャンパス内で会うくらいはできる。この日も岩永は九郎を捕まえ、講義で提出するレポートの手伝いをしてもらいながら、今夜の予定について切り出したのである。

　食事時ではないからだろう、数多くあるテーブルに人はまばらにしかおらず、岩永達の周囲の席も空いていた。だから妖異《ようい》なことを気にせず話せるのだが。

　九郎はレポート用紙にペンを動かす岩永へ、あらためてあきれたといった態度で言った。

「岩永、大蛇に会いに行くのは構わないが、お前はあやかし達の知恵の神ではあるけど、これといって目立つ能力がないよな」

「失礼な。あやかし達と言葉を通じ、幽霊であってもその身に触れられるという特異な力を持ってますよ」

　あらゆる怪異と話し、壁も透けて通る霊体にも触れられるというのはそうそうある力ではない。自慢するものではないが、軽んじられる筋合いもない。

「でもそれだけだろう。こう怪力とか空を飛ぶとか御札《おふだ》を駆使して超常現象を起こすとか、最低限怪異の暴力から身を守る物理的、呪術的《じゅじゅつてき》な力はない。映画や漫画で妖怪や化け物と渡り合う人物は、もっと武《ぶ》や異能に秀で、力をもって魔を制したりしてないか？　妖怪変化《ようかいへんげ》の中には素直にお前に従わなかったり、過激な行動に出るものも過去にいただろう」

　確かに岩永は化け物達と意思疎通ができる能力はあるが、それ以外は普通の人間とあまり違いがない。暴力的に襲われたり抵抗されたりの際には無力とも言えるだろう。ただし岩永に協力的なあやかし達も多く、その力を利用すれば対処する手には困らない。またそうなる前に事をおさめるのが岩永のやり方だ。

それにフィクションの中でだって『妖怪ハンター』と呼ばれる稗田礼二郎《ひえだれいじろう》は特別な力を持たない考古学者であるが、その知識と行動力で神話級の怪事や天変地異を収束させたりしているではないか。

岩永は手を止め、年上の恋人の発想を咎《とが》める顔を作ってみせた。

「力ずく、というのは野蛮でいけません。昔の偉い人もこう言っています。『話せばわかる』と」

「それ言った人、直後に撃ち殺されていないか？」

「痛いところを衝《つ》かれた。

「また他の偉い人は、『非暴力・不服従』を尊ぶと言っています」

「その人も撃ち殺されている憶《おぼ》えがあるぞ？」

「それでも暴力はいい結果を生みません。別の偉い人は『私には夢がある』とも言っています。秩序を重んじ、和を求めるならやはり非暴力が」

「その人も最後、撃ち殺されていないか？」

偉人の名言で丸め込もうとしたがかえって不利になった。それもみんな揃《そろ》って銃弾に倒れているのはいかがなものか。

だが災《わざわ》いを転じて利を得るのも弁論である。

「それほど私が心配なら、九郎先輩が私に足らない部分を埋めてくれればいいんですよ。あなたはあらゆる怪異が恐れる力を持った人でしょう」

この桜川九郎は二十四歳で、野原で草をはむ山羊《やぎ》のようなぼんやりとした雰囲気の青年であるが、彼もまた幼少期に事情があって、不死の体に加え別の怪異の能力も備える、ある意味人であって人でない身であったりする。岩永が知るかぎり、九郎を恐れない怪異はまずおらず、怪異以上の怪異と言っていいのがこの男なのだ。

「九郎先輩が彼氏として私とともにいれば、妖怪達の抵抗など恐るるに足りません。さあ、先輩のなりなりてなりあまれるところで私のなりあわざるところをぜひ埋めて」

「だから僕がお前の彼氏であるという前提を問題にしたいわけでな」

「つまり私の配偶者になりたいと」

「法的な問題にしたいわけでもないから」

では何の問題が、と突き詰めようとしたが、時計の針が思ったより進んでいる。無駄話をしていると、レポートを仕上げてヌシに会いに行くのが遅くなってしまう。

「ともかく今夜、大蛇の化け物と会うので一緒に来て下さい。聞くところによるとその大きさは龍のごとくで、人食いとの噂《うわさ》もあるほどだとか」

実態はどうか知らないが、大きいのは事実だろう。少なくとも岩永の、百五十センチに届かない背《せ》丈《たけ》、四十キロに満たない体重よりは勝っていよう。岩永の年齢は十九歳であるけれど、外見は中学生に間違われかねないほど幼いまま。ヌシの前ではいっそう小さい存在に映りそうだ。

対して九郎は、岩永の誘いをあっさり断った。

「今夜はダメだ。昼に作った豚汁をゆっくり食べたいから、ひとりで行ってくれ」


うわばみと言い、おろちとも言う。いわゆる大きな蛇のことであるが、現実的には大型のニシキヘビ類を指すものだろう。そのニシキヘビでも体長は十メートルくらいが最大で、胴の太さも人間の腕ほどだとか。またそんな古めかしい言葉で蛇を示すことは日常でまずなく、出会うこともなさそうだ。

むしろうわばみやおろちは、昔話や伝承において人間をひと呑《の》みにできるほど巨大で、山のヌシや水の神ともあがめられる化け物を指す場合が多い。川に見慣れない橋がかかっているな、と思って渡ってみればそれは大蛇の胴体だったといった話や、山の中で歩き疲れ、ちょうど倒れている木があったので腰掛けたらそれが突然動きだし、実は大蛇だった、といった話が全国で見られる。

日本神話に現れるヤマタノオロチは巨大な蛇の神として有名であろうし、ノヅチやイクチといった蛇の化け物を聞いた人もいるかもしれない。その姿を見ただけで高熱を発し、死に至《いた》るとまで言われるのが化け物としてのうわばみであり、おろちである。

そんな巨大な蛇の化け物が、夜の山の奥、土と緑と枯れ葉の香りがする中、岩永琴子の目の前で鎌首《かまくび》を上げ、眼《め》を光らせている。

その胴体の幅は樹齢数百年の巨木ほどもあるだろうか。乗用車一台がそっくり胴体に乗り、走ることもできそうだ。この大蛇が口を開ければ、岩永どころか競走馬でさえ一瞬で呑み込めるに違いない。頭から尾までの全長はあまりに長く、木々の間を縫い、夜の闇《やみ》に消えている。百メートル以上は必ずあるだろう。

「おひいさま、当方の悩み事のため、遠路はるばるかような場所までご足労いただき、ありがとうございます」

頭を高い所に置きながらも大蛇は低姿勢でうやうやしくそう言った。

「いえ、それが私の役目なので、礼を言われることでは」

岩永は少々機嫌が悪いのを大蛇に気遣《きづか》われたか、と少し反省する。

機嫌が悪い理由はもちろん、麓から手ぶらで歩き登っても二十分はかかる山中に、隣の県からやってこなければならなかったことではないので、大蛇に責《せめ》はない。

ここまで登ってくるのにも山の妖怪達が輿《こし》を用意して乗せてくれ、いくつも火の玉を浮かべて先を照らしながら運んでもくれたので大して疲れてはいない。標高が上がったのと午後十時を過ぎた時間の夜《や》気《き》も手伝って気温の低下はあるものの、薄手のコートを身につけ、ベレー帽をかぶっているので気にはならなかった。

岩永を見下ろすこの大蛇こそが、Z県M市の西側一帯の山を何百年と住処《すみか》とするヌシである。一帯で代表的な山の名を築奈《ちくな》というので、築奈のヌシ、と多く呼ばれるという。長く生きているためその身は大きく、力は強く、知能も高く、従う怪異も多い。月の光もか細い山奥であるが、周りでは化け狐《ぎつね》達が集まってそれぞれ狐火《きつねび》をともして辺りを照らしているので暗くもなければ寂しさもない。樹木の精霊と言われる木魂《こだま》達も提灯《ちょうちん》を手に、岩永の視界をなるべく明るくしようと木の上に立っている。

他にもヌシとのつきあいがあるらしき種々雑多な化け物達が見受けられ、興味本位か遠巻きにちらちらとこちらをうかがっている。

つまり岩永は、妖怪、あやかし、怪異、魔、と呼ばれるもの達が集う山奥に人としてひとり立ち、巨大な怪蛇と相対している格好である。秋も深まって肌寒く、通常ならのんきにしていられる状況ではないだろうが、岩永にとってはある意味これが日常だ。

「そもそもヌシ様はこの辺りでは人間からも水神として祀《まつ》られたことがある方。ご用とあればこちらが足を運ぶのは筋でしょう」

岩永はかぶっていたベレー帽を脱いでひとつ頭を下げた。

あやかし達は大抵の場合知能が低く、それゆえに岩永のような知恵を貸してくれる者を必要とするのだが、この大蛇は人の言葉をよく使い、その振る舞いからして例外に属するだろう。どちらかと言えば一帯のあやかし達に知恵を貸す側だ。そのため、岩永も丁寧な言葉遣いで応じている。

しかしヌシは申し訳なさそうに答えた。

「人間に水神として祀られたのもずいぶんと昔の話。この沼にあった祠《ほこら》もすっかり朽ち、雨乞《あまご》いに捧《ささ》げ物《もの》を運ぶ者もなく、今は当方の存在を知っていても実在は信じていないといったもの。また当方はいくらか神通力や異能を持ち、そこらの妖怪変化よりは優れたるものの、神などとはおこがましいかぎり。雨乞いなどされても気象を操るまでの力は持たぬわけで、廃《すた》れるのも当然でしょう」

ただし雨を降らせる力を持っていたとしても、神様に雨を降らせてくれるよう願う儀式は廃れただろう。廃れた神は時に化け物として退治される。なら忘れられたり信じられなくなる方が双方にとってトラブルは少ない。

そして岩永達がいる場所の左側には、ヌシが話に出した暗い水面を冷たく広げる沼があった。楕円《だえん》ではあるが、直径は五十メートルもあるだろうか。大きいと言って差し支えない規模だ。夜ともあって対岸は見えないが、狐火の明かりが濁《にご》った水と、ごく最近人の手が入って倒れているらしい周りの茂みを照らしている。

岩永が前もって調べたところによると、この沼はかつて水神が棲むと言われ、それゆえ麓の村では日照りが続いた時など、列を成して祠に捧げ物を運び、雨乞いの祈りを捧げた時代もあったという。大蛇は龍とともに水の神とされることが多く、こういった沼に棲んでいるとされ、よく祀られていたりもする。

かつてヌシが沼に訪れ、身を洗ったりその水を飲んだりしているところを村人に目撃され、水神と認識されたのだろう。山奥にある大きな沼であるため、そういった化け物が潜んでいそう、という話は最近でも伝わっているらしく、日本の怪物伝説のひとつとして、『簗奈の沼の大蛇』と妖怪や怪物の噂をまとめた本に取り上げられてもいた。

その本の著者や編集者は、よくある大蛇伝説と適当に伝承をまとめただけで、まさか実在するとは欠片《かけら》も思わなかったろう。実際問題、近隣の市町村でも信じている人はまずいないだろうから、それが自然である。化け物の目撃場所として話題になり、訪れる人が増えた、という話もない。田舎《いなか》であり、山中であり、登りを二十分も歩かねばならないとなれば面白半分くらいでは訪れにくい場所だ。

実在する怪異の大蛇は目を閉じ、嘆息した。

「人の世の移り変わりも早く、わからぬことも多くなりました。それゆえお噂にも名高いおひいさまのお知恵を拝借したいと使いを出した次第で」

十日ばかり前、岩永のもとにこのヌシから相談事がある、と木魂が一体、訪れた。相談内容はそれで把握し、必要な調べ物をし、今夜対面して具体的な対応となったのである。

体の大きさだけを比べれば、ヌシに対して岩永は吹けば飛ぶくらい。よく頼られたものである。

二匹の化け狐が椅子《いす》代わりにと丸太をひとつ運んできて岩永のそばに置く。岩永はベレー帽をかぶり直してそれに腰を下ろし、ステッキも立て掛けた。

「山中ゆえ大したおもてなしもできませんが、何かご要望があれば最善を尽くしますが」

ヌシはやはり岩永を気遣っている。よほど彼女の機嫌が危うく感じられるらしい。

岩永は背負ってきたリュックを膝《ひざ》に置いて開けながら、ヌシに事情を説明する。

「大丈夫です。機嫌が悪いのは本当にヌシ様のせいじゃあなく、個人的なことなので」

「個人的、ですか」

「はい、私には桜川九郎という彼氏がいるのですが、今夜ここに一緒に来るのを、手作りした豚汁をゆっくり食べたいからと断りまして」

「ああ、その方のお噂もかねがね」

「ひとり暮らしの男子が昼間からそんなものをくたくた作るというのもさることながら、それを食べるのを彼女の誘いより優先させるというのはいかなる所業か」

「おひいさまはおひとりでも大丈夫と信頼されているのでしょう」

「その直前に信頼してなさそうなことを言っています。会う相手が人を食べかねない大蛇とまで説明してもいます」

「まさか、当方が恐れ多くもおひいさまを食べるなど。もとより、人は布や金物をいくつも身につけ、食べにくいばかりで」

「一応食べたことはあるんですね」

「長く生きておりますゆえ何度かは。人食いのおろちと麓でも噂され、雨乞いの捧げ物には生け贄《いにえ》を、などと叫ばれたこともありますが、人間はうまいものではありませんし、特に昨今では面倒事になりかねませんのでまず避けます」

山に入った人が行方不明になれば、捜索で山狩りなどが行われたりされかねない。山を住処とするヌシや他のあやかし達にとっては迷惑でしかないだろう。

「それはさておきかわいい彼女を、遠い田舎の山奥に、夜中ひとりで行かせますか？」

九郎にもそう詰め寄ったのだが、『夜中山奥へ大蛇に会いに行く彼女のどこがかわいいんだ？』と不思議そうに返された。

「夜分となって申し訳ない。何しろ近頃、日中は人が多いこともあり、直接会ってお話しするとなればどうしても日が落ちてからしかなく」

結局ヌシを余計に恐縮させてしまった。ひとりで行かせると言っても、周りには彼女を神と慕《した》う怪異達が何種類も従っていたりするので、語弊があるかもしれない。

「まあ、九郎先輩もさすがに悪いと思ったのか、温めた豚汁を保温性の高い水筒に入れ、おにぎりも手ずから握って夜食にと持たせてくれましたが」

岩永はリュックから取り出したステンレス製の水筒とおにぎりをつめたタッパーを傍《かたわ》らに並べ、豚汁を移すためのお椀《わん》と箸《はし》を出す。それらも九郎が一緒に揃えて渡してくれた。

ヌシはそれらを見て頭をひねるようにする。

「そうして汁物を持ってこられるなら、九郎殿もここに一緒に来て食べられたのでは？」

「食べられましたね。不覚にも行きの電車の中で気づきました」

だから岩永はいっそう不機嫌なのである。九郎は確かに恋人であり、付き合いも長いのだけれど、どうしてこう優しさが足らないのか。

水筒の口を開け、お椀に中身を移す。熱は十分に保《たも》たれ、味噌《みそ》の香りが湯気とともに広がった。タッパーも開けておにぎりも箸で取れる形にし、岩永はヌシをあらためて見上げる。

「本題に入りましょう。お悩みの件は、この沼で発見された他殺死体のことでしたね」

岩永は右手に箸を取り、不気味に静まっている沼へ目を遣った。

ヌシは高い場所で頭を縦に動かす。それだけで風が起こり、豚汁の立てる湯気が散った。

「はい。なぜあの女はこの沼にわざわざ死体を捨てに来たのか。納得のいく理由を説明していただきたいのです。それが気になって気になって何とも落ち着かないのです」

ヌシの悩みは、人間の殺人事件が関わるものであった。

約一ヵ月前、九月二十六日の日曜日、午後二時過ぎ。この簗奈の山中にある沼に男の死体が浮かんでいるのを、キノコ狩りに登ってきた地元のグループが発見した。携帯電話が幸い通じたのでそれですぐに通報され、事件はたちまち市内を騒がせた。

発見当初は山に登った男があやまって沼に落ち、水死したかと思われたが、あらためて見直せば男はスーツにネクタイを身につけ、とても山登りに来たとは思えない格好だった。さらに沼から引き上げられた死体の胸には鋭利な刃物で刺された跡がはっきりとあり、殺人とすぐに断定された。その後の調べで男は何者かに山中に運ばれ、沼に遺棄されたものとの判断が下される。

岩永は豚汁の椀を口に運びながら、まず常識を語ってみた。

「普通に考えれば山奥に死体を捨てるなんて、死体を隠す、またはなるべく発見を遅らせるためなんですが」

登山者がいたとしてもまず足を踏み入れそうにない奥に埋めれば、死体はいつまでも発見されず警察が動く事件にならない。たとえ死体が発見されても、その時期が遅くなれば顔形や特徴がわからなくなって身許《みもと》も判明しづらくなり、犯人にとって都合がいい。岩永のそばで濁る沼も、水深が四メートルは十分にあるといい、底にたまる泥も厚く、死体に重しでもつけて沈めれば発見は相当遅れそうである。

沼の近くには山道があって、季節によっては山菜やキノコを採りに登ってくる人間が通るというが、麓から二十分はかかる高さでは地元の人間でも頻繁《ひんぱん》にやってくる場所ではないという。

結果としては死体は沼に捨てられてから数日で発見されており、所持品に携帯電話や身分証こそなかったものの、身許もすぐに判明している。死体は吉《よし》原紘男《はらひろお》、三十五歳、D県の大手建設会社で部長をしている男だった。

さらに容疑者もすぐに絞り込まれ、十月の九日には犯人として谷尾葵《たにおあおい》という三十歳の女性が逮捕され、殺害動機も明らかになっている。自供が得られ、まだ不明な点はあっても証拠固めの捜査が主になっており、事件としてはほぼ解決していると言っていい。本来ならば誰かが頭を悩ます事件ではなかった。

ヌシは蛇らしく先端が二つに割れた細く赤い舌を動かし、岩永に反論する。

「否《いな》、この場合は死体を隠すためではありません。当方はたまたま、その女が死体を沼に捨てるところを目撃したのです。夜も更けてから山中に入ってくる人間の気配に偶然気づき、近くにいたこともあり、何用であろう、と少し上の木陰《こかげ》から様子をうかがっていたのです」

夜の闇であってもヌシの目は昼と変わらず辺りを見通せるのだろう。岩永が妖怪達にここへ運ばれてきた時も、ヌシは周囲に明かりを置かず、その両目を光らせていたくらいだ。死体を捨てに来た犯人も、近くでこんな蛇の化け物に目撃されているとは思ってもみなかったろう。

「死体を捨てに来たのは、犯人として捕まった女性だったんですね？」

「はい、死体が発見され、警察やら何やらと山が一時騒がしくなりまして、さてあの件はどうなったか、と人里に出入りする狐どもに新聞などを持ってこさせたところ、当方の見た女が犯人として逮捕されたという記事を目にしました」

要するに警察は正しい人間を捕まえたわけである。

ヌシは続けた。

「当方が時折水飲み場とするこの沼に死体を捨てるなど業腹《ごうはら》ではありますが、獣の死骸《しがい》が浮くこともありますし、人がゴミを捨てていくこともあります。それゆえ定期的に山のあやかしどもに掃除させておりますから、それはいいのですが、やはり納得がいかないのです。まず死体の発見を遅らせるなら、沼に捨てるにも重しをつけ、深く沈めようとするもの。しかし女は何の重しもつけず、無造作に死体を沼へ落としたのです」

だから死体は沼に浮かび、早々に発見された。

「何より女は死体を沼に落としながら、はっきりこう呟《つぶや》きました」

ヌシは女の言葉を口にする。

「『うまく見つけてくれるといいのだけれど』と」

女にとっては小さな呟きで、そばに人がいたとしてもちゃんと聞き取れたかどうか。数十メートルは離れた場所で身を潜め、注意を向けていたのが異能を持つヌシの大蛇でなければ誰も耳にせず、問題にもならなかった言葉だ。

「女は死体をこんな所に運び、捨てながら、それが見つかるのを望むようなことを呟いているのです。死体を見つけて欲しければ、山に捨てるにしてももっと麓近くの山道上にすればいいはず。ここまで運んだとしても、山道に放置した方が発見の可能性は高くなります。山道も場所によっては沼を広く見下ろせる地点があるようですが、沼のそばを歩くだけでは死角になる水面もあり、発見されにくくなるのは確実です。この季節、キノコ狩りなどで山を登る者があると知っていたとしても、やはり腑《ふ》に落ちません」

ヌシの思考は筋が通っていた。岩永は豚汁を食べながら沼を、辺りを、怪火《かいか》が照らす限りでうかがう。沼の水面は山道より低いので、のぞき込まないと見えない部分はあった。

豚汁には厚めに切られたにんじんやごぼう、大根が入っており、よく味が染《し》みている。昼に作ってしばらく寝かせていたからだろう。とはいえ、巨大な蛇に見下ろされながらなぜひとりで食べることになっているのだ、と岩永は腹立たしい。

そうではあるが、自分がここに来た用件を疎《おろそ》かにはできない。

「一見すると犯人は不合理な行動を取っていますね」

得たりとヌシは肯《うなず》く。

「はい。まったくもって不可解です。ここまで人の足で上がってくるのは楽ではありません。死体を運んでいるのならなおいっそう。犯人は人間の女にしては大柄《おおがら》でしたが、それでもなぜわざわざこの沼に死体を捨てに来たか」

「時間も夜ですから、よほどの理由がなければここまで運んではこないでしょうね。犯人の女性の自供によると、工事現場などで廃材や土砂を運ぶのに使われる一輪車、猫車とも呼ばれるものに死体を載せて運んだそうですが、昼間の平地ならまだしも、夜の山道はかなり大変でしょう」

「ええ、女はそんな道具に灯火も載せて登ってきていましたな」

犯人の自供がヌシによって正しいとまた裏づけられる。

岩永はおにぎりを箸でつまんで上げた。

「ヌシ様の疑問はもっともですが、警察もそれを不審に思って犯人に尋ねています。なぜわざわざこの沼に死体を運んだのか、と。死体に重しをつけた形跡がなく、沼に沈めて隠す意図が見られないなら当然の追及です」

警察もそれほど迂闊《うかつ》ではない。容疑者から自供が得られ、一定の証拠があったとしても事実関係に何か不審があれば確認を行うものだ。後々になってそれが重要な意味を持ち、裁判で検察側の不利に働かないとも限らない。できるだけ不明な点はなくそうとする。

だから岩永はその警察の問いに犯人が答えたままをヌシに提示した。

「犯人、谷尾葵はこう答えたそうです。『あの沼には巨大な蛇が棲《す》み、人を食べると聞いたことがあったので、死体を捨てればその大蛇が食べてくれると思った』と」

ヌシは舌をちろりと振る。

この自供は新聞にも取り上げられ、その非常識な死体遺棄の動機が世間を少しだけ騒がせたりしたのである。伝説の怪物に死体を処理してもらおうとは、と。

「この沼に水神の大蛇が棲むという話は地元に残っていますし、テレビで取り上げられたこともあるそうです。殺人を犯し、慌てた犯人は死体をなんとしても処理せねばとそんな異常な発想に至ったというわけです。ひょっとしたら犯人の谷尾葵は小さい頃にでも、ヌシ様の姿の一部でもどこかで見たのかもしれませんね。人食いの伝承も聞いていたんでしょう。そして藁《わら》にもすがる思いで死体を沼へ運んだ」

この告白を聞いた警察は、なるほどと膝を打たなかったようだ。そんな伝説の大蛇を信じるわけもないだろう。ただ谷尾葵が本気でそう言っているようでもあり、精神鑑定は進めているらしい。裁判ともなればまず必要とされる手続きだ。

これらの経緯は一時話題になったが、今では関連記事もほとんど目にしない。毎日いろいろな事件が起こる。多少異常なところがある事件でも、犯人が捕まって自供もしていれば事実上解決しているのだから、新たに記事にするほどの情報もない。

「なんてことはありません。犯人はやはり死体を隠そうとしたんですよ。ただ埋めたり沈めたりじゃあなく、ヌシ様にきれいに食べてもらおうと考えただけで」

ヌシは低い声で問うてくる。

「では女が死体を捨てる時にした呟きはどうなります?」

「谷尾葵の呟きは『こんな所に捨てたけれど誰かがうまく死体を見つけてくれれば』という意味ではありません。他でもないヌシ様が『うまく見つけてくれれば』という意味でされたんです。ヌシ様が見つけてくれれば、うまく食べて死体を消してくれるかもしれないんですから」

これでヌシの証言とも辻褄《つじつま》が合う。岩永が知恵をしぼらずとも問題解決である。

しかしヌシは厳しく言った。

「否。当方もその自供は新聞で目にしました。しかしそれでは筋が通りません。当方が見つけても死体を食べるとは限らないのです。女が期待するのは当方が食べ、処理してしまうこと。ならば女は死体を捨てる時、『うまく食べてくれればいいのだけれど』と呟くはず。見つけてもらうのを一番に願う呟きをもらすわけがありますまい」

やはりヌシは納得してくれなかった。理屈に合わない大きさの、人語を操る不合理な蛇であるが、思考は論理的である。またその身に似合わずこまかいと言うか、神経質である。だから人間の女の何気ない呟きが引っ掛かって苛立つのだろう。

大蛇はまたこまかく理屈を紡ぐ。

「このことでまた疑問が生じます。ではなぜ女は警察でそのような嘘《うそ》の自供をしたのか」

「死体を沼に捨てた本当の理由を隠すためでしょうね」

その相槌《あいづち》にヌシは体の鱗《うろこ》をうごめかした。

「しかり。納得いく理由を説明願いたい」

岩永に警察の捜査情報を知る伝手《つて》はない。以前、たまたま知り合いが捜査に関わっていて情報を得られたケースもあったが、いつもそう都合良くはいかない。街にいるあやかしや幽霊に情報を集めさせ、警察にもない事実を手にできた例もあるが、限界はある。彼女がこの事件について得られたのは、新聞やテレビ、雑誌で表に出たことくらいだ。

その上で、ヌシが問題にしているのは犯人の心理的なことなのである。物的証拠を揃えた答えを出しづらいものだ。真実を明らかにするのは土台無理がある。とはいえヌシが納得する犯人の行動理由を示せねば、岩永は知恵の神とは名乗れない。

さて夜は長くなりそうだ、と岩永はお椀を傾けて汁を飲んだ。九郎が夜食を持たせてくれたのは正解であったが、一緒に来てくれなかったのは不正解である。お椀を置き、駅にひとつだけあった自動販売機で買っておいたペットボトルのお茶をリュックから取り出し、ふたをひねった。

「ちょっと事件を整理しましょうか。ヌシ様はそれなりに知識がおありのようですが、齟齬《そご》があるといけませんので」

事件の発端は、五年前にさかのぼる。

五年前、D県で谷尾葵の恋人である町井義和《まちいよしかず》と葵の知らない女性が、その女性の住むマンションで心中と思われる状況で死んでいるのが発見された。町井は谷尾葵と交際する一方で、別の女性とも付き合っていたのである。

心中をどちらから持ちかけたかはわからずに捜査は終わっているが、町井は勤務していた大手建設会社で経理を担当し、数字を不正に操作してかなりの額の金を横領していたのが事件後に発覚している。近々経理から別部署に変わるという状況にあり、監査が近づいていたのもあって、横領を隠せないと観念した町井が女を誘って死んだ、というのがありそうな話だった。

当時、葵はD県でひとり暮らしをし、医療事務の仕事をしていたが、この事件を受けてZ県M市の実家に戻り、二年ほど家族以外に会わず引きこもるように暮らしていたという。恋人に他の女性がいただけでも大きな痛手だが、その女性と心中し、会社で不正もしていたとなれば深く傷つき、外部と接触を断ちたくもなるだろう。

彼女の実家は築奈山のすぐ麓にある一軒家で、両親が役所勤めをするかたわら畑仕事などをしていた。家のすぐ裏が築奈山で、周りに民家も少なく、誰にも気づかれず山に入るのが可能な立地である。

その後、葵は同市でまた医療事務の仕事につき、近所づきあいもきちんと始めて穏《おだ》やかに暮らしていた。一年前に両親が相次いで病死し、以来その家でひとり暮らしをしていた。両親が畑仕事をしていたこともあって、作業に使っていた一輪車が家にあった。

そうして今年の九月二十四日の金曜日の夜七時半頃、吉原紘男がその家に訪れ、葵に告白する。

紘男は町井と同じ社に勤める町井よりひとつ年上の男で、葵も顔と名前は知っていた。そして五年前の町井の事件は紘男の計画によるもので、経理の不正をしていたのは紘男であり、その罪を町井にかぶせるため、心中を偽装して女性と一緒に殺した、という。町井が葵とその女性の二人と付き合っていたのは事実であったが、葵との結婚を考えてもう一方とは別れようとしており、それを機に紘男の不正を社に告発しようとしていたという。

それまで町井は紘男の不正を知っていたが先輩であり、二人の女性と付き合っているとの弱味も握られ、強く出られなかったが、ここで何もかも清算しようとしたそうだ。

紘男の計画はうまくいき、横領の罪からも逃れ、仕事の上で有利になる家の女性と結婚し、子どもも儲《もう》け、仕事でも出世コースに乗って万事うまくいっていた。

しかし今年になって勤めている会社で立場が悪くなり、さらに妻子を事故で失うという不幸に見舞われた。その上健康診断で内臓のあちこちに不審な影が見つかり、再検査でも何かわからず、再々検査の段階になった。不幸の連続だった。

紘男はこの負の連鎖に『これは五年前のことの報《むく》いだ』と思うようになり、その罪を懺悔《ざんげ》するべく、葵のもとを訪ねたという。今の段階で悔《く》いれば、過去からの運命的な報復を逃れ、自身の命だけは助かるかもと考えたらしい。

「犯人、谷尾葵の話によるとそういったことだそうです。実際、被害者の吉原紘男は最近、会社の同僚に青白い顔で『五年前のことを謝らないと』と言っているのを聞かれていますし、町井さんの親族にも連絡を取っています。町井さんの三つ下の弟に、吉原紘男から電話で、五年前の件に関して近いうちに会えないか、と打診があったそうです。その時は忙しくて具体的な話ができず、吉原紘男は先に葵さんと会うことにしたのでしょう」

岩永は雑誌や新聞の記事で拾った情報をヌシに語った。警察発表ではもう少し簡略化されていたが、おおむね間違いはないと思われる。

紘男の告白を聞いた葵は呆然《ぼうぜん》とするも、気がついた時には包丁を手にし、紘男を刺し殺していたという。葵はその後、紘男の持っていた携帯電話や財布などを抜き取り、一輪車に死体を積み、山中にある沼へ向かった。午後十時を過ぎていたそうだ。夜ではあったが何度か登った経験があり、電灯も複数持っていたので大丈夫と考えたらしい。

紘男は男であるが葵と体格的にそれほど差はなく、さらに最近の不幸の連続ですっかりやつれ、体重も落ちていたので、ひとりで運ぶのは思ったより大変でなかった、とも葵は言っているということだ。

葵の自供によると、こうして九月二十四日の深夜、吉原紘男の死体は山奥の沼に捨てられた。翌日の二十五日の土曜の午前中は雨があったせいか誰も山に入らなかったようで死体は発見されず、晴れた翌日の二十六日になって死体が発見された。

葵の計画は夜のうちに死体は大蛇の化け物に食べられ、事件は表面化せず、他県の会社員が行方不明になったくらいで捜査もされず終わりになる、というものだった。携帯電話やその他の持ち物を死体から取ったのは、大蛇が食べる時に嫌がりそうと感じたからだという。服は身につけたままでも食べてもらえると思ったらしい。

だが死体は食べられず、事件は表沙汰《おもてざた》になった。ここはある意味ねじれがあるかもしれない。大蛇がいないから死体は食べられなかったのではなく、大蛇はいたが食べる気がなかったので事件が発覚しているのだから。

被害者の身許は発見の翌日には判明した。携帯電話や身分証はなかったが、ポケットに社員章が入っており、そのデザインは有名ではなかったものの調べればすぐにどこの社のものかは割り出せ、勤めていた建設会社へすぐ問い合わせがなされた。死体は沼の濁った水に浸《つ》かっていたが腐敗はさほど進んでおらず、関係者によって吉原紘男に間違いないと確認される。

そして被害者が最近、『五年前』を気に病む発言をしていたという同僚の証言から過去の横領と心中事件が浮かび上がり、それに接点のある人物が死体の発見された現場の麓に住んでいることまでじきにつながった。

紘男は電車を使って最寄り駅まで来て、そこから徒歩で葵の家へ向かっていた。田舎とあって、夕刻も過ぎてから見慣れない男が駅に降りたのを覚えている駅員や住民が何人かいた。周囲に気づかれず山中へ死体を運べそうな条件の家は地域で限られており、過去の事件がわからない段階でも、谷尾葵は早々に有力容疑者として警察に目をつけられたろう。

警察にかつての恋人の事件とのつながりを訊《き》かれ、最初は黙っていた葵だったが、やがて詳細を自供したという。

五年前の町井義和の事件についてはどこまでが真実かは不明であるものの、紘男の行動や紘男が自宅に残していたメモから、彼が大きく関与していたのは間違いないと見られた。またそうでもなければ、紘男が葵の所をわざわざ訪ねる理由もなく、紘男から事前に葵へ連絡を入れている記録もある。二十四日に訪れて良いかの連絡だったという。

凶器と被害者の携帯電話、財布や身分証といった所持品は未発見であるが、葵の証言によると身分証はこまぎれにして自宅の庭で焼き、凶器や被害者の他の所持品は、死体を沼に捨てた後、同じくそれぞれ沼に投げ入れたという。

「このところ警察のやつばらが沼をしきりにさらっておるらしいですが、どうやらそれら凶器といったものを探しているようですな」

ヌシは岩永の説明で、いまだ日中、山が騒がしい理由を知ったようだ。

「こんな場所となると人員を登らせるのだけで大変でしょうし、底の泥も厚くて、捜索は難航しているでしょうね。警察としては凶器くらい押さえておきたいでしょうが」

犯人の葵が、死体を大蛇に食べてもらおうとした、と無茶なことを言っているだけに、証言の信《しん》憑性《ぴょうせい》に関わる物的証拠は手にしたいだろう。

「それでヌシ様、犯人の谷尾葵は死体以外にも沼に何か投げ入れていましたか？」

「そのような素振りがあったようにも思いますが」

ヌシの証言はやや心許《こころもと》ない。死体を落とす時に一緒に放っていたり、何気ない動作で捨てていれば判然としないというのもありそうだ。

岩永は一口飲んだペットボトルのふたを締めて脇《わき》に置き、空になったお椀へ水筒の中に半分ほど残っている豚汁を注ぐ。まだ温かい。

「手に入る情報は限られているので、あれこれ想像で補完しないといけないところはありますが、犯人が死体を沼に落とした理由は、やはり単純なものでしょう」

ヌシは岩永が箸を取ってまた豚汁を食べようとしながら話し出したのに不審げに訊く。

「単純、ですか」

「はい。こういう場合、大抵は真犯人をかばうためです」

死体の処置は不十分で、逃げも隠れもせず、あっさり警察に捕まり、自供し、けれどそこに嘘やごまかしが混ざっているとなれば、まずそれを疑うべきだろう。

「どうやら警察もその可能性を捨て切れていないようです。真犯人、もしくは共犯者がいるのではないかと。夜中、山奥の沼へ男の死体を女性一人で捨てに行くというのはいかにも不自然で、そんな重労働を代わりに行った人物がいたのでは、と誰もが疑うでしょう」

岩永は豚肉を噛《か》みしめながら淀《よど》みなく語る。

「凶器がいまだ発見されていないのもその心証を補強します。死体と一緒に沼に捨てたなら、だいたい同じ辺りから発見されそうなもの。警察もそうして探しているでしょう。なのにまだ警察は沼をさらっている。なら凶器は谷尾家にあった包丁ではなく、真犯人の個人的な持ち物で、それが凶器とわかると真犯人とつながってしまう刃物なのかもしれません。例えば誰かの形見や限定販売されたもの等です。だから本当の凶器は沼に捨てられていない」

ヌシはその可能性をまったく考えていなかったのか、ひとつ大きく唸《うな》った。

「そうは言っても捕まった女がひとりで死体を沼に運んできましたし、その際も人間の気配は他にありませんでした。凶器を捨てなかったかどうかは自信がありませんが、別に犯人がいるとは考えがたい」

そこまで言って、岩永の指摘に大きな矛盾があると直感したのか声を高める。

「いや、おひいさま。そもそもおかしいではありませんか。女が共犯者や真犯人を隠したいなら、ますますこの沼まで死体を捨てに来る必然性がない。それどころか女がひとりでここまで死体を捨てに来るわけがないから別に犯人がいる、という連想を生んでしまっている。逆効果でしょう。真犯人をかばうならこんな所まで死体を移動させずとも、素直に自首するだけで済みます」

ヌシがそれに気づくのは岩永も織り込み済みである。

「いえ、谷尾葵にはここに死体を捨てに来る必然性と利点があったんです。たとえ共犯者の存在が疑われても、ここに捨てることで逆にそのかばいたい人物が真犯人・共犯候補から外れるとなればどうでしょう」

狐火が煌々《こうこう》と浮かんでいる。岩永はその照り返しを受けながら、ヌシを見上げて微笑《ほほえ》んでみせた。

「谷尾葵は前もって被害者から自宅に訪れるとの連絡を受けています。用件は告げられなくとも、嫌な過去につながる相手です。何かあるとは感じられたでしょう。そんな相手とひとりで会うと思います？誰かに声をかけそうじゃありませんか？」

「それはそうですが」

「なら被害者と会う際、家に他の誰かが一緒にいても何ら不思議はありません。そしてその一緒にいた誰かが衝動的に被害者を殺してしまった。その人物には将来があるが、谷尾葵は田舎に引きこもり、両親も失って生き甲斐《がい》もなく過ごしていた。だから彼女は真犯人をかばうべく行動することにした」

辻褄が合っているため、ヌシの反論はない。どこか引っ掛かるが、どことはっきりつかめずに逡巡《しゅんじゅん》しているとも感じられるが。

「車で谷尾家に来ていた真犯人を彼女は先に帰すと、死体を山奥の沼に運び、落とすことにします。その理由は三つ。ひとつは死体についているかもしれない真犯人の痕跡《こんせき》をできるかぎり消すため。真犯人が被害者と接触した際、どこに髪の毛や皮膚の欠片、指紋をつけたか知れません。そのまま死体が警察の手に渡れば、真犯人と関連するどんな痕跡が見つかるかわからないんです。だから汚れた水に長時間浸かり、体に付着した痕跡が台無しになるであろう山奥の沼に死体を落とすことにした」

現在の科学捜査なら、数日泥水に浸かっていた死体からでも証拠を採取する特別な方法があるかもしれないが、犯人とされる人物が捕まり、罪を認めていれば、そんな手間もコストもかかる証拠の分析を敢《あ》えてするとは思えない。痕跡を潰《つぶ》す方法として沼に浸けるのは無意味ではないだろう。

岩永はお椀をかき回していた箸を上げ、ヌシに重ねる。

「ふたつ目は真犯人にアリバイを作るためです。警察も女性がひとり山奥に死体を捨てに行くのは不自然だ、と考えます。しかし谷尾葵は早々に真犯人を家に帰しています。山中に死体が捨てられたであろう時間帯、真犯人は別の所にいた、というアリバイが作られるんです」

「アリバイ？」

「犯行時、その人物がその場にいなかった証明ですね。ヌシ様が指摘した『共犯者の存在を疑わせる沼の死体』という状況が逆の意味を持つんです。死体が沼に運ばれたから共犯者がいると考えられました。なら死体を沼に運べない者は共犯者ではない、となりませんか？　つまり運んでいない真犯人は捜査の範囲外に弾《はじ》かれます。加えて警察が谷尾葵ひとりで死体を沼へ運んだと見るなら共犯者の存在を疑うこともない。真犯人をかばうのに十分な工作です」

ヌシは啞然《あぜん》としたのか、顎《あご》を落とすように鋭利な牙《きば》の光る口を開けた。

しばらくヌシは何かおかしくはないか、という風に唸っていたが、ようやく肝心の点に思い至ったのか反論を声にする。

「では女が沼に死体を落とす際、なぜ『うまく見つけてくれるといいのだけれど』と呟いたのです？　おひいさまの話では死体がいつ見つかっても良いのでは？　真犯人のアリバイと言っても、厳密に死亡時刻が割り出されなければ成り立たないものでもなさそうです。被害者が女の家を訪ねた日時はある程度絞り込めるでしょう。そこから犯行時刻も狭くなり、死体を捨てられる時間帯も限られます」

「や、こまかいですね」

「申し訳ない、性分です。女は犯人として捕まる覚悟もできていたでしょうが、死体がすぐに発見されなくとも何ら困らなかったはず。少なくともそれを祈るようにする理由はありますまい。なら私が聞いた呟きとは辻褄が合いません」

無論、岩永は返す刀を準備している。

「だからヌシ様、三つ目の理由があるんです。谷尾葵は真犯人がいた痕跡をできるかぎり消そうとしました。家の中は時間をかければ夜中でもくまなく掃除し、消すことができそうです。けれど家の外はどうです？　どこにどんな痕跡を知らずばらまいているかわかりません。真犯人の乗ってきた車のタイヤ痕《こん》がどこに残っているか、真犯人も意識せず触れた場所がどこかにあるかもしれない」

岩永は傍らの沼に、豚汁の入ったお椀を掲げてみせた。

「そこで谷尾葵はそれらをできるかぎり消すため、ヌシ様の沼に死体を捨てたんです」

彼女の論理をとっさに理解できなかったのか、ヌシは沈黙の後、結局不審げに問うた。

「どういうことです？」

「どうもこうも、雨を降らせるためですよ。ヌシ様は水神として知られ、雨乞いを受けたこともあるのでしょう？　大雨が降れば、タイヤ痕も指紋もうっかり落とした物も、すっかり洗い流されると思いませんか？」

自明の理といった岩永に、大蛇のヌシはまたもぱっくりと口を開けた。ここで再び犯人が怪異の、超自然の力を当てにした行動を取っていると岩永が主張しようとは予想外だったのだろう。

谷尾葵は大蛇の伝承を知っていた。なら雨乞いの伝承も知っていたかもしれない。

声は取り乱した調子ながら、ヌシは威厳《いげん》に関わるとばかり身を正す。

「お待ちを。当方が水神と言われたのは昔の話、それも実績はあってないようなもの。第一、沼に汚れた死体を落とすなど当方を怒らせるばかりで、雨乞いの祭事とはまるで逆でありましょう。あれはとても雨乞いの捧げ物としての形式をとっておりません」

岩永は知恵の神だ。その手の神事についての知識は当事者より豊富である。

「雨乞いのやり方は大きく二種類に分かれます。ひとつは水神を崇《あが》め、機嫌を取り、雨を降らせて欲しいという人間の願いを聞き届けてもらう方法。正攻法ですね。それとは反対に、水神を怒らせ、暴《あば》れさせることによって雨を降らせるという方法もあるんです」

「ああっ、そういえばそんな話も聞いたことがっ」

当の水神とされている大蛇が驚いた反応をするの

も奇妙ではある。

「各地の水神伝承には怒らせる例も多くみられます。水神が棲む滝壺《たきつぼ》や池に蛇の嫌いな食べ物や金物を投げ入れる、汚す行為によって急に雨が降り出したという言い伝えや、雨乞いの儀式として池や堀に動物の死体を投げ入れるというものなどです」

雨がなければ作物は育たず困るが、雨が降りすぎても困る。雨には恵みと災いの両面があり、そのため願いを聞き入れての降雨と、怒りの降雨という二つの雨乞いが成り立つと言っていい。

「かつてこの沼では水神の機嫌を取ってもあまり雨が降らなかったので、谷尾葵は怒らせることでなら大雨が降るかもしれないと考えた。天気予報を見れば降水確率はわかります。けれどどれくらいの雨が降るか、厳密にはわかりません。痕跡を洗い流すなら、なるべく大雨の方が都合がいい。だから願掛けの意味合いもあり、沼に死体を落とすことにした」

岩永はそう述べ、お椀に口をつけて豚汁を飲む。

「狙《ねら》い通り、ヌシ様は怒られたようですね」

つい先ほど業腹だと言っていたヌシは、沈痛げに息をもらした。

「奇《く》しくも翌日は雨が降っていましたな。偶然とはいえ、なんということか」

水神が偶然と言うなら偶然だろう。奇しくも雨が降ったから岩永はこの論を組み立てたのだが。

「ヌシ様が聞いた呟きもこれで説明できます。谷尾葵は死体をヌシ様に見つけてもらい、怒り狂ってもらいたかった。だから死体をヌシ様が『うまく見つけてくれるといいのだけれど』とついもらした。見つけてもらえねば怒ることもないでしょうし」

反論を落ち着いて考えられる前に、岩永は畳みかける。

「後は簡単です。谷尾葵は警察に捕まった後、沼に死体を捨てた嘘の理由を語ればいいだけ。大蛇の実在を前提とした話をしたのは彼女が本当に実在を信じているからかもしれませんし、正気を疑われることを述べて裁判で責任能力について争い、罪を軽くしようと計算しているからかもしれません」

ヌシは頭を高く上げていると血の巡りが悪くなって考えもまとまらないと思ってか、やや頭を下げて唸っていた。

岩永は仕上げに、真犯人になりそうな人物も示しておく。

「真犯人は町井さんの弟さんなんていいかもしれませんね。その人も被害者から連絡を受け、急な要望に戸惑っていたようです。それで兄のかつての恋人にも被害者が連絡を取っていると何かで知り、自分も谷尾葵に連絡してみた。そこで当日、自分も谷尾家に行って一緒に話を聞くことにし、兄の死の真相を知って衝動的に相手を殺した」

恋人の弟であり、殺す気持ちもわかるので、谷尾葵がかばうこともありえるだろう。

岩永はタッパーにおにぎりがあとひとつしか残っていないのを目にし、まだ長引くと困るな、とヌシをうかがった。

「さて、これでどうでしょう？」

ヌシはしばしの沈黙の後、いま一度頭を高く上げ、首を横に振る。

「否。その説明では不十分です。その場合で一番に願うのは大雨が降ること。なら『うまく大雨が降るといいのだけれど』と呟くのが適切です。百歩譲っても、『大蛇が怒るといいのだけれど』と呟くでしょう」

幾分苦しげな調子をしている。これでいいのでは、という感情もあるが、その引っ掛かりを無視しきれなかった、という様子だ。

岩永はペットボトルのお茶を飲んで肯いてみせた。

「もっともです。また警察も事件当夜、他に居合わせた人物はいなかったか、居合わせそうな人物の行動はどうだったかを調べているでしょう。余所《よそ》から車ででも訪れた人がいれば、誰か目撃していそうなもの。そんな共犯者や真犯人はいないとすべきでしょう」

あっさりと自説を否定したせいか、ヌシは戸惑ったように瞬きする。岩永は最後のおにぎりに箸を突き立て、持ち上げた。

「だから犯人は谷尾葵ひとりで、警察に自供した内容はほとんど真実なんです。違うのは死体をこの沼に捨てた理由だけじゃあないですか」

沼はかわらず冷たい水に満ちている。狐火を、月光を、木魂達の持つ提灯の火を水面に映している。

「おひいさま、ではその本当の理由は何なのです？」

身を乗り出したヌシの大きな双眼に向かい、岩永は断言した。

「谷尾葵の探し物を警察に見つけてもらうためです」

沼の周辺の草や地面に人の手が入った跡が多く見られるのは、死体を引き上げる時についたものもあるだろうが、特に顕著な痕跡は、警察が今日も沼にやってきてその中をさらい、捜索する際についたものだろう。

「現在、警察はこの沼に凶器や被害者の所持品が捨てられたとして捜索を続けています。谷尾葵はそれを狙ってわざわざここまで死体を運んだんです」

岩永は箸に突き立てたおにぎりにかぶりつきながら、またも啞然としているヌシへ重ねる。

「彼女は過去この沼に何かを捨て、吉原紘男殺害後、それを回収しなくてはならないと考えた。ところが山奥の、この広い沼に沈めたものを彼女ひとりで見つけ出すのはとてもできません。だから警察の力を借りることにした。凶器や被害者の所持品を沼に捨てたと自供すれば、警察は高い確率で沼を捜索するでしょう。その時、彼女の探し物も一緒に見つかるのを期待したんです」

「ではあの女の呟きは」

ヌシもどうやら岩永の示すところを察したらしい。岩永は肯く。

「谷尾葵が見つけて欲しかったのは吉原紘男の死体ではなく、かつて彼女が沼に沈めたもの。かなり前に沼に投げ入れたため、見つかるかどうかは確実ではない。だからそれを警察が『うまく見つけてくれるといいのだけれど』とつい祈りを込めて呟かずにはいられなかったんです」

ヌシは無意識にだろう、跳ねるように沼の方を向いた。

見えている死体にこだわるから呟きが矛盾を起こすと思えるのだ。なら犯人は見えている死体以外のものを見つけて欲しいとすればいい。そして警察はそれ以外のものを探して沼をさらっている。

やがてヌシはまだ信じがたいと主張したげに岩永へ向き直って見下ろしてきた。

「り、理屈はわかります。しかしそれなら死体をわざわざここまで運んで捨てずとも、凶器や所持品だけを捨てに登ってくれれば良いのでは？　その方が楽ではありませんか。いえ、それどころか凶器などを捨てる必要もない。警察で『沼にそれらを捨てた』と言うだけで、沼はさらわれるでしょう」

「ところがそれだとおかしなことになります。谷尾葵が目的を果たすには、警察が事件を知り、彼女を犯人と考えて逮捕し、沼に凶器等を捨てた、という彼女の自供を聞かねばなりません。ではまずどうやって警察に事件を知ってもらいます？」

ニコリと尋ねた岩永を、ヌシは警戒してか目を細め、慎重な口調で返す。

「まず死体が発見されねば警察は動きますまいな」

「ではどうやって死体を発見してもらいます？　いきなり自首しますか？　ダメですよ。谷尾葵としては殺人を犯した段階で罪を逃れられるとは考えなかったでしょう。しかし彼女は凶器等を沼に捨てたと警察に言わねばなりません。その行為は犯行の証拠を隠そうとするものです。そして犯行を隠そうとする犯人は自首せず、まず死体を隠そうとしませんか？　少なくとも死体を自分と関わりのない状況に置こうとしませんか？」

　ヌシは黙り込んだ。おにぎりをすっかり食べた岩永は、豚汁も片付けるべくお椀に口をつけて傾け、それから巨大な影を彼女に落とし、夜をより暗くする蛇の化け物に言って聞かせる。

「谷尾葵は死体を発見してもらい、自分が犯人と気づいてもらわねばならない。けれど同時に、彼女が死体を適切に処理しようとしたと警察に考えてもらわねばならないんです。それには沼に運んで落とすのが一番でした。死体を沼に運んだついでに凶器等を一緒に捨てた、というのは自然です。さらに沼に棲む大蛇に死体を食べてもらおうとした、という説明で『死体を隠そうとした』という意図を警察に伝えられます。またその証言が正気を疑うものなので、他の彼女の自供が正しいかを確認するため、警察にはいっそう沼から凶器等を見つける必要性が生まれ、捜索がより熱心に行われます」

　岩永は空にしたお椀で沼を示す。

「わざわざこの沼に死体を捨てるのにはこれだけ利点があるんです。当然彼女はその日曜に誰かがキノコ狩りに山へ登り、沼のそばを通ると聞き知っていました。近所付き合いをしていれば、そんな動向も耳にするでしょう。絶対ではありませんが、沼に死体を捨てれば近いうちに発見されるだろうと踏めます」

　風が回り、ざわざわと木々が鳴る。沼の水面に波が立つ。岩永の前には巨大な蛇体が壁となって冷えた空気は流れてこない。その蛇の化け物はじっと口を閉じ、反論を探しているよう。

「では、ではあの女は何を探させているのです？　かつて何を沼に沈めたとお考えなのです？」

　裂けるような口を開いてヌシは解を求めた。岩永は軽く答える。

「それは当然、彼女のかつての恋人、町井義和さんに関わるものでしょう。彼女を裏切り、他の女性と心中した恋人をそれは憎んだでしょうね。その事件の後、田舎に帰って二年も引きこもっていたというのですからかなりのショックだったでしょう。しかしその恋人は、知人の罠《わな》にかかり濡《ぬ》れ衣《ぎぬ》まで着せられて殺されたと知ったんです」

ここで彼女の恋人に対する感情は大きく変わっただろう。

「他の女性と付き合っていたのは事実であっても、彼女と結婚する意志があり、罪も犯していなかった。谷尾葵としては恋人を許し、彼に関わる物事を憎んだのを悔いたと思われます」

「なるほど、わかりました。その恋人との思い出の品をかつて沼に捨てたのですか。自分を裏切った男を思い出す品など乱暴に捨てたくもなりますな。そしてそれを取り戻そうとしたと。いやしかし、そのような物品を回収させるくらいでわざわざここまで死体を運ぶなど大げさではありませんか？」

ヌシは幾分強気な調子で指摘する。岩永は恬然《てんぜん》とそれを認めた。

「もっともです。第一彼女は恋人の事件後、ひとり暮らししていたD県からここに戻っています。そういう恋人に関わる品は、引っ越しの時にすっかり処分するものです。多少写真やプレゼント類が残っていても燃やすかゴミに出すかで十分でしょう」

岩永は水筒をしっかり閉め、タッパーも閉じ、お椀と箸を袋にまとめてリュックに詰め直す。そんな岩永にヌシは苛立《いらだ》ったように迫った。

「ならば、何を沼に捨てたというのです？」

「そうですね。恋人との間にできた赤ん坊とか」

岩永はあっさり笑って言ってみせる。ヌシはその答えに体を固める。ここにおいてそれほど意外ではないと岩永には思えるが、ヌシの想像の外《そと》ではあったのだろう。

岩永はペットボトルのお茶を飲みながら補足説明

を続ける。

「恋人の町井義和の死後、田舎に戻った谷尾葵はやがて自分が死んだ恋人の子どもを授かっているのに気づいた。自分を裏切った男の子どもです。子どもに罪はないとはいえ、どうするか悩んだでしょうね。彼女は田舎に戻ってから二年ほど周りとの付き合いを断っています。少々お腹《なか》が大きくなっていても気づかれなかったでしょう」

子どもがお腹にあっても自覚するのには時間がかかる。恋人の事件の時はまるで兆候もなかったのが、二ヵ月後にわかるというのもありえる話だ。

「さすがに無事子どもが生まれていれば育てたでしょうが、彼女はその子を自宅で未熟なまま流産し、嬰児《えいじ》の遺体が彼女の手元に残りました」

現代、病院に行かず、または様々な事情で行くことができず、赤ん坊を産み捨てる、流産、死産した嬰児を公衆トイレなどに放置するという出来事をニュースで目にする時がある。川や海でその亡骸《なきがら》が発見されたという例もある。

「それは処理に困るものでしょうね。彼女としてはその子に愛情が湧《わ》くはずもなく、むしろ忌《い》まわしく感じ、嫌な記憶ばかり思い出させるものでしょう。かといって外聞もありますし、ゴミと捨てることもできません。不意に産み落とした小さな遺体をどう処理するか。誰に相談すればいいかも難しい。だから谷尾葵は山奥の沼に沈めることにした」

夜は深くなるばかり。山中には岩永以外に人の気配もなければ人の作った灯すらない。強《し》いて言うなら山で亡くなった者の幽霊達が何体か興味深そうにのぞいているくらい。他には怪異のもの達がいるだけ。そのもの達も滅多《めった》なことでは人には関わらない。

「この沼は誰にも気づかれず、小さな遺体を葬るには最適な場所かもしれません。山に埋めるという方法もありますが、地面を深く掘るのは大変ですし、浅ければ獣に掘り返され、誰かに見つかるかもしれません。なら袋にでも詰め、重しをつけて沼へ沈めれば罪悪感も比較的少なく、手間もかからないでしょう」

ヌシは沼を凝視している。自身の知らない間にそんなことが、とでも思っているのか。ヌシとはいえ、住処とする一帯は広い。気づかないこともあるだろう。

「そして先月、谷尾葵は恋人の死の真相を知り、彼との子どもを粗略に処分したのを悔いた。恋人を憎む理由がなくなれば、その子を忌まわしく思う理由もなくなります。逆に自身の行いを罪深く思ったでしょう。ならせめて遺体を引き上げ、ちゃんと弔《とむら》わねばと考えた。だから警察に沼を捜索してもらう計画を実行したんです」

岩永は少しだけお茶の残るペットボトルの蓋《ふた》を閉じ、それもリュックに詰めてステッキを手にした。

「警察も嬰児の遺体を沼で見つければ慎重に扱うでしょう。谷尾葵に心当たりを尋ねるかもしれません。そうなれば彼女は真実を語り、遺体を弔ってもらえばいい。たとえ彼女に尋ねなくとも、警察は遺体をきちんと弔うのではないでしょうか」

椅子代わりの丸太から立ち上がり、岩永は沼の方に近づいた。沼に変化はない。山奥にあれば獣や鳥の水飲み場として使われるだろうし、他の生物も水中に棲息《せいそく》しよう。食物連鎖の中では死体は当然存在するものであり、それがひとつふたつ投げ入れられたくらいで、沼が急に不気味さを増すものでもない。

「ではいずれ沼の底から、あの女の赤子が発見されると？」

ヌシが沼から岩永へ視線を移した。岩永は肩をすくめてみせる。

「されないでしょうね。ヌシ様はさっき言っていました。沼はゴミや獣の死骸で汚れることがあるので定期的に掃除させていると。彼女の赤ん坊が沼に沈められたのはおそらく四年以上前。ならとうに山のあやかし達が取り去ってどこかにやっていそうです。そのあやかし達が人の赤ん坊の遺体を見つけたからといってヌシ様に報告しているとも思えませんし、それを覚えているとも思えませんが」

ヌシは、あっと声をもらした。この仮説の決定的な証拠はもはやない。

「それでもこれがヌシ様の証言と矛盾せず、最もありそうな話では」

岩永はくるりとステッキを振って沼を指し、どこ吹く風で重ねてみせる。

「谷尾葵はかつてこの沼に小さな屍《しかばね》を捨てた。誰にも見つからないよう、夜中にひとり山を登ったのでしょう。だから再び男の屍を夜中に捨てに来るのを思いついた。屍を沼に捨てることによって、より大切な屍を取り戻そうとしたわけです」

ヌシはしばらく沈黙していたが、やがて身じろぎで地面を鳴らし、深く吐息した。

「人間はなんと恐ろしいことを考え、行う生き物か」

「まったくまったく」

「いや、おひいさまも大概ですが」

岩永がせっかく同意してみせたのに、ヌシは身を震わせ、かしこまってそう返す。昔話くらいにしか出てきそうにない櫓《やぐら》のごとき大蛇にそんな扱いをされるとは心外であった。

時間を見れば、市内の公共交通機関は運行を停止している時刻だったが、あやかしの中には空を飛べるものもいるので、それを呼んで送ってもらえばいいだろう。どうやら東の空が紅《あか》くなり、鶏《にわとり》の鳴く声が聞こえる前にベッドに入れそうだった。


「その結論で、ヌシの大蛇は納得してくれたのか?」

翌日の午前十時過ぎ。岩永は定期検診を受けるため、H大学付属病院を訪れていた。九郎も時間が空いているというので、豚汁を入れておいた水筒や食器類の回収もかねてと付き添いで来てくれている。

妖怪変化が集う夜の山奥には一緒に来てくれず、壁の色も白くまぶしい、コンビニエンスストアもすぐそばにある大学病院には付き添いに来るというのはどういう了見だ、と言いたくもあったが、来てくれるだけましと思ってそこは黙っていた。ただ妖怪変化は、真新しい施設や街中にも案外いるものではあるが。

診察まで間があったので施設内にあるベンチに座り、ステッキを片手に岩永が昨晩のあらましを語ったところ、九郎はそう少々疑わしげに尋ねてきた。いつもながら恋人を信用しない男である。

「そりゃあヌシ様の疑問をきちんと解消してましたからね」

いきなり結論を述べてもあっさりし過ぎて難癖《なんくせ》をつけられそうだったので、少々もってまわった論陣を張ったのだ。いかにもこまかい点まで考えてあるようで、ヌシの気質とも合っていたはずである。

平然と答えた岩永に、九郎はさらに眉《まゆ》を寄せて問うてきた。

「それで岩永、お前は自分の仮説をどれくらい信じてるんだ？」

「あんまりは。実際のところ、谷尾葵は警察でまったく嘘をつかず、沼に棲むという大蛇に本当に死体を食べてもらおうと思っていたんでしょう」

岩永はこれも平然と答えた。九郎がやっぱりか、といった顔をしている。

「ヌシ様に会う前、一応話のわかる浮遊霊に拘置所にいる谷尾葵の様子を見にやらせたんですが、『大蛇は死体を見つけてくれなかったんだろうか』ってぶつぶつもらしてたそうですし」

本人に直接尋ねて答えを聞ければ一番だったのだが、岩永が拘置所内の彼女に近づくことはできず、浮遊霊に尋ねさせてもまともな回答を得られそうもない。その浮遊霊の話では、谷尾葵は霊の存在にもまったく気づかなかったというからどうしようもない。

「とはいえ私の説明は辻褄が合ってますし、合理性もあります。でも犯人が合理的に行動するとは限りません。ヌシ様は自分が聞いた呟きと谷尾葵の自供に、『食べてくれる』のを願うならそれを真っ先に呟くはずだ、と矛盾を指摘しましたが、たまたま彼女が『まずは見つけてくれないと元も子もない』と思ってそれをつい呟いた、というのもありえない話じゃあないでしょう」

人間は合理的に行動しないこともあるから細部を気にするのはやめましょうよ、と言ってもあのヌシに通じなかったろう。けれど夜の山奥に女性がひとりで成人男性の死体を捨てに行くという段階で正気を疑うものなのである。その心理が常道を離れていた方が辻褄が合っていそうなものなのだが。

「極端なことを言えば、ヌシ様が彼女の呟きをまるで聞き違えていた、なんて可能性もあります。だとすれば全ての前提が崩れますよ」

「ヌシとも呼ばれる大妖怪が、聞き間違いとは絶対に認めないか」

九郎は岩永が渡した水筒等《など》の入った袋を手にしながら、苦労を慮《おもんぱか》るように言った。

「はい。だから私が知恵をしぼったわけです」

ヌシも満足し、岩永の知恵の神としての評価も高まったろう。

九郎は何から注意したものか、と悩む間を取った後、こう口を開いた。

「ひとつ間違えば適当な嘘を並べるな、って怒ったヌシに食い殺されかねないやり方だけどな」

「そんな下手は打ちませんって」

別に岩永はヌシに嘘はついていない。最もありそうな話と付けているし、谷尾葵の自供内容も最初に伝えている。岩永の仮説を全否定する証拠も出てはこないだろう。ヌシが怒る点はない。

だが九郎は幾分厳しい声を向けた。

「お前はもう少し身の危険に神経を回せ。お前には荒事に向いた力がないんだから」

「だからそれは先輩も一緒に来てくれればいいだけと」

「いつも一緒にいられるとは限らないだろう。危険の自覚がないのが一番怖くてだな、今回も少しは懲《こ》りるかと思えば」

九郎はそこまで言って徒労でも感じたように肩を落とす。

岩永には九郎が意図するところがよくわからない。岩永も最低限の自己防衛は考えているし、そちらにも頭を使っている。昨日もそういった話をしていたが、それほど九郎は彼女の能力を過小評価しているのだろうか。認識をあらためて欲しいところだ。

さておき大蛇からの相談は片付いた。いつまでも気にしてはいられない。

「そうそう、また遠方の妖怪から相談がありまして。海坊主《うみぼうず》なんですが、明日の夜に日本海側のとある断崖《だんがい》に行かないといけなくて」

岩永が言うのに、九郎はため息をついた。

「わかった。今度はけんちん汁を持たせてやるから」

追い払うように手を振る。ひとりで行かせる気しか感じられない。まったくもってこの男の情動はどうなっているのか。

「なぜ汁物を用意して事足りると思う。一緒に来いっ」

ステッキで足を叩《たた》いてやるが、痛みを感じない九郎には効果があるとは見えない。

そこであやかしが下から岩永のスカートを引き、診察時間が近づいたことを報《しら》せる。

岩永の日常は、かくてせわしなかった。

吠えた犬の問題――ワトスンは語る

有栖川有栖

Message From Author

二〇一七年七月五日に放映されたＮＨＫ－ＢＳプレミアムの「深読み読書会『ホームズの最高傑作!? “バスカヴィル家の犬”』」という番組に出演しました。一緒に読書会のテーブルを囲んだのは、綾辻行人さん、島田雅彦さん、鈴木杏さん、橋本麻里さん。そこで語り切れなかったことも含めて考えをまとめ、山口雅也さんから原稿を依頼された『奇想天外 21世紀版 アンソロジー』に寄せたのがこれです。

自分がこのようにものを書くとは思ってもみなかったことで、本稿の産婆となってくださった同番組のスタッフ・共演者の皆さんと山口さんに深く感謝いたします。

有栖川有栖（ありすがわ・ありす）
1959年大阪府生まれ。同志社大学卒。1989年『月光ゲーム Ｙの悲劇'88』でデビュー。2000年、本格ミステリ作家クラブ初代会長となる。2003年『マレー鉄道の謎』で第56回日本推理作家協会賞、2008年『女王国の城』で第８回本格ミステリ大賞を受賞。2018年「火村英生」シリーズで第３回吉川英治文庫賞を受賞。

※コナン・ドイルの『バスカヴィル家の犬』のストーリー（真相を含む）とピエール・バイヤールが『シャーロック・ホームズの誤《ご》謬《びゅう》』で唱えた説（『バスカヴィル家の犬』の真の解決）について言及しています。ホームズ譚のテクストとしては、深町眞理子・訳（創元推理文庫）を使用しました。

私はジョン・H・ワトスン。

名探偵の代名詞たるシャーロック・ホームズの無二の友人にして、その冒険のパートナーであり、彼の輝かしい功績を世に広く伝えた記録者でもある。

本稿の筆者が私ではない者の名前になっているのは、私がその人物の脳髄と肉体を操って（憑依という言葉を遣ってもよい）書かせているからだということを、まずご承知おきいただきたい。読者諸氏の混乱を招くかもしれないが、これはなんら奇妙な事態ではなく、かのシャーロック・ホームズの冒険譚の数々の著者がジョン・H・ワトスンではなく、アーサー・コナン・ドイルとなっているのと事情はさして変わらない。

　ホームズも私もアーサー卿が創作した作中人物すなわち虚構内存在ではあるが、書かれたことによってヴィクトリア女王の御代に確かな生を享け、作者が白玉楼中《はくぎょくろうちゅう》の人となった後も読者諸氏に読み継がれることで今なお永らえている。作中人物たるホームズと私の命の火は、幸いなことにこれからも幾久しく燃え続けるであろう。神と読者諸氏に深く感謝するばかりだ。

　私が紳士らしからぬ非礼をもって筆者の脳髄と肉体を借り、この場に罷《まか》り出たのは、何やら常識の枠を超えた面白そうな本に常識はずれの名前の作家が寄稿しようとしていたのでむやみに好奇心を刺激され（しかも筆者は何を書くべきか考えつかず、締切を前に憐れなぐらいに憔悴しきっていた）、昔取った杵柄で腕が疼いたためである。また、このような洒脱な本を手にする探偵小説愛好家であれば、私の無作法な闖入《ちんにゅう》も寛大さをもって許容し、内容にもしかるべき興味を示すだけでなく理解もしてくれるであろう、と期待した。

わずかに懸念するとしたら、本書の監修者の不興を買って本稿が日の目を見ずに終わることだが、その監修者は相当に風狂な御仁と見受けるので、案ずることもあるまい。

あらかじめお断わりしておくと、本稿はシャーロック・ホームズの語られざる事件をご紹介するものではなく、それどころか読み手にとっては小説とも認めがたいもので、かといって随筆や論文とも違い、ヴィクトリア時代になかった言葉を用いるなら一種のメタ・フィクションである。私はそのように認識しているが、分類については読者諸氏にお任せしたい。

本稿で書こうとしているのは、左記の二つである。

一、作中人物がどれほど自由であるかについて。
二、シャーロック・ホームズの秘められた闘いについて。

このうち一については、私がこのような形で唐突に出現し、思うがまま筆を揮っていることでひとまず証明されたのも同然であるし、二について語るうちにより鮮明になるだろう。

ホームズが扱った事件には複雑で繊細な背景を持つものが多く、どれほど読者が熱烈に歓迎しそうなものであっても軽々に公表することは憚《はばか》られた。私は自らの良識に照らし合わせるだけでなく、わが友の了解を得ずしてその記録を書くことを控えてきたのは、読者諸氏もよく知るところである。

しかし、本稿を記すにあたってはホームズの許可をもらっていない。これこれのことを公にしてもよいかと尋ねたら、赫怒《かくど》することが容易に予想できるからだ。どこで何をしているのやら彼の姿が見当たらないし、適当な者に憑依できたので、大急ぎで書いてしまう。

犯人の目星がつきながら物語の最後まで気を持たせて何も語らないホームズと違って、私は結論を後回しにしない。本稿の眼目である「ホームズの秘められた闘い」の敵の正体をいきなり明かしてから、それがいかなる形の敵であったかをつぶさに論じたい。

敵とは、彼の生みの親たるアーサー卿その人である。

本書を手にした諸氏にとっては、驚天動地の答えでもあるまい。それどころか、アーサー卿が『ストランド・マガジン』誌に最初の六編を発表した時点で、もうホームズの物語を書くことに倦《う》み、連載をやめたがっていたのは周知のことで、ホームズが作者に疎《うと》まれた事実をもって今さら敵と称することに凡庸な比喩以上の意味があるのか、と問われそうだ。しかし、しばらくご辛抱して読み進められたい。

作者と作中人物の関係は多様で、自らが創造した作中人物をわが子のごとく愛し、執着と呼んでいいほど強い思い入れを抱く作者も珍しくない。彼らは、ひとたび自作の作中人物が批判にさらされようものなら、身を切られるような苦痛を覚えて憤る。他方、作中人物にいっかな愛着を示さず、彼我の距離を大きく取る作者もいる。そして、アーサー卿のように作中人物を抱え続けることに耐え切れなくなることもあるわけだが。

その場合、作者は作中人物に攻撃を仕掛けることが可能で、一次的には作者が勝利を収めることが約束されている。その作中人物を登場させることをやめれば済むことで、二度と書かないことを満天下に示したければ作中で死なせればよい。作者は、文字どおり作中人物の生殺与奪の権を握っているのだから。現にアーサー卿は、第二短編集『回想のシャーロック・ホームズ』巻末の「最後の事件」（一八九三年）で仮借なき非情さをもってホームズを葬っている。

書きたくもないホームズを抹殺するにあたって、アーサー卿が選んだ手段は乱暴極まりないものだった。かつてスイスを旅した際に訪れたライヘンバッハの滝から彼を転落させてしまうのだ。ただ落ちましたではまったく劇的ではないから、方便が要る。そこで、ホームズと同等の頭脳を持つ宿敵モリアーティーと闘い、相討ちとなることにしたのだが、問題はその宿敵の有り様だ。

「最後の事件」でホームズが語ったモリアーティー像は、以下のごときである。名門に生まれて高い教育を受け、生まれつき数学に抜群の才能を持ち、大学教授の職を得たこともあるのに「遺伝としてあるおそろしい悪魔的な傾向を体のなかに持っているらしい」そうで、悪の道に走り、「ロンドンをわがもの顔に支配」する「犯罪界における最高峰」となった。ロンドンで起きる知能的な犯罪のほとんどは彼が裏で糸を引いている、と言っても過言ではないほどの巨悪であり、ホームズが命と引き換えにしても打ち斃《たお》したいと切望する宿敵。

「犯罪界のナポレオン」なる珍奇な表現も飛び出したものだから、読者諸氏はさぞや面食らわれただろう。驚いたのは作中の私も同じだ。いや、彼と寝食・冒険をともにしてきた友人であるだけに、その何倍も驚倒してしまった。

ハムレットの有名な台詞にもあるように、天と地の間にはわれわれの哲学では思いもよらない出来事がまだまだあるだろうし、ジャック・ザ・リッパーが跳梁《ちょうりょう》した十九世紀末ロンドンの闇の深さが計り知れないのは判っているつもりだったが、いやはや司直の手が届かないところでそんな怪物が跋扈《ばっこ》していたとは。

他ならぬホームズが切迫した様子で打ち明けたのだから、モリアーティーなる男の存在を疑うことは慎んだものの、腑に落ちないこと夥《おびただ》しいのは、彼が宿敵についてそれまで仄《ほの》めかしもしてこなかったことだ。この点については、すべての読者諸氏が共感してくださるであろう。

探偵小説を書く上での諸々の技術はここ百余年で長足の進歩を遂げ、ホームズと私が『ストランド・マガジン』誌上で活躍していた頃と現在とでは懸隔《けんかく》があるとはいえ、探偵小説が伏線の美学を特徴としていたことには変わりがない。であるならば、アーサー卿がモリアーティーの存在について何の伏線も布いていなかったことは単なる不手際以上のものだ。

だが、このことについては実は不思議もない。当時も現在も多くのファンが知るとおり、アーサー卿はホームズ譚の執筆をやめたいがためにホームズに劇的な最期を遂げさせたわけで、モリアーティーは急ごしらえの舞台道具であり、〈しゅくてき〉と書いた紙を貼ったボール紙の人形に等しい。よって登場にあたっての伏線などなく、彼が語るべき人格を持たないのも当然である。

プロフィールが華々しいわりに出番が少ないがために、ホームズ譚が舞台・映画・ドラマ等に移し替えられる際、モリアーティーを活用しようとした事例は多い。その内面がひたすら空疎なことも、自身が味付けをする余地として脚色家にとっては好都合なのだろう。

モリアーティーがアーサー卿のやけくその産物であることを私は確信しているのだが、シリーズに幕引きをする道具以外には完全に無意味な存在かというと、そうとばかりも言い切れない。完全に無意味な存在であるはずなのに、読み方によっては意味を見出すことも可能だ。ここからは解釈の領域に入る。

最強の好敵手・モリアーティーは、ホームズその人の陰画になっている。物語というものにそれなりに親しんでいれば子供にも理解できることで、モリアーティーは暗黒面に堕ちた名探偵の姿に他ならず、いわば黒いホームズ＝ホームズの影法師と言ってもよい。

私と友人が冒険を繰り広げた十九世紀後半は現代心理学が目覚ましい発展を遂げた時期で、精神分析学の祖であるジークムント・フロイト博士とわれわれは同時代人にあたる。それゆえホームズ譚にも心理学の淡い影響が見られるし、後年のパロディ・パスティーシュ作品でホームズや私は一度ならずフロイト博士と共演してもいる。

知名度ではフロイト博士と比肩し、分析心理学を創始したカール・グスタフ・ユング博士は一八七五年（私たちの最初の物語『緋色の研究』が書かれる二年前）の生まれだからアーサー卿と世代はずれるが、彼が国際精神分析協会を設立（一九一一年）したのは、「赤い輪」や「フランシス・カーファックス姫の失踪」（『シャーロック・ホームズ最後のあいさつ』所収）が発表された年であり、ホームズ譚が書かれた時期と重なる。

ユング博士が提唱した学説の中で、最もよく知られているものの一つが元型《アーキタイプ》という概念だ。十九世紀人たる私が概説するまでもなく、本稿をお読みの諸氏の方がよくご存じだろう。人類は一人一人が集合的無意識というもので根っこがつながっており、そこから文化を超えた共通の神話的イメージが想起するとする説で、〈老賢者《オールド・ワイズマン》〉や〈太母《グレート・マザー》〉などが示された。その中に〈影《シャドウ》〉がある。それは、抑圧して意識から追い出したものでできあがった人格＝生きられなかった自己で、しばしば同性の人物として立ち現われるという。

この説を援用し、モリアーティーをホームズの〈影〉と解すことができる。〈影〉は当人がうまく利用することで自己をより深く理解する助けにもなるそうだが、ホームズの場合はそんなふうにはならない。モリアーティーという〈影〉は、もとよりアーサー卿がホームズを亡き者にするため作中に送り込んだ吊り合いのいい刺客にすぎなかったからだ。〈影〉が出現してもホームズは何も得ぬまま、自らの分身ともつれ合いながら滝壺に落ちたにすぎない。

正確を期すと、「最後の事件」では二人ともライヘンバッハの滝壺に消えたように描かれていたものの、読者からの囂々《ごうごう》たる非難と版元の熱い要望によって、アーサー卿はホームズ譚を再開し、ホームズは落ちていなかったことになるのだが、いったんはアーサー卿により彼も突き落とされたのだ。

この悲壮なエピソードに対して、強引だの安易だの陳腐だのと評することには妥当性がある。渋々書いてきたシリーズに幕引きをするにしても、もう少しそれらしくうまい手があったのではないか。しかし、ユング心理学にお出まし願えれば、天才探偵が天才性に足をすくわれ、自らの〈影〉と折り合えずに自滅する物語、と理屈を通せなくもない。「最後の事件」執筆当時のアーサー卿は〈影〉という概念を知らず、破れかぶれでモリアーティーをこしらえた事実は動かないとしても、後世の読み手なら解釈によって作品の意味を変えられる。

私は、「作者は作中人物に攻撃を仕掛けることが可能で、一次的には作者が勝利を収めることが約束されている」と先に記したが、その勝利は最終的なものであるとは限らないことは、アーサー卿とホームズの事例によっても明らかだろう。時として、作者に殺された作中人物がキリストのごとく復活することも起きる。

何故、アーサー卿がそこまでホームズを疎ましがったかについてはご承知のとおり、本当に書きたいものが別にあったからだ。かくも絶大な成功を収めながら、まことに作家という人種は自分の欲望を抑える力に乏しく、わがままで気難しい。もっとも、すべての作家がアーサー卿のようにふるまうわけでもないが。

ホームズが滝壺に落ちたふうを装った理由については、モリアーティーの配下の悪党どもを油断させ、その組織を壊滅させるためだった、と「空屋《くうおく》の冒険」（『シャーロック・ホームズの復活』所収）で本人の口から説明される。ロンドンを留守にし、海外を転々としていた三年間は、ホームズにとって思いがけずに得た長期休暇でもあったかもしれない。私を筆頭に、彼の死を嘆き悲しんだ人たちのことを顧慮したのか、と彼の人情味の薄さを責めるのはお門違いだ。元凶はアーサー卿に他ならない。

第三短編集『シャーロック・ホームズの復活』以降、アーサー卿は観念したかのようにホームズ譚を書き続け（後妻のための作品も書いた）、本当の本当にシリーズを終えた時には、ファンも静かにそれを受け容れた。ホームズの造形にいささかの変化が生じているのを感じた読み手の一部から、帰ってきたホームズは別人ではないのか、という声が洩れたりもしたようだが、作者のアーサー卿が生身の人間なのだから、ホームズの描き方について年齢を重ねるうちに小さな変化があったとしてもおかしなことではない。また、ホームズの愛国精神が強まったように見えたとしても、第一次世界大戦に向けてキナ臭くなっていった時局を鑑《かんが》みれば自然である。

作者と作中人物の間でひと波瀾あったが、読者諸氏の後押しのおかげで作中人物が勝利し、英雄は帰還した。作者の側に複雑な感情が残ったとしても。

だがアーサー卿は、ホームズとそのファンの軍門にあっさり降《くだ》ったわけではなく、世にも奇妙な形でホームズと死闘を演じていた。読者諸氏はお気づきだったであろうか？　ホームズ譚の中でも江湖《こうこ》で一番の人気を誇る作品が、それを記録していることを。現実に生きる作者と虚構に生きる作中人物。別世界の住人の間での闘いを可能にしたのは、探偵小説という形式である。

「一番の人気を誇る作品」とは、第三長編にあたる『バスカヴィル家の犬(The hound of the Baskervilles)』(一九〇二年)。この作品は、「最後の事件」から八年のブランクを経て書かれた。「空屋の冒険」(一九〇三年)の発表に先立つが、作中の時間はホームズがライヘンバッハの滝に転落するよりも前に設定されているため、ホームズの生還を描いたものではない。かの名探偵が生きていたことにするのには、なおアーサー卿にはためらいがあったようだ。

その闘いがどのようなものであったかを検証するにあたり、まずは『バスカヴィル家の犬』がどんな物語だったのか、おさらいをしておこう。真相にも言及する。

ホームズのもとにモーティマー医師が訪れる。主治医をしていたチャールズ・バスカヴィル卿が不審な死を遂げたので調査して欲しい、という依頼だ。死因は心臓発作だったが、チャールズ卿はその地に伝わる魔犬伝説を恐れており、死亡現場の付近に巨大な犬の足跡が遺っていたという。

子供のいなかったチャールズ卿の相続人は甥のヘンリー卿。モーティマー医師とともにロンドンにきていた彼のもとには、「バスカヴィル館に行くな」と警告する怪しい手紙が届き、ホテルの廊下に出していた新旧の靴が立て続けに片方だけ盗まれる、という不可解な出来事が起きていた。

ホームズが依頼を引き受けた直後、怪しい馬車に乗った怪しい男を見掛ける。馬車の番号から馭者を突き止め、何者だったのかを質すと、その者は「探偵」であり、「シャーロック・ホームズ」と名乗ったという。

別件で手が離せないからと言って、ホームズはこの私・ワトスンを現地に派遣する。赴いた地は、荒野《ムーア》が広がり、危険な底なし沼を秘めたダートムーア。近くの刑務所から殺人鬼セルデンが脱獄してムーアに逃げ込んだため、その無気味さは弥増《いや》す。

私は、古城めいた館に腰を据えて、ヘンリー卿の身の安全を気遣いながら捜査を開始した。近隣の住人は、昆虫学者のジャック・ステープルトンとその妹ベリル、訴訟好きの偏屈者フランクランド老人ら。彼らと接触を持つも、さしたる成果は得られない。ヘンリー卿がひと目惚れしたベリルに求愛し、ジャックの不興を買うといったひと幕あり。

やがて、館の執事バリモア夫妻が妙な行動をとっているのに気づいて問い詰めたところ、妻は脱獄囚セルデンの姉であり、彼がムーアで生き延びる手助けをしていると知る。そのことも含めて、私はダートムーアでの見聞をすべてホームズに手紙で報告し、日記に記録した。ムーアにセルデン以外にも謎の人物がいるらしいことも。

ある日、隣町まで足を延ばしてフランクランドの娘ローラの話を聞いた帰りのこと。望遠鏡を覗いていたフランクランドがムーアに不審人物を見つけ、私は走ってそれを追う。見失ったか、と思われたところへホームズが現われ、私を驚かせる。月下のムーアに見た謎の人物は、先史時代の住居跡に隠れて潜伏捜査をしていた彼であった。

ホームズは事件の全体像を摑んでいたが、彼と話している最中、男の悲鳴がムーアの静寂を裂いて響く。声がした方に駈けつけると、ヘンリー卿が犬に咬まれて絶命していた——かに思えたが、死んでいたのはセルデンだった。バリモア夫妻からもらったヘンリー卿の古着を身に着けていたため、間違って襲われたらしい。

ホームズは犯人に罠を仕掛けて待ち伏せするも、夜霧が邪魔をし、さらにその中から魔犬が躍り出す。口から火を噴き、両眼は熾火《おきび》のごとく爛々と燃え、巨体を妖しく光らせた漆黒の犬。伝説の魔犬を射殺したホームズは、ステープルトンの家で柱に縛りつけられていたベリルを解放し、彼女がジャックの妻であることを告白させ、夫から虐待を受けていたことを聞かされる。私たちはジャックの行方を懸命に追うが、捕まえるのはかなわなかった。逃げる途中で底なし沼に落ちたらしく、その姿は荒野のどこにもなかった。

ジャック・ステープルトンは、いないと思われていたバスカヴィル家の今一人の係累だった。彼はバスカヴィル家をわがものにするため、夜光塗料で怪物めいた〈変装〉をさせた大型犬を凶器にしてチャールズ卿を心臓死させた上、ヘンリー卿をも亡き者にしようと企んだのだ。ロンドンのホテルでヘンリー卿の靴を盗んだのは、標的の匂いを犬に覚えさせるためだった（いったん新しい靴を盗んだが、匂いがあまり着いていなかったので古い靴を盗み直した）。

ざっとこんな物語だ。

荒涼として寂漠たるムーアの描写と、ゴシック小説風の無気味な雰囲気が『バスカヴィル家の犬』の人気を支えているのであろう。それだけではなく、ホームズ譚の長編の中にあってこの作品だけが二部構成をとっておらず（事件の動機につながる過去を長々と描いたパートがない）、ホームズと私が揃って退場する場面がないことも、読者諸氏に歓迎されている理由だと思いたい。

だが、探偵小説としての出来はどうだろうか？「他に美点があるのだから、それはいいではありませんか」と優しく話を逸らせていただかずとも結構。本作におけるホームズの推理には脆弱《ぜいじゃく》なところが多く、作中で私も遠慮がちではあるが不満（たとえば、ヘンリー卿を殺害した後、隣人だったステープルトンがどのようにしてバスカヴィル家の当主の座に着くつもりだったのか、という疑問。ホームズの答えは非常に歯切れが悪い）を表明している。

ジャック・ステープルトンがバスカヴィル家の血族だから動機が生じるわけで、ホームズはその事実を館の肖像画から推理した。悪辣な先祖ヒューゴー卿とステープルトンがよく似ている、と。館に滞在しながら気づかなかった私の迂闊に読者諸氏は呆れたかもしれないが、こんなものを証拠に殺人犯扱いされたら、たまったものではない。こうでもしないと彼を犯人にできない、というのが推理の弱さを物語っている。

魔犬の正体にもがっかりした？　ごもっとも。

探偵小説というものは粗捜しの素材になりがちで、推理の瑕疵《かし》をあげつらって面白がる者も少なくないとはいえ、私はそれに与するためにわざわざ顔を出していたのではない。作品に残された瑕がどんな意味を持っているかを書こうとしているのだ。

推理の瑕疵の指摘として、よくまとまった論考があるのでご紹介しておこう。フランスの文芸評論家にして精神分析家のピエール・バイヤール教授が著した『シャーロック・ホームズの誤謬』（平岡敦・訳）である。これは邦題（原題は『「バスカヴィル家の犬」事件』）だが、なんとまあ直截なことか。

バイヤール教授には『アクロイドを殺したのはだれか』という著書もあり、そこではアガサ・クリスティー女史の『アクロイド殺し』が俎上に載せられ、名探偵エルキュール・ポアロの推理が的外れであることを論証していた。探偵小説の間違い探しがお好きらしい。

バイヤール説を要約すると、こうなる。警察はチャールズ卿の死を事故死として処理しかけていたのに、ヘンリー卿に脅迫めいた手紙を送りつけるなどして事件性をアピールするのは犯人のふるまいとしておかしい。ホームズを観察していた馬車から降りる際、「シャーロック・ホームズだ」と挑発的に名乗ったのもチャールズ卿殺害をアピールすることになっておかしい。馭者の証言とジャック・ステープルトンの体格が矛盾している。チャールズ卿をしかるべき時間にしかるべき場所に呼び出すためにローラの手助けを借り、無用の共犯者を抱え込んだのもおかしい。妻を妹と偽って暮らしていたことの意味がない。等々、ジャックが犯人だとすると説明がつかない点を列挙した上で、真犯人は彼ではなくベリルだと結論づける。

故国コスタリカでも評判の美人だった彼女は愛し合ってジャックと結婚するが、夫から虐待を受けるなど幸福ではなかった。さらにジャックがローラにちょっかいを出すに至って堪忍袋の緒が切れる。そこで、伝説の魔犬をジャックが操ってチャールズ卿を死に至らしめたことにする、という計略を立てた。思ったとおりにことを運ぶには、用意した手掛かりを組み合わせて解決の絵を描く者が必要なので、ホームズを事件に引き込むことにしたわけだ。

ロンドンで馬車からホームズと私を観察していた〈男〉は変装した彼女（体格は矛盾しない）。新しい当主として館に移ってきたヘンリー卿に言い寄られると、ジャックを殺した後はそちらに乗り換えることにした。ジャックが底なし沼に落ちるように仕向けたのも彼女。虐げられた女が虐げる男を破滅させる、というのは、魔犬伝説の由来であるヒューゴー・バスカヴィル卿の非業の死を反転させたものである――とのこと。

バイヤール教授の指摘のうちのいくつかは、精読すれば気づくのがそう難しくはない。私が憑依している筆者の記憶を調べたところ、彼は『呪いの魔犬』（久米元一・訳）という児童書でこの作品に初めて接したらしいが、同書ではステープルトンの体形が変装した男と矛盾しないようになっており、その死の経緯に曖昧さが残らないよう彼が沼に落ちた場面が描かれるなど、年少読者のために訳者が修正を加えていたようだ。

私の記述がいたらなかった箇所に鋭く斬り込んでいるため、ホームズの唯一人の公式記録者として責任を感じなくもない。テクストの弱い脇腹を突き〈もう一つのバスカヴィル家の犬〉を構築した手際を、ひとまずお見事と認めよう。ベリルが名探偵を巧みに操り、偽の解決に誤導した、という構図はこの時代にあっては斬新でもある。が、手放しで評価はしない。

　同書によると、ベリルは「自分の体をミイラのようにシーツでぐるぐる巻きにして柱に縛りつけ」たのだと言うが、どうすればそんなことが可能なのか？　名探偵ホームズはそれしきの偽装工作も見破れなかったのか？　ベリルがコスタリカで評判の奇術師だったという伏線でもあれば納得もするが、そんなものはいっさいなく、この一点でベリル犯人説は瓦解する。厳格な批判者というのは、このようにしばしば拍子抜けするほど自分には甘い。

　ベリルはコスタリカで奇術師だった、という一文をどこかに挿入したとしよう。それでも私には、だからどうした？　という思いが残る。バイヤール説はなかなかの出来ではあるが、そう改稿しても傑作探偵小説にはなるまい。

　人気が高い『バスカヴィル家の犬』は、スキャンダルを呼ぶ作品でもある。アーサー卿は、友人のバートラム・フレッチャー・ロビンソンからダートムーアに伝わる呪いの魔犬伝説を聞き、本作の着想を得た。当初はロビンソンとの共著にしたかったが、相手が辞退したために一人で書くことになり、どうせ探偵小説として書くのならば、と持ち駒のホームズを起用した。この執筆の経緯は秘密でも何でもなく、同書の巻頭にはロビンソンへの献辞がある。それにも拘らず、アーサー卿がロビンソンを毒殺して小説を盗んだ、などというあらぬ噂が囁かれ、二十一世紀になっても蒸し返されたりしている。

　また、日本の名高いホームジアン（シャーロッキアンとも言うそうだが）である小林司と東山あかねの『裏読みシャーロック・ホームズ　ドイルの暗号』においては、渡英しての取材で明らかになった事実を踏まえ、『バスカヴィル家の犬』で描かれた作中人物の関係は、ドイル自身の母親の婚外恋愛を当てこすったものと読み解く。著者は、ドイルと母親の確執にかねて注目しており、ホームズ譚のそこここに痕跡を指摘し、モリアーティーについても母親の分身と解釈している。

管見を差し挿むなら、母親が愛読している小説に母親への当てこすりを潜り込ませるというのは、男性作家の心理としていかがなものか（女性の心理については推量しがたいので沈黙するとして）。アーサー卿の書簡をまとめた本（邦訳『コナン・ドイル書簡集』ダニエル・スタシャワー他・編）もあるから、目を通していただければ格段の確執があったと言い切れないのがお判りいただけそうだ。『バスカヴィル家の犬』の構想中の意気込みや、思ったほど面白くはならなかったという感想がごく普通に綴られている。作中の人間関係に当てこすりめいたところがあるとすれば、作者が知らず知らずのうちに自らに馴染みのある相関図を描いてしまったのではないか。

ともあれ『バスカヴィル家の犬』の周辺はかくのごとく騒々しいのだが、それも故無《ゆえ》しとしない。この小説は、作者が意図しない形で読む者の心をざわつかせる力を持っているのだ。それこそが本稿の核心、「シャーロック・ホームズの秘められた闘い」である。

アーサー卿がホームズに抱いていた感情は複雑で、簡単に言ってしまうと〈愛憎相半ばする〉であろう。版元と愛読者の要望に応えるため再びホームズ譚の筆を執った時も、割り切れぬ想いが胸中に渦巻いていたのは想像に難くない。

また、シャーロック・ホームズの物語を書くことになった。

書くからには、英雄として描かなくてはならない。

颯爽と魔犬に立ち向かう英雄として活躍させてやるか。

しかし――。

作者でありながら作中人物との闘いに敗れたアーサー卿は、ホームズを作中でも勝利者とすることに抵抗を覚え、作者にしかできない奇策に打って出る。一矢報いて溜飲を下げるために、ホームズが敗れて破滅するところを描こうとしたのだ。名探偵が犯人を打ち負かしてこそのホームズ譚だから、推理がはずれるという結末にはできないとしても、やり方はある。犯人をホームズの似姿＝分身にしてやればよい。これだけがホームズの破滅を描く手だ。

『バスカヴィル家の犬』とは、ホームズがホームズと闘い、自らの分身を容赦なく滅ぼす物語である。

この事件の犯人が誰か判らない時点で、ホームズはこのように語る。「今度のこいつばかりは、こっちとしても相手にとって不足ない敵だってことだよ。おかげでぼくはすっかり手詰まり、このロンドンで進退きわまったかたちになっている」あるいは「ぼくとして正直なところ、きみが無事つつがなくこのベイカー街にもどってきてくれたら、どんなにうれしいか、とまで思ってるんだ」あるいは「相手にとって不足のない敵とは、まさにあいつのことだ。あれほど〝好敵手〟の名にふさわしい相手はいない」。また、ステープルトンが底なし沼に落ちた直後にも「いままで多くの犯罪者を追いつめるのに手を貸してきたこのぼくにして、いまあのへんに沈んでいる男ほど危険な男を相手にしたのは、これがはじめてだ」。

最大級の表現で、名探偵が敵の手強さを訴えている。事件解決の前にも後にも、犯人が自分と同等の能力の持ち主だと認めているのだ。

犯人のステープルトンに目をやってみると、彼は捕虫網を手にムーアを駆け巡り、捕まえた昆虫をコレクションして研究しており、ホームズに似た気質の男だ。「冷ややかで、かつ感情というものをまったくあらわさない」や「そうしたうわべの下には、ひそかな炎を隠し持っているという印象を与えはする」が私の観察したところであり、こういう点はわが友人にも当て嵌《は》まるではないか。

また彼は、美人のベリルをかつて籠絡し、殺人計画にあたってはローラ（不仲な夫と別居中）を誘惑して、自分の道具として操っていた。この手練手管は、女性を寄せつけようとしないくせに女性のあしらいに長けたホームズに通じる。なにしろあの名探偵ときたら……。後年、捜査のための情報を引き出そうとして、妙齢のメイドに結婚を約束したことさえあるのだから（『シャーロック・ホームズの復活』所収「恐喝王ミルヴァートン」）。あの不埒な手法は、ステープルトンに倣ったのかもしれない。

そのステープルトンは、こんなことを語った。

「ムーアにいるかぎり、退屈することはありませんよ。この土地にどれだけすばらしい秘密が隠されているか、とても想像はつかないでしょう。とにかく、おそろしく広大で、おそろしく不毛で、おそろしく神秘的です」。のめり込んでいる対象の〈ムーア〉を〈犯罪〉に置き換えたならば、ホームズの発言と取り違えてしまいそうだ。まさにステープルトンは、ホームズの分身たる資格を有している。

敵と自分が相似形であることをホームズも意識しており、ステープルトンの尻尾を掴むにあたって「こっちの張りめぐらした網のなかで、あいつはじたばたしているはずだ――あいつ自身のつかまえた蝶が、捕虫網のなかでじたばたするようにね。ピンで刺して、コルクに留めて、カードを添えて、われらがベイカー街コレクションに加えてやろうじゃないか！」と息巻き、分身との対決に奮い立っていた。この二人はコレクターで、やっていることは同じなのだ。

そもそも、ホームズがホームズと闘うという構図は、彼が調査の依頼を引き受けた直後に明かされていたのである。探偵たるホームズを犯人たるステープルトンは尾行し、気づかれると素早く逃げ、探偵が馭者を見つけて出すことを見越して、自分は「シャーロック・ホームズだ」と名乗っていたではないか。

ホームズが潜伏捜査のためにムーアに潜んでいた

ことも想起されたい。私が夜中にムーアを眺めていて、脱獄囚セルデンではない何者かを月下の岩山にすっくと立つのを目撃する場面（美しく劇的に描けたと自負している）で、怪しい人影のことを「このまがまがしい土地そのものの、それは聖霊だったのかもしれない」と書いたが、その正体がホームズだったことを後に知る。探偵小説における聖霊《スピリット》たる名探偵がムーアを基地としていたのは必然で、そこが分身・ステープルトンの本拠地でもあったからだ。

ステープルトンを魅了してやまないムーアと、ホームズの本拠地である犯罪の世界の二重化を決定的なものにしたのが、脱獄したセルデンである。殺人鬼がムーアに逃げ込んだことによって、ステープルトンの世界とホームズの世界が縫い合わされてしまったのだ。彼は、バリモア夫妻を秘密めいた存在にし、間違い殺人の犠牲者となって物語を錯綜させるためだけに登場したわけではない。

ステープルトンの最期も意味深だ。彼は死に物狂いで追手から逃れようとして、知悉《ちしつ》していたはずのムーアの地形を見誤り、底なし沼に落ちたとしか思えない状況で退場した。大自然に呑まれて消える。これは別の誰かを連想させないか？　そう、『バスカヴィル家の犬』の直前に書かれた「最後の事件」におけるモリアーティーだ。ステープルトンは、ホームズの分身だったモリアーティーとも相似形であり、アーサー卿が意識したのか無意識だったのかはさて措き、その分身性は強調されている。

ダートムーアの底なし沼とは、もう一つのライヘンバッハの滝であった。モリアーティーは猛スピードで落ちていき、ステープルトンはもがきながら沈んでいった。片やまっすぐに切り立った垂直の地獄、片や見渡す限り広がる水平の地獄という対照は、周到と言うしかない。

だが、モリアーティーとステープルトンは本当に死んだのだろうか？　読者諸氏が正典と呼んでいる全ホームズ譚を通読すれば、彼らは再登場していないが、いずれも遺体は確認されていない。

事件解決の翌日、ホームズと私はベリルに案内され、ステープルトンが落ちたであろう底なし沼を見に行き、「ただ歩くだけでも、ねばりつく泥が執拗に踵にまとわりつき、足をとられれば、なにか悪意を持った手が、しきりに私たちをその忌まわしい深みへとひきずりこもうとするかのよう。どこまでも私たちにしがみついて離れぬその泥沼の、なんと驚くべき容赦のなさ、なんと目的ありげな粘りづよさ」と私は嘆じた。事件が解決して霧が晴れようと、なお無気味な沼。それは、ことが終結していないことを暗示している。ステープルトンがホームズの分身であり、モリアーティーと同様にホームズの〈影〉だとしたら、それは本体が存在するうちは抹殺できず、いつどこで甦ってこないとも知れないのだ。

ステープルトンがホームズの〈影〉＝生きなかった自己だとしたら、その犯行動機について検証しなくてはならない。ステープルトンは、准男爵の地位とバスカヴィル館を始めとする全財産の簒奪《さんだつ》のために魔犬を駆った。動機は、名家バスカヴィル家の乗っ取りだ。

それが果たされなければ何人も人を殺す甲斐がないのに、どうやって自分の素性を明かしてバスカヴィル家を継ぐのかという肝心な策略が明確でないところが私は釈然とせず、ホームズに質すと、「そこまでぼくに解明しろというのは、無理な相談さ。過去と現在は、ぼくの探偵仕事の範疇だが、未来はちがう」などと、名探偵にあるまじき答えが返ってきた。ここが急所らしい。

わが友がひた隠しにしてきた欲望について、ここで私の考えを披露しよう。祖先が上流階級の最下層・郷紳《ジェントリー》であるホームズは、爵位と館が欲しいのだ。口が裂けても言わないし、それ以前に本人にその自覚がないのだろうが（『バスカヴィル家の犬』

が出版された一九〇二年に、愛国的業績によってコナン・ドイル氏がナイトの位を叙せられ、アーサー卿となったのは暗合めく)。

ああ、イソップ物語の「王様の耳は驢馬《ろば》の耳」よろしく、ここで禁断の暴露をしてしまった。ホームズを愛する諸氏は不快に感じるとともに、一国の王にも臆せず接し、ナイトの称号を辞退したホームズがそのような俗物根性を持つはずがない、とお怒りの方もいらっしゃるだろうが、どうか落ち着いて。人の心とは、当の本人にも窺い知れぬもので、本人だから見えない部分もある。

彼が貴人に臆さないところを見せるのは、臆していないことを周囲に見せたいからだと私は考えている。外国の元首やローマ法王の依頼を受けたと私が書いても止めようとしなかったのも、その事実を公表してもらいたかったからだ。ローマ法王といえば世界にお一人しかいらっしゃらないのだから、「ワトスン、書いてはまずい。慎みたまえ」と止めてもよさそうなものなのに。

そんな彼の微妙な事大主義的傾向を、私は軽蔑するどころか、人間らしくて微笑ましいとさえ感じている。わが大英帝国のナイトの位を辞退しながら、フランスのレジオン・ドヌール勲章という栄典は受けていることからも、彼が必ずしも権威を敬遠しないのが窺えよう。ノーベル文学賞を受賞した貴国のさる小説家も、ホームズと同じように斜に構えた態度を取っていたではないか(自国の文化勲章は拒否し、レジオン・ドヌールは受章)。

アーサー卿が差し向けた敵がホームズの分身=〈影〉であったことがご理解いただけただろうか？話はこれで終わらない。『バスカヴィル家の犬』に出てきた彼の分身は、ステープルトンだけではないからだ。

今一つの分身は、犬=hound=猟犬である。バイヤール教授の前掲書にもあるとおり、猟犬が探偵=ホームズの暗喩であることは明白だ。証拠を求めて犯罪現場で鼻をひくひくさせ、残された匂いから痕跡をたどり、犯人を追い詰める。探偵のイメージを動物にたとえるとすれば、猟犬以外に何があるというのだ。

『バスカヴィル家の犬』は犯人が猟犬を凶器に用いた事件で、ヘンリー卿の靴が片方だけ盗まれたり、セルデンがヘンリー卿の古着をまとっていたため襲われたり、匂いが重要な意味を持つが、これと闘う探偵もまた匂いを手掛かりとし、ヘンリー卿に届いた警告の手紙にホワイト・ジャスミンの香りが残っていることから、「女性がからんでいる」と見抜く。

私に謎解きを聞かせる中で、彼はこう語った。「犯罪捜査の専門家なら、ただちに嗅ぎわけられなきゃいけない香りが七十五種類ある——ぼく自身の経験でも、それを即座に嗅ぎわけたことが事件解決につながったという例なら、一度や二度じゃきかない」。この嗅覚の誇示こそ、自分は猟犬だ、という宣言に他ならない。

猟犬のごときホームズに危険な猟犬を放ち、嚙み殺される恐怖を味わわせることに、アーサー卿の無意識は嗜虐的な快感を覚えていたことだろう。

あからさまな分身である猟犬。見えにくい分身であるジャック・ステープルトン。これに加えて、『バスカヴィル家の犬』にはホームズの分身がもう一人登場している。そいつの仮面を引き剝がしてお目にかけるとしよう。その者は、ぬけぬけと冒頭から姿を現わしている。

モーティマー医師。

彼は、何のためにこの物語に出てきたのだろうか？　チャールズ卿の主治医だったという程度の縁で新しい当主ヘンリー卿の身を案じ、その代理人としてホームズに捜査を依頼しに訪れて、以降は大した役割を演じない。探偵小説であれば、「こいつも怪しいぞ」と読み手に疑われることも大切な務めだというのに、影が薄いせいで疑う気にもならない。先史時代の遺構の研究をしている（つまり、彼もまたホームズやステープルトンの同類である）ので、何かその秘密に絡んで事件を起こしているのではないか、という見方もされるが、漠然としすぎていて取ってつけたような感じだから、積極的に怪しむに足りないのだ。これでは探偵小説の作中人物として失格である。ヘンリー卿が直々に依頼にきていたら、この物語において彼の仕事は何もなかった。

このモーティマーが、実は大きな役をこっそりと演じている。取りも直さずホームズをダートムーアでの死闘に誘ったことで、ホームズが魔犬に嚙み殺されていたらモーティマーの目論見は達成していた。

何故、彼はホームズを殺そうとしたのか、に疑問は進む。モーティマーもまたアーサー卿が遣わせた刺客であり、ホームズの分身なのだ。証拠の筆頭はその名前である。

ここまでわざと書かずにきたが、モーティマーのファーストネームはジェームズ。この名前を聞いて嫌でも思い出す名前があるではないか。あの宿敵ジェームズ・モリアーティーだ。

James Mortimer
James Moriarty

アルファベットで十三文字のうち、頭から八文字目まではまったく同じ。その後ろの五文字のうち順序は違うが三文字が共通して出てくる。これ以上に似た英国人男性の姓名はつけられそうにない。不一致の四文字はm・e・a・yで、これを並び替えると古めかしい感嘆文ay me（なんてことだ）になるのは、さすがにアーサー卿が仕込んだ暗号ではなく偶然だろう。あるいは、創作の神の悪戯か。

作中人物に同じ名前をつけぬよう注意を払うのが作者の習性とはいえ、何百何千という名前をだぶらずにつけるのは困難だから、アーサー卿が八年ぶりに新作を書くにあたり、うっかりミスをした可能性もある。とはいえ、すぐ前の作品で使った重要人物の名を忘れていたとは考えにくく、作者の故意でなかった場合についてはフロイト博士が私に加勢してくれそうに思う。

「最後の事件」の八年後に書かれた『バスカヴィル家の犬』の中の時間は、ホームズがライヘンバッハの滝でモリアーティーと対決するよりも前だ。ここで登場しているのは、実は生きていて逆襲にやってきたモリアーティーではないし、かといって前哨戦を仕掛けてきたモリアーティーでもない。あくまでも分身であり、二人は〈ホームズに禍をもたらそうとする者〉という意味においてのみ同一人物と解す。

モーティマーは、ホームズの分身＝〈影〉たるモリアーティーの分身＝〈影〉であり、よってホームズの分身＝〈影〉でもある。そう理解して、彼が登場する冒頭を読み返してみると、不可視だったものが見えてくる。この場面は非常に不吉なのだ。

モーティマーは、いったんベイカー街の留守宅を訪れて忘れ物をしていた。置き忘れられたステッキから私が持ち主について推理した後、ホームズが自説を開陳する。八年ぶりの新作を手にしたホームズファンは、ここで「ああ、昔と変わらずやってる」と相好を崩したことであろう。

私はステッキの銘の〈C・C・H〉を〈何某狩猟クラブ〉のことだと思ったが、ホームズは〈チャリング・クロス病院〉と見た。やがて現われたモーティマーは、そのステッキは結婚祝いに贈られたものだと明かし、ホームズは「おやおや、それはまずい！」となる。推理ゲームで名探偵が早とちりをするご愛敬の場面ではあるが、ホームズが推理をはずしたことは不吉だ。依頼人に会う前から〈狩猟〉というキーワードを出しているのがこの私で、名探偵がそれを否定した、という経緯も含めて。

出直してきたモーティマーは、スパニエル犬＝猟犬を連れている。どうかテクストを読み返してみていただきたい。ホームズの分身を従えての登場に、ここまで本稿を読んでこられた読者諸氏ならドキリとするだろう。

さらに刺激的なのは、モーティマーの次の言動だ。自己紹介を交わした後、彼はホームズに向かって「あなたはじつに興味ぶかいおかただ。これほどみごとな長頭形頭蓋骨にここでお目にかかれようとは。（中略）こうして見ているだけで、あなたのその頭蓋骨がほしくてたまらなくなりましたよ」と無作法なことを言う。まるで、早く死んで頭蓋骨をよこせ、と求めているかのように。

ちなみに、「最後の事件」にはホームズとモリアーティーが初めて対面する場面があり、そこで宿敵が発した第一声は「きみは思いのほか前頭葉が発達していないみたいだね」であり、頭部の形を見てそう言ったわけではないが、頭蓋骨の形を褒めそやすモーティマーと似ている。

この不吉な分身ジェームズ・モーティマーはホームズを事件の捜査に引き込み、ダートムーアという戦場へと導く。そこで待ち受けるのは、ステープルトンと魔犬。二つの分身だったというわけだ。三つの分身に取り囲まれての闘いは、ホームズにとって苦しいものにならざるを得なかった。そんな苦境に陥ったのは、もちろん作者たるアーサー卿が敵に回っていたからである。

先に『バスカヴィル家の犬』における推理について、私は脆弱だと辛辣に評した。しかし、物語の外部にいる敵（しかも自分の創造主）に対して、ホームズは驚異的な善戦をしたとも考えている。彼にして初めて成し得た偉業と称えたい。

あの事件の本当の犯人は誰なのか？

ホームズの驚異的な善戦とはどこをどう評価してのことか？

この二点についてもやもやとした想いを持つ読者諸氏がおいでだろうから、総括するとしよう。

本当の犯人は、バイヤール説どおりベリルと見るのが妥当だろう。彼女が自分で自分を縛ったという点が難点だが、元奇術師だったとか、体が異様なほど柔軟であったとか、どこかに一、二行の加筆を施すだけで済む。一方、ホームズの推理が正解だったとするためにはいくつもの大きな修正が必要になってくる。バイヤール教授の説が全面的に正しいとまでは言えずとも、より正解に近そうなのだ。ホームズの友人としては残念だが。

ベリルは名探偵を事件の渦中に引きずり込み、計画どおりに誤った推理をさせ、憎き夫に濡れ衣を着せて破滅に追いやったのだとしよう。そして、後日にはヘンリー卿の求愛を受け容れ、めでたくバスカヴィル夫人に収まったとすれば、完全犯罪の道具として利用されたホームズは徹頭徹尾の道化師なのか?――否。

複数の分身によって、世にも闘いにくい闘いを余儀なくされたホームズであるが、彼の慧眼は何もかも見抜いていたのだ。あれもこれもアーサー卿が仕掛けた罠だな。真犯人のベリルは、自分にジャック・ステープルトンが犯人だと指摘させたいのか。ならば、と彼は決断を下す。

罠に掛かったふりをして、ベリルの(そしてアーサー卿の)望みどおりの謎解きを展開してやったのだ。それは、彼が闘いの意味と敵の正体を真に理解していたからこその選択と言えよう。

インクのついたペン先が紙に触れる一点を通して、別世界に住むアーサー卿とホームズがどのような会話を交わしたのか、私は知らない。それでも、ホームズが何と言ったのかを想像することはできる。

――作者殿。あなたの用意した罠に嵌って進ぜましょう。おかしな点は多々あるが、このホームズの推理だから読者は信じてくれそうだ。探偵小説に登場する名探偵の推理とは、捕鯨手の銛《もり》のごとくまっすぐで揺るぎないものではなく、自在に変化する幻術に近いことを、私はよく知っている。これで私への憎しみが少しは薄らぎますか? そうであることを祈ります。そして、この次にあなたが書く物語からは、また私に正しい推理を許してくだされればいい。

おそらく、こうも訴えた。

——もう私の前に、おかしな分身を立たせないでください。虚構の中で生きる私にも〈影〉はあるでしょうが、それはあなたが私を消すためにこしらえたものとは異なり、私だけのもの。そいつと出会うことがあれば実りある対話がしたい。ベリルが仕組んだとおり、私はジャック・ステープルトンを破滅させます。〈影〉を撃つのは、これが最後です。

ステープルトンが真犯人ではないと知りつつ、ホームズは〈影〉を拒否するためにあの推理を語ったのだ。名探偵にとって捨て身の選択である。

ホームズの切なる想いは、アーサー卿に届いたに違いない。だからこそ、翌年に彼は復活し、ベイカー街に戻ることができたのだ。

もう語るべきことは尽きた。

「吠えた犬の問題」なる標題が意味するところだけが残っている。ホームズ譚を愛する読者諸氏なら先刻お判りのとおり、これは「〈シルヴァー・ブレーズ号〉の失踪」(『回想のシャーロック・ホームズ』所収)に出てくる〈吠えなかった犬〉——番犬が吠えなかったのは不審者が近づかなかったからではなく、懐いた人間が近づいたからだという推理——のもじりだ。

ホームズ譚には犬が人を嚙む話が三編あるが、犬の獰猛さでは『バスカヴィル家』の魔犬が群を抜いている。賢くて、可愛らしく、忠実で、人懐っこくて、心を通わすことができる人間の友。犬とはそういう存在なのに、この小説の中では唸り、咆哮し、飛びかかってきて人を嚙んでばかりいるから、犯人がそのように調教したせいだから仕方がないとはいえ、書いた当人たる私が犬族に対して申し訳なく感じる。

どうして犬は、こんなにも吠えに吠えたのか、と虚空に問うてみたら、答えが浮かんだ。あれはアーサー卿が吠えていたのではないか、と。いわば内面の叫び。

書きたくない、書いた方がよい、書かねばならない、書きたいわけではない、書こうか、書くのをやめようか、書けるだろうか……。

そんな煩悶を経ての執筆だったと察するに、時に苦しげな、時に哀しげなアーサー卿の咆哮が紙面の彼方から聞こえてくる気がする。猟犬は、アーサー卿の分身でもあったと解するべきだろう。

一介の医師であり、記録者にすぎない私の想像が及ぶのは、ここまでである。

すっかり長居をしてしまった。いつまでも筆者の脳髄と肉体を借りているわけにはいかないので、このへんで失礼するとしよう。読者諸氏にご鳳覧たまわったことを深く感謝したい。

機会があれば、またいつかどこかでお目にかかれますことを。こんな形でなく会いたいとご希望するのであれば、ホームズも私も、いつも正典の中にいる。

最後に——『バスカヴィル家の犬』の冒頭でも私の推理は的に命中しなかったが、そのがんばりだけは認めてくれたのか、考え方自体は評価に値したのか、友は心優しい言葉をいくつか投げてくれた。それがこの雑考について当て嵌まれば幸いである。

「理にかなっているね、完全に！」

「すごいじゃないか、ワトスン、きょうのきみはなかなかのものだ」

ベスト本格ミステリ２０１８　解説

遊井かなめ

本書は、二〇一七年に発表された短編ミステリ、評論の中から、作家＝鳥飼否宇、評論家＝福井健太、編集者＝遊井かなめの三名で議論を重ね、十一編の小説を選定したアンソロジーである。『ベスト本格ミステリ』とタイトルにあるように、収録された作品はすべてが珠玉の本格ミステリだ。本書は、本格ミステリ作家クラブが自信をもってお届けする、本格ミステリを愛好するあなたのための、そして短編小説を愛するあなたのための作品集である。

さて、二〇一七年は、綾辻行人『十角館の殺人』の発表から三十年、つまり新本格の誕生から三十年という記念すべき年にあたった。三十年という月日はロック音楽でいえば、ロックンロールの誕生からＭＴＶの時代までにあたる。ムーヴメントが誕生して、ジャンルとして世間に拡散し、ジャンルそのものが消費されるようになるまでが三十年という時間なのだ。

毎年たくさんの作家がデビューする。三十年ともなれば、ジャンルを構成する作家の数もそれなりのものになっている。三十周年といえども祝祭ムード一辺倒にならなかったのは、今がそういう時代――つまり、サヴァイヴァルの時代でもあるからだ。出版不況もあって、書ける場が減っているというのが現状なのだ。特に雑誌はどれも苦戦を強いられている。縮小を余儀なくされた雑誌、休刊する雑誌も出てきている。雑誌には、短編、特に読切短編を掲載する媒体としての性格もある。雑誌の黄昏はすなわち短編小説の黄昏と言っても過言ではないだろう。短編ミステリを耽読する方、そして本アンソロジーを読んで短編ミステリという形態に惹かれた方には、日頃から雑誌――短編小説の宝庫――を手にとって読んでいただきたいと心から願う。

◎小説

岡崎琢磨「夜半のちぎり」

編集者の関根亨氏の企画による、どんでん返しに特化したアンソロジー『新鮮 THE どんでん返し』（双葉文庫）に収録された短編（初出は「小説推理」二〇一七年七月号）。

物語は、シンガポールの海辺で女性の死体が発見される場面から始まる。新婚旅行中だった彼女に一体何が起こったのか。結婚相手の一人称で過去と真相が明らかになる。男女の機微が巧みに取り入れられた逸品だ。だが、本作の肝はなんといってもラストの十八行。強烈な一撃が放たれる。なお、岡崎が殺人事件を題材にするのは、本作が初めてである。

阿津川辰海「透明人間は密室に潜む」

光文社の新人発掘プロジェクト「KAPPA-TWO」で入選し、二〇一七年に長編『名探偵は嘘をつかない』（光文社）でデビューしたのが阿津川辰海だ。法廷劇の体裁をとっていたデビュー長編でも、特殊設定を作中に取り入れて度肝を抜いた阿津川だが、「ジャーロ」No.62に掲載された本作では、透明人間病が広がる世界を舞台にした密室殺人を描いている。透明人間がいる世界だからこそ成立する〈公理〉と〈推理〉。それらが、徹底的に考え抜いて書かれた労作だ。

大山誠一郎「顔のない死体はなぜ顔がないのか」
新シリーズ〈数学的遺言〉の第二話として、「メフィスト」二〇一七年VOL．3に掲載された作品。本格ミステリにおける頻出テーマに挑み、今までなかったアイディアを創案する――それが同シリーズのコンセプトだが（第一話では、〈ダイイング・メッセージ〉が扱われていた）、本作で大山誠一郎は〈顔のない死体〉に取り組んでいる。ストイックなまでにしっかりと構築した土台の上に成立する、純度の高い謎解き小説だ。

白井智之「首無館の殺人」
グロテスクで悪趣味かつアナーキーな世界観、ネーミングからして普通ではないキャラクターたち。それゆえ忌避する人も少なくないだろうが、本格ミステリを愛するすべての人に読んでもらいたいのが白井智之だ。巧妙な伏線とミスディレクションに秀でた多重解決ものの傑作『東京結合人間』『おやすみ人面瘡』（いずれもＫＡＤＯＫＡＷＡ）で知られる白井だが、本作では密室トリックに挑戦。〈雪密室〉ならぬ〈ゲロ密室〉のインパクトがすさまじい。新本格三十周年を記念したアンソロジー『謎の館へようこそ　黒』（講談社タイガ）に収録。

松尾由美「袋小路の猫探偵」
人の言葉を解する猫・ニャン氏と、秘書の丸山さん。彼らを主人公とするのが、〈ニャン氏の事件簿〉シリーズだ。推理するニャン氏と、通訳する丸山さんのやりとりがかわいらしい同シリーズは、二〇一七年に一作目が創元推理文庫から刊行されている（『ニャン氏の事件簿』）。「ミステリーズ！」VOL．85に掲載された本作は、第二シーズンの一作目だ。

泥棒を追いかけて路地に駆けこんできた警官は、文字通りの〝袋小路〟からいかにして姿を消したのか。——古典的な人間消失の謎を、逆説を用いた推理で解き明かす見事な逸品だ。


法月綸太郎「葬式がえり」

山口雅也・編著による『奇想天外 21世紀版 アンソロジー』（南雲堂）に収録された〈奇妙な味〉の短編。山口からの「ジャンルは問いません。ともかく飛び切り奇想天外なお話を」というオファーに応えて書かれたものだ。

葬式帰りの「私」と友人との会話劇で物語は進む。小泉八雲の怪談「小豆とぎ橋」の後日談を巡る解釈が見どころのひとつ。幻想と論理のバランス感覚が見事だ。そして、最後に待ち受ける不穏な結末。後味の悪さがたまらない、短編ミステリの傑作。

東川篤哉「カープレッドよりも真っ赤な嘘」
「ジェイ・ノベル」二〇一七年三月号の「球春到来！『野球』を読む」特集に掲載された短編。後に『マウンドの神様』（実業之日本社文庫）にも収録された。巷を騒がせている「お宝ユニフォーム狩り」事件に乗じて計画された殺人事件を巡るミステリ。野球ファンにとっては

〝あるあるネタ〟ではあるが、この小ネタをひとつの作品に仕立て上げてしまう東川の筆力に唸らされる。東川の〝赤ヘル軍団〟への鯉心、ならぬ恋心が感じられるユーモア・ミステリ。

水生大海「使い勝手のいい女」

『新鮮 THE どんでん返し』に収録された一作（初出は「小説推理」二〇一七年五月号）。主人公は、職場でも恋愛でも便利使いされてきた二十八歳の女性。ある日、彼女の自宅に、かつて交際していた男性が現れる。金を無心してきた男に彼女は「それ」を振り下ろしてしまう。その夜、住まいに男性の婚約者が訪ねてくるのだが――というのがあらすじだ。小気味良く決まるどんでん返しがもちろん本作の肝だが、皮肉の効いたラストがとにかく洒落ている。

西尾維新「掟上今日子の乗車券 第二枚 山麓オーベルジュ『ゆきどけ』」

寝ると記憶がリセットされてしまう探偵・掟上今日子。彼女を主人公とする〈忘却探偵〉シリーズは二〇一五年にドラマ化もされた。本作は「メフィスト」二〇一七年VOL．1に掲載された短編であり、オーベルジュで相席した今日子さんと裁判官、二人の会話によって進行する〝一幕劇〟構成が採用されている。過去に起こった殺人事件の動機当てが本作の趣向であるが、歪に過ぎる動機を淡々と論理的に解明していく様が見事だ。

城平 京「虚構推理 ヌシの大蛇は聞いていた」

第十二回本格ミステリ大賞を受賞した『虚構推理　鋼人七瀬』(講談社ノベルス)の新作短編。「メフィスト」二〇一七年VOL．2に掲載され、コミカライズ作品もマンガ『虚構推理』(講談社コミックス)第七巻に収録されている。怪異に知恵を与える巫女を主人公とする本シリーズだが、本作で彼女は沼のヌシである大蛇から相談を受ける。人間が死体を沼に投げ捨てた理由を教えてほしい、と。投げ捨てる際に発した言葉「うまく見つけてくれるといいのだけれど」の解釈から構築される推理に唸らされる。「九マイルは遠すぎる」ものの新たな逸品。

◎評論

有栖川有栖「吠えた犬の問題――ワトスンは語る」

二〇一七年七月にNHK　BSプレミアムで放映された「深読み読書会」で『バスカヴィル家の犬』が取り上げられた。有栖川有栖と綾辻行人が出演し、有栖川が披露した解釈が話題となったが、その解釈をブラッシュアップさせたものが本作だ(初出は『奇想天外　21世紀版　アンソロジー』)。小説ではあるが、コナン・ドイル『バスカヴィル家の犬』を考察した評論として、当アンソロジーでは評価した。有栖川の読み込みの鋭さ、発想の飛躍が素晴しい。

なお、作中にある「本書」とは『奇想天外』のことであり、「風狂」な「監修者」とは山口雅也のことである。

二〇一七年本格ミステリ作家クラブ活動報告

本格ミステリ作家クラブ執行会議
書記　千澤のり子

二〇一七年の本格ミステリ作家クラブは以下の体制でスタートした。
▼第十六期役員
会長　法月綸太郎（執行会議兼任）
事務局長　東川篤哉（執行会議兼任）
監事（会計監査）　我孫子武丸
執行会議　芦辺拓、円堂都司昭、大崎梢、太田忠司、北村薫、北村一男、霧舎巧、黒田研二、千澤のり子、鳥飼否宇、麻耶雄嵩、三津田信三、遊井かなめ
▼第十七回本格ミステリ大賞関連
大賞運営委員　佳多山大地、霧舎巧、鳥飼否宇
大賞予選委員　大山誠一郎、辻真先、福井健太、松尾由美、村崎友
▼アンソロジー『ベスト本格ミステリ2017』関連
編集委員　円堂都司昭
作品選考委員　鳥飼否宇、廣澤吉泰、遊井かなめ

二〇一七年一月から現在（二〇一八年三月）までの活動は、以下のとおりである。

■一七年一月
・十三日、『ベスト本格ミステリ2013』（一三年）の文庫化作品『墓守刑事の昔語り』を講

談社より刊行。例年同様、販売促進のため、購入者の中から抽選で十名に、第十七回本格ミステリ大賞受賞記念トークショーに招待する特典を用意した。

■十七年二月
・十一日、第十七回本格ミステリ大賞予選会を開催。【小説部門】で五作、【評論・研究部門】で五作が候補作として選定された（選考経過の詳細については『ベスト本格ミステリ２０１７』の「活動報告」を参照のこと）。

■十七年五月
・六日、第十七回本格ミステリ大賞本投票の締切日（当日消印有効）。
・十二日、光文社会議室において公開開票式を開催。
投票総数は五十六通。会員、賛助会員から多数の出席があり、例年通り、大盛況のなかでの開催となった。開票式は、厳重に保管されていた投票用紙を北村薫委員が開封、規定どおりの文字数かどうかをチェックした後、法月綸太郎会長が票を読み上げる方法で進められた。

【小説部門】は、各作品が票を集める幕開けとなった。中盤までどの作品にも票が続いたが、終盤で『聖女の毒杯　その可能性はすでに考えた』と『涙香迷宮』の一騎打ちになり、一票を読み上げるたびに緊張感が高まった。

【評論・研究部門】は、『本格力　本棚探偵のミステリ・ブックガイド』が独走を続け、他の作品がどこまで追いつけるかを見守る展開となった。
開票作業の終了後、執行会議のメンバーが最終確認を行った結果、以下の得票数が確定した。

【小説部門】　有効投票数　五十五票
『悪魔を憐れむ』西澤保彦（幻冬舎）　十票
『おやすみ人面瘡』白井智之（KADOKAWA）　六票
『聖女の毒杯　その可能性はすでに考えた』井上真偽（講談社ノベルス）　十五票
『誰も僕を裁けない』早坂吝（講談社ノベルス）　七票
『涙香迷宮』竹本健治（講談社）　十七票
【評論・研究部門】　有効投票数　十九票
『顔の剥奪　文学から〈他者のあやうさ〉を読む』鈴木智之（青弓社）　一票
『現代華文推理系列』（全三集）稲村文吾訳（Kindle）　五票
『鉄道ミステリーの系譜　シャーロック・ホームズから十津川警部まで』原口隆行（交通新聞社新書）　〇票
『ぼくのミステリ・クロニクル』戸川安宣著、空犬太郎編（国書刊行会）　二票

『本格力　本棚探偵のミステリ・ブックガイド』喜国雅彦・国樹由香（講談社）十一票

「棄権」「該当作なし」等と明記された票数は【評論・研究部門】四票。

この結果、第十七回本格ミステリ大賞は、以下の通り決定した。

【小説部門】『涙香迷宮』竹本健治（講談社）

【評論・研究部門】『本格力　本棚探偵のミステリ・ブックガイド』喜国雅彦・国樹由香（講談社）

■十七年六月

・七日、アンソロジー『ベスト本格ミステリ2017』を講談社より刊行。

・二十四日、日本出版クラブ会館「きくの間」に於いて、本格ミステリ作家クラブ定期総会を開催。

この総会をもって現会長、事務局長、監事、執行会議の任期が満了となった（正式には本格ミステリ大賞受賞記念トークショー終了後）。選挙管理委員（小島正樹、知念実希人）から第十七回定期総会で承認を受ける候補者が報告され、新役員は以下の体制で承認された。

▼第十七期役員
会長　東川篤哉（執行会議兼任）
事務局長　太田忠司（執行会議兼任）
監事（会計監査）　獅子宮敏彦
執行会議　芦辺拓、円堂都司昭、大崎梢、北村一男、霧舎巧、黒田研二、千澤のり子、鳥飼否宇、深水黎一郎、福井健太、麻耶雄嵩、三津田信三、遊井かなめ

なお、役員改選は二年に一度行われるため、第十八期も同じ体制で運営される。

総会閉会後、日本出版クラブ会館「鳳凰の間」に於いて第十七回本格ミステリ大賞贈呈式を開催した。式は会員の杉江松恋氏の司会で進行され、当日は約百五十名の方々に出席をいただいた。

東川篤哉事務局長から大賞決定までの経過が報告された後、法月綸太郎会長より『涙香迷宮』で小説部門を受賞した竹本健治氏、『本格力　本棚探偵のミステリ・ブックガイド』で評論・研究部門を受賞した喜国雅彦・国樹由香両氏に、賞状と正賞のトロフィーが贈呈された。
・二十五日、第十七回本格ミステリ大賞受賞記念トークショー&サイン会を三省堂書店神保町本店に於いて開催。第十七回本格ミステリ大賞を受賞した竹本健治、喜国雅彦、国樹由香の三氏と、役員メンバーから鳥飼否宇、太田忠司の両氏が出席してトークショーを行った。その

後、芦辺拓、綾辻行人、大崎梢、北村薫、千澤のり子、辻真先、西澤保彦、法月綸太郎、東川篤哉、麻耶雄嵩、皆川博子の十一氏が合流してサイン会が行われた。
・定期総会を終え第十七期に入った執行会議は、第十八回本格ミステリ大賞開催のための準備と『ベスト本格ミステリ２０１８』の編集に着手した。新たに決まった委員は、以下のとおり。

▼本格ミステリ大賞関連
大賞運営委員　霧舎巧、鳥飼否宇、遊井かなめ
大賞予選委員　乾くるみ、辻真先、松浦正人、松尾由美、村崎友
▼アンソロジー『ベスト本格ミステリ２０１８』関連
編集委員　円堂都司昭
作品選考委員　鳥飼否宇、福井健太、遊井かなめ

■十八年一月
・十六日、『ベスト本格ミステリ２０１４』（一四年）の文庫化作品『子ども狼ゼミナール』を講談社より刊行。例年同様、販売促進のため、購入者の中から抽選で三十名に、第十八回本格ミステリ大賞受賞記念トークショーに招待する特典を用意した。

■十八年二月

・十一日、光文社会議室に於いて、大賞候補作を決める予選会を開催。大賞運営委員の霧舎巧、鳥飼否宇、遊井かなめの議事進行で進め、予選委員の乾くるみ、辻真先、松浦正人、松尾由美、村崎友が出席した。

小説部門での予選委員の推薦作は、相沢沙呼『マツリカ・マトリョシカ』、阿津川辰海『名探偵は嘘をつかない』、天祢涼『探偵ファミリーズ』、有栖川有栖『狩人の悪夢』、伊坂幸太郎『ホワイトラビット』、市川憂人『ブルーローズは眠らない』、今村昌弘『屍人荘の殺人』、貴志祐介『ミステリークロック』、古処誠二『いくさの底』、櫻田智也『サーチライトと誘蛾灯』、似鳥鶏『彼女の色に届くまで』、早坂吝『双蛇密室』の十二作品である。

まず、予選委員全員が推薦した『屍人荘の殺人』が候補作に決まった。各種ランキングを制した前年の代表作であり、外すわけにいかないと判断された。次に、三人の予選委員が推した『マツリカ・マトリョシカ』が選ばれた。著者の新境地で、広く会員の意見を聞いてみたいという声があがった。

他の作品は長所と短所をひととおり議論したうえで、多数決を行った。一回目では『ミステリークロック』が票を集め、候補作となった。トリックが複雑すぎるという意見もあったが、そのトリックこそが面白いという意見が勝った。この時点で票が集まらなかった五作品は落選となった。

二作品を選ぶために、二回目の多数決が行われた。これにより、『彼女の色に届くまで』と『いくさの底』が選ばれた。前者は青春小説としての好感度と連作全体を通しての完成度が評価された。後者は小説として読ませるし、感銘したという声が多くあがった。

評論研究部門で予選委員から推薦があがったのは、有栖川有栖「吠えた犬の問題――ワトスンは語る」(『奇想天外 21世紀版 アンソロジー』収録)、有栖川有栖『ミステリ国の人々』、飯城勇三『本格ミステリ戯作三昧』、内田隆三『乱歩と正史 人はなぜ死の夢を見るのか』、郷原宏『乱歩と清張』、中川右介『江戸川乱歩と横溝正史』、平山雄一『明智小五郎回顧談』、山口雅也編著『奇想天外 アンソロジー』の企画、小栗虫太郎著、松野一夫挿絵、山口雄也註・校異・解題、新保博久解説『【「新青年」版】黒死館殺人事件』、巽昌章解説『ブラウン神父の知恵【新版】』の十作品だった。

まず、予選委員全員が推薦した『本格ミステリ戯作三昧』が候補作に決定した。次いで新しい読み方を提示したことが評価された『ミステリ国の人々』が選ばれた。残り三作品について、枚数の短い解説、本格よりも別ジャンルとして扱ったほうがいいと判断した作品を外して検討した結果、永らく註釈が望まれていた作品に註と解題を付けた意義に注目し『【「新青年」版】黒死館殺人事件』、委員二名が支持した『江戸川乱歩と横溝正史』と『乱歩と正史 人はなぜ死の夢を見るのか』を候補作とすることで意見が一致した。

候補作決定を受けて執行会議では贈呈式までの日程を決定。本選の投票締切日を五月五日、公開開票式を五月十一日、贈呈式を六月二十三日と決めた。

本格ミステリ作家クラブは二〇一八年一月の時点で、正会員百八十名、賛助会員二十社を擁している。

※本格ミステリ作家クラブ公式サイト　http://honkaku.com/
※本格ミステリ作家クラブツイッターアカウント　https://twitter.com/honkakumystery

本格ミステリ大賞受賞リスト（含候補作一覧）

第1回本格ミステリ大賞

【小説部門】　倉知淳『壺中の天国』

［候補作］　泡坂妻夫『奇術探偵曾我佳城全集』
北森鴻『凶笑面』
古泉迦十『火蛾』
殊能将之『美濃牛』

【評論・研究部門】　権田萬治・新保博久監修『日本ミステリー事典』

［候補作］　円堂都司昭『POSシステム上に出現した「J」』
佳多山大地・鷹城宏『ミステリ評論革命』
都筑道夫『推理作家の出来るまで』

【特別賞】　鮎川哲也

第2回本格ミステリ大賞

【小説部門】　山田正紀『ミステリ・オペラ』

［候補作］　芦辺拓『グラン・ギニョール城』
小野不由美『黒祠の島』

斎藤肇『たったひとつの』
殊能将之『鏡の中は日曜日』
若島正『乱視読者の帰還』

【評論・研究部門】
［候補作］
笠井潔『ミネルヴァの梟は黄昏に飛びたつか？』
小森健太朗『『妾の罪』における叙述トリックの位相』
鷹城宏『中国の箱《チャイナ・ボックス》の謎』
巽昌章『論理の蜘蛛の巣の中で　第八回』

第3回本格ミステリ大賞
【小説部門】
笠井潔『オイディプス症候群』
［候補作］
乙一『GOTH　リストカット事件』
有栖川有栖『マレー鉄道の謎』
西澤保彦『聯愁殺』
法月綸太郎『法月綸太郎の功績』

【評論・研究部門】
笠井潔『探偵小説論序説』
［候補作］
有栖川有栖『迷宮逍遥』
千街晶之『怪奇幻想ミステリ150選』
高山宏『殺す・集める・読む』

第4回本格ミステリ大賞

【小説部門】歌野晶午『葉桜の季節に君を想うということ』

［候補作］有栖川有栖『スイス時計の謎』
大倉崇裕『七度狐』
小野不由美『くらのかみ』
殊健二『赫い月照』
千街晶之『水面の星座　水底の宝石』

【評論・研究部門】

［候補作］井波律子『中国ミステリー探訪』
小山正・日下三蔵監修『越境する本格ミステリ』
春日直樹『ミステリイは誘う』
野崎六助『世界の果てのカレイドスコープ』

【特別賞】宇山日出臣、戸川安宣

第5回本格ミステリ大賞

【小説部門】法月綸太郎『生首に聞いてみろ』

［候補作］芦辺拓『紅楼夢の殺人』
綾辻行人『暗黒館の殺人』

麻耶雄嵩『螢』
横山秀夫『臨場』
【評論・研究部門】
天城一著、日下三蔵編『天城一の密室犯罪学教程』
［候補作］
浜田雄介編『子不語の夢』
村上貴史編『名探偵ベスト101』
吉田司雄編著『探偵小説と日本近代』

第6回本格ミステリ大賞
【小説部門】
東野圭吾『容疑者Xの献身』
［候補作］
石持浅海『扉は閉ざされたまま』
島田荘司『摩天楼の怪人』
柄刀一『ゴーレムの檻』
道尾秀介『向日葵の咲かない夏』
【評論・研究部門】
北村薫『ニッポン硬貨の謎』
［候補作］
加藤幹郎『ヒッチコック「裏窓」ミステリの映画学』
笠井潔『探偵小説と二〇世紀精神』
山口雅也『ミステリー映画を観よう』

第7回本格ミステリ大賞

【小説部門】　道尾秀介『シャドウ』

［候補作］　石持浅海『顔のない敵』
京極夏彦『邪魅の雫』
鳥飼否宇『樹霊』
柄刀一『時を巡る肖像』

【評論・研究部門】　巽昌章『論理の蜘蛛の巣の中で』

［候補作］　町田暁雄監修『刑事コロンボ完全捜査記録』
紀田順一郎『戦後創成期ミステリ日記』
笠井潔『探偵小説と記号的人物』

第8回本格ミステリ大賞

【小説部門】　有栖川有栖『女王国の城』

［候補作］　米澤穂信『インシテミル』
三津田信三『首無の如き祟るもの』
柄刀一『密室キングダム』
歌野晶午『密室殺人ゲーム王手飛車取り』

【評論・研究部門】　小森健太朗『探偵小説の論理学』

［候補作］　法月綸太郎『法月綸太郎ミステリー塾　日本編／海外編』
石上三登志『名探偵たちのユートピア』

【特別賞】　島崎博

第9回本格ミステリ大賞

【小説部門】　牧薩次『完全恋愛』

［候補作］　芦辺拓『裁判員法廷』
連城三紀彦『造花の蜜』
柄刀一『ペガサスと一角獣薬局』
三津田信三『山魔の如き嗤うもの』

【評論・研究部門】　円堂都司昭『「謎」の解像度《レゾリューション》』

［候補作］　本多正一編『幻影城の時代　完全版』
限界小説研究会編『探偵小説のクリティカル・ターン』
千街晶之ほか『本格ミステリ・フラッシュバック』
有栖川有栖／安井俊夫『密室入門！』

第10回本格ミステリ大賞

【小説部門】　歌野晶午『密室殺人ゲーム2.0』

［候補作］
三津田信三『水魑の如き沈むもの』
綾辻行人『Another』
米澤穂信『追想五断章』
深水黎一郎『花窗玻璃』

【評論・研究部門】
谷口基『戦前戦後異端文学論』
島田荘司選『アジア本格リーグ』【出版企画に対して】

［候補作］
小森健太朗『英文学の地下水脈』
都筑道夫『都筑道夫ポケミス全解説』
綾辻行人・有栖川有栖『ミステリ・ジョッキー②』

第11回本格ミステリ大賞

【小説部門】
麻耶雄嵩『隻眼の少女』

［候補作］
米澤穂信『折れた竜骨』
芦辺拓『綺想宮殺人事件』
島田荘司『写楽　閉じた国の幻』
東川篤哉『謎解きはディナーのあとで』

【評論・研究部門】
飯城勇三『エラリー・クイーン論』

［候補作］
諸岡卓真『現代本格ミステリの研究「後期クイーン的問題」をめぐって』

有栖川有栖監修『図説　密室ミステリの迷宮』
野崎六助『日本探偵小説論』
郷原宏『物語日本推理小説史』

第12回本格ミステリ大賞
【小説部門】
城平京『虚構推理　鋼人七瀬』
［候補作］
皆川博子『開かせていただき光栄です』
法月綸太郎『キングを探せ』
彩坂美月『夏の王国で目覚めない』
麻耶雄嵩『メルカトルかく語りき』
【評論・研究部門】
笠井潔『探偵小説と叙述トリック』
［候補作］
森英俊・野村宏平『少年少女　昭和ミステリ美術館』
佳多山大地『謎解き名作ミステリ講座』
野崎六助『ミステリで読む現代日本』
紀田順一郎『乱歩彷徨』

第13回本格ミステリ大賞
【小説部門】
大山誠一郎『密室蒐集家』

［候補作］　芦辺拓『スチームオペラ』
深木章子『衣更月家の一族』
天祢涼『葬式組曲』
長沢樹『夏服パースペクティヴ』
【評論・研究部門】　福井健太『本格ミステリ鑑賞術』
［候補作］　限界研編『21世紀探偵小説　ポスト新本格と論理の崩壊』
波多野健『インド・ミステリ通史の試み』
法月綸太郎『『黄色い部屋はいかに改装されたか？　増補版』解説』
探偵小説研究会編著『本格ミステリ・ディケイド300』

第14回本格ミステリ大賞
【小説部門】　森川智喜『スノーホワイト　名探偵三途川理と少女の鏡は千の目を持つ』
［候補作］　青崎有吾『水族館の殺人』
深木章子『螺旋の底』
長岡弘樹『教場』
法月綸太郎『ノックス・マシン』
【評論・研究部門】　内田隆三『ロジャー・アクロイドはなぜ殺される？』
［候補作］　郷原宏『日本推理小説論争史』

飯城勇三『エラリー・クイーンの騎士たち』
押野武志・諸岡卓真編著『日本探偵小説を読む　偏光と挑発のミステリ史』
谷口基『変格探偵小説入門』

第15回本格ミステリ大賞
【小説部門】
［候補作］
麻耶雄嵩『さよなら神様』
山本弘『僕の光輝く世界』
霞流一『フライプレイ！』
岡田秀文『黒龍荘の惨劇』
鯨統一郎『冷たい太陽』
【評論・研究部門】
［候補作］
霜月蒼『アガサ・クリスティー完全攻略』
杉江松恋『路地裏の迷宮踏査』
深水黎一郎『大癋見警部の事件簿』
小森健太朗『ループものミステリと、後期クイーン的問題の所在について』
渡邉大輔『情報化するミステリと映像』

第16回本格ミステリ大賞

【小説部門】

［候補作］

鳥飼否宇『死と砂時計』
大山誠一郎『赤い博物館』
井上真偽『その可能性はすでに考えた』
平石貴樹『松谷警部と三ノ輪の鏡』
深水黎一郎『ミステリー・アリーナ』

【評論・研究部門】

［候補作］

浅木原忍『ミステリ読者のための連城三紀彦全作品ガイド　増補改訂版』
一田和樹　他『サイバーミステリ宣言！』
権田萬治『謎と恐怖の楽園で』
小森収『本の窓から』
野村宏平『乱歩ワールド大全』

第17回本格ミステリ大賞

【小説部門】

［候補作］

竹本健治『涙香迷宮』
西澤保彦『悪魔を憐れむ』
白井智之『おやすみ人面瘡』
井上真偽『聖女の毒杯　その可能性はすでに考えた』
早坂吝『誰も僕を裁けない』

【評論・研究部門】

［候補作］

喜国雅彦・国樹由香『本格力　本棚探偵のミステリ・ブックガイド』

鈴木智之『顔の剝奪　文学から〈他者のあやうさ〉を読む』

稲村文吾訳『現代華文推理系列』全三集

原口隆行『鉄道ミステリーの系譜　シャーロック・ホームズから十津川警部まで』

戸川安宣著、空犬太郎編『ぼくのミステリ・クロニクル』

『ベスト本格ミステリ2018』初出一覧

〈小説〉

岡崎琢磨「夜半《よわ》のちぎり」………（「小説推理」7月号）2017.5

阿津川辰海「透明人間は密室に潜む」

…………………………………………（「ジャーロ」No.62）2017.12

大山誠一郎「顔のない死体はなぜ顔がないのか」

（〈数学的遺言　第二話〉／「メフィスト」2017 VOL.3）2017.12

白井智之「首無館の殺人」

…………………………（『謎の館へようこそ　黒』所収）2017.10

松尾由美「袋小路の猫探偵」

……………………………………（「ミステリーズ！」vol.85）2017.10

法月綸太郎「葬式がえり」

…………（『奇想天外 21世紀版 アンソロジー』所収）2017.10

東川篤哉「カープレッドよりも真っ赤な嘘」

……………………………（「月刊ジェイ・ノベル」3月号）2017.2

水生大海「使い勝手のいい女」…（「小説推理」5月号）2017.3

西尾維新「掟上今日子の乗車券　第二枚　山麓オーベルジュ『ゆきどけ』」……………（「メフィスト」2017 VOL.1）2017.4

城平 京「虚構推理　ヌシの大蛇は聞いていた」

……………………………（「メフィスト」2017 VOL.2）2017.8

〈評論〉

有栖川有栖「吠えた犬の問題――ワトスンは語る」

…………（『奇想天外 21世紀版 アンソロジー』所収）2017.10

五の魅力』（南雲堂）
内田隆三『乱歩と正史 人はなぜ死の夢を見るのか』（講談社選書メチエ）
大川一夫『ホームズ！まだ謎はあるのか？　弁護士はシャーロッキアン』（一葉社）
小栗虫太郎・山口雄也（註・校異・解題）『【「新青年」版】黒死館殺人事件』（作品社）
紀田順一郎『蔵書一代　なぜ蔵書は増え、そして散逸するのか』（松籟社）
甲賀三郎『甲賀三郎探偵小説選Ⅲ（「探偵小説講話」収録）』（論創社）
郷原宏『乱歩と清張』（双葉社）
巽昌章「「一人の芭蕉」という陥穽」（探偵小説研究会編著「CRITICA」vol.12所収）
巽昌章『ブラウン神父の知恵』（G・K・チェスタトン著）新版の解説（創元推理文庫）
中川右介『江戸川乱歩と横溝正史』（集英社）
波多野健『ピカデリーパズル』（ファーガス・ヒューム著）解説（論創社）
平山雄一『明智小五郎回顧談』（集英社）
船津紳平『金田一少年の事件簿外伝 犯人たちの事件簿1』（漫画・講談社）
山口雅也編著『奇想天外 復刻版 アンソロジー』（南雲堂）
山口雅也編著『奇想天外 21世紀版 アンソロジー』（南雲堂）
米澤穂信『米澤穂信と古典部』（KADOKAWA）

第18回本格ミステリ大賞候補作アンケート結果一覧
（2017年発表作品が対象）

【小説部門】（作者・編者50音順）
愛川晶『手がかりは「平林」神田紅梅亭寄席物帳』（原書房）
相沢沙呼『マツリカ・マトリョシカ』（KADOKAWA）
青木知己『Y駅発深夜バス』（東京創元社）
青柳碧人『ウサギの天使が呼んでいる　ほしがり探偵ユリオ』（創元推理文庫）
阿津川辰海『名探偵は嘘をつかない』（光文社）
天祢涼『希望が死んだ夜に』（文藝春秋）
天祢涼『探偵ファミリーズ』（実業之日本社）
有栖川有栖『狩人の悪夢』（KADOKAWA）
伊坂幸太郎『ホワイトラビット』（新潮社）
石黒順子『訪問看護師さゆりの探偵ノート』（講談社）
市川憂人『ブルーローズは眠らない』（東京創元社）
井上真偽『探偵が早すぎる』（講談社タイガ）
今村昌弘『屍人荘の殺人』（東京創元社）
岩木一麻『がん消滅の罠　完全寛解の謎』（宝島社）
岡田秀文『帝都大捜査網』（東京創元社）
貴志祐介『ミステリークロック』（KADOKAWA）
クイック賄派／わいぱ置き場『「うそつきちほー」』（漫画・同人誌）
倉知淳『皇帝と拳銃と』（東京創元社）
黒岩勉『貴族探偵』脚本（テレビドラマ）
古処誠二『いくさの底』（KADOKAWA）
櫻田智也『サーチライトと誘蛾灯』（東京創元社）
辻村深月『かがみの孤城』（ポプラ社）
十市社『滑らかな虹』（東京創元社）
鳥飼否宇『紅城奇譚』（講談社）
二階堂黎人『巨大幽霊マンモス事件』（講談社ノベルス）
似鳥鶏『彼女の色に届くまで』（KADOKAWA）
早坂吝『双蛇密室』（講談社ノベルス）
古野まほろ『禁じられたジュリエット』（講談社）
松岡圭祐『シャーロック・ホームズ対伊藤博文』（講談社文庫）
村上暢『ホテル・カリフォルニアの殺人』（宝島社文庫）
山本巧次『開化鐵道探偵』（東京創元社）

【評論・研究部門】（作者・編者50音順）
東秀紀『アガサ・クリスティーの大英帝国　名作ミステリと「観光」の時代』（筑摩書房）
有栖川有栖「吠えた犬の問題――ワトスンは語る」（南雲堂『奇想天外 21世紀版 アンソロジー』所収）
有栖川有栖『ミステリ国の人々』（日本経済新聞出版社）
飯城勇三『本格ミステリ戯作三昧　贋作と評論で描く本格ミステリ十

本格ミステリ作家クラブ編アンソロジー総目次

『本格ミステリ01』（講談社ノベルス、2001年7月5日）
有栖川有栖『序』
〈小説〉有栖川有栖『紅雨荘殺人事件』
泡坂妻夫『鳥居の赤兵衛』
太田忠司『四角い悪夢』
加納朋子『子供部屋のアリス』
北森鴻『邪宗仏』
鯨統一郎『人を知らざることを思う』
柴田よしき『正太郎と井戸端会議の冒険』
柄刀一『エッシャー世界《ワールド》』
西澤保彦『黒の貴婦人』
法月綸太郎『中国蝸牛の謎』
はやみねかおる『透明人間』
松尾由美『オリエント急行十五時四十分の謎』
三雲岳斗『龍の遺跡と黄金の夏』
〈評論〉小森健太朗『新・現代本格ミステリマップ』

円堂都司昭『ＰＯＳシステム上に出現した「Ｊ」』
鷹城宏『作者を探す十二人の登場人物――ミステリのアンダーグラウンド3　「木製の王子」論』
末國善己『二〇〇〇年本格ミステリ作家クラブ活動報告』
末國善己『解説』
『本格ミステリ02』（講談社ノベルス、２００２年5月8日）
有栖川有栖『序』
〈小説〉有栖川有栖『不在の証明』
折原一『北斗星の密室』
霞流一『わらう公家』
倉阪鬼一郎『鳥雲に』
柄刀一『人の降る確率』
若竹七海『交換炒飯』
鯨統一郎『「別れても好きな人」見立て殺人』
西澤保彦『通りすがりの改造人間』
芦辺拓『フレンチ警部と雷鳴の城』
倉知淳『闇ニ笑フ』

菅浩江『英雄と皇帝』
伊井圭『通り雨』
大倉崇裕『やさしい死神』
麻耶雄嵩『トリッチ・トラッチ・ポルカ』
物集高音『坂ヲ跳ネ往ク髑髏』
山田正紀『麵とスープと殺人と』
加納朋子『ひよこ色の天使』
〈マンガ〉河内実加『消えた裁縫道具《ソーイング》』
〈評論〉波多野健『京極作品は暗号である』
鷹城宏『中国の箱《チャイナ・ボックス》の謎』
巽昌章『論理の蜘蛛の巣の中で　第八回』
末國善己『解説』
末國善己『二〇〇一年本格ミステリ作家クラブ活動報告』

『本格ミステリ03』（講談社ノベルス、２００３年６月６日）
有栖川有栖『序』
〈小説〉北村薫『凱旋』
大山誠一郎『彼女がペイシェンスを殺すはずがない』

芦辺拓『曇斎先生事件帳　木乃伊とウニコール』
柳広司『百万のマルコ』
貫井徳郎『目撃者は誰？』
西澤保彦『腕貫探偵』
乙一『ＧＯＴＨ　リストカット事件』
有栖川有栖『比類のない神々しいような瞬間』
鯨統一郎『ミステリアス学園』
霞流一『首切り監督』
青井夏海『別れてください』
〈評論〉千街晶之『論理の悪夢を視る者たち〈日本篇〉』
笠井潔『本格ミステリに地殻変動は起きているか？』
佳多山大地『解説　03・30』
末國善己『二〇〇二年本格ミステリ作家クラブ活動報告』
『本格ミステリ04』（講談社ノベルス、２００４年6月5日）
有栖川有栖『序』
〈小説〉横山秀夫『眼前の密室』
青木知己『Y駅発深夜バス』

鳥飼否宇『廃墟と青空』
法月綸太郎『盗まれた手紙』
芦辺拓『78回転の密室』
石持浅海『顔のない敵』
柄刀一『イエローロード』
東川篤哉『霧ケ峰涼の屈辱』
高橋克彦『筆合戦』
北森鴻『憑代忌』
松尾由美『走る目覚まし時計の問題』
〈評論〉波多野健『「ブラッディ・マーダー」／推理小説はクリスティに始まり、後期クイーン・ボルヘス・エーコ・オースターをどう読むかまで』
佳多山大地『解説　ＺＥＲＯ　ＦＯＵＲ　ＳＥＡＳＯＮＳ』
末國善己『二〇〇三年本格ミステリ作家クラブ活動報告』

『本格ミステリ05』（講談社ノベルス、２００５年６月５日）
有栖川有栖『序』
〈小説〉小林泰三『大きな森の小さな密室』
山口雅也『黄昏時《たそがれどき》に鬼たちは』

竹本健治『騒がしい密室』
伯方雪日『覆面《マスク》』
柳広司『雲の南』
三雲岳斗『二つの鍵』
柄刀一『光る棺の中の白骨』
鳥飼否宇『敬虔《けいけん》過ぎた狂信者』
〈マンガ〉高橋葉介『木乃伊《ミイラ》の恋』
〈評論〉天城一『密室作法〔改訂〕』
佳多山大地『解説　05番目のコード』
乾くるみ『二〇〇四年本格ミステリ作家クラブ活動報告』

『本格ミステリ06』（講談社ノベルス、2006年5月9日）
北村薫『序』
〈小説〉東川篤哉『霧ケ峰涼の逆襲』
黒田研二『コインロッカーから始まる物語』
霞流一『杉玉のゆらゆら』
柄刀一『太陽殿のイシス（ゴーレムの檻　現代版）』
佳多山大地『この世でいちばん珍しい水死人』

道尾秀介『流れ星のつくり方』
森福都『黄鶏帖の名跡』
浅暮三文『J《ジェイムズ》・サーバーを読んでいた男』
田中啓文『砕けちる褐色』
石持浅海『陰樹の森で』
岩井三四二『刀盗人』
蒼井上鷹『最後のメッセージ』
米澤穂信『シェイク・ハーフ』
〈評論〉小森健太朗『『攻殻機動隊』とエラリイ・クイーン』
円堂都司昭『本格ミステリ06　解説』
乾くるみ『二〇〇五年本格ミステリ作家クラブ活動報告』

『本格ミステリ07』（講談社ノベルス、2007年5月9日）
北村薫『序』
〈小説〉柳広司『熊王ジャック』
芦辺拓『裁判員法廷二〇〇九』
泡坂妻夫『願かけて』
石持浅海『未来へ踏み出す足』

北村薫『想夫恋』
大倉崇裕『福家警部補の災難』
田中啓文『忠臣蔵の密室』
柄刀一『紳士ならざる者の心理学』
米澤穂信『心あたりのある者は』
〈評論〉福井健太『本格ミステリ四つの場面』
巽昌章『宿題を取りに行く』
円堂都司昭『本格ミステリ07　解説』
乾くるみ『二〇〇六年本格ミステリ作家クラブ活動報告』

『本格ミステリ08』（講談社ノベルス、2008年6月5日）
北村薫『序』
〈小説〉黒田研二『はだしの親父』
法月綸太郎『ギリシャ羊の秘密』
東川篤哉『殺人現場では靴をお脱ぎください』
柄刀一『ウォール・ウィスパー』
霞流一『霧の巨塔』
北森鴻『奇偶論』

米澤穂信『身内に不幸がありまして』
乾くるみ『四枚のカード』
北山猛邦『見えないダイイングメッセージ』
〈評論〉渡邉大輔『自生する知と自壊する謎——森博嗣論』
円堂都司昭『本格ミステリ08　解説』
黒田研二『二〇〇七年本格ミステリ作家クラブ活動報告』

『本格ミステリ09』（講談社ノベルス、２００９年６月４日）
北村薫『序』
〈小説〉法月綸太郎『しらみつぶしの時計』
小林泰三『路上に放置されたパン屑の研究』
麻耶雄嵩『加速度円舞曲《ワルツ》』
柳広司『ロビンソン』
沢村浩輔『空飛ぶ絨毯』
柄刀一『チェスター街の日』
有栖川有栖『雷雨の庭で』
三津田信三『迷家《まよいが》の如き動くもの』
乾くるみ『二枚舌の掛軸』

〈評論〉千野帽子『読まず嫌い。名作入門五秒前　『モルグ街の殺人』はほんとうに元祖ミステリなのか？』
千街晶之『本格ミステリ09　解説』
黒田研二『二〇〇八年本格ミステリ作家クラブ活動報告』

『本格ミステリ'10』（講談社ノベルス、2010年6月7日）
辻真先『序』
〈小説〉法月綸太郎『サソリの紅い心臓』
山田正紀『札幌ジンギスカンの謎』
大山誠一郎『佳也子の屋根に雪ふりつむ』
黒田研二『我が家の序列』
乾くるみ『《せうえうか》の秘密』
梓崎優『凍れるルーシー』
小川一水『星風よ、淀みに吹け』
谷原秋桜子『イタリア国旗の食卓』
〈評論〉横井司『泡坂ミステリ考――亜愛一郎シリーズを中心に』
千街晶之『本格ミステリ'10　解説』
大倉崇裕『二〇〇九年本格ミステリ作家クラブ活動報告』

『ベスト本格ミステリ2011』（講談社ノベルス、2011年6月6日）
辻真先『序』
〈小説〉有栖川有栖『ロジカル・デスゲーム』
市井豊『からくりツィスカの余命』
谷原秋桜子『鏡の迷宮、白い蝶』
鳥飼否宇『天の狗』
高井忍『聖剣パズル』
東川篤哉『死者からの伝言をどうぞ』
飛鳥部勝則『羅漢崩れ』
初野晴『エレメントコスモス』
深緑野分『オーブランの少女』
〈評論〉杉江松恋『ケメルマンの閉じた世界』
川出正樹『ベスト本格ミステリ2011　解説』
末國善己『二〇一〇年本格ミステリ作家クラブ活動報告』

『ベスト本格ミステリ2012』（講談社ノベルス、2012年6月6日）
辻真先『序』

〈小説〉長岡弘樹『オンブタイ』
麻耶雄嵩『白きを見れば』
青井夏海『払ってください』
東川篤哉『雀の森の異常な夜』
貴志祐介『密室劇場』
柳広司『失楽園』
滝田務雄『不良品探偵』
鳥飼否宇『死刑囚はなぜ殺される』
辻真先『轢かれる』
〈評論〉巽昌章『東西「覗き」くらべ』
諸岡卓真『ベスト本格ミステリ２０１２　解説』
太田忠司『二〇一一年本格ミステリ作家クラブ活動報告』

『ベスト本格ミステリ２０１３』（講談社ノベルス、２０１３年６月５日）
辻真先『序』
〈小説〉麻耶雄嵩『バレンタイン昔語り』
中田永一『宗像くんと万年筆事件』
滝田務雄『田舎の刑事の宝さがし』

里見蘭『絆のふたり』
小島達矢『僕の夢』
岸田るり子『青い絹の人形』
鳥飼否宇『墓守ギャルポの誉れ』
乾くるみ『ラッキーセブン』
乾緑郎『機巧のイヴ』
七河迦南『コンチェルト・コンチェルティーノ』
〈評論〉戸川安宣『『皇帝のかぎ煙草入れ』解析』
諸岡卓真『ベスト本格ミステリ２０１３　解説』
太田忠司『二〇一二年本格ミステリ作家クラブ活動報告』

『ベスト本格ミステリ２０１４』（講談社ノベルス、２０１４年６月４日）
法月綸太郎『序』
〈小説〉岩下悠子『水底の鬼』
山田彩人『ボールが転がる夏』
相沢沙呼『狼少女の帰還　Return of the wolf girl』
遠藤武文『フラッシュモブ』
明神しじま『あれは子どものための歌』

円居挽『ディテクティブ・ゼミナール　第三問　ウェアダニット・マリオネット』
歌野晶午『黄泉路より』
深山亮『紙一重』
深木章子『犯人は私だ！』
〈評論〉千街晶之『本邦ミステリドラマ界の紳士淑女録』
蔓葉信博『ベスト本格ミステリ２０１４　解説』
千澤のり子『二〇一三年本格ミステリ作家クラブ活動報告』

『ベスト本格ミステリ２０１５』（講談社ノベルス、２０１５年６月３日）
法月綸太郎『序』
〈小説〉長岡弘樹『最後の良薬』
大山誠一郎『心中ロミオとジュリエット』
乾くるみ『三つの涙』
織守きょうや『三橋春人は花束を捨てない』
下村敦史『死は朝、羽ばたく』
歌野晶午『舞姫』
櫻田智也『緑の女』
青山文平『真桑瓜』

初野晴『理由《わけ》ありの旧校舎』
芦沢央『許されようとは思いません』
青崎有吾『髪の短くなった死体』
〈評論〉千野帽子『ゆるいゆるいミステリの、ささやかな謎のようなもの。』
蔓葉信博『ベスト本格ミステリ２０１５　解説』
千澤のり子『二〇一四年本格ミステリ作家クラブ活動報告』

『ベスト本格ミステリ２０１６』（講談社ノベルス、２０１６年６月１日）
法月綸太郎『序』
〈小説〉西澤保彦『まちがえられなかった男』
高井忍『新陰流〝水月〟』
三津田信三『Ｇ坂の殺人事件』
松尾由美『不透明なロックグラスの問題』
一田和樹『サイバー空間はミステリを殺す』
深水黎一郎『秋は刺殺　夕日のさして血の端いと近うなりたるに』
大山誠一郎『炎』
伊吹亜門『監獄舎の殺人』
長岡弘樹『にらみ』

〈評論〉蔓葉信博『江戸川乱歩と新たな猟奇的エンターテインメント』
廣澤吉泰『ベスト本格ミステリ２０１６　解説』
千澤のり子『二〇一五年本格ミステリ作家クラブ活動報告』

『ベスト本格ミステリ２０１７』（講談社ノベルス、２０１６年６月７日）
法月綸太郎『序』
〈小説〉天野暁月『何かが足りない方程式』
　青崎有吾『早朝始発の殺風景』
　西澤保彦『もう誰も使わない』
　似鳥鶏『鼠でも天才でもなく』
　井上真偽『言の葉《コトノハ》の子ら』
　葉真中顕『交換日記』
　佐藤究『シヴィル・ライツ』
　青柳碧人『琥珀の心臓《ハート》を盗ったのは』
　伊吹亜門『佐賀から来た男』
　倉狩聡『もしかあんにゃのカブトエビ』
〈評論〉諸岡卓真『「日常の謎」と隠密――瀬川コウ『謎好き乙女と奪われた青春』論』
廣澤吉泰『ベスト本格ミステリ２０１７　解説』

千澤のり子『二〇一六年本格ミステリ作家クラブ活動報告』

N.D.C.913　418p　18cm

ベスト本格《ほんかく》ミステリ2018

二〇一八年六月六日　第一刷発行

KODANSHA NOVELS

定価はカバーに表示してあります

選・編―本格《ほんかく》ミステリ作家《さっか》クラブ

発行者―渡瀬昌彦

発行所―株式会社講談社

東京都文京区音羽二-一二-二一

郵便番号一一二-八〇〇一

編集〇三-五三九五-三五〇六

販売〇三-五三九五-五八一七

業務〇三-五三九五-三六一五

本文データ制作―講談社デジタル製作

印刷所―豊国印刷株式会社　製本所―株式会社若林製本工場

ISBN978-4-06-511821-4

長編ゴシック・ホラー
白い迷宮 田中芳樹

長編ゴシック・ホラー
春の魔術 田中芳樹

傑作冒険小説
ラインの虜囚《りょしゅう》 田中芳樹

中国大河史劇
岳飛伝 一、青雲篇 編訳 田中芳樹

中国大河史劇
岳飛伝 二、烽火篇 編訳 田中芳樹

中国大河史劇
岳飛伝 三、風塵篇 編訳 田中芳樹

中国大河史劇
岳飛伝 四、悲曲篇 編訳 田中芳樹

中国大河史劇
岳飛伝 五、凱歌篇 編訳 田中芳樹

傑作スペースオペラ
DVD付き初回限定版 タイタニア 1〈疾風篇〉2〈暴風篇〉3〈旋風篇〉 田中芳樹

宇宙叙事詩の金字塔
タイタニア 1〈疾風篇〉2〈暴風篇〉3〈旋風篇〉 田中芳樹

一族を二分した内乱の行方は？
タイタニア 4〈烈風篇〉 田中芳樹

伝説的スペースオペラ、完結篇
タイタニア 5〈凄風篇〉 田中芳樹

第48回メフィスト賞受賞作！
愛の徴 天国の方角 近本洋一

戦慄の小学校ミステリ
マーダーゲーム 千澤のり子

慄然の中学校ミステリ
シンフォニック・ロスト 千澤のり子

ロマン本格ミステリー！
アリア系銀河鉄道 柄刀《つかとう》 一《はじめ》

至高の本格推理
奇蹟審問官アーサー 柄刀 一

奇蹟と対峙する至高の本格推理！
奇蹟審問官アーサー 死蝶天国《バグズ・ヘブン》 柄刀 一

アーサーが「月と館」の謎に挑む！
月食館の朝と夜 奇蹟審問官アーサー 柄刀 一

13歳の「特任教授」Drショーイン登場！
バミューダ海域の摩天楼 柄刀 一

講談社ノベルス25周年記念復刊！
急行エトロフ殺人事件 辻 真先

時間を超える、少年少女探偵団！
未来S《ミクラス》高校航時部レポート TERA小屋探偵団 辻 真先

タイムトラベル・ミステリー！
未来S高校航時部レポート 戦国OSAKA《オーサカ》夏の陣 辻 真先

タイムトラベル・ミステリー完結！
未来S高校航時部レポート 新撰組EZO《エゾ》で戦う！ 辻 真先

第31回メフィスト賞受賞！
冷たい校舎の時は止まる（上） 辻村深月

第31回メフィスト賞受賞！
冷たい校舎の時は止まる（中） 辻村深月

第31回メフィスト賞受賞！
冷たい校舎の時は止まる（下） 辻村深月

各界待望の長編傑作!!
子どもたちは夜と遊ぶ（上） 辻村深月

各界待望の長編傑作!!
子どもたちは夜と遊ぶ（下） 辻村深月

家族の絆を描く"少し不思議"な物語
凍りのくじら 辻村深月

KODANSHA NOVELS 講談社ノベルス

蘭子シリーズ最大長編
人狼城の恐怖 第二部フランス編 二階堂黎人

悪魔的史上最大のミステリ
人狼城の恐怖 第三部探偵編 二階堂黎人

世界最長の本格推理小説
人狼城の恐怖 第四部完結編 二階堂黎人

新本格作品集
名探偵の肖像 二階堂黎人

正調「怪人 対 名探偵」
悪魔のラビリンス 二階堂黎人

世紀の大犯罪者VS.美貌の女探偵!
魔術王事件 二階堂黎人

魔獣VS.名探偵!
双面獣事件 二階堂黎人

〈二階堂蘭子VS.ラビリンス〉最後の戦い
覇王の死 二階堂蘭子の帰還 二階堂黎人

宇宙を舞台にした壮大な本格ミステリー
聖域の殺戮 二階堂黎人

"頭脳刺激"系ミステリー
増加博士の事件簿 二階堂黎人

二階堂蘭子、完全復活
ラン迷宮 二階堂蘭子探偵集 二階堂黎人

作家生活25周年記念特別書き下ろし
巨大幽霊マンモス事件 二階堂黎人

合作ミステリー
レクイエム 私立探偵・桐山真紀子 二階堂黎人 千澤のり子

第23回メフィスト賞受賞作
クビキリサイクル 西尾維新

新青春エンタの傑作
クビシメロマンチスト 西尾維新

維新を読まずに何を読む!
クビツリハイスクール 西尾維新

〈戯言シリーズ〉最大傑作
サイコロジカル(上) 西尾維新

〈戯言シリーズ〉最大傑作
サイコロジカル(下) 西尾維新

白熱の新青春エンタ!
ヒトクイマジカル 西尾維新

大人気〈戯言シリーズ〉クライマックス!
ネコソギラジカル(上) 十三階段 西尾維新

大人気〈戯言シリーズ〉クライマックス!
ネコソギラジカル(中) 赤き征裁VS.橙なる種 西尾維新

大人気〈戯言シリーズ〉クライマックス!
ネコソギラジカル(下) 青色サヴァンと戯言遣い 西尾維新

JDCトリビュート第一弾
ダブルダウン勘《かん》繰《ぐ》郎《ろう》 西尾維新

JDCトリビュート第二弾
トリプルプレイ助悪郎《スケアクロウ》 西尾維新

維新、全開!
きみとぼくの壊れた世界 西尾維新

維新、全開!
不気味で素朴な囲われた世界 西尾維新

維新、全開!
きみとぼくが壊した世界 西尾維新

維新、全開!
不気味で素朴な囲われたきみとぼくの壊れた世界 西尾維新

新青春エンタの最前線がここにある!
零崎双識の人間試験 西尾維新

新青春エンタの最前線がここにある!
零崎軋識の人間ノック 西尾維新

新青春エンタの最前線がここにある！
零崎曲識の人間人間 西尾維新

新青春エンタの最前線がここにある！
零崎人識の人間関係 匂宮出夢との関係 西尾維新

新青春エンタの最前線がここにある！
零崎人識の人間関係 無桐伊織との関係 西尾維新

新青春エンタの最前線がここにある！
零崎人識の人間関係 零崎双識との関係 西尾維新

新青春エンタの最前線がここにある！
零崎人識の人間関係 戯言遣いとの関係 西尾維新

魔法は、もうはじまっている！
新本格魔法少女りすか 西尾維新

魔法は、もうはじまっている！
新本格魔法少女りすか2 西尾維新

魔法は、もうはじまっている！
新本格魔法少女りすか3 西尾維新

最早只事デハナイ想像力ノ奔流！
ニンギョウがニンギョウ 西尾維新

西尾維新が辞典を書き下ろし！
ザレゴトディクショナル 戯言シリーズ用語辞典 西尾維新

原点回帰にして新境地
少女不十分 西尾維新

最長巨編！
悲鳴伝 西尾維新

新たなる伝説の幕開け
悲痛伝 西尾維新

生き延びれば、それだけで伝説
悲惨伝 西尾維新

人類は、絶滅前に自滅する
悲報伝 西尾維新

英雄には、作れない伝説もある
悲業伝 西尾維新

秘められた真実なんて、ない
悲録伝 西尾維新

空々空の英雄譚、新たなる展開へ！
悲亡伝 西尾維新

戦争はここからが佳境
悲衛伝 西尾維新

空々空の冒険譚、クライマックスへ！
悲球伝 西尾維新

きみは呼ぶ。この結末を「伝説」と。
悲終伝 西尾維新

《最強》シリーズ、開幕！
人類最強の初恋 西尾維新

《最強》シリーズ、第二弾！
人類最強の純愛 西尾維新

《最強》シリーズ、第三弾！
人類最強のときめき 西尾維新

15人の絵師による豪華挿絵を収録！
りぽぐら！ 西尾維新

神麻嗣子の超能力事件簿
念力密室！ 西澤保彦

神麻嗣子の超能力事件簿
夢幻巡礼 西澤保彦

神麻嗣子の超能力事件簿
転・送・密・室 西澤保彦

神麻嗣子の超能力事件簿
人形幻戯 西澤保彦

神麻嗣子の超能力事件簿
生贄《いけにえ》を抱く夜《よ》 西澤保彦

KODANSHA NOVELS 講談社ノベルス

神麻嗣子の超能力事件簿
ソフトタッチ・オペレーション　西澤保彦

書下ろし長編
ファンタズム　西澤保彦

著者初の非ミステリ短編集
マリオネット・エンジン　西澤保彦

京太郎ロマンの精髄
竹久夢二 殺人の記　西村京太郎

西村京太郎初期傑作選I
太陽と砂　西村京太郎

西村京太郎初期傑作選II
午後の脅迫者　西村京太郎

西村京太郎初期傑作選III
おれたちはブルースしか歌わない　西村京太郎

大長編レジェンド・ミステリー
十津川警部 愛と死の伝説（上）　西村京太郎

大長編レジェンド・ミステリー
十津川警部 愛と死の伝説（下）　西村京太郎

超人気シリーズ
十津川警部 帰郷・会津若松　西村京太郎

超人気シリーズ
十津川警部 姫路・千姫殺人事件　西村京太郎

超人気シリーズ
十津川警部「荒城の月」殺人事件　西村京太郎

超人気シリーズ
十津川警部「悪夢」通勤快速の罠　西村京太郎

超人気シリーズ
十津川警部 五稜郭殺人事件　西村京太郎

超人気シリーズ
十津川警部 湖北の幻想　西村京太郎

超人気シリーズ
十津川警部 幻想の信州上田　西村京太郎

超人気シリーズ
十津川警部 金沢・絢爛《けんらん》たる殺人　西村京太郎

超人気シリーズ
十津川警部 トリアージ 生死を分けた石見銀山　西村京太郎

講談社創業100周年記念出版
悲運の皇子《みこ》と若き天才の死　西村京太郎

超人気シリーズ
十津川警部 西伊豆変死事件　西村京太郎

超人気シリーズ
十津川警部 君は、あのSLを見たか　西村京太郎

超人気シリーズ
十津川警部 箱根バイパスの罠　西村京太郎

超人気シリーズ
十津川警部 猫と死体はタンゴ鉄道に乗って　西村京太郎

超人気シリーズ
十津川警部 長野新幹線の奇妙な犯罪　西村京太郎

超人気シリーズ
十津川警部 愛と絶望の台湾新幹線　西村京太郎

超人気シリーズ
十津川警部 山手線の恋人　西村京太郎

歴史の闇に挑む渾身作！
沖縄から愛をこめて　西村京太郎

「里見埋蔵金」探しに挑んだ先は！
内房線の猫たち 異説里見八犬伝　西村京太郎

豪快探偵走る
突破 BREAK　西村 健

ノンストップアクション
劫火（上）　西村 健

ノンストップアクション
劫火(下)　西村 健

世紀末本格の大本命!
鬼流殺生祭　貫井徳郎

書下ろし本格ミステリ
妖《よう》奇《き》切断《せつだん》譜《ふ》　貫井徳郎

究極のフーダニット
被害者は誰?　貫井徳郎

あの名探偵がついにカムバック!
法月綸太郎の新冒険　法月綸《のりづきりん》太郎《たろう》

「本格」の嫡子が放つ最新作!
法月綸太郎の功績　法月綸太郎

痛快×爽快な冒険ミステリ!
怪盗グリフィン、絶体絶命　法月綸太郎

「法月綸太郎」シリーズ最新長編!
キングを探せ　法月綸太郎

初登場!　ファンタジック異色ミステリー
½の騎士 ~harujion~　初野 晴

新感覚タイムトラベル・ミステリ!
トワイライト・ミュージアム　初野 晴

第50回メフィスト賞受賞作
○○○○○○○○殺人事件　早坂 吝《やぶさか》

らいちシリーズ、第二弾
虹の歯ブラシ 上木《かみき》らいち発散　早坂 吝

らいちシリーズ、第三弾
誰も僕を裁けない　早坂 吝

らいちシリーズ、第四弾
双蛇密室　早坂 吝

青春バトルミステリ!
RPGスクール　早坂 吝

噂の新本格ジュヴナイル作家、登場!
少年名探偵 虹北恭助《こうほくきょうすけ》の冒険　はやみねかおる

はやみねかおる入魂の少年「新本格」!
少年名探偵 虹北恭助の新冒険　はやみねかおる

はやみねかおる入魂の少年「新本格」!
少年名探偵 虹北恭助の新・新冒険　はやみねかおる

はやみねかおる入魂の少年「新本格」!
少年名探偵 虹北恭助のハイスクール☆アドベンチャー　はやみねかおる

はやみねかおる入魂の少年「新本格」!
少年名探偵 虹北恭助の冒険 フランス陽炎村事件　はやみねかおる

小学6年生、ひと夏の大冒険!
ぼくと未来屋の夏　はやみねかおる

はやみねかおるの大人向けミステリ
赤い夢の迷宮　勇嶺《はやみね》 薫《かおる》

書下ろし本格推理・トリック&真犯人
十字屋敷のピエロ　東野圭吾

書下ろし渾身の本格推理
宿命　東野圭吾

フェアかアンフェアか!?　異色作
ある閉ざされた雪の山荘で　東野圭吾

異色サスペンス
変身　東野圭吾

究極の犯人当てミステリー
どちらかが彼女を殺した　東野圭吾

未曾有のクライシス・サスペンス
天空の蜂　東野圭吾

名探偵・天下一大五郎登場!
名探偵の掟　東野圭吾

これぞ究極のフーダニット!
私が彼を殺した　東野圭吾

KODANSHA NOVELS 講談社ノベルス

『秘密』『白夜行』へ至る東野作品の分岐点！
悪意 東野圭吾

純粋本格ミステリ
密室ロジック 氷川 透

第36回メフィスト賞受賞作
ウルチモ・トルッコ 犯人はあなただ！ 深水《ふかみ》黎一郎《れいいちろう》

芸術×本格推理のクロスオーバー
エコール・ド・パリ殺人事件 レザルティスト・モウディ 深水黎一郎

芸術探偵・瞬一郎の事件レポート
トスカの接吻 オペラ・ミステリオーザ 深水黎一郎

驚愕のトリックに挑む「芸術探偵」シリーズ
花窗《はなまど》玻璃《はり》 シャガールの黙示 深水黎一郎

新たな「本格」の傑作！
倒叙の四季 破られたトリック 深水黎一郎

暗黒警察小説
ダーク・リバー 暴力犯係長 葛城《かつらぎ》みずき 二上《ふたかみ》 剛《ごう》

錯綜する時間軸と事件の手がかり。その行方は!?
監禁 福田栄一

執拗に傷つけられた眼に一体何が?!
狩眼《しゅがん》 福田栄一

〝法医学教室奇談〟シリーズ
暁天の星 鬼籍通覧 椹野《ふしの》道流《みちる》

〝法医学教室奇談〟シリーズ
無明の闇 鬼籍通覧 椹野道流

〝法医学教室奇談〟シリーズ
壷中の天 鬼籍通覧 椹野道流

〝法医学教室奇談〟シリーズ
隻手の声 鬼籍通覧 椹野道流

〝法医学教室奇談〟シリーズ
禅定《ぜんじょう》の弓 鬼籍通覧 椹野道流

〝法医学教室奇談〟シリーズ
亡羊《ぼうよう》の嘆《たん》 鬼籍通覧 椹野道流

〝法医学教室奇談〟シリーズ
池魚《ちぎょ》の殃《わざわい》 鬼籍通覧 椹野道流

〝法医学教室奇談〟シリーズ
南柯《なんか》の夢 鬼籍通覧 椹野道流

新本格レジェンド作家大集結！
7人の名探偵 新本格30周年記念アンソロジー 文芸第三出版部・編

斬新奇抜タイムリープミステリ！
404 Not Found 法条《ほうじょう》 遥《はるか》

少女幻視探偵 三上汀！
空き家課まぼろし譚 ほしおさなえ

本格ミステリの精髄！
本格ミステリ02 本格ミステリ作家クラブ・編

２００３年本格短編ベスト・セレクション
本格ミステリ03 本格ミステリ作家クラブ・編

２００４年本格短編ベスト・セレクション
本格ミステリ04 本格ミステリ作家クラブ・編

２００５年本格短編ベスト・セレクション
本格ミステリ05 本格ミステリ作家クラブ・編

２００６年本格短編ベスト・セレクション
本格ミステリ06 本格ミステリ作家クラブ・編

２００７年本格短編ベスト・セレクション
本格ミステリ07 本格ミステリ作家クラブ・編

２００８年本格短編ベスト・セレクション
本格ミステリ08 本格ミステリ作家クラブ・編

２００９年本格短編ベスト・セレクション
本格ミステリ09 本格ミステリ作家クラブ・編

ミステリの進化に刮目せよ！
本格ミステリ'10 本格ミステリ作家クラブ選・編

KODANSHA NOVELS 講談社ノベルス

豪華作家陣が競演！
ベスト本格ミステリ'11 本格ミステリ作家クラブ選・編

本格ミステリ界のオールスター戦！
ベスト本格ミステリ'12 本格ミステリ作家クラブ選・編

至高のミステリ11選！
ベスト本格ミステリ'13 本格ミステリ作家クラブ選・編

どこから読んでも面白い！
ベスト本格ミステリ'14 本格ミステリ作家クラブ選・編

美しき謎、ここに極まれり！
ベスト本格ミステリ'15 本格ミステリ作家クラブ選・編

謎解きのフェスティバルへようこそ！
ベスト本格ミステリ'16 本格ミステリ作家クラブ選・編

謎解き小説の"未来"がここにある！
ベスト本格ミステリ'17 本格ミステリ作家クラブ選・編

名探偵になりたいあなたへ――
ベスト本格ミステリ'18 本格ミステリ作家クラブ選・編

第19回メフィスト賞受賞作
煙か土か食い物 舞城王《まいじょうおう》太郎《たろう》

いまもっとも危険な"小説"！
暗闇の中で子供 舞城王太郎

ボーイミーツガール・ミステリー
世界は密室でできている。 舞城王太郎

舞城王太郎のすべてが炸裂する！
九十九十九《ツクモジュウク》 舞城王太郎

第一短編集待望のノベルス化！
熊の場所 舞城王太郎

あなたを駆け抜ける圧倒的スピード感
山ん中の獅見朋成雄《シミトモナルオ》 舞城王太郎

舞城王太郎が放つ、正真正銘の「恋愛小説」
好き好き大好き超愛してる。 舞城王太郎

死と再生を繰り返す舞城ワールドの新たな渦！
獣の樹 舞城王太郎

殺戮の女神が君臨する！
黒娘 アウトサイダー・フィメール 牧野 修

その箱の中を覗いてはいけない――
破滅の箱 トクソウ事件ファイル① 牧野 修

壊れるべきは、世界の方じゃないか？
再生の箱 トクソウ事件ファイル② 牧野 修

メフィスト賞史上最大の問題作！
NO推理、NO探偵？ 柾木《まさき》政宗

驚嘆の論理！ 驚愕の本格推理！
妖精の墓標 松本寛大《かんだい》

非情の超絶推理
木製の王子 麻耶《まや》雄嵩《ゆたか》

実験的本格シリーズ
メルカトルかく語りき 麻耶雄嵩

悪徳銘探偵参上！
新装版 **翼ある闇** メルカトル鮎最後の事件 麻耶雄嵩

神業ミステリー
神様ゲーム 麻耶雄嵩

パワースポット小説登場！
聖地巡礼 真梨《まり》幸子《ゆきこ》

「イヤミス」の決定版！
プライベートフィクション 真梨幸子

第44回メフィスト賞受賞作
琅邪《ろうや》の鬼 丸山天寿

中国歴史奇想ミステリー
琅邪の虎 丸山天寿

中国歴史奇想ミステリー
咸陽《かんよう》の闇 丸山天寿

KODANSHA NOVELS

講談社ノベルス

古代中国、奇想ミステリー!
死美女の誘惑　蓮飯店あやかし事件簿　丸山天寿

第37回メフィスト賞受賞作
パラダイス・クローズド　THANATOS《タナトス》　汀《みぎわ》こるもの

美少年双子ミステリ
まごころを、君に　THANATOS《タナトス》　汀こるもの

恋愛ホラー
フォークの先、希望の後　THANATOS《タナトス》　汀こるもの

美少年双子ミステリ
リッターあたりの致死率は　THANATOS《タナトス》　汀こるもの

美少年双子ミステリ
赤の女王の名の下に　THANATOS《タナトス》　汀こるもの

美少年双子ミステリ
空を飛ぶための三つの動機　THANATOS《タナトス》　汀こるもの

美少年双子ミステリ
立花美樹の反逆　THANATOS《タナトス》　汀こるもの

美少年双子ミステリ
溺れる犬は棒で叩け　THANATOS《タナトス》　汀こるもの

青春クライム・ノベル
完全犯罪研究部　汀こるもの

青春クライム・ノベル
動機未ダ不明　完全犯罪研究部　汀こるもの

青春クライム・ノベル
少女残酷論　完全犯罪研究部　汀こるもの

純和風魔法少女降臨
ただし少女はレベル99　汀こるもの

純和風魔法美少女の日常
レベル98少女の傾向と対策　汀こるもの

純和風魔法美少女と妖怪
もしかして彼女はレベル97　汀こるもの

純和風魔法美少女、ひと夏の経験
レベル96少女、不穏な夏休み　汀こるもの

学園クライム・サスペンス
幻獣坐　The Scarlet Sinner　三雲《みくも》岳《がく》斗《と》

復讐の炎VS.テロルの氷!
幻獣坐2　The Ice Edge　三雲岳斗

本格ミステリの巨大伽藍
作者不詳　ミステリ作家の読む本　三津田信三

衝撃の遺体消失ホラー
蛇棺葬　三津田信三

身体が凍るほどの怪異!
百蛇堂　怪談作家の語る話　三津田信三

本格ミステリーと民俗ホラーの奇跡的融合
凶鳥の如き忌むもの　三津田信三

刀城言耶シリーズ!
密室《ひめむろ》の如き籠るもの　三津田信三

刀城言耶シリーズ最新作!
生霊《いきだま》の如き重《だぶ》るもの　三津田信三

怪奇にして完全なるミステリー
スラッシャー　廃園の殺人　三津田信三

酸鼻を極める恐怖の連続
ついてくるもの　三津田信三

怪奇短編集
誰かの家　三津田信三

ホラー&ミステリー
忌《い》物《ぶつ》堂《どう》鬼《き》談《だん》　三津田信三

講談社ノベルス25周年記念復刊!
聖女の島　皆川博子

大人気作家×大人気ゲーム　奇跡のノベライズ
ICO《イコ》—霧の城—　宮部みゆき

KODANSHA NOVELS
講談社ノベルス

ミステリ界に新たな合作ユニット誕生！
ルームシェア　私立探偵・桐山真紀子　宗形キメラ

ばらのまち福山ミステリー文学新人賞優秀作
旧校舎は茜色の迷宮　明利《めいり》英司

ホラー＋本格ミステリー！
幽歴探偵アカイバラ　明利英司

学園ミステリ・アンソロジー
学び舎は血を招く　メフィスト学園1　メフィスト編集部・編

新感覚ミステリ・アンソロジー誕生!!
忍び寄る闇の奇譚　メフィスト道場1　メフィスト編集部・編

学園ミステリ傑作集！
ミステリ魂。校歌斉唱！　メフィスト学園　メフィスト編集部・編

最強ミステリ競作集！
ミステリ愛。免許皆伝！　メフィスト道場　メフィスト編集部・編

超豪華アンソロジー
QED 鏡家の薬屋探偵　メフィスト賞トリビュート　メフィスト編集部・編

本格民俗学ミステリ
吸血鬼の壜詰　【第四赤口の会】　物集高音《もずめたかね》

第40回メフィスト賞受賞作！
無貌伝　～双児の子ら～　望月守宮《もちづきやもり》

これが新世代の探偵小説だ!!
無貌伝　～夢境ホテルの午睡～　望月守宮

「無貌伝」シリーズ第三弾！
無貌伝　～人形姫《ガラテア》の産声～　望月守宮

謎を積み込んだ豪華列車の向かう先は……!?
無貌伝　～綺譚会《きたんかい》の惨劇《さんげき》～　望月守宮

最凶の名探偵VS.孤高の探偵助手！
無貌伝　～探偵の証～　望月守宮

無貌伝シリーズ、クライマックス
無貌伝　～奪われた顔～　望月守宮

伝説、完結！
無貌伝　～最後の物語～　望月守宮

本格の精髄
すべてがFになる　森　博嗣

硬質かつ純粋なる本格ミステリ
冷たい密室と博士たち　森　博嗣

純白な論理ミステリ
笑わない数学者　森　博嗣

清冽な論理ミステリ
詩的私的ジャック　森　博嗣

論理の美しさ
封印再度　森　博嗣

森ミステリィのイリュージョン
幻惑の死と使途　森　博嗣

繊細なる森ミステリィの冴え
夏のレプリカ　森　博嗣

清冽なる衝撃、これぞ森ミステリィ
今はもうない　森　博嗣

多彩にして純粋な森ミステリィの冴え
数奇にして模型　森　博嗣

最高潮！　森ミステリィ
有限と微小のパン　森　博嗣

森ミステリィの華麗なる新展開
黒猫の三角　森　博嗣

冷たく優しい森マジック
人形式モナリザ　森　博嗣

森ミステリィの華麗なる展開
月は幽咽《ゆうえつ》のデバイス　森　博嗣

森ミステリィ、七色の魔球
夢・出逢い・魔性　森　博嗣

KODANSHA NOVELS 講談社ノベルス

千変万化、森ミステリィ
虚空の逆マトリクス 森 博嗣

詩情溢れる、森ミステリィ
レタス・フライ 森 博嗣

摂理の深遠、森ミステリィ
そして二人だけになった 森 博嗣

森ミステリィの詩想
奥様はネットワーカ 森 博嗣

ミステリーランドの傑作がついにノベルスに!
探偵伯爵と僕 森 博嗣

玲瓏なる森ミステリィ
カクレカラクリ 森 博嗣

新感覚ハードボイルド!
ゾラ・一撃・さようなら 森 博嗣

優しく暖かな森ミステリィ
銀河不動産の超越 森 博嗣

稀代のストーリーテラー二人が生み出す奇跡
トーマの心臓 Lost heart for Thoma 森 博嗣 萩尾望都

小松左京賞受賞作家の新境地!
アクエリアム 森《もり》 深紅《みくれ》

南の島のバカンスが暗転!?
マローディープ 愚者たちの楽園 森福 都

長編本格ミステリー
暗黒凶像 森村誠一

長編本格ミステリー
殺人の祭壇 森村誠一

第33回メフィスト賞受賞
黙過《もっか》の代償 森山赳志《たけし》

長編本格推理
聖フランシスコ・ザビエルの首 柳 広司

第30回メフィスト賞受賞
極限推理コロシアム 矢野龍王

前代未聞の殺人ゲーム
時限絶命マンション 矢野龍王

前代未聞の脱出ゲーム!
箱の中の天国と地獄 矢野龍王

前代未聞の推理ゲーム!
左90度に黒の三角 矢野龍王

完璧な短編集
ミステリーズ 山口雅也

パンク=マザーグースの事件簿
キッド・ピストルズの慢心 山口雅也

本格ミステリ
続・垂里冴子のお見合いと推理 山口雅也

〝偶然の連鎖〟がノベルスに!
奇偶 山口雅也

〝遊び〟にまつわる異色の短編集!
PLAY プレイ 山口雅也

唯一無二の東京駅ミステリ!
古城駅の奥の奥 山口雅也

鮎川哲也賞の気鋭、ノベルスに登場!
妖精島の殺人(上) 山口芳宏

渾身の本格ミステリー
妖精島の殺人(下) 山口芳宏

本格冒険推理小説
学園島の殺人 山口芳宏

傑作忍法帖
甲賀忍法帖 山田風太郎

傑作忍法帖
柳生忍法帖・上 山田風太郎

KODANSHA NOVELS